2020中国年度随笔

徐南铁　主编

漓江出版社

·桂林·

目 录
contents

情 怀

世 事

言说

序：回头浪子学随笔

俞　宁

《中国年度随笔》主编徐南铁先生约我为2020年这最新一本写一篇序言。我算是有一点儿自知之明的人，面对力所不能及的工作，本该敬谢不敏，但这次却不假思索就答应了，其中必有缘故。

我有幸出生于北京的一个书香门第。母亲杨藻清先生于二十世纪五十年代，在中央戏剧学院教书；先父叔迟公（讳敏），先世伯元白先生（讳启功）都在北京师范大学教了几十年书。在他们的严教和熏陶之下，我在少年时期略微接触过一点儿旧学，和同时代的朋友们相比，虽同样赶上了正规教育阙如的年月，中文水平显得还不算太低下。1977年恢复高考的时候，出于对家中长辈的敬畏和逆反，我放弃了自己相对稍强的中文专业，而咬牙报考了外语专业。根基不牢，1977年落第。到了1978年再考，侥幸有了机会学习用英语说出一些乏味至极的简单句："您请坐。""您想喝点儿什么？茶还是咖啡？"此后连续八年的死记硬背苦不堪言，英文总算打下了一些基础。于是在1986年，从北京外国语大学来美留学，后来居然获得了英美文学博士学位，并且在美国的一所州立大学的英文系里面得了一个教职，过上了读书、教书、写书、译书的"四书"生活。这种生活简单而不失愉快，转眼间三十年就过去了，先父、先世伯也先后归了道山。我每次回京探母，想起另外两位长辈，心中滋生了一种说不清道不明的负罪感，有了想写文章怀念他们的冲动。但这事儿想想容易，做起来却难。

本年度的入选随笔作品里面，有《情怀》这么个栏目，其中有一篇河南张诗洋女史写的《一九二四年的北京大雪》。此文通过那年的寒雪，串写了徐志摩、鲁迅、沈从文等文人的故事。开篇第一位人物是清华大学教务长张彭春。他18岁到美国留学，六年后回国，已经不大会写中文了。“他时常痛恨自己不能娴熟驾驭文字，以至于在清华任职期间……一般书信、公文尚且令他为难……”仅仅六年，张先生用汉字写普通公文都吃力了；我在美国三十年，且专讲英美文学，为了使思想和表达连贯流畅，我日常刻意只用英语思考，以至于做梦都在英文的语境里挣扎。现在却动了心思，率尔操觚写文章，回忆往事、表达感恩与悔过交织的复杂情怀！以现有的水平写作，我不敢想象别人读了如何反应，自己心里就先打起退堂鼓。

幸而少年时代那一点点中国古典文学底子还没忘光，想起了唐代诗人王建的名句：“未谙姑食性，先遣小姑尝。”我硬着头皮写了两篇，寄给国内以前的老师，北京航空航天大学外语学院的前院长高远先生和两位兄长级人物，先父的学生崔枢华教授和看着我长大的包同曾大哥（芝加哥总领馆教育参赞）。让他们看看，指出缺陷，然后我根据他们的意见慢慢地修改数遍，再寄给中华书局《文史知识》杂志当时的主编刘淑丽女史，由赵晨昕先生负责编发。出乎我意料，这两篇文章得到了读者认可。有的说文章有“《世说新语》的味道”；有的说“生动感人，好像是两章新的《儒林外史》”。责任编辑赵先生还特地写了一篇编后的感言加以鼓励。即便如此，我心里还是不踏实，总觉得“不可能罢，能做到通顺已经是靠了师长们的批评指正。或许是因为我写的人物知名度较高，而叙述的事件也是大家没听说过的生活细节，材料本身具有很强的可读性，所以大家才喜欢看。这是题材上占了便宜，和我的写作能力无关”。故此我对自己的文笔依然缺乏信心。不过我知道，要想恢复中文的写作能力，唯一的办法就是不断地写，写多了自然熟能生巧。

2017年我在微信群里看到一则启事，为《2017中国年度随笔》海选征文。当时觉得自己写的东西和头脑中对随笔的印象有类似之处，也许可以试一试吧？缺乏自信，只好向群里一位热心的新群友请教。他看了我的文章说：“你这个应该算普通散文，不是随笔。”这句话虽然让我打消了投稿的念头，却引起了我对散文和随笔之间关系的思考，而这思考也引起了我对自己知识结构的重新认识，因为我脑子里的随笔概念相当陈旧，来自二十岁以前翻阅过的宋代《容斋随笔》和清代《两般秋雨庵随笔》之类。按照传统分法，这都属于“集部”之下的小说类。它既和西学东渐之后的现当代小说无关，按照那位群友的说法，似乎也不是现代汉语语境里随笔的起源。当年我学习英文和古汉语，完全忽略现当代汉语理论和文学作品。现在它们找我讨账来了——连现代意义的随笔到底是什么都弄不明白！

至于他说的“普通散文”我倒是有一些认识，甚至说得上有一点儿研究。最早的因缘产生于十三四岁时所读的《史记会注考证》。先父说：“别净看故事情节，好好体会人家的遣词造句、语调、语气。两千多年以前的文字，到今儿个还明白透彻。你做得到吗？”我当然做不到，但记住了父亲的话：“要说话就得说明白了，还得有趣儿。”多年以后我为了学习德语，阅读了维特根斯坦的《逻辑哲学论》，才发现父亲的话与天才哲学家的见解殊无二致：“凡是能想的事情，都要把它想清楚；凡是能说的话，都要把它说清楚。”而《史记》的叙事不但脉络清晰，而且生动逼真，能使古人的言谈举止，历历如在眼前。至今我还记得张良与黄石公桥上初遇的场景：

> 有一老父，衣褐，至良所，直堕其履圯下，顾谓良曰：“孺子，下取履！”良愕然，欲殴之。为其老，强忍，下取履。父曰：“履我！”良业为取履，因长跪履之。父以足受，笑而去。良殊大惊，随目之。父去里所，复还，曰：“孺子可教矣。后五日平明，与我会此。”良因怪之，跪曰：“诺。”

史家巨擘忽然改用工笔素描，除了一个“圯”字今人不常用，其余皆明白如话，写出一个颇有仁心修养的佳公子，谦恭地应对一位貌似粗鲁的长者，用对话、语气、行动来表达微妙的心理活动，使文中人物得以不朽。难怪张之洞说：“古来词章，无论骈散，凡雅词丽藻，大半皆出其中，文章之美，无待于言。”后来我在先父和元白先生指点下，涉猎了几篇其他类型的古代散文，包括激情四射的先秦诸子，质朴自然的韩柳古文，和讲究“性灵”的明清小品。因为读这些较早，形成了先入为主的概念，觉得文章本该这样写，凡不符合古人标准的，就觉得不够水平，难以卒读甚至彻底放弃。当然，1977 年为应付入学考试，恶补了朱自清的《背影》《荷塘月色》和郁达夫《故都的秋》等三四篇当代散文，似乎也颇有古人的风致。但那毕竟是为了高考的急就章读书法，故此对它们的体悟远不如对古代散文的理解深刻。

20 岁以后，我用越来越多的时间学英文、读英文书。在美国读博的时候，导师是一位有名的散文家。我给她做研究助手，不得不阅读为数不少的英美散文作品，从法国的蒙田到英国的培根、艾迪生、兰姆，再到美国的爱默生、梭罗直至二十世纪以来的诸多当代散文家，当然也包括我导师的作品。这些作品，我阅读得较细、较熟，发现英国艾迪生、兰姆等人的散文，和中国古代的随笔有许多相似的地方，特点是随手而写，不一定有统一而连贯的中心意思，恰如苏轼所言：“如万斛之珠，取之不竭，唯行于所当行，止于所不得不止耳。”除了仔细阅读，我还得从理论上深入研究它们，否则导师偶尔外出时，我替她授课，就无法胜任。

不过要说我接触最早的一本英国散文作品，还是考上大学以前，由北京师范大学生物系包天池教授推荐的鲍斯威尔所著《塞缪尔·约翰逊传》。那里面也有神来之笔，用寥寥数语和一个动作就勾勒出一个性格倔强、心直口快的文豪形象。

> 我说，虽然我满心认为他（伯克莱主教）的学说不对，但又无法反驳他。我再也忘不了约翰逊博士答复我时那轻快敏捷的样子：博士对着路旁一块大石头狠踢了一脚说：“我就这样反驳他！”这一脚力大势猛，让整个身子都受了反弹。

这和张良长跪为老者穿鞋一样，也是通过动作表达心理活动，不过这心理活动的方向是相反的。张良的长跪表达了对貌似弱势但态度蛮横的老者之尊重；约翰逊的狠踢表达了对伯克莱的主观唯心论之蔑视，而且一语双关。从哲理角度讲，意思是谁要是认为物质不存在，那就狠踢石头一脚，他的大脚趾会告诉他石头不仅存在而且很硬很坚实；从心理的角度讲，表达了对虚幻的主观唯心论的愤慨——反驳伯克莱的最好办法就是像踢石头那样狠踢他一脚。这种用行为举止来勾画人物的性格和心理的写作手法，也是美国散文家爱默生的拿手好戏。在描述自己的学生、同是美国超验主义文学家的梭罗时，爱默生如是说：“他不接受为了任何职业的训练，他没结过婚，他独自居住，他从不去教堂，从不投票选举，他曾经拒绝向州政府缴纳某项税收，他不吃肉，不喝酒，从不抽烟，他是个自然博物学家，却从来不用猎枪、网罟捕猎禽鱼走兽。”这篇文章与前面的两例相反，没说梭罗做了什么，而是强调他不做什么。而这一连串的“不”字让梭罗特立独行的批判精神跃然纸上，从效果上看，和前两例异曲同工。

元白先生一生笃信“猪跑学”，而且反复提醒我，无论教书、作文，都要记得这句格言：“没吃过猪肉，难道还没见过猪跑？”我虽然没有修过任何写作课，但在读博给导师做助手期间，用英文写过一篇散文，还得了一个奖。这说明我从中国古代和英美散文家那里了解到“用动作演示胜于用言辞描写”这个道理，也可以指导自己的写作，至少是指导英文写作。

从理论上讲，“用动作演示胜于用言辞描写”，盖因文学作品不能由作者一人完成，而需读者的配合与协作。德国批评家伊泽尔认为作家创作的是“艺术文本”，必须由读者在阅读过程中为作者没有说出的地方“填空”，补出言外之意，从而再创作出一个“审美文本”来。否则，所谓作品不过就是一沓纸。苏联出生、在美国完成学业的批评家詹塞恩进一步解释人们在社会生活中察言观色、见貌辨意的观察力，是我们在阅读中能够填补作者言外之意的心理认知基础。西方的理论和古今中外作家们的实践相合若契，让我深信散文写作最好不要告诉读者你的感情是多么强烈，而是用细节把感情稍加保留地演示出来，从而激发读者的想象力，补足你故意保留的地方；使他们在“填空”时自己体会到强烈的感情，而非听你高谈那些感情。这个道理，在一切创意写作里都有指导意义，不限于散文这一种文体，也不限于英语这一种语言。

群友的好心劝告，让我思考“普通散文”与“随笔”到底是什么关系。我见过西方从古到今的不少散文，见过中国古代和现代的一部分散文，也见过中国古代的随笔，直接经验是中西散文并无本质差别，有些中国古代随笔甚至和英国十七、十八世纪的散文一脉相通。我的间接推论是，无论中西，散文、随笔二者之间，不应该存在着什么不可逾越的鸿沟。要是能见到中国现代的随笔，大概就能彻底解开心里这个疙瘩。后来看到《2017 中国年度随笔》，部分地证实了我的推测，更多的是修正了我的认识。那里面分了四类，即《人生》《世事》《情怀》《言说》。细读其内容，发现各类别当中皆有和古典随笔内容近似的文章，例如李建军先生的《汤显祖的亢直与坚正》（人生）、石湾先生的《重温史铁生的两封旧信》（世事）、任蒙先生的《谒杜甫墓》（情怀）、曾纪鑫先生的《朱熹与紫阳过化》（言说）。所不同的是，古代随笔篇幅短小，结构松散，真是随手记下的道听途说、奇闻逸事；现代随笔则篇幅相当长，每篇都有完整的结构和贯穿全文的中心意思，而且往往有较强的学术色彩，以至于给人这样一种印象，即这些随笔似乎是学术论文中趣味性较强、文笔较为优美的篇什。然而这并不能说它与古代随笔毫无相通之处。除了前面提到的内容近似，写作手法也反映出“演示胜于言说”这一古今中外散文、随笔共有的普遍规律。

> 史铁生光着脊梁接待了我这个不速之客。他家住雍和宫大街26号，屋子不大，仅有一点可利用的空间，都被两辆轮椅占据了（他出门乘坐的轮椅太大，进门后便活动不开，在家必须换乘一辆简易的无摇把轮椅）。我坐定之后，他不时地用双手转动着车轮，似乎是在寻找着一个和我交谈的最佳角度。这时我才发现他轮椅的踏脚板上有一只敞口的尿壶，还有，从他左裤管里伸出的一根棕红色导尿管。小小的后窗被邻居的房檐遮挡住了，既不通风，又没电扇，屋子里弥漫着呛人的尿臭味，

就更显得闷热难耐了。（石湾《重温史铁生的两封旧信》）

作者没有高声赞扬史铁生困境中顽强创作的刻苦精神，而是通过他在狭小、封闭空间中不停调整轮椅这个动作，和因残疾而不得不使用的那些不太卫生的卫生设备，把那种精神展示给读者看，让他们切身体会到作者对人物的同情与敬佩。

阅读《2017 中国年度随笔》使我对现代汉语中随笔这种文体有了初步的感性认识，觉得它和古今中外的散文和随笔虽然有较明显区别，但基本内涵是相通的，而我自己写的那几篇拙文恰好也有一定的学术价值，应该可以归于此类。于是，当看到《2018 中国年度随笔》征文启事的时候，我就爹着胆子把当年发表过的拙文《启功大师说“不”的艺术》按照征文启事的规定，寄给了编辑部。没想到居然被收用，并且放在了《情怀》的第一篇。由于这是全国海选，所以对我来说，确实是一个鼓励，帮我翻过了心理上的一个坎儿。它不仅证明我对于随笔这种文体的认识基本上是正确的，而且让我对自己的中文写作产生了信心：也许歪打正着，我借助早年的一点儿古典文学知识，结合后来对英美散文比较深入的认识，转用到荒疏了多年的现代汉语实践上，也可以让国内的汉语作家群体接受。此后两年我放心大胆地又写了十几篇，效果也不错。所以到了 2019 年，一看到征文启事，我马上就把上个月在《文史知识》杂志上发表的一篇拙文《月光皎洁只读书》寄去投稿，没想到犯了个小小的错误。

《中国年度随笔》编辑部有个不成文规定，为了保证刊物的广阔性，一般不收用上年度作者的文章，这样可以覆盖更多的作者。这是很好的规定，公正而开明。因为我事先不了解情况，给主编徐南铁先生出了难题。后来蒙他错爱，破例收用了此文。原因主要是书中人物确实特殊而有趣。我当然明白自己还是占了题材本身的便宜，但能两次上榜，彻底驱散了当初的自我怀疑。为此，我对出版《中国年度随笔》的漓江出版社，还有主编徐南铁先生，深怀感恩之心。当他提出让我为今年的优秀文选写一篇序的时候，我觉得特别荣幸，所以明知自己不具备这种资质，也要拼力写一写，为的是和同好们分享一下学习随笔的心得体会，鼓励那些和我一样自信心尚不充分的同好，大胆地尝试。大家合力，为《中国年度随笔》贡献更多的好文章。

无力作序，有机会把学习心得分享一下，不亦乐乎！

2020 年 11 月 11 日于西雅图

? 焦点

【主编者言】疫情，是本年度的一个深痛焦点，它的影响边际尚不能界定。人类社会的运转曾一度停滞，社会发展的脚步正变得滞重甚至后退。人类不得不由此认真审视自己的行为和命运……

病毒时刻：无处幸免和苦难之间

赵汀阳

突然的无处幸免

2020 年的新冠病毒全球大流行迅速使病毒时刻成为政治时刻、社会时刻、经济时刻和历史时刻，甚至被认为可能会成为历史的分水岭，如 T. 弗里德曼认为历史可被分为“新冠肺炎疫情前”和“新冠肺炎疫情后”，见惯兴衰的基辛格也认为病毒“带来的政治与经济剧变可能持续几代人”，甚至“永远改变世界秩序”。此类说法流露出一种真实心情的预感，即世界要变天。罗伯特·席勒的看法另有一种历史社会学的视角：“我将疫情视为一个故事、一种叙事。新冠病毒自身可以作为一个故事传播……叙事也会像病毒一样具有传染性。如果一个故事主导舆论场好几年，就会像一场流行病一样改变许多东西。”

但病毒时刻还尚未见分晓，仍在不确定性中演化，因为病毒时刻是否真的成为划时代的时刻，取决于世界的后继行动和态度。答案一半在病毒手里，另一半在人类手里，而病毒和人类行动都是难以预定的无理数。在这里暂且不追问答案，也无能力预知答案，还是先来分析病毒时刻提出的问题。

认为病毒时刻是“史诗级的巨变”或“历史分水岭”，这些文学形容需要明确的参照系才能够明辨。假如以最少争议的划时代事件作为参考尺度，或可进行量级比较。历史上最重大的事情无过于以下几种：改变生活、生产或思想能力的发明，比如文字、车轮、农业、工业、逻辑、微积分、相对论、量子力学、疫苗、抗生素、互联网、基因技术、人工智能等等；或者精神的发明，比如大型宗教、希腊哲学、先秦思想等；或者政治革命，如法国大革命和十月革命；或者大规模战争，如第二次世界大战；或者经济巨变，如地理大发现、资本主义、全球化市场和美元体系。按照这个粗略的参照系来比较，除非后续出现始料未及的政治或精神巨变，否则新冠病毒蔓延事件本身并不具备如此巨变的能量，但据经济学家的估计，或许足以造成类似 1929—1933 年那样的经济大萧条。

我们还可以换个分析框架或历史标准来看病毒时刻。布罗代尔的三个时段标准是一个有说服力的选项。事件有着暂时性，相当于历史时间之流的短时段波浪，那么，什么样的波涛能够波及在历史时间中足以形成大势的中时段，甚至触及稳定结构的长时段深水层？几乎可以肯定，新冠病毒大流行的影响力超过了短时段的事件，或有可能形成某种中时段的大势。如果真的能够决定数十年的大势，那就很惊悚了。假如新冠病毒大流行只是造成经济大萧条级别的后果，似乎仍然属于事件的范畴，尽管是特大事件，但还不足以形成大势；假如它导致了政治格局的改变，那就是大势了。这个大势的可能性虽然风雷隐隐，但尚未形成充分必然的理由，我们还需要考虑到来自长时段既定结构的阻力。文明、社会和思想的深层结构具有抵抗变化的稳定惰性。

从历史经验上看，意外事件冲击过后往往出现反弹，大多数事情会寻根式地恢复其路径依赖从而恢复原样，所谓“好了伤疤忘了疼”。这种反弹不仅是心理性的，也是理性的，特别是在成本计算上是理性的。长时期形成的结构凝聚了大量成本，不仅是时间成本、经济成本和技术成本，也是文化、思想和心理成本，这些成本的叠加形成了不值得改变的稳定性。破坏结构等于釜底抽薪，是危及存在条件的冒险，所以革命是极高成本的变革。成功的革命总是发生在旧结构已经完全失灵的时候，即旧结构失去了精神活力，无法保证社会安全和秩序，无法维持经济水平。可以注意到，1968 年以来的世界发生了大量连续的解构运动，但主要是拆解了文明的一些表层结构，比如艺术的概念、性别的概念、社会身份和自我认同之类，尚未动摇经济、政治制度和思维方法论等深层结构。那些最激进的解构几乎只存在于文本里，难以化为现实。解构运动的历史力度相当于对结构的装修：既然没有能力建造新房子，就只能以多种方式来装修。如果尚无能力在新维度上生成新结构的设想，尚未具备“建构力”的理念、原则和社会能量，解构就终究不可能化为革命，解构的行为反倒在不长的时间里就被吸收进旧的体制，反而成为旧结构的老树新花。

按照布罗代尔的理解，地理结构、经济结构、社会结构、思想结构或精神结构这些属于长时段的深层结构，具有超强的稳定性而难以改变。正因如此，千年不遇的大变局一旦发生，比如现代性的形成，或资本主义的形成，就成了两百年来被不断反思的大问题，而百思未解的现代性却已在等待结构的“时代升维”了。不过新冠病毒大流行是否能够触发一种新的结构，仍是个未定问题。关于新冠病毒大流行的结果，有一个颇有人气的最严重预测是全球化的终结。如果出现这个结果，就无疑达到了中时段的大势变局，甚至触及长时段的结构。

全球化是资本主义的一个结果，只要资本主义存在，资本就很难拒绝全球市场的诱惑。目前的全球化模式只是初级全球化，就经济层面而言，是分工的全球化。在分工链条中，参与其中的国家都在不同程度上受益。分工的全球化有可能被终结，但各地仍然需要全球市场来保证经济增长，而技术化和信息化的经济更需要最大程度的扩张，因此，就经济而言，全球化的终结对经济、技术和信息都不是一个非常积极的理性激励。当然不排除出现政治性的全球化终结，政治自有政治的动力。无论如何，追求自主安全和排他利益的最大化确实将成为未来的一个突出问题，因此有可能出现全球化的转型，由分工的全球化转向竞争的全球化。如此的话，那就至少形成了中时段的大变局。

竞争的全球化意味着，全球市场继续存在，经济、技术和信息的全球化继续进行，但全球化的游戏性质发生了改变，原先全球化中的合作博弈比例大大减少，而不合作博弈的比例大大增加，甚至可能会形成不合作博弈明显压倒合作博弈的局面。其中的危险性在于，竞争的全球化有可能激化而导致全球化的租值消散，从而使全球化本身演化成一个进退两难的困境，退出就无利可图，不退出也无利可图。当然，这是一种极端可能性，而更大概率的可能性是，当不合作博弈导致无利可图的时候，合作博弈就会重新成为诱惑——至少按照艾克斯罗德的演化博弈模型来看是这样的。历史经验也表明，人类总是陷入困境，但也总能够想出办法脱困。

新冠病毒大流行的问题链会有多远多深，是否会触及并动摇人类思想的深层概念，即哲学层次的概念，这一点将取决于新冠病毒是否有着长时段的影响力。我们不可能穿越到未来去提前察看病毒大流行的结果，但目前可以看得见提醒物。提醒物未必指示结果，但暗示问题。

在提醒物中，我们首先看到的是在长时间欢乐中被遗忘的“无处幸免状态”。世界许多地区在经常性并且无处不在的“嘉年华状态”中遗忘了灾难的无处幸免状态。无论是假日旅游、演唱会、体育比赛、产品发布会、首映式、电视节目、公司年会、销售活动，还是艺术展览，都可以做成嘉年华，以至于嘉年华不仅占据了时间，而且变成了空间本身。时间性存在占有空间的时间足够长，就改变了空间的性质，即使时间性的活动结束了，空间也已经感染了难以消退的嘉年华性质。终于，无论是生活空间（外空间）还是心理空间（内空间）都感染了嘉年华的性质。

新冠病毒以事实说话，其高强度的传染性使得世界无处幸免，压倒了嘉年华的感染力。本来，作为极端可能性的无处幸免状态从未在理论中缺席，可是理论却缺席了，欢乐不需要理论，因此理论被遗忘了。无处幸免状态并非抽象的可能性，它有着许多具体意象，比如全球核大战、星体撞击地球、不友好的外星文明入侵之类，此类可能性据说概率很低，而且一旦发生就是人类的终结，也就不值得思考了，因此，无处幸免状态不被认为是一个问题，而是一个结论，或者是问题的终结。无处幸免状态在问题清单上消失了，转而在心理上被识别为恐怖传说或科幻故事，与现实有着安全距离，因此可以安全地受虐，大毁灭的故事反倒具有了娱乐性和超现实感。然而，无处幸免状态并非没有历史先例：恐龙灭绝虽然是恐龙的灾难，但所蕴含的可能性对于人类同样有效；各地历史都流传着灭绝性的大洪水故事；中世纪的黑死病；1918 年大流感；冷战期间险些发生的核大战，如此等等，但这些历史都已化为被时间隔开了的老故事而遮蔽了问题。新冠病毒未必有以上历史事例那么致命，却因现代交通和全球化而形成迅雷效果，直接把无处幸免状态变成现实，从而暴露了需要面对的相关问题，也把原本不成问题的事情重新变回了问题。这种“问题化”是创造性的，意味着原本可信任的社会系统、制度和观念在意外条件下可以突变为问题。人类的社会系统经得起慢慢地巨变，但经不起突变。严重的不仅是病毒，而是病毒的时刻——全球化的流通能量超过了每个地方当下承受风险的能力。

大规模传染病并非全球化的独特现象，而是古老问题。在全球化之前，病毒通过“慢慢地”传播，最终也能传遍世界，假如不是由于某种运气被终结在某处的话。虽说太阳底下无新事，但新冠病毒把老问题推至新的条件下，就转化成了新问题。新冠病毒在当代交往与交通条件下的高速传播形成了类似闪电战的效果，使各地的医疗系统、社会管理系统、经济运作和相关物质资源系统猝不及防就陷入困境，使传染病由单纯的疾病问题变成了社会、政治和经济互相叠加的复杂问题，直接造成了两个效果：一个问题即所有问题，这是政治最棘手的情况；一个地方即所有地方，这是社会最难应对的情况。这种连锁反应如不可控制地溃堤，就会穿透脆弱的社会系统而叩问人类生活的基本结构和基本概念，如果因此部分地改变了文明的基本概念，新冠病毒大流行事件就可能具有长时段的意义。

形而下问题暴露了形而上问题

新冠病毒大流行粗鲁而直接提出的是一个形而下的问题，即现代社会系统的脆弱性，或按照博弈论的说法，现代系统缺乏“鲁棒性”（robustness）。现代社会结构的所有方面都几乎完成了系统化。环环相扣的系统化意味着高效率，也意味着脆弱性。现代系统不断追求最小成本与最大收益，因此通常缺乏缓冲余量而加重了系统的脆弱性。为了达到利益最大化，现代社会的资金、物资、装备、生产、运输、供应系统都环环相扣而全马力运行，不仅在能力上缺乏余量，甚至预支了未来，总是处于能力透支的临界点，事实上很多系统都处于赤字状态，所以难以应对突变事件。塔勒布早就以其黑天鹅理论解释了现代系统的脆弱性。现代社会中唯一有着庞大余量的系统恐怕只有军备，比如可以毁灭全球若干次的核武器，而最大程度预支了未来的大概是金融体系。金融是现代社会运行的基础，因此，预支未来就成为当代性的一个主要特征。当代系统的基本意向是厌恶不确定性，可是不确定性却无法避免。就事实状态而言，或就存在论而言，不确定性才是真实事态，而确定性其实是一个概念，是逻辑和数学的发明，并不存在于现实之中。

新冠病毒大流行对于现代系统是正中要害的精准打击，这个要害就是人，或者说生命。现代系统本身的脆弱性只是隐患，在大多数情况下，即使遇到不确定性甚至严重挑战，往往最终仍然能够脱困，原因在于，系统的关键因素是人，是人在解决问题。人是具有灵活性的生命，人的思维和行动能力都具有天然的“鲁棒性”，所以，有人的系统就有活力。可是新冠病毒打击的对象就是人，当人的生命普遍受到威胁，现代系统能够指望什么力量使其脱困？

能够瘫痪现代系统的要命打击，或直接威胁人的生命，或威胁人类生存的基本需要而危及生命（例如粮食）。无论当代技术多么发达，乃至于人们很多时间都生活在科幻效果或虚拟世界里，但只要人类仍然是碳基生命，那么，就存在论的顺序而言，人类的生命需要就优先于政治需要、经济需要、价值需要、享乐需要和文化需要。更准确地说，生命的基本需要就是最大的政治、经济和社会问题。虽然未能肯定新冠病毒是否是一个史诗级的挑战，但肯定是一个范例式的挑战，它准确地踩在现代体系的神经上：生命问题。这是现代系统的阿喀琉斯之踵。

长时间以来，关于世界性危机的讨论更多聚焦于金融泡沫、气候变暖、大数据和人工智能对自由的威胁、动物保护或冰川融化等议题。这些危机固然严重，但远非新冠病毒大流行这样覆巢毁卵的危机。甚至其中有些议题，比如气候变暖，在科学界尚有争议。但这不是要点，问题是，那些议题被中产阶级化之后，掩盖了更致命的危机，忘记了农民、工人和医生才是生存的依靠。新冠病毒大流行之所以如此触动人们神经，就在于它是一个突然出现的提醒物，再次提醒了人类集体的安全问题，再次提醒了“去死还是活”（to be or not to be）的问题永远有着现实性。

危机总是从形而下的脆弱性开始。对于许多经济学家而言，新冠病毒大流行意味着百年不遇的经济灾难正在发生，实体经济的萧条加上金融体系的崩溃。这比金融泡沫所致的金融危机要深重得多，因为实体经济大萧条必定加重金融危机，而金融危机又反过来打击实体经济的复苏，这样就会形成一种循环的衰退。与此相关，政治学家更关心新冠经济危机可能导致的政治后果。有政治学家认为——不知是担心还是庆幸——全球化会因新冠病毒大流行而终结。终结某种运动（包括全球化）有可能是新的开始，也可能会自陷困境，这取决于是否存在着更好的出路。对某种事情不满意不等于能自动产生更好的选项。全球化从来不是一个皆大欢喜的合作运动，任何合作都会遇到如何分利的难题，完美的合作只存在于哲学理论中，就像“完全自由市场”从来只存在于经济学文本里。正如荀子在两千多年前就发现的，哪里有合作，哪里就有不平和不满，哪里就有冲突和斗争。我们甚至可以说，合作总是埋下冲突的种子，总会创造出合作的破坏者。

然而，全球化在存在论上改变了世界的概念。在传统的世界概念里，任何实体之间的合作都没有达到可能利益的极限，在理论上总是存在更好的机会，而全球化把利益最大化的空间尺度推到了世界尺度，为利益最大化建立了极限标准，于是占有世界市场就成为利益最大化的最大尺度，因为不存在另一个世界。世界是博弈策略的存在论界限。在此可以看到存在论如何限制了逻辑：逻辑无穷大，在逻辑时间里存在着无穷多的可能性，但那些无穷多的可能性并不真实存在，而一旦进入真实存在，可能性就受制于特定的存在状态，只剩下“多乎哉”的寥寥选项了。这意味着，想要无穷性，就只能不存在；想要存在，就只能屈服于有限性。两百年来全球化的存在论后果是把全球化变成了谋求利益最大化的“占优策略”。由此来看，全球化的博弈会有冲突或策略性的倒退，如前面所分析的可能性，由分工的全球化转向竞争的全球化，一旦竞争激化就可能造成无利可图的进退两难状况，因此，从中长时段来看，世界可能会谋求全球化的升级以获得稳定的利益。目前的全球化是低水平的全球化，是在无政府状态的世界中进行的粗放运动，有动力，有能量，但是无秩序，无制度，就是说，低水平的全球化尚未具有稳定的全球性。按照古希腊人的说法，无秩序的混沌整体尚未变成有秩序的整体世界。可以说，新冠病毒大流行未必是预告全球化终结的句号，或许是以一个感叹号提示了还存在一个全球性的建构问题。

任何存在的改变都需要概念层次上的改变，否则只是表面化的变形。因此，形而下的严重问题就会引出形而上的问题。新冠病毒的提醒是，如果要修正当代社会的形而下系统的脆弱性，恐怕就需要修正其形而上的观念假设和思维方式。哲学并非纯粹观念，而是隐藏着的病毒。加布里埃尔相信，在新冠病毒大流行过后，人类需要“一场形而上的大流行”。这是一个有想象力的建议，我们的确需要一场像流行病一样有力量的形而上反思，让思想获得集体免疫，这需要找到一个突破性的升维条件，即发现或创造比现代思维空间高出一个维度的思想空间，才能够摆脱现代思维空间的限制。如果没有思想维度的突破，对现代思想的反思因为受限于现有空间内部而奔波在解释学循环中，即使其解释角度越来越丰富深入，但因为只是内部循环，所以就不足以摆脱现代思想的向心力，也就不可能超越现状。

加布里埃尔很正确地批评了现代的科学压倒了道德，可是他呼唤的人文道德却仍然属于现代性内部的观念，比如平等和同情。这里有个难以摆脱的困境：如果现代科学压倒了道德，那么就证明了目前的道德观念明显弱于现代科学，也就没有能量定义生活、社会和规则。可以发现，真正需要被反思的对象正是我们的道德观念系统。我们更需要的是一种维特根斯坦式的无情反思，要从伦理学的外部来反思伦理学，否则其结果无非是自我肯定，即事先肯定了我们希望肯定的价值观。

现代的主流思维模式强调并且追求普遍必然性，它象征着完美和力量。后现代思想虽然对此多有批判，但没有触动现代在存在论上的结构，只要一个问题超出了话语而落实到实践，就仍然只有现代方案而没有后现代方案。现代性如此根深蒂固，根本在于它塑造了最受欢迎的人的神话。人类试图掌握自己的命运，试图按照人的价值观来建立普遍必然性（普遍必然性的荣耀本来归于神或宇宙），这是现代人为自己创造的形而上神话。后现代在批判现代性时尤其批判了科学的神话，其实，现代神话不是科学，而是人的人文概念。人的神话假设了人的完美概念，抄袭了许多属于神的性质，包括人要成为自然的主人，人要成为按照自己的意志创立规则的主权者，每个人要成为自由的主权者，以至于人的概念几乎变成了神的缩影。然而人的神话缺乏存在论的基础，人并无能力以主体性定义普遍必然性，也无能力把“应然”必然地变成“实然”。现代人确实试图借助科学来为人的世界建立普遍必然性，但这是一个人文信念，并非科学本身的意图。事实上，科学从来都承认偶然性和复杂性，始终在思考动态变量（从函数到微积分到相对论和量子力学），反而是人文信念在想象普遍价值、绝不改变的规范或神圣不可侵犯的权利。不能忽视的是，这不是一个知识论的信念，而是一个政治信念。莱布尼茨早就证明了，要具备定义普遍必然性或无条件性的能力，就需要能够“全览”逻辑上的所有可能世界，相当于无穷大的能力。人显然不具备这种能力。

无论选取哪些价值观作为一个社会的基本原则，如果设定为无条件的或在任何情况下普遍有效，就会缺乏应变性和弹性，在实际情景中容易导致悖论。一成不变不是任何一种可能生活的特征。假如规则是死的，人就死了。如果允许给出一个数学式的描述，我愿意说，生活形式都具有拓扑性质，其好的本质可以维持不变，类似于拓扑的连续性，而其具体表现则如同拓扑的可塑性，根据具体情况和具体需要而被塑形。虽然黑格尔命题“现实的就是合理的”容易被误解，但问题是，如果一个观念在现实中不可行，就只能说明这个观念是可疑的，而不能证明这个观念不应该存在。休谟认为，不可能从事实推论价值（从 to be 推论 ought to be），这在大多数情况下是正确的。另一方面，似乎还可以说，从价值推论事实（从 ought to be 推论 to be）恐怕更加困难。

哲学苦苦寻求的普遍必然性在生活世界里难有见证，它只存在于数学世界中。这是因为数学的世界是由数学系统定义并建构出来的，并非现实世界的镜像。数学系统中的存在物，或因定义而存在，或因“能行构造”而存在，所谓“存在就是被构造”（直觉主义数学的表述），所以数学中的存在物是数学系统的一个内部事实，因此能够依照逻辑而建立普遍必然性。与之对比，人文观念要解释的问题和事物都具有外在性，由不可控制的事物、实践和变化组成，人文观念只能在变化的世界中去寻找合适的落脚点。如同容易受到环境影响而易挥发、易溶解或易氧化的物质一样，用于解释生活的概念也缺乏稳定性。在平静无事的时段里，人文观念也平静无事，但在多事之秋，就被问题化。

大多数的人文观念都有自圆其说的道理，所以很少见到在辩论中被驳倒的人文观念或者“主义”（除非被禁止表达）。然而人文观念却很容易被现实驳倒，所以概念最怕具体化或情境化，一旦具体化就问题化，一旦问题化就被现实所解构，尤其是那些宏大概念，比如幸福、自由、平等、双赢等。德里达用了很大力气去解构宏大概念、权威和中心，其实那些宏大概念在变化难测和自相矛盾的实践中从未完美地存在过。

人类缺乏与大自然相匹配的无穷多维智力，尽管人类能够抽象地理解多维的世界，并且鄙视一维或线性的思维方式，但实践能力的局限性迫使人只能一维地做事，于是实践所要求的排序问题就难倒了人——尽管看起来只相当于小学一年级的算术难度。一方面，事情是复杂而动态的，所以生活需要多种并列重要而且不可互相还原的价值才得以解释；另一方面，实践迫使我们对价值做出排序，即优先选择。只要存在着排序难题，就很难在生活所需的多种事物或多种价值之间维持平衡，而失去平衡就等于每种事物或价值观都失去自身的稳定性，也失去互相支撑互相作保的系统性，只要遇到严重危机，价值观和制度就陷入两难困境。这是秩序或制度从来都不能够解决的问题。这表明了，不仅人造的社会系统有着脆弱性，而且指挥着行为的思想或价值观系统同样有着脆弱性，这正是文明的深层危机。

如果说，形而下的危机来自现实的“锐问题”，那么形而下的危机所触动的“深问题”就构成了形而上的危机。新冠病毒就是一个触动了深问题的锐问题。其中一个问题就是，现代所理解的政治概念本身就是一种隐藏的自杀性病毒，它在破坏政治的概念。价值观只能是人在长期实践中自然形成的集体选择，显然，人有着众多的群体，因此有着多种集体选择，也就存在着分歧和冲突。有能力保护文明的政治不是斗争，而是在文明的冲突的丰富性和复杂性之中建立平衡的结构性艺术。如果政治只是斗争，就无非重复和强化了现实中已经存在的冲突，在斗争之上再加斗争，不是多余的就是加倍有害的。斗争是本能，不是政治。政治是创造合作的艺术——假如政治不能创造合作，又有何用？

因此，需要反思的形而上问题不是应该赞成和支持哪一种价值观——这只是形而下的斗争——而是作为人类共享资源的思想系统是否合理，是否足以应对生活遇到的可能性。换句话说，思想观念的有效性和合理性的基础是什么？什么事情人可以说了算？什么事情人说了不算？什么事情听从理想？什么事情必须尊重事实？在新冠病毒情景中，问题更为具体：什么事情必须听从科学？什么事情可以听人的？什么事情听病毒的？

危机：生存之道和游戏规则

理论之所以在自身的空间里可以自圆其说，而进入实际案例就有可能崩塌，是因为理论和现实是两个空间。理论空间的法则是逻辑，而现实空间的法则是规律，两者不可互相还原，所以现实不听从理论。尽管理论可以部分地映射现实（通常说是“反映”现实，这个镜像比喻不准确），然而建构方式完全不同。只有当现实处于稳定、平静、确定的状态时，理论对现实的映射才是部分确定的，而只要现实进入动荡的“测不准”状态，理论概念就互相冲撞、互相妨碍乃至失灵。理论不怕认真，只怕现实的危机。既然现实不会自己走进理论，那么理论就需要走进现实。

如果说，预支未来是当代性的一个主要特征，那么当代性的另一个相关特征就是危机状态，事实上大量的危机正是预支未来所致。当代几乎所有系统都处于“紧绷神经”的状态，而危机形成了思想困境的临界条件。一个典型情况是，危机往往导致伦理学悖论，最常见的伦理学悖论就是优先拯救的困境（比如电车难题）。新冠病毒大流行为优先救治难题提供了实例。医疗能力有着充分余量的国家，当然不存在这个困境，每个人都可以获得救治的机会。但有些国家的呼吸机不足，优先救治就成为难题。现实条件排除了理想的选择，而延迟选择也是罪。在此，想象力受到了挑战。实际上的可能选项大概只有如下几种：一、按照先来后到，这是平等标准。二、按照轻重缓急，这是医疗标准。三、按照支付能力，这是商业标准。四、优先妇女儿童，这是一种伦理标准。五、优先年轻人，无论男女，也是一种伦理标准。其中，除了三是可疑的，其他标准都有各自在理性上竞争的理由。如果考虑知识论的理由，那么二最有道理；如果考虑伦理学理由，那么四和五都更有道理。假设有的地方优先救治更有机会存活的年轻人（纯属假设），这个选择会受到质疑，可是这种选择已经是相对最优选择之一，与二并列相对最优。没有一种选择是严格最优的，都有某种缺陷。也许选项二的负罪感相对最低。尽管人们都希望一种能够拯救每个人的最优伦理，然而超出实践能力的最优理念只存在于图书馆。康德早就发现：应该不能超过能够。

千万不能把这种分析误解为反对最优的伦理设想。关键是，最优的伦理设想却未必是一个最优理论。一个最优理论必须具有覆盖所有可能世界的充分理论能力，一方面把“最好可能世界”考虑在内——否则就没有理想的尺度去检查有缺陷的现实；另一方面把“最差可能世界”考虑在内——否则就没有能力去防止或应付严重危机。如果一种伦理学或政治哲学不考虑“最差可能世界”，而假设了优越的社会条件，就是一种缺乏足够适应度而经受不起危机的脆弱理论。新冠病毒大流行迫使许多地方实行的“隔离”（quarantine）成为一个争论焦点。其实，比起战争、大洪水、大饥荒或社会暴乱，隔离状态算不上最差情况。

人类生活的各种需求就其严重程度而言有着存在论的顺序，生存通常位列第一。但阿甘本提问：“一个仅仅相信幸存以外不再相信一切的社会又会怎样呢？”这是个更深入的问题。假如活命只不过是苟活，那就可能不如去死。然而这些问题似乎把新冠病毒的语境无节制地升级而导致了问题错位，新冠病毒的隔离是否达到了“不自由毋宁死”或“好死不如赖活”的极端抉择？阿甘本对隔离的理解未免“人性，太人性了”（尼采语）。以反对隔离来捍卫自由，这暗示了其反面意见似乎就是支持滥用权力——但这是一个陷阱。与阿甘本真正相反的观点其实是，人只能承认生活有着无法回避的悖论。人类享有的自由、平等和物质生活是文明的成就，这些文明成就的立足基础是数万年的艰苦卓绝甚至残酷的经验，而这些文明成就并非一劳永逸地享有，要捍卫文明就仍然会经常发生吃苦的经验。正如经济学永远不可能清除“成本”的概念，任何文明成就也永远不可能排除“代价”的概念。代价是一个存在论概念，是存在得以存在的条件。

有一个需要澄清的相关问题是：这隔离不是那隔离。对传染病实行隔离法是一个古老经验。秦汉时期已有局部隔离法，称为“疠所”，即麻风病隔离所。古罗马在查士丁尼大帝（527—565年在位）时期也发明了麻风病隔离法。现代的检疫隔离概念来自中世纪对黑死病的隔离，这个概念意思是 40 天隔离。检疫隔离有别于社会隔离（isolation）。社会隔离通常具有政治性和歧视性，比如历史上欧洲对犹太人的隔离或美国对黑人的隔离。混同检疫隔离和社会隔离会误导对问题性质的判断。新冠肺炎疫情隔离显然属于检疫隔离，而不是社会隔离。虽然不能完全排除检疫隔离被权力所利用而同时变成社会隔离的可能性，但就其主要性质而言并非政治性的。假定阿甘本仍然坚持对检疫隔离的政治化理解，把它归入当权者乐于使用的例外状态。那么还可以追问一个侦探式的问题：谁是检疫隔离的受益者？不难看出，危机时刻的检疫隔离的受益者是全民。既然是全民，就很难归入政治性的例外状态，而应该属于社会性的应急状态。除了全民的安全，检疫隔离还有效地保护了医疗系统的能力。如果医疗系统无法承载超大压力而崩溃，则全民的安全保障也随之崩溃，而如果社会秩序、医疗系统和经济一起崩溃，个人权利就只是无处兑现的废币，虽有票面价值，但失去使用价值，个人权利就变成不受保护的赤裸权利，而赤裸权利肯定无力拯救阿甘本关心的“赤裸生命”，到那个时候恐怕就真的变成政治问题了。

这个政治问题就是：到底是什么在保护个人权利？首先，宪法和法律是制度上的保证。进而，任何事情都必须落实为实践才真正生效，权利也必须落实为实践才真正兑现。实践涉及的变量太多，几乎涉及生活中的所有变量，已经超出了任何一个学科的分析能力，只能在一种超学科的概念里去理解。实践问题等价于维特根斯坦的游戏问题，因此可以借用维特根斯坦的游戏一般分析模型。按照维特根斯坦的游戏概念，一个游戏需要共同承认才生效，同时，参加游戏也就承认了游戏的规则，这一点已经默认了游戏的一个元规则，即任何一个游戏参加者都没有破坏规则的特权，或者说，都不是拥有特权的例外者，比如说没有作弊耍赖或要求特殊对待的特权。游戏概念有助于说明，如果社会是一个游戏，那么个人权利并不是一种私人权利，也就是说，个人权利是游戏所确定的平等权利，并不是一种由私人意愿所定义的特权。于是，在游戏中只有合法的（相当于合乎规则的）个人行为，但没有合法的私人行为。按照自己自由意志的私人行为只在私人时空里有效，如果私人行为入侵了游戏的公共时空或他人的私人时空，就不再合法了。其实这正是法律的基础。比如说，一个人在自己房间里饮弹自尽，这是私人行为，但如果在公共空间里引爆炸弹自尽而伤及他人，就不再是私人行为，而是破坏游戏规则的个人行为，即违法行为。同理可知，在检疫隔离的游戏中，如果一个人把可能伤害他人的行为理解为私人说了算的自由权利，就是把人权错误地理解为个人特权。就像不存在一个人自己有效的私人语言(维特根斯坦定理)，也不存在一种只属于自己的私人政治。政治和语言一样，都是公共有效的系统。如果把个人权利定义为绝对和无条件有效的，就有着私人化的隐患，不仅在理论上会陷入自相矛盾，在现实中也必定遇到同样绝对和无条件的他人权利而陷入自相矛盾。

但是当代的一个思想景观是，观念已经不怕逻辑矛盾，也不怕科学，转而凭借政治性而获得权力。福柯的知识考古学发现，这种现象早就发生了，知识和权力的互动关系产生了“知识—权力”结构，其结果是，在社会知识领域，知识的立足根据不再是知识本身的理由，而变成了政治理由。这可以解释观念如何变成意识形态。当观念（ideas）试图以政治身份去支配现实，就变成了意识形态（ideologies），或支配性的话语。在社会视域里，理论、理性分析和对话被边缘化甚至消失，几乎只剩下政治挂帅的大批判。并非真相消失了，而是“眼睛”和“耳朵”没有能力走出后真相话语。后真相话语形成的意识壁垒又反过来加强了意识形态。在后真相时代，并非所有话语都是意识形态，而是每一种能够流行的话语都是意识形态。意识形态化是话语的在场条件，否则在话语平台上没有在场的机会。后真相话语的叙事助力有可能把突发的暂时危机变成长期危机。病毒只是自然危机，而关于病毒的叙事却可能成为次生灾害。

苦难的本源性

新冠病毒大流行在哲学上唤醒了“苦难”问题。这是一个长久被遗忘的问题，可是苦难却一直存在。

人的神话以及现代化的巨大成就促成了当代观念的傲慢。尽管激进思想家们一直在批判现代性，但仍然没有能力改变当代支配性的“知识型”（episteme）。当代社会倾向于以“好运”的概念去替代“命运”的概念，为“失败”而焦虑而不愿意面对古希腊所发现的“悲剧”，突出了“积极性”而拒绝承认“消极性”的进步论导致了思想失衡。其实平衡或对称不仅是数学现象，也是生存的存在论条件。当代思维发明了一种不平衡的逻辑，只专注于成功和幸福的故事，幻想福利可以无条件供给，权利可以无条件享有，自然可以无限被剥削，如此等等，这种幻想基于一个伦理学的理想化“应然”要求：成本或代价应该趋于无穷小而收益应该趋于无穷大。这种逻辑挑战了我们从亚里士多德、弗雷格和罗素那里学到的逻辑，而且也挑战了物理学，比如能量守恒定理或热力学第二定理。

就广泛流行的当代哲学而言（以传媒、教育体系和大流量网络平台的接受倾向为参照），尽管各种哲学的目标话题各有不同，如以福柯的知识考古学方法加以观察，则可发现，众多流行哲学有着一个共通的知识型即“幸福论”。最大程度地扩大每个人的幸福和福利，是幸福论的共同底色。幸福论倾向于主张每个人的主体性有着绝对“主权”，以便能够最大限度地扩大个人自由并将个人的私人偏好合法化，个人可以自主合法地定义自己的身份、性别、价值和生活方式，乃至于在极端化的语境中，“个人的”有可能被等同于“私人的”，并且等价于正确。自我检讨地说，我在1994年出版的《论可能生活》也是一种幸福论。

幸福是人的理想，但幸福对于解释生活来说却远远不够，因为幸福论对可能发生的苦难无所解释，甚至掩盖了苦难问题。对于建立一个解释生活的坐标系来说，比如一个最简化的坐标系，幸福只是其中一个坐标，至少还需要苦难作为另一个坐标，才能够形成对生活的定位。在“幸福—苦难”的二元坐标系中，幸福是难得的幸运，是生活的例外状态。当代的幸福论谈论的并不是作为至善的幸福，而是幸福的替代品，即快乐。现代系统能够生产在物质上或生理上的快乐，却不能生产作为至善的幸福，更缺乏抵挡苦难的能力。苦难问题之所以无法省略也无法回避，是因为苦难落在主体性的能力之外，就像物自体那样具有绝对的外在性，所以苦难是一个绝对的形而上学问题。

新冠病毒大流行提醒了苦难的问题，把思想拉回到生活之初的逆境。假如人类的初始状态是快乐的，没有苦难，就不可能产生文明。伊甸园就是“无文明”的隐喻，而人被放逐是一个存在论的事件，意味着苦难是文明的创始条件。苦难问题不仅解释着人类文明的起源，也很可能是人类的一个永久的问题，因为只有磨难才能够保持起源的活力或蛮力。可以注意到，几乎所有宗教都基于苦难问题，这一点也佐证了苦难的基础性。如果回避了苦难问题，就几乎无法理解生活。宗教对苦难给出了神学的答案，但是各种宗教给出的答案并不一致，而且每一种答案都无法证明，这意味着，真正的答案就是没有答案。因此，就思想而言，苦难只能是一个形而上学的问题。哲学问题永远开放，没有答案也不需要答案，而没有答案正是思想的生机。

苦难问题的形而上意义在于把思想带回存在的本源状态。苦难的“起源”和“持续”合为一体，这表明，本源从未消失，一旦起源就永远存在并且永远在场，所以苦难贯穿着整个历史时间，贯穿时间而始终在场的存在状态就是根本问题。在这个意义上，苦难问题无限接近文明的初始条件，必定保留有关于存在或起源的核心秘密。哲学和宗教都没能解密，但都在不断提醒着秘密的存在。在不可知的背景下，我们才能理解我们能够知道的事情。可以说，对苦难问题的反思意味着哲学和思维的初始化或重启。我相信苦难问题可能是“形而上学大流行”的一个更好的选择。借用刘慈欣的一个句型：失去享受幸福的能力，失去很多；失去战胜苦难的能力，失去一切。

原载《文化纵横》2020年第6期

【主编者言】面对疫情，我们有许多义无反顾、逆流而上的勇士；也有遵从生命和社会的需要而宅家，同时默默为生命祈祷的大多数。疫情过后，我们的反思自然要深入家庭和人心。

宅家过年

李 萍

2020年春节对每个中国人来说，都是在不经意中留下深刻记忆的一年。尽管每个人记忆的重点不同，遗忘的部分不一样。

按照节前我和姐姐、大妹的约定，今年姐姐、大妹全家及远在西安的哥嫂都来广州我家过年，特别是我姐夫，一个退休十年有加的资深高级工程师，着实的老宅男，如果不是我以“接远行三年的夫君回家过年”为由，也许无法打动他举家同行的心，因为他是我们家中长老级的兄长。在我的记忆中，爸爸妈妈离开我们后，每年我们姐妹都会以不同的组合聚聚，吃顿团圆饭，然后小约玩玩。近三年我和儿子照旧与夫君家姊妹在老地方吃团圆饭，初一、初二就奔海南海口我大姐家过年了，享受姐夫的厨艺之时，更是享受大家庭的温暖。可他们举家到我家一起过年，这可是头一回，而最重要的原因就是他们体谅我忙，生怕打扰我。

为此首次，年前我就开始热情地张罗起来：安排初一到初七每天的节目，和早来几天的大妹一起购物买菜，装点家园。年二十九，约定回家团聚的亲人都先后聚齐了，那刻真的有一种特别放松而喜悦的心情，我终于可以放下所有的事，为家人欢聚的时刻做点什么了！但料所不及的是，几乎与此同时，原来似是而非的新冠肺炎疫情也与日揭晓，并与我们越来越近，以致我不得不把已安排的节目全部取消：包括我们和在穗的亲戚聚会、和我敬爱的张老师过 86 岁生日，还有与发小姐妹的约会等。但因为这场突如其来的疫情，也让我们度过了一个扎实的“宅年”，让我有机会静下来体味家的味道。

小时候我们家在海口市琼山区一个叫道美的地方，我爸在海南省农业学校（是所中专职业院校）工作，周围有个部队，还有一所政治干校，及南岛中学（一所供全岛团以上部队子弟读书的学校），此外就是农村了，加上农业学校到处都是片片果林，我总觉得我们就是在农村长大的。童年时对家最深刻的记忆就是盼着过年，因为过年才有鸡有肉吃，有新衣服穿。我妈每年至少孵养一窝鸡保证过年让孩子们解馋，我们家的标准是大年三十团圆饭，有一只囤养 12 斤重以上的大阉鸡，加上我妈的湖南粉蒸肉，年初二，每个人可以独享一只“年轻的小母鸡”，炖着吃的。在印尼的姑妈，年前会给我们寄些大裤腿的印尼花裤衫和阿华田等，我妈巧手把那些大裤腿改裁成我们孩子的新衣裳。过年最好玩的还有我们的家庭晚会，哥哥吹笛子或口琴，我们姐妹扮演各种角色，学着样子表演，好热闹！这也是爸爸妈妈辛苦一年，觉得最开心的时候……

后来我们搬家了，兄弟姐妹们都出去读书工作了，有了各自的家庭，儿时的家因为爸爸妈妈的先后离世，也就变成了永远的记忆，而我们都长大变成家长了。我有时会想，我们还能像父母那样，当我们的孩子长大后还常想起家的味道吗？记得儿子 2005 年要去上海读书前的一个晚上，他一定要我和他一起看一部日本连续剧:《一公升的眼泪》，开始我不解，“妈好累，想歇会”，儿子执意要和我一起看，儿子回忆说我看着看着不时无法自制地在“钓鱼”，后面几集他就不再要我看了。也许是我的选择性记忆，不知为什么我非常清晰地记得片子的一个主题是“孩子长大后，能和父母在一起相处的时间越来越少了，彼此要珍惜”，我好像突然明白孩子的心意。2016 年儿子给正在住院过生日的父亲写了一首歌，那天他唱了一遍又一遍，每句歌词，每个旋律都让我揪心、自责和宽慰交集。

爸爸妈妈过去牵着我的小手在公园晃悠，
看着湖边夕阳映照你们俩可爱的笑容。
问我想过没有，有一天会离开这温暖的美梦，
有时多么希望回到童年小时候。

年轻时你们在忙碌，还为我操心担忧，
可是我现在已渐渐地成熟，你们要放轻松。
爸爸妈妈现在不用再去应酬，仰望着天空，
有家人的陪伴唱着歌跳着舞，多快乐自由。

有时难过心痛有一天你们会青丝变成白头，
可我坚信你们会挥洒青春到永久。

爸爸妈妈和我牵着彼此的手大步向前走，
就算风雨再大也想起温暖的太阳在心中。
在艰难的时刻不要忘记我们一直在你左右，
相信我们的爱会跨越所有烦忧，
一起手牵着手带着笑脸迎接明天的彩虹。

这里饱含了孩子对家的期待，对父母的体谅和对家庭生活的希望与责任。可是时光匆匆，儿子自离家到上海读书、工作，一晃就整整十五年了，读书十年基本只有寒暑假回家，工作后他经常是夜以继日地忙碌，我知道对于追求音乐梦想的儿子来说，这是生命中最有激情的一段宝贵时光，而能回家的时间却是那么少。每当此时我常想起孩子五六岁时的故事：一天晚上，清华一位长辈老师打电话到家里找我，儿子接的电话。老师问："你妈不在家吗？""不在，她去学校了。""晚上她还去学校啊？""妈妈去看学生了。""你妈爱你吗？""爱，

但她更爱学生……”那天确实是因为接到学生的电话，说有位同学心理出现较严重的状况，需要马上去干预疏导，离家时是晚上快九点了。后来那位长辈老师告诉我与儿子通话的事，我内心始终有一种本能的内疚与隐隐的酸痛！可是教师的职责告诉我，那一头的学生也是父母交给我们的孩子啊，我们这代人已经不可能再像母亲那样全心全意只为编织一个温暖的家了，尽管我依然追求这种温暖。

“家”字，从宀，从豕，本义“居也”，指住宅、房屋。古时夫妇互称为家。《孟子·滕文公下》：“女子生而愿为之有家。”此称夫，也作为谦辞常用于别人称自己的辈分高或年纪大的亲属，如家父、家兄。因而所谓家庭，就是以性爱、母爱、父爱、骨肉情爱为纽带，以婚姻和血缘关系为基础的一种社会生活组织形式。在传统社会中，家庭不仅是人口再生产的基本单位，而且是物质生产与消费的基本单位，三代同堂的主干家庭是传统家庭的主要结构；工业革命的进程从根本上改变了社会的生产方式，也改变了家庭的结构模式和关系。家庭结构由主干家庭向核心家庭转变，并出现丁克家庭等，更重要的是现代社会的流动性，使家与我们每个人的关系及意义也正在发生前所未有的变化。但是无论现代家庭的结构与生活方式如何改变，我相信家在每个人生命与记忆中的意义是不会消失的，相反，当我们离她越远，内心却越想离她更近。

2020年的春节，疫情的无奈，让我们奢侈了一回，好久没有这样的时间，让我在快速的“流动”中停下来，悉心关注家人，和兄弟姐妹唠唠家常。那些天，姐夫“主食”，儿子“主演”，我们仿佛又回到小时候在家过年的感觉，真好！年初八兄弟姐妹及孩子们都回各自家了，热闹了十余天的本宅忽然安静了许多，家里只有我和儿子，除了阿姨帮忙的时间，我每天都想方设法弄些好吃的，煲点好汤，打点果汁……和他一起做一些他喜欢的活动，我们有更多的时间在谈我们家过去的人和事，交流我们现在各自的生活、工作、朋友，交流对世事的看法，体味家自然、随意、放纵的味道。不知为什么我有一种特别的满足感，也许这是天下母亲之爱，除此之外，对我而言也许还有歉疚带来的补偿之悦和觉悟：无论我们如何匆忙地奔跑在生活的轨道上，都不能吝啬与家人交流的时间，减少遗漏生命中那些重要情感的相错。家的味道是一种不可替代的味道……

这些日子，我为疫情封闭了多少儿女回家的路而难过，更为那些“舍小家为大家”而逆行的儿女充满了不舍和深深的敬意，祝福你们早日平安回家，这是母亲最真诚的呼唤！

原载微信公众号“记忆”2020年3月2日

【主编者言】每当灾难发生，我们的文学艺术家总会拿出大量作品向社会展示。可是久而久之，有些人开始背离记录历史、鼓舞人心的初衷，仅为了宣示自己的发声，满足于空泛的呐喊。

一个英雄写的反英雄的武汉故事

——从弱水吟的诗说到见证文学

陶东风

作为一个文学学者，而不是历史学者，在收集各种关于本次新冠肺炎疫情的书写（包括虚构的文艺作品和纪实的报道、回忆、见证）时，我更关心的是：新冠肺炎疫情在武汉暴发后，人们使用了哪些叙事模式来讲述武汉的故事？这些叙事模式的特征、效果、历史渊源、叙事伦理又是什么？

我发现，有一种叙事模式出现频率非常高，它继承了中国现当代文学中进步叙事、英雄叙事、光明叙事、胜利叙事、春天叙事等的传统，用高八度的豪言壮语把悲剧讲述成喜剧，把灾难叙述为良机。严寒尚在肆虐就急不可待地高喊“春天已经来了”，暗黑还笼罩大地，就信心百倍地宣告“光明即将战胜黑暗”。这是一种廉价的历史进步主义：似乎苦难是历史进步和发展的一个小小插曲和偶然环节，是给予中华民族的一次团结机会和发展机遇。于是乎，多难兴邦，“感谢苦难，感谢新冠肺炎”。在这样的叙事中，故事的主人公是拯救者而不是受难者，受难者的声音难得听到。因此，这是拯救者的故事，而不是受难者的故事。让我们准备鲜花、庆典，为英雄庆功、授奖。

然而，我也发现了一个相反的例子，这就是弱水吟的诗，一个来自甘肃山丹县中医院的护士诗人写的诗。按理说，作为一个远离家乡、远离父母和孩子、冒着生命危险到武汉一线抗击疫情的医护人员，她才是一个真正的战士，真正的英雄，真正的拯救者。但她却创造了一种令人耳目一新的武汉叙事，我称之为“拯救者写的反拯救叙事”或“英雄写的反英雄叙事”。

在一篇标题为《这位武汉方舱医院护士的诗，令赞美变得羞耻》的网文中，收入了弱水吟的诗若干首。第一首《请不要打扰》一开始就塑造了一个反英雄的医生形象：“请容我脱下防护服和面罩 / 把我的肉身从铠甲抽离 / 让我靠一靠身体 / 让我平静呼吸 / 唉……”“媒体，记者 / 请不要再来打搅我 / 所谓的真相、数据 / 我没有时间和心情关注 / 累了一天，一夜 / 休息，睡觉 / 比你们的赞美更需要。”在我们习惯的进步叙事、胜利叙事、英雄叙事中，英雄一直是一个不知疲倦、刚硬坚强、用特殊材料铸造的钢铁战士形象，口不离“主义”“大我”“历史规律”“人类解放”。但是这个叙事主人公“我”却不是。她不掩饰自己的软弱、无奈和无助。面对那些期待她穿着防护服发表豪言壮语的记者，她的要求只是：让“我”脱下这身无比沉重的“盔甲”，靠一下，喘口气。面对来自四面八方的各种各样的赞美，她直言：“口号是你们的 / 赞美是你们的 / 宣传、标兵，都是你们的 / 我只是在执行岗位职责 / 做一个医者良心的拯救 / 常常，不得已赤膊上阵 / 生和死来不及选择 / 真的没有什么高大上的想法。”冒着自己的生命危险，本着自己的良心和职责伦理，救人是必须的，也是无奈的，容不得你选择。这一切都不是冲着宣传和标兵去的。诗人的理想更是“低”得可以：“请不要给我花环 / 不要给我掌声 / 也不要什么工伤、烈士、几等功 / 来武汉，我不是来欣赏樱花的 / 也不是来风花雪月，接收（应为‘接受’）吹捧 / 只想疫情结束能安全回家 / 即使剩下一把骨头 / 也要把自己带回给儿女、爹妈 / 试问：/ 谁愿意抱着同伴的骨灰盒 / 踏上回家的路程。”这就是一个活生生的真实的护士的理想：活着回家。它低调但真实。

另一首《妹妹，今夜我羞于赞美》是写给一位值完班回到宿舍的护士妹妹的。这位护士妹妹回来的时候，“凌晨两点 / 雷电大风，风雨齐谙 / 挡门的铁牌被刮翻 / 风雨卷起一个小小人影 / 纸片一样飘进”。这位刚下班的护士妹妹“面色苍白，声音无力 / 测温计读出她的额头 33.1℃”。这里，重要的还不仅仅是突出了护士的劳累和辛苦，而是拒绝赞美的姿态，客观呈现恶劣的抗疫环境，还有缺乏革命“觉悟”的牢骚和抱怨：“谁都知道 / 十几个小时要在防护服里拢紧身体 / 不吃不喝不能排泄 / 只好上班前少吃不喝 / 防护服啊，你为什么还是短缺 / 能不能中途让她更换一个 / 哪怕延长工作时间也可。”“妹妹，今夜不能赞美 / 所有的赞美诗都有罪。”这个被拒绝的赞美，也应该包括对于这个“低血糖妹妹”的廉价的颂扬。当抗疫一线的医护人员因防护服短缺而少吃不喝不排泄的时候，一切赞美都是廉价的甚至是有罪的。二战结束后，阿多诺曾经写下著名的“奥斯威辛之后写诗是野蛮的”，我想将此名言改为“新冠肺炎疫情之后写廉价的赞美诗是野蛮的”。

弱水吟本人作为参与抗疫的一线护士，她也是疫情的目击证人和直接见证者，她以及通过她的笔说出来的其他医护人员的话，都可以视作目击证词或广义的见证文学。

见证文学的源头还要追溯到二十世纪的七八十年代。

二战结束后很长一段时间内，美国文坛关于二战的叙事被进步 / 解放叙事所主导，其核心是讲述美国人如何解救欧洲犹太人以及其他受难者。这些叙述的主体（叙事者）和被叙述的主人公，不是犹太人或其他受难者（比如南京大屠杀中的受难者、韩国的慰安妇等），而是拯救者——美国大兵；内容也不是受难者的受难经历，而是他们如何被拯救的故事。[①]结果，进步叙事恰恰使得二战的受难者变得不那么显眼和突出。只要反法西斯战争的故事仍然在解放叙事的框架下进行，就很少有来自受难者的声音。美国新泽西州州长在该州自由州立公园中的解放雕塑揭幕仪式上的讲话，就是典型的解放叙事和进步叙事：“对我来说这个纪念碑是对我的美国遗产的一种确认。它令我为我

① 著名的意大利作家普里莫·莱维曾多次谈到，他回忆奥斯威辛经历的作品，也是最著名的见证文学代表作《这是不是个人》初版于 1947 年，但是在出版的当时默默无闻，只印了不到 1000 册。参见莱维《记忆之声：莱维访谈录，1961—1987》，中信出版社，2019 年版。

的美国式价值观感到深深的自豪。纪念碑告诉我们，我们作为一个集体民族，是自由的化身。我们作为美国人，不是压迫者，并且我们作为美国人，不会为政府为目的而卷入军事冲突。我们在世界上所扮演的角色是为那个我们极为珍视的自由民主充当保护者和提倡者。今天我们会记住那些为自由而捐躯的人。”[①]

二十世纪七十年代以降，进步叙事逐渐转向悲剧叙事，出现了一种新的二战文学与纪念类型，“这种新的类型强调一种全新意义上的历史证据，即直接‘证词’（direct‘testimony’），以及一种全新意义上的历史行动者，即幸存者”[②]。幸存者的经历本身就具有重要的、不可替代的见证意义，因为他们与第二次世界大战之间的关系是直接的、具体的、身体化的。他们通过各种形式的记忆书写（自传、回忆录、访谈、磁带录音、录像等）自己讲述自己的故事，叙述的主体变成了受害者自己，所讲述的内容也不再是他人的解放与拯救壮举，而是自己的受难经历。这些见证书写最后汇聚成了关于二战的创伤悲剧的宝库，比如著名的耶鲁大学大屠杀音像档案中心。依据中心主任哈特曼的观点，在这里，出现了一种新的、“通过见证者与访谈者的联盟而产生的”叙事。对于这种联盟的意义，哈特曼写道：“无论访谈者听了多少次类似的讲述，这些证词都好像是第一次听到。这只是有可能，是因为尽管事实是明确的，尽管事实众所周知，尽管历史学家已经努力（他们仍然在努力）确定所有细节，每个细节都被某种历史知识之外的东西赋予生命，但仍然有这样的一种追求，这就是恢复或者重构一个接受群体，一个‘情感的共同体’……从而复兴一个富有同情心的情感。”[③]

---

① 杰弗里·亚历山大《社会生活的意义：一种文化社会学的视角》，周怡等译，北京大学出版社，2011 年版，第 79-80 页。

② 杰弗里·亚历山大《社会生活的意义：一种文化社会学的视角》，周怡等译，北京大学出版社，2011 年版，第 80 页。

③ Jeffery Hartman:The Longest Shadow:In the Afterlife of the Holocaust,Bloomington: Indiana University Press,p.153-154.

而格里恩和库玛则这样评价证词的意义：

证词的力量在于它不需要很多评论，因为见证者/目击者就是专家，他们用自己的语汇讲着他们自己的故事。施害者绞尽脑汁地要让受害者沉默，夺走他们的名字、家园、家人、朋友、财产甚至生命，目的是为了否认受害者具有任何人的属性，抹杀他们的个体性，剥夺他们所拥有的一切个人的声音。证词重新建立了幸存的——个别情况下也包括那些被杀害的——受害者的个体性，展示了他们的声音的力量。[①]

特别值得指出的是，这些以自己的经历做见证的证人，通常都是些普通人，而不是什么上帝式的解放者/拯救者，也不是英雄式的反抗者/暴动者。幸存者文学所见证的是一场悲剧，而不是胜利，是自己的脆弱人性而不是英雄气概。在幸存者的见证回忆中，没有人说他们是因为勇敢和勇气而幸存下来的。

这对于习惯了进步主义修辞的我们而言可能很难接受，因为我们更愿意相信一个奖善惩恶的世界，更喜欢一个英雄奋起反抗并凯旋的故事，更愿意相信人类精神那战胜一切困难的力量。我们很难接受人性可能并不那么高尚，或受难者也有可能是一个平常的懦夫而不是什么神奇的英雄。

幸存者见证在这个意义上是真实的，更是诚实的。

我们今天看到的一些著名的见证文学或电影（纪录片），比如大屠杀题材的《浩劫》，慰安妇题材的《三十二》，其主人公都是普通受难者，作品记录的是他们/她们面对屠杀或屈辱时的顺从、软弱、无助，根本没有什么抵抗的壮举。[②]这方面的最典型例子，当然还是埃利·威塞尔的《夜》。威塞尔是在西方享受盛誉的奥斯威辛幸存者、诺贝尔和平奖获得者，《夜》则是见证文学的杰出

① 《社会生活的意义：一种文化社会学的视角》，北京大学出版社，2011年版，第81页。

② 比如布朗宁在《平民如何变成屠夫：一〇一后备警察营的屠杀案真相》中写到，德国治安警察1941年9月在苏联明斯克屠杀犹太人时“执刑过程顺利，无一人抵抗”。中国青年出版社，2015年版第24页。

代表。它完全颠覆了大屠杀书写中的“解放—拯救—英雄”话语。它所创造的不是英雄，而是反英雄。威塞尔反对进步叙事和英雄叙事把活着浪漫化，把痛苦、艰难的坚持解读为积极抵抗。作为反英雄叙事的经典之作，《夜》以作者自己在集中营的亲身经历，忠实记录了作者自己的懦弱、自私，特别是对同在集中营的病危的亲生父亲的冷漠，读来令人震惊。

> 那是我生命中最难以承受的一夜。父亲躺在病床上，仍然在用嘶哑的声音呼唤——他叫的是我的名字。我听见他在喘气，一阵一阵的，我没有动。他说的最后一个词是我的名字。一声呼唤，而我，不敢也不愿回应他。[①]
>
> 重新成为自由人，我们的第一个动作是冲向粮食。我们想的就只有这个。我们不想报仇，也不想父母，只想面包。[②]

对人们为什么期待反抗的英雄，另一个大屠杀幸存者、见证文学作家普里莫·莱维的回答是，年轻一代不了解当时受难者面临的环境之恶劣程度，因而将反抗不自由的英勇举动视作当然。[③]莱维谈到，读者向他问得最多的几个问题就是：“你们为什么不逃跑？为什么不反抗？为什么不‘事先’避免被捕？”[④]好像集中营中犹太人的软弱和逆来顺受是不可思议的，逃跑和反抗的壮举才是正常的。莱维的这个感受威塞尔也同样有。在《夜》一书的《写给新版读者的话》中，他写道：“在内心深处，证人早就清楚，正如他现在有时也还明白，他的证词不会被接受。只有经历过奥斯威辛的人才知道奥斯威辛是什么，其他人永远不知道。”[⑤]

年轻人对幸存者的软弱的不理解固然和他们没有集中营的经历有关，同时，

① 埃利·威塞尔《夜》，袁筱一译，南海出版公司，2014 年版，引文见此书护封。
② 埃利·威塞尔《夜》，袁筱一译，南海出版公司，2014 年版，第 154 页。
③ 普里莫·莱维《被淹没与被拯救的》，杨晨光译，上海三联书店，2013 年版，第 174 页。
④ 普里莫·莱维《被淹没与被拯救的》，杨晨光译，上海三联书店，2013 年版，第 174 页。
⑤ 埃利·威塞尔《夜》，袁筱一译，南海出版公司，2014 年版，第 158 页。

也与他们看的那些习惯于表现英雄主义的文学艺术作品有关。在我们的文学艺术作品中，失去自由的英雄总是试图反抗，或至少是逃跑。莱维指责这些作品“不断将逃跑这一概念强化为一种道德责任和监禁的必然结果。在电影世界里，受到不公正（甚至公正的）监禁的英雄总是一个正面人物，总是试图逃跑，甚至在最不可能的环境中，而这些尝试无一例外地获得成功”。比如在《我是一个逃犯》《捍卫正义》这样的电影里，“典型的囚犯被视为一个正直的人，体能充沛，意志强大，在绝望中汲取力量，在需要中磨炼计谋，迎向各种各样的障碍，并克服和粉碎它们”[1]。

也就是说，这些信奉“英雄—反抗”话语的编导以及他们的读者、观众根本不知道受难者面临的环境的恶劣程度，因此对于集中营囚犯的英雄壮举带有了不切实际的期待。人们期待乃至要求囚犯必须像英雄一样反抗或逃跑，不能接受他们的软弱和逆来顺受。对囚犯的苛求与对极权的无知联系在一起。莱维指出，一个监狱中的犯人要反抗，除了必须具备客观的条件（比如集中营或监狱内部存在统治的盲点或弱点、漏洞），还必须具备基本的主观条件，比如基本的体力和精神力量，而在集中营这样的严酷环境中，这是不可想象的。“一个领袖必须具备强大的能力：他必须拥有体力和精神力量。而压迫，如果达到一定的严酷程度，既能破坏人的体力，也能损害人的精神力量。”“愤怒与民怨是所有真正革命的驱动力量……要激起愤怒和民怨，压迫是必须存在的，但它一定处于较弱的严酷程度，或者被无效地实施。”[2]而在集中营，“压迫是极端严酷的，并由于德国人著名的高效（如果在其他领域，是值得褒奖的）而得以实施。能代表集中营大多数人情况的、典型的囚犯，是在一种精疲力竭的状态下：饥饿、虚弱、浑身酸痛……并因此普遍低落，他们是被摧残的人。正如马克思知道的，在真实的世界中，革命并不是由这些人完成的。只有在文化和电影的浮华辞藻中，才会出现这样的革命。所有的革命，改变了世界历史进程的革命，

① 普里莫·莱维《被淹没与被拯救的》，杨晨光译，上海三联书店，2013年版，第175页。
② 普里莫·莱维《被淹没与被拯救的》，杨晨光译，上海三联书店，2013年版，第185页。

以及我们在这里讨论的微不足道的革命，都是由那些非常了解压迫却并非切身之痛的人所领导”[①]。

对于同样接受了大量英雄主义教育、阅读或观看了大量英雄主义小说或电影的中国年轻一代，这番话是不是具有一定的启示呢？

原载《粤港澳大湾区文学评论》创刊号，2020年10月

① 普里莫·莱维《被淹没与被拯救的》，杨晨光译，上海三联书店，2013年版，第186页。

【主编者言】作者获得博士学位后，从一线城市回到家乡当师范院校教师。疫情带来了新事物——网课。学校超过半数的学生出身村寨乡镇，她的教学感悟里闪烁着教师的悲悯情怀。

一门网课，我看到了大学生背后的残酷真相

张秋子

一

对不起老师，我家被偷了，请不要点我回答问题，因为我在派出所做笔录。

一个周三的下午，我开始带领同学们读诺贝尔奖得主石黑一雄的《远山淡影》。

上周的这个时候，我们刚读完了黑人女作家托尼·莫里森的《最蓝的眼睛》。莫里森的小说浓郁激荡，大概很能引起学生们的兴趣，况且因为一月底暴发的疫情，海外中国人受到排挤的新闻时常见诸媒体，恰好与《最蓝的眼睛》中的歧视主题相吻合。所以，我在讲的时候，能够不时将现实与文本黏合在一起。相比之下，《远山淡影》乍一读，显得寡淡很多。

为了调动大家的参与，在本课的微信聊天群里，我敲下了几个问题。“你觉得这本小说的主题包含哪些？”“小说中，石黑一雄为什么要伪造一个他者之口来讲述主角的故事？”

每次问完一个问题，我都需要等很久，有时候因为等的时间太久了，我甚至开小差地刷起了豆瓣或者知乎。这次也一样，一分钟后，一个个回答才像泡泡一样，咕嘟咕嘟地浮现在群聊里。

战后创伤。

文化入侵后的迷茫。

社会变革的立场冲突。

母女关系。

因为要逃避过去，不愿意面对自己。

因为要审视犯了错误的自己。

……

如果此时坐在教室里，理想状态应该是二十多个选了课的同学围坐在一起，对小说的每一个细节进行推敲与探讨。但此时，我坐在自己的书房里，面对的是电脑发光的屏幕。

我不知道每一个在微信群里发言的同学用的是哪个译本，当她或他对小说情节进行梳理时，眼神或表情会流露出什么情绪，而这些微小的表情，又会不会出卖他们对文本最真实的看法。

然而，这还并非问题的全部。这天下午，当我想要一位同学回答问题时，他像是早有预知一般，提前给我发了一条私聊。

对不起老师，我家被偷了，请不要点我回答问题，因为我在派出所做笔录。

这个男孩我印象很深，瘦瘦的，眼镜片颇厚。大一时学教育学，上了我的大学语文的公共课后，被“诱拐”到了文学院。他爱写诗，每有大作完成就发给我看，我也从不跟他打哈哈，写得好就是好，写得不好的地方就直接说。

他跟我说家在曲靖的山里，寒暑假都没法在网上买书，因为送不到。后来再跟他聊，得知丢失了一万多的现金。在农村，这可能意味着全家半年的收入。

在这节课上，他沉默了，而我当时并未意识到，他的沉默意味着更多的东西。

随着网课的推进，我收到了更多的请假信息，同时也在每一堂课里，看到更为显著的学生之间的表现差异。六月初，云南的疫情已经基本平稳，返校上课在即，我把所有的请假信息都保存了下来——

> 老师，不好意思我无法参加下周的课，因为我家在贡山，这边发生了泥石流和洪水，家里停电。
>
> 老师您好，一会上课时有可能你点我回答的时候我不在线，因为我家停电了，我的手机的电可能无法支撑一整天的课。
>
> 张老师您好，明天的课我想请假，希望您批准。我这周末去转山，结果那边下大雪，我们无法回家。
>
> 老师您好，一会上课可以不要点我吗？因为我家没网，我在村卫生所蹭网，信号不好，可能无法及时回复，但我会把大家的讨论和发言都听完的。
>
> ……

更多时候，当我在电脑这头想要一位同学语音发言时，有一些同学会花很长时间打字，解释自己家里不方便语音。

也有一些同学的语音背景里充满了嘈杂的声音：家人的喧闹、猫儿狗儿鸡儿叫、户外拖拉机突突突、店铺里的提示来客的铃声……他们总是很抱歉地在解释这些令他们感觉尴尬的背景音。

这些声音像一个个窥视孔，让我得以“看到”他们所处的环境。

二

我精英式的培养要求与学生的就业目的之间存在最根本的冲突。

这学期，我教授西方文学史，从浪漫主义讲到现代主义。此外，我还按照自己的兴趣，开设了两门文本细读的课程，一门研读现代主义代表作家卡夫卡、大江健三郎、伍尔夫的代表作，另一门研读诺贝尔文学奖获奖作家代表作，包括托尼·莫里森、石黑一雄与纪德的作品。两门文本细读课的开设，代表了我对理想文学课的实践。

在中国基础教育下成长起来的孩子，对文学的认识形成了一套非常顽固的模式，开口即“中心思想”，闭口即“批判了资产阶级和封建主义”。太多的思维陈规已经夺取了我们对于文学的基础感知，而文本细读——与作者的每一个字句“贴身肉搏”，则期待在最根本上还原被遮蔽的感受力。

上了一年多的文本细读课，我深感不易。它需要师生双方都在一个高度上获得统一。对于学生来说，至少应该熟读作品，但我发现，这项基本任务其实都完成得不尽如人意。大概由于习惯了在“水课”中“滑水”，很多人觉得读作品就等于去百度上看一下故事梗概。

而网课加剧了这种不易，上网课需要高度的自律性，毕竟，不看作品甚至连老师一个责备的眼神也不会收到。所以，我与同学们展开了一场“猫鼠游戏”：为了“逼迫”大家阅读，我会随机请同学们发语音，以接龙形式复述小说的情节和细节，以此保证每个人都在听课，也都读了。

不过，同学们也偶尔会给我一个“惊喜”：“老师，还没看到这里……”甚至，“对不起，老师，我还没看……”

好吧。我应该学着接受这种落差。

这所师范院校的孩子很多来自云南本地的村寨乡镇，能考入这所一本院校，对其中一些人来说已经非常不容易。所谓的“小镇做题家”常常被“群嘲”，但能够“做题”，也已经是一种幸运。他们的成长习惯里，从不必然包含着“阅读课外文学”这个选项，哪怕阅读作品成了进入大学后的专业工作，一种细致且主动的阅读能力普遍来说仍然是匮乏的。

所以，每个学期开学都是我的“至暗时刻”，那意味着要把许多人的阅读能力和习惯从无到有地“逼”出来。突如其来的网课，缓冲了这场“猫鼠游戏”的紧张感：他们不读，我也无可奈何。隔着屏幕，连不满都会削弱杀伤力，变得人畜无害。

可是，我又明白，表面上对学业的懒惰，其实可能是整个边陲地区基础教育的单调和刻板的呈现。所以，在每一堂文本细读的课里，总有一些挥之不去的问题。

最根本的，就是我的培养要求与学生的就业目的之间的冲突。文本细读虽然是文学院学生的基本功，但时间和精力成本极高，一个学期只能勉强读完三本小说，此外还需要大量阅读周边的传记、批评文章、论文、日记等材料，这已经属于精英式的培养模式。

但师范类的学生毕业后，基本上是进入中小学的语文课堂，这种类似于雕刻工一般的精细活儿，显然不适用于一篇小学语文阅读材料的解读。

我对他们有什么用呢？看着微信群聊里不断蹦出的回答，我心里犯嘀咕。

三

在微信群聊里最活跃的，总是那几位，无一例外，总是家境还不错。

我带领学生们读的石黑一雄，属于那种表面上“嘴里淡出个鸟来”的作家。我很喜欢追问学生们读完文本时最直觉性、最粗糙的感觉，因为这些感觉避免了研究与理论等语言的污染，也最切近地传递出一个人感受力的高下。在周三下午的这堂网课上，我还问起了大家对《远山淡影》最直接的阅读体会是什么。

有同学在群聊里说：“第一遍看完真的就是远山淡影，模模糊糊有点印象，看不真切，记不清楚。”

另一些答案也七七八八地进入了屏幕。网课要说有什么好处，那就是某种程度的“匿名性”，因为无须面对课堂上站起来发言的“暴露感”，手机或者电脑屏幕如同保护壳，让所有人都可以躲在后面勇敢地发言，而我可以在群聊中同时看到几个人在发言，然后用微信“引用”的功能，针对性地回复或者追问。

这堂课，我们聊到了《远山淡影》中石黑一雄一个非常有特色的手法：以无写有。通过像侦探一般一点点掘进真相，这部小说表面上讲出来的那套故事显得愈发可疑，它似乎是在以“淡出个鸟来”的口吻讲述着某些被遮掩的惊心动魄，而我们则像搜集碎片的文本侦探，整理出一条一条的证据链，拼凑出一个作家并未讲出的真相——他只是狡黠地留下蛛丝马迹来，而只读一两遍，一定会被他的障眼法蒙蔽。

所以，那些隔了几十页才又出现的不起眼的细节，比如明信片、小猫、荡秋千的女孩等等，都埋着我们还原真相的证据。

我对学生们说：“我们文本细读要做的，就是要抽丝剥茧，在表面光滑的叙事里找到那些隐藏的小缝隙，这些小缝隙将会把文本撕开一个大口子，暴露出残酷的真相。”

微信聊天如果一直发语音，就会形成恐怖的语音轰炸场面，而且听与说之间都有时间延迟，所以，在很多时候，我都直接采用打字的方式授课。

当小说中女主角杀死婴儿，和公公通奸等惊人的真相一点点被还原出来时，有学生在群聊里发了感叹：“Wow。”

有同学说：“我去看了知网上的论文，发现很多作者都根本没看懂这个故事，就开始套各种记忆、创伤理论，而讲述的内容存在和小说完全相悖的错误！真是笑死我了。”

看到这些言论，我内心会生出一丝满足感。它可能会暂时地抵消我对这门课培养目的产生的疑虑，毕竟，它还是或多或少为学生们带来了审美或者智力上的愉悦乃至自信。

当然，如果对文本细读不感兴趣，那么上我的课估计就是一种煎熬。网课好就好在，你不用看到学生那种上课百无聊赖、低着头玩手机的场景，要是不感兴趣，从头到尾不吭声就行了。像我这样斤斤计较的龟毛老师，如果在教室里看到一个一个玩手机的，估计都会有点受内伤。但另一些情况不仅没有被掩盖过去，反而更为暴露了。

在微信群聊里最活跃的，总是那几位。而他们无一例外，总是家境还不错，能够有闲钱买书看书的。在周三下午的课堂上，最活跃的女孩子，她之前就选过我的文学史，课下非常喜欢和我聊各种书和电影。这次课上，她用思维导图做了详细的人物关系谱发到群里，对每一个问题都非常有个人特色地进行阐释，甚至能够指出知网论文的硬伤。

我没有具体问过她的家庭情况，但知道她是本地人，爱买书，是个影迷。每当谈到文本细节，就总喜欢用电影来进行解读。每当她在群里发言，总是显得自信笃定，侃侃而谈。

如同谈到的《远山淡影》，她也像一个大学生活的隐秘的裂缝，撕开了一个口子，暴露出更残酷的现实。

以往，我们总觉得大家考到同一所学校、坐在同一间教室里、在同一个微信群里发言，就是平等的。但为什么有的人对各种作品如数家珍，对电影、戏剧信手拈来，而有的人却只能粗泛地谈谈老师规定的篇目，虽然每天抱着手机，但除了娱乐和综艺，并不浏览别的内容？

以前，我觉得是个人天赋和兴趣或者毅力的不同，网课之后，却看到了更多的东西。

四

我得以拥有这些东西，本就幸运地绕过了足够多的暗礁。

六月返校后，我和他们聊起网课经历，有同学特别不好意思地说：

老师，其实好多课我都没怎么听，因为我们虽然在上课，但是父母觉得我们是闲在家里的。最近又是农忙，有时候必须跟着父母去田里摘苞谷，而且要负责每天做家里的午饭晚饭。

还有学生跟我聊：

在我们那里，父母并不是觉得每个在家的学生只要负责好自己的学习就可以了。基本上是边听课边做事。

甚至有同学吐露：

在家里连自己的房间、电脑、书桌都没有，还要照顾弟弟妹妹。

其实，网课一开始，我就采用了最节省流量的方式进行。腾讯会议固然能够还原上课时即时问答的效果，但是一直开着会议，很多同学的手机流量承受不了。

而且，我也有意识地避免了视频上课的方式，因为很多同学可能并不愿意展示她或他上课的环境——比如那位连电脑和书桌都没有的同学。

但这远远不够，大学水晶宫一般的环境一旦被打破，很多学生就必须面对真实的家庭环境，这种生活以其必然的操劳与嘈杂介入了学习生活。而且在价值排序中，它也因为其必须性与紧迫性，凌驾在一切学习任务之上。

当一些同学操心着家务琐事并在网络课堂里永远地沉默时，另一些同学则继续展现出他的风采，对文学的热爱、理解与灵性。网络让他们有机会不停地表达——哪怕我并没有在问他，或者并没有在问问题，他们也可以根据我谈到的内容，时不时地在聊天群里输入自己的想法——线下课堂显然不可能这样。

作为老师，这种活跃的讨论氛围，当然是我所乐见的。我们在讨论中也经常会有火花迸溅的时刻。这些课堂里令人喜悦的交锋也像是障眼法，可以让我暂时忘掉那些因为各种各样原因请假的同学，以及那些永远保持沉默的同学。

然而，每当一堂网课结束，我重新浏览一堂课的聊天记录，那些沉默与缺课的学生，又会像黑洞一样攫住我，而那些关于文学何为、本课何为的疑虑，也会重新浮现心头。

大学环境是一个真空的水晶宫。它几乎抽空了学生各异的背景，一个课堂里整整齐齐坐着三四十个人，乍一看，是没有任何区别的。

它的差异是隐秘的，而且常常伪装成趣味的差异：有的人爱读书、爱思考、兴趣极广、敢于表达，有的人只看老师规定的东西，而且完成得很勉强，能把自己藏起来就尽可能地藏起来。

这种趣味的差异，很好地遮掩住了它的成因，其实，每个学生表现出的文化选择与学习能力，都是来自家庭甚至阶层文化氛围的直接结果。

农村出身的孩子务实而认真，以完成老师的规定为目的，他们并不刻意追求知识的博雅，因为他们所来自的家庭并没有这种习惯；而城市知识分子家庭出身的孩子，几乎统一地表现出一种对智力热情的追求——哪怕不在自己的专业上，也会体现在其他“高大上”的方面，他们会选择看晦涩的塔可夫斯基而不是热门综艺，他们会选择听摇滚或者玩乐队，而不是听流行歌手，他们会读老师上课都不会提及的书……这一切，以往总是被诉诸天赋或兴趣。

网课的出现，终于把这个水晶宫打破，把这层面纱掀起。它赤裸裸地暴露了趣味差异之下残酷的真相。这时，大学的线下课堂多少有点像石黑一雄在《远山淡影》中讲的那个表面上发生的故事，显得缥缈不实。疫情时期的网课，连表面的相似都做不到了，有一些人注定要缺席，手里拿着的不是书本而是刚摘下的苞谷。

那么，这个时候再问“文学何为”，应该如何解答呢？看起来很矛盾：学生们费心费力阅读伍尔夫——一个连公交车都不屑于乘坐的精英女性——而他们所处的环境是云南的田间地头；挖空心思地解读移民作家石黑一雄，却可能连云南省都没出过。他们在四年里象征性地从事着“知识分子”的工作，但最后很大可能还是回到村镇做中小学语文老师。

在最后一堂网课上，我跟大家告别，说：“下周课堂见。”这次，似乎没人缺席。

他们开始统一格式地刷屏：

老师辛苦了，下周见！

老师辛苦了，下周见！

……

回到校园，水晶宫再现，远山之后的缝隙再度隐匿。我想起了最开始工作时的傻气，那时候很是偏执，总希望学生们好好考研，去个好学校大城市，好好做学术。

这些年的教学经历与文学理解，反而使我坦然了，并且意识到一名优秀中小学语文老师的作用——他们远比大学老师或者所谓的“做学术”重要，他们是国民文化的基石。

而我又能教授他们什么呢？不是精英化的文本分析技巧，也不是面对文本的领悟力与热情——我得以拥有这些东西，本就幸运地绕过了足够多的暗礁，或者说，本身就不必面对凌驾于学习之上的重压。这些东西，从来只属于偶然的运气，而非个人的努力。

想了想，大概还是：好好上每一节课。

原载微信公众号“谷雨实验室”2020年7月7日

! 人生

【主编者言】文章既有深切的怀人之情，又涉及学术史上的重要事件，如“博士生导师”名称的由来和误用，学术杂志分类的由来及误用。这些误用现已成定案，世人多不知其根源。

一日心期千劫在

——和罗宗强教授相处二三事

黄天骥

收到了南开大学罗宗强教授逝世的消息，我走出阳台，遥望北方，黯然神伤。其实，我也料到这不幸的事情迟早是要发生的。因为今年春节，我辗转托人代我向宗强兄拜年，得回的讯息是：他已不省人事，认不清人，听不到声。我知道他病情危殆，且进入高龄，自然规律无可抗拒，因此，对他会出现状况，也未尝没有思想准备。但一旦成为事实，伤感之情，依然无法自制！多年来，我和宗强兄相处的情景，点点滴滴，历历在目，一幕一幕地在脑海中回放。

我和宗强兄，毕业于不同的学校，工作在不同的地方，见面的机会也并不多，但彼此都从事中国古代文学的教学科研工作，一旦相识，一夕深谈，就像纳兰性德所说的那样：“青眼高歌俱未老。”“不信道、遂成知己！”我知道，我的业务水平，远不如他，性格也全不相同，竟然意趣相投。显然，只要心灵沟通，“一日心期千劫在”，彼此可成神交。

关于宗强教授在学术上的成就，学坛是公认的。他不仅著作等身，在中国古代文学研究领域中，做出了很大的贡献，他还培养了一批出色的学者，有些已成了这一领域的骨干。在宗强兄逝世当天晚上，有报刊记者采访我，问及对他在学术上的评价。我认为，新中国成立以来，罗宗强教授对中国古代文学思想发展史上的研究，最具体系性和创新性。他在继承前人研究的基础上，又超越了前人。刚刚由中华书局出版的十一册本《罗宗强文集》，正好集中地展示出他杰出的成就。

我和宗强兄的认识，开始时纯属偶然。记得在 1984 年，我被聘为国务院学位委员会第二届学科评议组成员。召集人是北京大学副校长、著名的语言学家朱德熙教授。其他近二十人，都是老一辈的大师耆宿。此外，被聘的还有叶子铭、严家炎、章培恒、裘锡圭先生和我。那时，我们几位都属五十岁左右的"年轻人"。现在，这届成员绝大多数已归道山。剩下的包括裘、严先生和我，都成为皤然老叟矣。

我第一次参加学科评议组的工作，印象最深的是三件事。在这里，也顺便回忆当年工作的情况，好让诸君多少知道学科评议问题的来龙去脉。

第一，我清楚记得，在各学科评议组成员首次全体大会上，教育部的领导首先郑重说明：本来，凡是教授，自然就可带博士研究生，这是全世界的通例，没有所谓"博士生导师"的说法。但在二十世纪八十年代初，刚刚恢复研究生招生，如果一下子全面放开，很容易出现"一放就乱，一乱就收，一收就死"的问题，因此，有关高校博士点的设立和对博士生导师的评选，要逐步摸索。首先要有一段时期过渡，由国务院学位委员会统一审定。等到条件成熟，才把授予权逐步下放，那时候，"博士生导师"的头衔，自然逐步取消。谁知道，后来所谓"博导"，竟成为教授之上的一个固定层次，实在匪夷所思！

第二，各学科评议组，也研究了学术杂志分类的问题。当时，大家都很明确，杂志应依照学科级别分类。例如在中国语言文学学科中，中国文学属一级学科，凡属刊载研究中外古今论文的杂志，都属于一级的刊物。在一级学科之下，古代文学，属二级学科。那么，专门登载研究中国古代文学论文的刊物，便属二级的刊物。这一级和二级杂志，纯属出于学科分类的需要，而不是以学术水平高低，以优良中劣来区分。有些论文，研究对象专，便会发表在三级学科所属的杂志上，由于所论及的问题会更专门化，论文的学术水平，甚至会高于一级学科杂志发表的文章。当然，我们也都明白，有些学风严谨、历史悠久的名刊，刊登论文的水平，或会高些，这也是事实，但并非篇篇如此。因此，我们在评审论文时，就只从论文的水平考虑，而与它由什么杂志发表无关。谁知道，这属于常识性，而且应该是有案可查的规定，后来竟被误解，把学科分类的杂志，视为水平高低的标志，更是匪夷所思！

第三个最深的印象，就和宗强兄有关了。那时，学科评议组集中在京西宾馆工作，每天除了开会，主要时间用于审阅各高校送交的材料，包括申报“博士生导师”学者的论文。这一来，评议组成员，对各校的师资力量，有了清晰的比较。当年，在申报博士点的材料中，就有南开大学中文系和罗宗强教授的材料。那时，我并不认识宗强兄，当仔细拜读他的论著时，反复推敲，知道他水平很高，但又怕判断有失，便敲开章培恒教授的房门，向他请教。谁知章先生已阅读过他的材料，看法和我完全一致。那一届，南开大学的王达津先生也是评议组成员，他翔实地介绍了有关团队和罗教授的情况，经过背靠背的讨论，多位老一辈的学者，也都审读过南开大学中文系博士点的资料和罗宗强教授的论著。经过投票，宗强兄的博导资格，顺利通过。

又大约过了两月，我出差赴京，顺便拜访《全元戏曲》责编弥松颐先生。弥兄毕业于南开大学，在人民文学出版社工作。我到达弥府，原来宁宗一、张燕瑾、黄克等诸位南开校友，都已在座。其中还有一位，素未谋面，一经介绍，原来就是罗宗强教授。初次见面，只见他面貌清癯，话并不多，还有点拘谨。

那天，弥兄请大家吃饺子，我看见桌上有大蒜，剥开便吃。大家很奇怪，怎么广州人也能吃生蒜了？我便解释，1958 年，我赴天津，探望在女七中（现天津第二南开中学）教书的女朋友。在饭堂里吃面时，看见大家都吃蒜，我好奇，也逞能，试着也吃，觉得别有风味。同桌的中学老师笑了，都说，您既能吃蒜，不如要求到南开大学工作吧！这可以很快结婚。我又对一起吃饺子的诸君说，如果当年真的求调南开大学，如今和诸位，便是校友了！当时，大家都笑了。谁知罗教授轻轻说了一句："如果当年您到南开大学工作，那就麻烦大了！幸亏您没来。"当时，大家都嘻嘻哈哈，我也不以为意。不过，这是我和宗强兄初次认识时，唯一记得的一句话。

过了两三个月，我忽然接到宗强兄的来信，说他有事要返家乡揭阳，想顺便到中山大学拜访。我立刻表示欢迎。过几天，便在中文系主任办公室里，见到了他。寒暄几句后，他径直说，他离开家乡，已二十多年，很不方便。广州离揭阳近，因此，希望调到中山大学中文系工作。我一听，大喜过望，立即表示，他如能成行，我一定可以和校方沟通，满足他提出的一切要求。当时，他也很高兴。我赶快把党总支书记请来，说明宗强兄的想法。书记也很支持，但又提出，按照程序，需要由宗强兄写一公函，寄给我们，我们才能发出商调函。当年，人事制度比较严格，宗强兄也很理解，表示回津后，立即和有关方面沟通。这一次会面，我们相谈甚欢，我觉得他虽不善言辞，但诚恳可亲。我们交换了通信方式，愉快分手。

宗强兄想到中山大学工作，让我非常兴奋，以为鸿鹄将至，我们很快能够增添新的博士点。但是，等了一两个月，却未收到他的函件，只好去信询问。他打电话告诉我，说来不成了，王达津老师不同意，只好作罢。我知道，师命难违，没有回旋余地，实在遗憾得很。以后几年，逢年过节，也互寄贺卡，彼此致意。

1990 年春天，我到杭州参加学术评审会议，恰巧和宗强兄编在同一个房间，我大喜过望。那一晚，彻夜长谈，彼此交流学习和工作的过程。我这才知道，尽管他得到王达津老师的赏识，但一直被视为走"白专"道路，不断挨批。毕业后，即被派往赣南师专工作，其后又被派到乡下，参加中小学的整改。在"文革"期间，备受种种折磨。我也才明白他所说幸亏我没有调往南开大学的意思。其实，当时高校的风气，都差不多。我告诉他，在二十世纪六十年代，我曾和学生下乡，参加"整风整社运动"，长达一年左右，地点就在揭阳。宗强兄很高兴，问我对揭阳有什么印象。我老实告诉他，印象最深的，是挨饿。每顿吃的是一小盅清澈的稀饭，叫“糜”，外加一小碟只腌了几天、带有虫卵而没有煮过的芥菜。每次开“饭”，大家便唱“洪湖水，浪打浪”。不久，我患上水肿。后来调回学校，一天，到膳堂排队买饭，忽觉肛门奇痒，回身搔抓，谁知啪的一声，一条长及数寸的蛔虫，应声而下，还能在地上蜿蜒蠕动。同志们大笑，实在尴尬得很。我告诉宗强，这是拜盛乡之赐，也是当年留下的最深的印象。宗强兄乐了，赶紧拿出一袋茶叶，用泡工夫茶的办法，给我泡茶，表明这是从家乡揭阳带来的名茶，给我一尝，也做补偿。这茶香气扑鼻，入口回甘。毕竟时代不同了，经过十余年的开放改革，从茶香中，我们都感受到揭阳人民生活的变化。

那晚深谈，奠定了我们之间的友谊。我们谈学问，谈人生，谈彼此的治学方向，也谈及对现实情况的认识，想法完全一致。他说知道我受到一些委屈，但看到我坦然乐观，也就放心了。我们越谈越兴奋，加上同是岭南人，真感相见恨晚。我们一边聊天，一边喝着浓茶，到了深夜三点多。忽然，我觉一阵晕眩，冒出冷汗。宗强兄一见，说我醉茶了，赶紧扶我卧床休息，我很快便睡着了。原来，茶能醉人，友情更能醉人，我感受到“人之相知，贵相知心”的真谛。

第二天早上，不用开会。早餐后，便一起到西湖散步，在分花拂柳之间，迎面走来两位年轻的尼姑，面目比较清秀。我在广州，新中国成立后从未见过尼姑；何况她俩年纪轻轻，便已剃头出家，实在不可思议。那尼姑发觉我在看她，她也回看着我。宗强兄在后面，小声说：“她在看您哩！”又暗暗推我一把，赶紧离开。我有点不好意思，只好搭讪说：“色即是空。”宗强兄一笑，指着西湖的水光云影，回应说：“空即是色。”宗强兄一向严肃，不苟言笑，这是我们平生仅有的一次开玩笑。我也发现，宗强兄有时似较木讷，其实思维十分敏捷。

宗强兄做学问认真，教学和工作认真，有时连鸡毛蒜皮般小事，也很认真。有一次，我们谈起傅璇琮先生的近况。我不经意告诉他，前一阵在北京开会，我和老傅同住在国务院第二招待所。晚上，一起在房里看电视。忽然，电视信号出了问题，画面不见了，全是雪花。老傅连说怎么办。我生性顽劣，到老不改，便想逗逗老傅，说："不要紧，看我搞定它。"于是，坐在床沿，两手指着电视机，做发气功状。很快，电视画面恢复了。其实，我哪里懂得气功，只是逗着玩。老傅却大惊，以为我真在发功。第二天开会，还告诉一些朋友："小心了，黄天骥会气功！"我说起这故事，宗强兄也笑了，说他常和老傅见面，要告诉他别胡说。我说，算了，这只是趣事一桩，别认真。宗强兄说，不，这事可大可小。过了一段时间，宗强兄告诉我，他问过老傅了，老傅依然半信半疑。我大笑。在学界中，老傅做学问非常勤奋，编辑书稿，明察秋毫，却又有点幽默，也会有点迂气。但我更发觉，宗强兄事无巨细，都要认真落实，一丝不苟。

1991 年，宗强兄被选为南开大学中文系主任。我心想，以他轻微内向的性格，年纪也渐大，能胜任烦冗的行政工作吗？后来知道，他干得很认真，连学生宿舍的清洁问题，也跑上跑下，检查督促，为集体事业的进步，非常认真地工作，得到师生们的爱戴。当时，我们各忙各的工作，见面机会少了。但从 1995 年到 2004 年，情况又大不相同。因为，从 1995 年开始，我们都应邀加入了由袁行霈教授主编的教材《中国文学史》编写工作。宗强兄和我，分别担任魏晋隋唐卷和宋元卷的分卷主编。到 1999 年底，复旦大学被教育部批准成立中国文学史重点研究基地。章培恒教授任主任，同时，成立了学术委员会，研究基地邀请了宗强兄和我参加。会上，培恒教授被选为学术委员会主任，宗强兄和我，分别被选为学术委员会副主任。这七八年期间，我们差不多年年都能相聚，我向他学习的机会，也就多了。

记得在 1996 年，编写组在济南召开全体编写人员工作会议，着重讨论如何贯彻"守正出新"的编写方针。会上，在如何安排章节的问题上，展开热烈的讨论。分卷主编的意见，还未完全统一。会议结束后，放假一天，会议组织者让大家乘坐大巴，同登泰山。那天，年纪稍大的老师坐在前边，较年轻的坐在后面。我和宗强兄，则分别被安排在两边靠窗的位置，不便交谈。于是互相打个眼色，一同站起来，走到车厢的最后一排，请两位年轻人和我们互换位置，好让我俩方便交谈。

那天，一路上，我们挨在一起，促膝交谈。从如何对待“新三论”，谈到如何坚持历史唯物主义，以及如何辩证地看待文学发展的问题。记得当时谈得最多的，是如何评价李商隐。因为宗强兄认为，过去的文学史教科书，对李商隐评价偏低，认为在新编的教科书中，应该增加论述李商隐的分量，应该着重关注他对爱情诗的创新价值问题。我支持他的主张。同时，我知道他很关注明代的文学思想，便向他请教明代戏曲与诗坛文学发展的关系。他也提醒我，多注意汤显祖与李卓吾之间文学思想的异同。我们谈得非常投入，忽然，他问我：“在李商隐的所有诗句中，您最喜欢的是哪些句子？”我稍犹豫，回答说：“您要我说真话，还是应酬话？”他说，当然是真话。我又沉吟半晌，只说了一句：“一春梦雨常飘瓦。”宗强兄一听，轻轻拍拍我的大腿，感慨地轻吟：“尽日灵风不满旗！”然后，我们相视而笑，看来我们对李商隐的朦胧、伤感、凄清而有所期待的感情，都有同情的理解。显然，他在灵魂深处的审美观，也和我一样。而这一切，又尽在不言之中。

今年春节前夕，我收到他寄来的由中华书局出版的《罗宗强文集》，书共十一册，十分厚重。打开一看，扉页上，是宗强兄画的一幅画，竹叶斜飘，仿佛灵风拂过，微雨迷蒙。梢头上，偎依着一对小鸟。画面的题字，正是李商隐《重过圣女祠》中的那两句诗。我多少明白宗强兄刊登这幅水墨画的意趣。李商隐的这两句诗，也许正是宗强兄大半生心情的写照。我逐一翻读他的文集，也想起当年同往泰山的情景。那天，从济南到泰山，旅途计有一百公里。在近两个钟头车程中，我和他根本没有看那沿路的景色，只一味论文论学。到了泰山脚下，我们也累了，没有登山，只在附近溜达休息。等到乘坐缆车的年轻同事下山，便匆匆分手，我从附近机场，径返广州。那一天，我收获真大，觉得比登泰山、看风景，有意思得多。

我们在复旦大学和在京相叙的时候，常常会交流如何培育博士研究生的问题。他问我，中山大学戏曲研究团队很完整，你们是怎样上课的？我告诉他，我们采用两种办法，一是集体讨论。讨论时，同一学科的几位导师，全体参加。每次找一个论题，让一位学生先做准备，会上做简短的发言，然后师生以这论题为由头，展开讨论。可以互相争拗，互相补充。从讨论中，研究生可以了解不同老师的治学思路，转益多师；也让学生在争议中，碰出思想火花，培养敢于创新的能力。至于个别辅导，只要同属戏曲史学科的老师，可以随时向其请教，无须考虑谁是谁名下学生的问题。宗强兄很同意我的做法。我知道，他对研究生在学术上的指导非常严格，在生活上则十分慈爱关心，于是也向他请教培养研究生的做法。他告诉我，上课时，指定学生同读一本经典，又指定同读几本不同的版本、注本，然后在讨论中，各抒己见，这可以让学生基础扎实。我大受启发。有几年，我发现中山大学古代戏曲的博士生，对元典不够熟悉，基本功不够扎实，便参考宗强兄的做法。集体上课时，在不同学年，分别研读《论语》《道德经》《易经》等元典。在研读中，则以同一注本为靶子，提出各自的解释。最后由我提出自己的意见。研究生们认为，我对《周易》的理解，有些新意，鼓励我将它的六十四卦，全部论析。这就有了《周易辨原》一书的出版。我明白，这本论著，应是我吸取了宗强兄的教学方法从而获得的成果。当然，在相处的过程中，我知道他学风的严谨，学习的勤奋，对所从事的学科有全盘的思考和系统的研究，是我不能企及的。但作为同一辈学人，在相处的过程中，我也得到精神的启示。

有意思的是，在2015年初，我接到复旦大学黄霖教授的电话，他告诉我，将由傅璇琮先生主编，由复旦大学出版社出版一套“当代中国古代文学研究文库”。入选者共十人，希望我把书稿寄交。我当时答应了。后来一想，不妥，因为刚把一本书稿交给了另一出版社。对方已答应出版了，我哪有工夫又弄出一本？不得已，便拨通傅璇琮先生的电话，问他主编这套“文库”，到底是怎么一回事，也告诉我的为难之处。傅先生毕竟是老行家，他问我，和对方签了合同没有？我说，还未签哩。老傅便大声说：“黄天骥，您赶紧取回来，宗强也有一本书收在“文库”内，您怎能缺席？”我一听，如梦初醒，赶紧把书稿取回，题上了《冷暖室论曲》的书名，奉交黄霖教授。

到2016年“当代中国古代文学研究文库”出版，我翻阅其中所收书目的名字，不禁愣了。但见宗强兄的书名，竟是《因缘居存稿》。“因缘”与“冷暖”，不都是对立与统一，相对成文嘛！那一段时间，我和宗强兄，并没有联系过，怎么新书命名的意趣，竟然如此相似？我想，也许是我们都深受辩证思想的影响，也许是其中真有一种缘分的存在吧！

原载微信公众号“澎湃新闻”2020年5月14日

【主编者言】写一个人要落笔在细节上才能写出神采。因为当编辑看过许多写人物的稿件：某某年去了哪，某某年做了某事。我总觉得这是悼词笔法。本文有细节，所以生动。

不老的钱理群

邵燕君

十几年前，我写过一篇长文《赤子佛心钱理群》。那次是钱老师让我写的，他的《我的精神自传》要在台湾出版了，出版社提出要一个导读。没想到，钱老师居然让我写这个导读，真是受宠若惊。那篇导读最后写成了《我读钱理群》，这其实也是学钱老师的。钱老师一辈子的学术工作主要是处理他与两个精神导师（鲁迅、毛泽东）之间的关系，“与鲁迅相遇”“我和共和国、毛泽东六十年”构成了他“心灵探寻”的主要历程。钱老师也是对我的人生观、价值观影响最深的精神导师，像我这样的人，北京大学内外还有很多。这次又有幸写钱老师，我就接着往下写。

进入中年以后，我总想着应该多去看看几位老师，陪伴一下他们的晚年，虽然事实上没做到。中年是什么感觉呢？有一句话让我刻骨铭心，就是早晨一醒来，发现周围都是靠你的人，却难得有你可以靠的人。但我觉得，有几个老师还是可以在精神上靠一靠的，虽然他们有的已经连路都走不动了。去看他们，也是上最后一门必修课：学习如何面对老、病、死。

钱老师自从 2002 年退休以来，在写作上进入了井喷期。然而，近几年来，他的生活发生了两次重大的转折，一次是 2015 年夏季搬进养老院，一次是 2019 年夏季师母崔老师的离世。

钱老师进养老院的新闻最早好像是温儒敏老师在微博里爆出来的，一下引起不小的新闻效应，大家的联想都是“知识分子晚景凄凉”什么的。我和几个闺蜜也赶快跑去看钱老师，结果完全和想象的不一样。这家叫泰康之家·燕园的养老院确实很超前，像一家五星级酒店。钱老师兴致勃勃地带我们参观，钢琴大厅，各种小教室，游泳馆，健身房……吃过午饭后，我们在一个室外的露台坐下聊天。我记得那天天气很好，微风吹过四周的绿植，感觉像在欧洲。钱老师上一个居所叫枫丹白露，也是欧洲范儿的。我问钱老师：“您很喜欢这里吧？”钱老师笑眯眯地点点头说：“这里洋气。”然后，又说，“崔老师定的。”

崔老师定的。钱老师的一切，除了学术的事情，什么不是崔老师定的呢？崔老师是钱老师生活的“底”，是定海神针。

我以前只知道崔老师是上海人，好医生，后来看了崔老师临终前编的文集《我的深情为你守候——崔可忻纪念集》才知道，崔老师竟是这样的大家闺秀！她和钱老师可真算门当户对，都出身于学术世家，父辈都做过民国的高官，他们从小都受过最好的西式教育（崔老师读了六年的中西女中是宋氏三姐妹的母校），毕业于最好的大学（崔老师毕业于上海第一医学院，钱老师毕业于北京大学），并且又都在1960年大学毕业时，被分配到贵州安顺卫生学校，按崔老师的话说：“一个跟头翻到了最底层。”然而，他们却完全没有最后的贵族式的哀怨，而是立刻投入了基层教育的事业。临终之际，崔老师说，在贵州那二十五年，是她一生中最有意义的日子，培养了两千多名学生，治好的患儿（崔老师是儿科医生）不计其数。这些实实在在的成果，比她后来（1984年）调到北京后的“高大上”工作有意思得多。“我虽不是基督教徒，却好像在按照上帝的旨意在做奉献。我不是党员，却在真心实意地为人民服务。”这是崔老师对自己一生的总结。

钱老师经常谈起崔老师，有两句话令我印象最深。一个是在结婚前（“文革”尾声时期），崔老师答应了他一个十分苛刻的条件，就是要做好他随时可能进监狱的准备。另一句是，钱老师说，崔老师在任何时候都能让“一切如常”，

“事态越是严峻危险，家庭气氛越是宽松平静”。在他们两人调侃时，我甚至听到过这样的话，崔老师唠叨钱老师生活能力差，说他在自己这里享受的是“子女待遇”，钱老师立即自己补充说“是独生子女”。在献给崔老师的著作《大小舞台之间——曹禺戏剧新论》的后记中，钱老师写道：“她是我生活中永远不倒的树。”如今这棵树倒了，老师该怎么办呢？

我见到崔老师时已经比较晚了，她在病床上已经躺了好几个月。2018 年 10 月底，崔老师在发现病兆后，自己判断是胰腺癌。在经过几个医院的检查、确诊后，和钱老师不需商量就共同决定：放弃治疗，住进养老院内部医院，不求延长生命时间，只是减少疼痛，维护生命最后的尊严。然后，崔老师高效地处理了一系列事：家里的事、钱老师以后生活的事、自己的后事，包括最后的告别仪式和灵车上的音乐（用的是崔老师自己唱的歌），都一一安排妥当。一切尽善尽美。

在生死大限之际，崔老师表现出来的大智大勇和大能，令所有人叹为观止。然而，这样的冷静决绝却不意带来另外一种格外熬人的痛苦，就是通向终点的那条路太笔直、太单调了，没有一个岔口，没有一点波澜，没有一丝可以混同为希望的虚妄。我去看过两次崔老师，每次都不知说点什么好。崔老师这时已经瘦成一把骨头了，几个月不吃不喝，就靠营养液维持，但依然很清醒。她和我们聊天时，倒是一切如常，包括她抱怨“这也太不人道了，拖这么长时间，也不昏迷”，声调语气也依旧如常。不知道在没有亲朋来探访的时候，只是钱老师一个人来的时候，会是什么样呢？他们会说些什么呢？或许什么都不说吧。这时钱老师自己也查出癌症（其实是钱老师先查出癌症的，但是早期，可治），对于两个看淡生死的强大灵魂来说，阴阳之界可能已经不是什么蹚不过去的河。死神陪着他们熬了半年，也成了老熟人了吧。

我们都担心，钱老师能挺过去吗？最让人担心的是，在此之前，他说，最想写的东西，已经写完了。钱老师的家族有癌症病史，所以，这些年，他都是在和时间赛跑。我记得有一次他说：“我有时真怕最想写的东西写完了，那我该怎么办？”我说：“那您慢点写。”“那我死了，我想写的东西还没写完怎么办？”写作是钱老师存在的方式，如果最想写的东西写完了，还有什么能把他留下来？

不过，事实证明，钱老师的生命力比我们想象的更强大。在崔老师的告别仪式上，那么多人痛哭，我看到钱老师没有哭。我拥抱他，他的回抱也很有力。我觉得他身上有一种接受一切的坦然。送走崔老师不久后，钱老师说，他要去贵州住一段时间。贵州，已经成为他真正的故乡，他栖息将养的地方，那里的学生和朋友于他也更是亲人。从贵州回来以后，我感觉钱老师“又回来了”。去他家里聊天，一切和从前一样。满屋都是崔老师的照片，好像崔老师没有走一样。一切如常。

二

我一直在想，钱老师走的这条面对老病死的路，一般人走得了吗？我觉得走不了，反正我不行。这不仅因为他的精神力太强大了，更在于他的关注点不在自己身上，而在于超越一己之私的价值感和使命感，这就把通常针对个体生命的病魔给“晒”在一边了。

钱老师其实患有几种很严重的病，前列腺癌、糖尿病、高血脂，任何一种都能够把人“拿住”。但钱老师说他“没有感觉”，反正就是三个月打一次针，有时候连糖块都照吃。但如果不在“精神燃烧”的状态里，他也就不行了。他说，有一次他和老同学在宁波聚会，比较无所事事，结果一早起来就打盹打呵欠，精神萎靡。“那就是老年的钱理群！”说这话时，钱老师已经年近八十了。

钱老师确实不老。岂止是不老，他旺盛的工作精力对年轻人来讲，简直是一种羞辱。我记忆最深的一次是 2012 年 9 月那次，钱老师来我家里和学生们聊天。从上午十点一直到晚上七点，整整九个小时，基本是钱老师一个人在说话。中间还去吃了一次午饭，也主要是钱老师在说话。晚上七点的时候，我接师母指令送钱老师回家，钱老师还说："我不累。"我说："我们累了。"第二天，我果然起不来了。躺到快中午，突然一个激灵，赶紧给钱老师打电话，问他身体怎么样。钱老师说，没事啊，我已经写了三千字了。我说，好吧，您不仅在精神上，也在身体上，摧毁了我们。

钱老师是1939年出生的，上研究生的时候已经三十九岁。据洪子诚老师统计，从1988年出版《心灵的探寻》开始，至2020年1月20日，钱老师出版的著作达九十部，编纂的有六十五种；这还不算有的论著修订后多次再版的。洪老师说："之所以标出准确的截止日期，是因为时间对他来说很重要，况且他还有多个写作计划（多部的三部曲）在进行中，说不定哪一天又有新作问世。"我记得前两年，钱老师就得意扬扬地告诉我，他已经写了两千多万字了，在上课、讲座、聊天的同时，平均每天两千字。我说："您可以做网络作家了。"

钱老师不看网络小说，但对通俗文学一直持很开放的心态。我还记得我大四的时候，钱老师在课上说，他虽然不懂武侠小说，但如果有谁想写研究武侠小说的毕业论文找不到指导老师的话，可以找他。钱老师的这句话相当鼓励我，十年前我在北京大学开网络文学课的时候，所有选课的同学都比我懂得多，我就拿钱老师这句话当旗号。

后来当听到我说鲁迅在网络文学作家中的影响力很广很深的时候，钱老师高兴极了。在一篇题为《鲁迅杂文》的论文里，谈到鲁迅杂文与现代报刊传媒的关系时，钱老师甚至说，鲁迅是网络写作的先驱。"其实，杂文很有点类似于今天的网络文学，所以大家不要觉得鲁迅的文学很神秘，他的杂文就是今天的网络文学，只不过是发表在纸质上。我曾开玩笑说，大家不要小看网络文学，说不定网络文学作者中将来就会出现一个鲁迅。"

这句话经常被我扯来作为为网络文学辩护的"大旗"，另一面"大旗"是钱老师的写作速度。平均"日更"两千，实际上经常是一天七八千字，写五六个小时（个别时候会达到八九个小时）。那可是在写思想史啊！当然，在正式发表以前，钱老师已经有了四十年的积累。即便如此，这个写作速度也是太惊人了！所以，写得快，并不一定就是注水，有的人就是才思敏捷。在师母的技术支持下，钱老师很早就“换笔”了，因为，只有电脑速度才匹配他的思维速度。

其实，我也一直搞不懂，钱老师怎么能写得这么快？我猜想，有一点，钱老师是与网络作者（尤其是那些“用爱发电”的非商业写作作者）相通的，就是他们的写作，本质上都是“欲望写作”。在钱老师这里，所有的写作都是真心想写的，没有一件是“活计”或“苦役”。事实上，在上研究生时，他的导师王瑶先生一直是“压着他”的，让他不要着急发表。一旦开了闸门，就是喷薄而出。钱老师本来起点就高，又极度自信，所以，他的写作过程只是自然上升，没有刻意提高。写作对于他，一直是畅快并容易的，既没有心理门槛，也没有“规范”束缚，从心所欲，驰骋无忌。尤其是退休以后，更是进入完全自由的状态。这种自由，甚至包括文体的自由。他现在最喜欢用的“讲述体”（以历史叙述、讲故事为主，包括历史细节，在此过程中表达自己观点），是他自己独创的，和他讲课、聊天的风格是一路的。写作对于他是一种很热烈的沉浸状态，是身心喜悦的自我实现。也只有这种热烈的写作，才能四十年如一日，浩浩汤汤，奔流不息。

三

1998年，钱老师向学生们提出“沉潜十年”，这主要是对70后、80后学生说的，钱老师对他们寄予厚望，认为他们在知识结构和精神基础上都要优于他所属的30后，以及40后、50后、60后，希望他们“潜到自我生命的最深处，历史的最深处，学术的最深处”，拿出些“大东西”来。

然而，十年后，在北大一百一十周年校庆时，钱老师却发表了一篇题为《寻找失去了的“大学精神”》的文章。在这里，他激愤地指出，现在的大学正在培养“精致的利己主义者”，“他们有很高的智商、很高的教养，所做的一切都合情合理合法无可挑剔，他们惊人的世故、老到、老成，故意做出忠诚姿态，很懂得配合、表演，很懂得利用体制的力量来达成自己的目的”，最大限度地维护“一己的利益”，这已经成为“他们的言行的唯一的绝对的直接驱动力”。钱老师再一次感叹，这是自己“理想主义、浪漫主义的精神气质的弱点的一个大暴露”，“种下龙种，收获了跳蚤”。

在以后的十几年中，“精致的利己主义者”成了一个流传越来越广的社会流行词。其实，岂止 70 后、80 后，我们每一代人中都有“精致的利己主义者”，我们每一个人身上，也都有“精致”的部分，甚至特别“精致”的时刻。这是无可奈何的事。

钱老师确实是一个无可救药的理想主义者。但我发觉，近年来，他的理想主义越来越低调。他总是说“想大问题，做小事情”，“好人联合起来做好事”，好事的成效哪怕是小数点零点零零零几，“只要是正数就可以”。这种个人的、理性的理想主义，确实是更有操作性。

2017 年的春天，我带着新一批学生去看钱老师。钱老师说，对于学生辈，尤其是我们这些 20 世纪 80 年代在北京大学上本科的 60 后学生，他最基本的期望是：“凭兴趣做学问，凭良知做人，组织一个学术共同体。”我当时脱口而出：“我都做到了！”当着自己学生的面，确实很得意。

最让我得意的是，我并不知道钱老师有这样的期望，做到这些是自然的。我想，只要在一个相对宽松的环境里，做到这些应该不是很难吧？这并不需要勇敢，只需要一定的诚恳，而且是对自己的诚恳——其实，也就是对自己好一些，所谓“胸无大志”。相反，我觉得那些“精致的利己主义者”，他们的价值模式和心理模式倒更惯性延续了传统的理想主义、英雄主义的模式——为了更长远的利益，牺牲当下的利益——只是在终极价值的位置上，用个人价值替代了公共价值。人如果一辈子“毫不利人，专门利己”，应该很难幸福吧？

钱老师确实是喜欢年轻人，这些年我不断带学生去见他，最年轻的一拨已经有 1994 年出生的了。他总是能吸引他们。一般人想和年轻人打成一片，需要去靠近他们的文化（比如我），但钱老师不是，他就是凭他自己的东西吸引年轻人。大概是因为，钱老师的赤子之心和年轻人的心是天然相通的。

有一件事是钱老师说什么也想不到的。现在的年轻人普遍“爱无力”，尤其跟我做网络文学研究的学生，大都生活在“二次元”。他们可以“饭爱豆”“磕CP”“爱纸片人”，就是不愿意在现实生活中谈恋爱。然而，有一次和钱老师聊回来，有个同学说：“要是现实生活中有钱老师这样的人，我是想谈恋爱的。”这真吓了我一跳！因为在我们的眼里，钱老师一直是一个“超性别的存在”，一个“精神性的存在”。看来，只有强大的“精神原力”，才可以穿越次元之壁。

等疫情结束了，我想带学生们经常去看看钱老师——“带你们去见钱老师”也是我给学生的“特别福利”——让学生们多从钱老师这里借一点“精神原力”，也请钱老师把他那些“写给未来的书”提前给我们讲一讲。“相信未来”的钱老师是永远不会老的。

这个不老的钱理群，也将是不死的钱理群。

原载《南方文坛》2020 年第 3 期

【主编者言】编辑部的温暖和其他办公室不同，不仅仅因为人际关系的融洽，还因为文化的志趣相投。思想文化刊物应该敢于培植另类，其编辑部以温暖营造一片春天的土地。

有过一个温暖的编辑部

李 陀

自世界上有编辑部以来，有没有一个编辑部，让人想起来，会用“温暖”这样的感觉去形容？大概很少很少。

在我心里有过一个，那就是《读书》编辑部。

说一个编辑部的时候，为什么我斟酌再三，还是选了“温暖”这么一个词？这并不易说清。远了不说，近百年各国都有过很多了不起的编辑部，进出过这些编辑部的人，都写过很多怀念文字，有人用过“温暖”这个词儿吗？好像还没有过。不过，回忆起《读书》编辑部的时候，我总是想起这个字眼。为什么？想一想，这大概和当年三联书店的总经理范用先生有点关系。

我第一次到《读书》去是什么时候？记不清了，那时候三联书店落脚在北京朝内大街那个灰楼里，楼前有个不大的院落，院子门口很多牌子：人民出版社、人民文学出版社、三联书店、外国文学出版社、《新华月报》《新文学史料》……大小不一，好几排，都赫赫在目，可是感觉上，仿佛《读书》编辑部的那个牌子最小，是胆怯，还是谦虚？说不清——就是现在，有谁能说得清？不过，每次带着一股在心里不断膨胀的兴奋，屁颠屁颠走进这座大门的时候，我心里可只有《读书》。

几十年前了，一个印象特别清晰——上了楼，进编辑部要走一个小过道，左手边一个门，里边一个不大的屋子，有几张堆满了书籍稿件的小桌，那是吴彬、杨丽华、赵丽雅、贾宝兰四位编辑办公之处——你刚一进门，她们四个就都一脸笑容地站起来打招呼，那间光线偏暗的房间也立马明亮起来——我的温暖感觉是从这时候开始的吗？不是。是在另一边，过道右边的屋子，范用先生的办公室。我和范先生过去根本不认识，也从来没见过，那时候，我刚从工厂调到作家协会，当了“作家”，不过自己觉得一点不像，我算什么作家？这让我和老先生们打交道的时候，有点怵，能躲就躲。可是大概我说话声音太大，每次我进了编辑部的屋子，还没说上几句话，范用先生就缓步过来，微笑着说：“来，喝杯咖啡怎么样？”和范先生一起喝咖啡？当然愿意。可是吴彬她们几个好像比我更乐意，去去去，喝咖啡，几个人马上簇拥起我，尾随范先生跨过那个窄窄的过道，都拥进对面的房间里，或坐或立，说说笑笑，不一会儿，先生就为我们端上来一杯杯咖啡。屋子不大，不一会儿工夫，满架满柜的书籍之间弥漫的就全是咖啡的香味。

我一直不明白，为什么范用先生会请我喝咖啡？而且，只要先生在，只要听见了我的声音，先生就会带着微笑过来，声音不高地说，来啊，喝杯咖啡？这样的邀请后来简直成了通例。吴彬对我说，你多来吧，你一来，我们就能和你一块儿蹭范先生的咖啡喝。要知道，那时候我不过是一个刚刚出道的“作者”，在知识界里是如一张白纸一样的“白丁”，一个愣头愣脑的小伙子。不过，自打喝过先生的咖啡，再去编辑部，我的感觉有了很大的变化，那里再也不是一个编辑部，而是一想到就感觉特别温馨的一个地方——有点儿像回家，可实际上，在那儿，你一个家人都没有。

想一想，二十世纪八九十年代前后，去《读书》编辑部有多少次？完全记不清了，其中有多少次是为了谈稿子？太少了，有限的几次。北方人形容那种没经邀请，也没什么由头，随便就到亲戚家里去看看坐坐，有一个词叫“串门儿”，它用在这里特别合适。到《读书》去，我完全是串门儿。这种串门儿的感觉，在编辑部迁到朝阳门外那些日子里，就更足了。这次迁移，多少有点像逃难，因为几位编辑蜗居之处，是朝阳工人俱乐部所属的一个简易楼，那种一脚就能把墙踢出个大窟窿的两层板楼；一个刊物的办公室本来就容易凌乱，现在这小屋子，就格外显得杂沓凌乱，且所有门窗桌椅都带着一种怪怪的简而再易、易而再简的极简主义作风；唯一不变的，是几张办公桌上堆积的稿子和书，靠着它们，这一堆凌乱好歹增添了几分严肃。不过，这一切倒是让我更加高兴，好像我的串门儿之“串”，更有了理由。何况，那时候我家也在朝外，距这处简易楼不足里半，而且当时我们经常买菜的集市，就在旁边的神路街，经常借口给家里买菜，提着一袋子豆角黄瓜就又兴冲冲来串门儿了。

逝者如斯，不舍昼夜。很多人和事，都在稀薄的记忆里淡去了，当年在编辑部一坐就一两个小时，都说过些什么？记不清楚了。不过有一个印象特别深刻：上门一两次之后我就发现，吴、杨、赵、贾四位，原来都是饱学之士，这个发现让我很惊奇，可是立刻就转化为一种由衷的愉悦：和她们几个在一起，上穷碧落，下至黄泉，什么话题不可以讨论啊！什么问题不可以深究啊！记得有一次，也是聊天，不知道怎么就聊到了《诗经》。赵丽雅很随便地说起，她写了一篇关于《诗经》的研究文章，不知道哪里能够发表；过了两天，我和她一起去见了刘梦溪，再过了两天，文章就在刘梦溪主编的《中国文化》上发表了。这大概是她成为“扬之水”之前，发表的第一篇学术文章吧（文章题目我已经忘了）——当年清谈闲扯究诘异议的时候，都吹过些什么？这件事是个小小的说明吧。何况，那些年月里去《读书》串门儿的各路朋友，太多了，我去，乘的已经是末班车。有时候我会想，在编辑部聊过天的人里，记忆力超常者很是不少，如果每个人都写一篇文章，哪怕是短文，回忆昔日聊天的内容，哪怕是其中一件小事、一个话题、一段评说，然后集合成书，那该是多么活泼、多么丰富的历史资料。我在《1985》这篇随笔里说过，二十世纪八十年代文学的一个显著特色，是文学界出现了凭借读书和思考形成的众多小团体、小圈子，像无数狂热的风柱到处游走，互相激荡，在当时固有的社会文化中形成无数缝隙、裂纹，而新的文学就在这些裂隙里，像一根根野草一样顽强地生长起来。其实，在那些年月，学术界和理论界何尝不是如此？

《读书》是这些狂热的风柱之一吗？也许是，不过有些不同。

是有不同。说起大家到《读书》串门儿，很多人都应该记得这样的景象：一旦有什么活动，特别是每月一次的“读书服务日”，楼下的小院里就放满了一排又一排的自行车。很多车子都很破很旧，可是车主都年轻，个个风尘仆仆，一边互相亲热地打着招呼，一边急急奔向编辑部。不熟悉的人，看他们步伐轻松，很难想象其中很多人都是远道而来，不少都是二三十里的路程，或者更远。起初，我自己也没太注意，直到有一次，正是严寒冬日，北风呼啸，我在那座灰楼的大门口，刚好看到陈平原跳下自行车，上前一问，是从北大骑车过来的。我不由得一惊，海淀到朝阳门，那有多远？至少三十多里地吧？看着他单薄瘦小的身体，不由得一阵惭愧。从这之后，再看到楼下那些自行车，我往往都会想到车的主人们，心里总会生起一番特别的敬意。今天回顾那个时代的《读书》，当然有很多感想，可以说很多话；但是，昔日灰楼下那些密集的一排排自行车，是不是更有发言权？大概是因为我自己做过编辑，所以我常常有一种联想，刊物的编辑部很像那些桅樯如林的港口，有的小船急忙靠岸，像是终于到了家，有的又急忙离岸，很快消失在汹涌的波涛里——《读书》编辑部，是不是其中一个最繁忙的港口？那么多年，曾经有多少装载着沉重思想的小船，在这里维修、装卸、整顿、休息之后又出航了呢？恐怕谁也算不清。

不过，这样回顾《读书》，是不是有点太诗意？

即使是最好的诗，绕到背面，也有很不诗意，甚至是很黑暗的一面。很多经历了二十世纪八十年代的人，包括我自己，都有一个毛病，回顾往事总是愿意看到我们熟悉的、喜欢的、能让自己醉心的那一面。可是，今天我们转过头看看，已经很清楚，实际上那是个异端并起、杂念丛生的混乱年代，只不过混乱还没有爆裂，旧的情感还能像一个网兜，勉强把新旧好坏都兜在一起而已。如果《读书》编辑部是一个港湾，恐怕在那儿的停泊，很多都是暂时，出发才是最重要的，一一远去的风帆，早已南北东西，各有异志。最初的一个暴露，就是二〇〇〇年前后闹起来的“长江《读书》奖”事件。说实话，在这阵怪风乍起的时候，我相当错愕，后来的发展更让我目瞪口呆，再后来，待了解了一些内情之后，才渐渐明白，过去以为同一战壕里的战友，其实已有人做了割席分坐的准备。不过，正式的割席，竟然是为了一个奖，而其发动的根本原因，竟然又是因为汪晖做了《读书》主编，这就不能不让人震惊了——原来，《读书》主编的位置这么重要！今天再回叙这场风波的前前后后，时过境迁，已经没有必要；但我还是期望，有一天能够把这个《读书》奖的评委们的内部讨论，还有当时的投票记录，都给予公布，以还汪晖一个清白。只是不知道，这些档案还在不在？

这场风波也有个好处，就是揭开了中国思想界冲突的大幕。

在《雪崩何处》这个集子里，我于《关于九十年代的大分裂》那一节文字之前，说过这么一段感想。

> 即使在九十年代初，设想在知识界里产生一道悬崖式的裂缝，而且裂缝会迅速扩大，原来的朋友不知不觉就成了思想和理论的敌人，这也是不可想象的。但是，裂缝毕竟形成了，朋友们毕竟举枪相向，彼此瞄准了。在这过程里，我不自觉地成了这次大分裂的一个见证人，下面这篇《让争论浮出海面》，可以说是一个物证；至于一篇文字为什么能成为这样的物证，在《九十年代的分歧到底在哪里？》里我做了一些说明。这篇《九十年代的分歧到底在哪里？》是《南都周刊》在二〇〇七年八月十七日对我的一个采访，而《让争论浮出海面》发表于一九九七年第十二期的《读书》，两文之间相隔了十年。回顾这十年，除了种种感慨，我总是有一种深深的惋惜：分裂也没关系，可是为什么不能认真在理论和学术层面上好好辩论呢？为什么在论争里混进那么多与思想无关的脏水泼来泼去呢？其实，历史上大多数论争都没有过“双赢”或者“双输”，重要的是争论双方有没有各自获益，有没有发展知识。设想一下，如果当年不是那么“乱打一锅粥”，也许新世纪中国知识界的局面会是另一个样子吧？

这段文字里说及的《让争论浮出海面》这篇文章，还可以再说几句。有一次，已经是汪晖和黄平做主编了，我到编辑部去，聊天时候又说起思想分歧的事。黄平建议说，既然都是朋友，为什么要背后嘀咕？为什么不进行公开争论？左也好，右也好，《读书》来带头，大家都写文章来一场争鸣不好吗？当时在场的几个人都赞成，如果能公开争论那当然最好。说做就做，没隔上几天，黄平请来了四个人，徐友渔、雷颐、陈燕谷和我，看能不能几个人凑一起，面对面，各自直接说说自己的想法。那时候《读书》已经迁到美术馆东街三联书店的新楼里，而所谓编辑部，不过是那种公司化的开放式现代办公空间里的几个带隔断的桌子，几台电脑，几个台灯，还有几把椅子。串门儿？太老派了，早就没人想了。好在二楼有书店开设的一个咖啡厅，来客人，接待起来十分方便，如果是编辑部的老客，还可以折价。黄平把我们四个带到那里，买了咖啡，坐下来聊了差不多两个多小时，说实在的，几个人具体都说了些什么，早就记不得了，印象里，似乎是各说各话，没有什么交锋，也没有争论，让我相当失望，这和原来的期待很不一样。大概正是这失望，促使我写了那篇《让争论浮出海面》，同期还有雷颐的文章《今天非常"法兰克福"》，徐友渔题为《西方马克思主义在中国》的文章晚了一点，见于次年的第一期。争论浮出海面了，不过，没想到徐友渔的文章里有这么一段话："西方马克思主义最有价值的内涵是它的批判精神，它提出和发展的社会批判和文化批判理论，对于我们反省现代化进程中的种种负面现象，抵制物欲的膨胀和拜金主义盛行，具有可贵的启发和借鉴作用。但另一方面，它的浪漫主义和乌托邦气质，它对现代化的拒斥态度，有可能在中国引起'半是挽歌，半是谤文；半是过去的回音，半是未来的恫吓'般的反响，造就出几个西方'新左派'的盲目追随者和蹩脚模仿者，有碍于中国走向世界，走向现代。"我看了之后，很意外，也很失望——为什么我们要写文章？因为只有文字才能清晰地表达思想，也只有通过文字，论敌双方才能进入或者侵入敌方的思想，然后逻辑地、细腻地摆事实、讲道理，互相辩驳、究诘是非，可是，怎么用文字扣起帽子来了？后来，时隔十年之后，我在《南都周刊》的一篇题为《九十年代的分歧到底在哪里？》的采访里，还在埋怨徐友渔，说他的语言像“文革”里的大字报。但是在今天，事情又过了二十年之后，想法有了变化。我当年的埋怨不但幼稚，而且对徐友渔也不够公平。说到底，真正的思想分歧，其实都是立场上的根本分歧，是对立话语体系、对立意识形态的激烈不可调和的冲突，一旦在思想战场上拔刀相向，互相辩驳没有问题，但究诘是非，如何可能？“乱打一锅粥”是难免的，甚至是必然的。这么一想，徐友渔那些尖锐的批评，其实很可贵，再扩大一点看，二十世纪九十年代的很多乱打一气、火药味十足的文字，也都很可贵。至少，和当下一个最大的不同，是我们彼此都知道去找谁的额头来磨自己的刀。

说三联，说《读书》，可说的还有很多。

前些天，二〇一九年伊始，单向街书店的一伙青年人，向董秀玉颁发了一个名为“年度致敬”的奖：“我们致敬董秀玉六十余年在中国出版界的奋斗和创造，也致敬她的生命状态——温和，坚韧，勤奋，可爱，充满活力，无所畏惧。”这几句话让我感动，看到消息之后立刻给她发了条微信：“这个奖太好了，是青年人对你一生奋斗的肯定，这比什么奖都重要。老一代人里，能得到青年人这样认可的，有几个？”不过，得到青年人的认可固然不容易，让青年人想起用“温和，坚韧，勤奋，可爱”这样的字眼去理解她，这就更不容易了。大概是一九九五年前后，三联书店新楼的修建工程已经进入收尾阶段，董秀玉带着我和刘禾进入了大楼工地，一边上楼下楼四处参观，一边向我们介绍未来书店的风景。而我们眼前的，其实是一排排灰色的水泥柱子和灰色的水泥墙，还有留作门窗的一个个阔大的空洞。可是，我们随着她的指点，实实在在看到了一个书的世界，那种唯有以千千万万卷可以用手触摸的，可以用手翻阅的，可以随时带在身边、随时放在枕下的“纸质铅印书”搭建起来的书的世界。后来，我曾经有机会参观过一些建筑工地，在那些地方，也都有人带着参观，也都有人极力让我在想象里展开一幅幅绚丽的风景，可是，有哪一个能和当年董秀玉给我们看到的更动人呢?

往日不堪重记省。这些年再去三联书店，我最不愿意想起的，就是在二十多年前，董秀玉带着我们在一片水泥世界里想象一个新书店的情景。每一次，只要进了三联书店的大门，我就尽可能快快地避开明亮的一楼空间，避开充斥着无数实用类和励志类书籍的那个熙熙攘攘的空间，直奔地下一层，在阴暗里让自己渐渐麻木，然后平静。

是曾经沧海难为水吗？可是，沧海在哪里?

能安慰我的，是记忆里曾经有温暖，比如有过一个温暖的编辑部。

原载《我与〈读书〉》，生活·读书·新知三联书店，2020 年 8 月出版

【主编者言】风景是给人观赏的，却因为留下了人的印记而变得更为丰富，从而染上了情感的色彩。作为大学教师，作者因人文景观引发情愫和思考，却又羡慕那些纯粹贴近自然的人。

风景里的人生

吕珍珍

今年元月，我到福建厦门、南靖、龙岩等地游览四天，足迹所及，思绪亦纷纭随之。我的旅游，实则在自己的思想和人生中穿行，顺带窥探历史和他人的人生。

历史跫音

首日中午抵达厦门，在酒店办理入住后，下午打车去大嶝岛，游览英雄三岛战地观光园。

观光园以纪念著名的金门炮战为主题，大嶝岛是当时的主战场“英雄三岛”之一。园内保留了战时的枪炮、喇叭等实物以及弹坑、防空洞等遗迹，战争的痕迹历历在目。当年的防空洞已被改造成供游客探险的迷宫。低矮狭窄又幽暗的洞中，墙上的大红色油漆标语依然清晰可见：“我们一定要解放台湾！”读起来竟有恍若隔世之感。

展室里陈列着反映那次战争的文献资料，连环画、报纸、宣传册、政府内部文件等，墙上挂着照片。在众多宣传战果和驻岛战士生活的照片中，有一张引起了我的注意：一张高桌子上，坐着一个两三岁的男孩，他左边的小腿只悬着短短半截，脚已经不见了。桌旁站着一个女人，大概是男孩的母亲吧。他们背后的横幅上写着："控诉蒋匪滔天罪行大会。"照片下展板上的文字说明是"嶝崎村被炮击的孩子"。看着照片上神色平静的两个人，我的心被揪成了一团。

另一个展室里，正循环播放着以炮战为内容的纪录片。我由此得知，炮击金门从1958年开始，到1979年因中美建交而停止。二十多年的炮火终于结束，不是由于任何一方武力的强大，而是由于政治的和解，由于和平与发展的大势所趋。想到照片上的那个孩子，我不胜唏嘘。时隔多年，对战争受害者的展览，表达的更应该是对战争的反思、对和平的渴望吧？

公园内设有一个红色记忆典藏馆，由一个狭长的通道改造而成。通道一侧的墙上和展柜里，陈列着琳琅满目的弹壳工艺品。另一侧墙上，悬挂着一幅幅装裱好的宣传画，仔细一看，都是绣品。内容以歌颂毛主席、歌颂共产党为主，无论是人物还是构图、色彩，都相当出色。只是部分作品上的文字离我很遥远，比如："最高指示：你们要关心国家大事，要把无产阶级文化大革命进行到底！""无产阶级文化大革命的全面胜利万岁！"我觉得困惑，对一段已有定评的历史，不考虑其性质及其对整个社会尤其是受害者的影响，简单地将其作为"红色记忆"展出，是否恰当？

展览馆外的一段台阶下，两棵榕树各自默默地守护一边。远远望去，它们居然跨越台阶连在一起，形成"枝枝相覆盖，叶叶相交通"的奇观。走近仔细分辨，是其中一株树的气根从空中垂下来，缠绕在另外一株树的主干上，年深日久，越长越粗，越贴越紧，居然合为一体了。想起刘兰芝和焦仲卿，想起韩凭夫妇，想起梁山伯与祝英台。人盼团圆，树同此情啊。

不由想起刚刚在战地迷宫前看到的一座雕像。那是座深灰色的混凝土塑像，整体轮廓是一个年轻女子，脑后拖着一块长长的红色带状混凝土。她站在一块高地上，面朝大海伫立着。雕像的基座上嵌着一小块碑，上书其名称"望归巾"，下面用小字写着：

巾者，君也。古有十兄弟，讨海为生，十妯娌每于崖上盼归。一日，十弟不慎葬身大海，十弟媳悲绝，所裹红头巾飘落海面。后人感其诚，每于崖上望归，皆裹红头巾。

原来如此。女子脑后的红色部分，应该是代表头巾了。这女子是谁？十弟媳，还是后来望归的人？介绍语焉不详。前者的头巾既已飘落海面，头上当无红巾。那么她应该是后者了吧，是那些在海边望穿秋水的万千思妇中的一个。

我无法考证这文字的真实性，不知道当地是否真有崖上望归时头戴红巾的传统，但那怀着哀愁和希冀眺望茫茫大海的身影一定是存在的。不仅是这里，在更遥远的地方，当年远离家乡驻守海岛、参加这场旷日持久的战争的战士，他们的妻子、母亲，是否也曾在村口、山头，站成一尊这样的雕像呢？一定是的。“几家夫妇同罗帐，几家飘散在他州”，古往今来，这样的身影并不鲜见。否则，望夫石、神女峰何以屹立千年？自然界的连理枝被寄予美好的期盼，不正是由于团圆的不易吗？

不远处又是一棵大榕树，繁茂浓绿的树冠下一簇簇茂密的气根悬垂着，飘摇着，像个秀发飘飘的女子——她应该可以在镜前细理云鬓、巧贴花黄，而不必每日在崖上眺望远人吧。

想起另一棵树来了。来时的出租车上，司机用带着浓重乡音的普通话，热情地向我介绍大嶝岛游览的各种事宜，特别推荐我去看“xǐ yàn shù”。他提了至少两次，我都没有明白是什么。与发音对应的词汇我只找到一个：“洗砚树”，与之关联的是王冕的“我家洗砚池边树，朵朵花开淡墨痕”。难道这里也有相关或类似的古迹？我顿时充满期待，但又很疑惑：树怎么能洗砚呢？是树下有洗砚的池子吗？下车前向司机请教，他说：“就是一棵树嘛，人家想求什么，就去拜一拜。你也去拜拜。一棵大树，上面挂着很多红的……”啊，原来是“许愿树”！我眼前立刻出现一棵枝繁叶茂的大树，密密麻麻的布条飘成一片耀眼的红云。我大失所望，又在心里暗笑他们的愚和自己的迂。但现在，我觉得自己既迂且愚——盼望亲人平安归来的渴望，既然可以是戴在头上的红巾，为何不能是这缠绕在古树上的红云？

虽然是军事主题的公园，也还是贴心地为大孩子和小孩子们设了两架秋千。一个孩子正被大人推着，在高高荡起的秋千上大笑、尖叫，大红色的外衣像一团火焰，随着秋千的摇摆，在淡淡的暮霭中划动、燃烧。这才是孩子该有的生活啊，我感叹，又想起照片上的那个小男孩……

但愿历史永远成为历史。

风景何处

第二天，鼓浪屿步行参观，跟团。

一日走马观花，没有失望，也没有惊喜。印象深刻的，都与具体的人、事有关。如菽庄花园，如毓园，如日本领事馆和德国领事馆，如鼓浪屿码头。

就景观而言，菽庄花园给人的强烈感觉是精巧。园中最重要的景点一是“藏海”，一是“补山”。园子虽面海而建，但初进门时并不能见到海，绕过一堵横墙，穿过一所小院，步出一个月洞门，萧然寂然之处，大海猛然奔涌而来，使人顿觉海阔天空，似乎大海被调皮的主人藏了起来，此时才被突然发现，故曰藏海。所谓补山，是指巧借山势，用猩红色的岩石在山坡上搭建了十二个连环洞，以十二地支为名，并以十二生肖雕像装饰洞口。据说这是给孩子们玩耍捉迷藏用的，同时兼寓“山河破碎，以此补之”之意。

一座不足十亩的小小庄园，却包含着藏海的妙趣与襟抱，补山的奇思与壮志，家国情怀，雅人深致，融于一体。凭海临风之时，曲径通幽之处，怎不令人生出对主人风采的无限遐想！

但菽庄花园最感动我的，是山光水色中的故园之思。花园的主人名叫林尔嘉，原籍福建，从小生活于其家族在台北的板桥别墅中。甲午战败后，林尔嘉随父内渡，定居鼓浪屿，日军即将登陆厦门时，又迁居上海。台湾光复，林尔嘉写了感赋四绝，其序云：“乙未割台湾，挈眷归原籍龙溪，五十有余年矣，乙酉台湾收复，余旅沪辄思回台……”对故园的思念伴随了林尔嘉的一生。菽庄花园即是林尔嘉旅居厦门时，为解乡愁，仿台北板桥别墅之制建成的。它不仅是主人的寄身之所，更是思乡之情的寄托。我们早已熟悉了来自浅浅的海峡的对岸遥望，而从海峡另一端来到大陆的人，思乡之情也是一样的浓烈、深长啊。令人欣慰的是，晚年的林尔嘉终于得返台北板桥故园，安度余生。斯人已去，飘荡在菽庄花园内的乡愁与国愁，以及花园变迁背后的时代风云，却令人回味不已。

纪念林巧稚的毓园，是其好友邓颖超提议修建的。园前的路边，立着一座纪念雕塑，是五个手拉手的孩子。孩子的数量为五，大概是因为她一共接生了五万多名孩子吧。据说她临终前的最后一句话是：“又是一个胖娃娃，一晚上接生了三个，真好！”显然在弥留之际，她在恍惚中又回到了紧张的手术台前。她还把自己的健康器官全部捐献，用于医学研究。可惜我未能进入那座掩映在绿树丛中的中式建筑仔细瞻仰，但路边的短暂注目，已足以令这位伟大的女性屹立于我心灵的殿堂了。

从外观看，日本领事馆是岛上的万国建筑中最不起眼的一座。方正的外形，方正的门窗，土黄色的外墙，普通到极易被忽略。据说一层那个被封起来的灰色大门里，曾经关押过当年抗日的共产党人和百姓。1945 年收回时，在里面发现了大量刑具，墙上用血写下的标语依然清晰可见。听到此处，我心里一颤：我们怀着娱乐心态在电视中看到的那些故事，真的曾经发生过——有人怀着不屈的信仰，罹患那样的苦难，只是为了今天。

德国领事馆据说是一战后中国政府从英国购回的，原因是鼓浪屿最先被英国占领，其他国家建造领事馆，须从英国手中租用地皮。这不禁让我想起近代报刊中的一则消息：英国占领香港后，旅港英人强烈敦促英国王室尽快占有香港附近的么士卑湾，建筑炮垒，拒制敌船，以保香港无虞。且说其事甚易，不过“铅笔一画”，将其改入香港版图即可。唉，山河破碎，任人鱼肉——这是怎样一个屈辱的时代啊！

回程时经过形似钢琴的鼓浪屿码头。导游说它的另一个名字叫“猪仔”码头，当年贩卖“猪仔”（近代以来闽、粤地区偷渡海外谋生的华工）的航船，就是从这里启程的。我一下子思绪万千。“猪仔”的苦难生活和屈辱境遇，屡见于近代报刊以及龙舟说唱等民间文艺作品中，其辛酸悲惨之状，令人不忍卒读。当我们以惊羡的目光欣赏那些豪华的归侨别墅、想象他们衣锦荣归的风光时，有谁想到更多与他们一起怀揣着希望出洋谋生的乡亲，有人在中途即葬身鱼腹，有人在异国死于非命。报载，在南洋种植烟叶的“猪仔”，死了之后即被埋在田间地头做肥料，永做了异乡之鬼。活下去已是九死一生，致富返乡的怕更是凤毛麟角吧。据说漳州最早一批出洋的 15 人中，仅有 2 人存活。这个繁华的码头，曾经溅洒过多少穷苦人的斑斑血泪！

原以为我会被鼓浪屿秀丽旖旎的自然风光所陶醉，然而竟没有。我也曾在海边的沙滩上赤足而行，感受砂粒细腻而温热的抚摸；也曾驻足在鼓浪石旁，谛听浪潮拍岸的声音；也曾极目瞭望茫茫大海，看白帆游弋，鸥鸟低翔。但短暂的欢愉过后，便是索然。令我感叹、怀想的，是那些景观背后的历史与人生。也许，情之所系，才有真正动人的风景？

故乡何处

第三天，上午跟了本地一个旅行社，去看“云水谣”。

这是个原本叫作长教的小村，因作为电影《云水谣》的取景地而出名，进而得名。踩着一条由大大小小的鹅卵石铺成的古路进村，沿路是一条并不清澈的河流。河边每隔一段，就有一棵树干粗大、枝繁叶茂的大榕树，据说都有三百多年的历史了。树丫长长地伸展开来，遮住了半边河面。远远看去，蓝天、绿树，明镜似的水面，如诗如画。但对于长期在广东生活的人而言，这种景观并不新鲜。河岸上是稀疏错落的民居。有的比较破敝，一座小房子上刷着“听毛主席的话，读毛主席的书”的标语，显然是半个世纪前的印记了。有的似乎刚刚翻新不久，摆卖着各种商品，或用作饭馆、民宿。到底是古村落，还是商业街？实在有些难以说清。

村中有座小桥，桥头竖着块崭新的牌子，上写“情人桥”。小桥用旧杉木板拼成，因年代久远，木板已变成灰色，一条条粗粝的纹理裸露着。桥两侧扎有几个木桩，上面写着：“在这里，我们牵手了。”“在这里，我们在一起了。”“在这里，我们拥抱了。”等等。大概是为了迎合游客关于《云水谣》以及自己的爱情的联想吧——导游说情人们牵手走过情人桥，就会情定终身。

我不喜欢这个名字。这座古老质朴的小桥，本名必不如此。它可能毫无特色，比如以村命名，就叫长教桥，也可能很土气，或充满诗意，甚至可能带着教化气……无论是哪一种，我都能欣然接受。偏偏这个散发着浓浓商业气息的情人桥，让我耿耿于怀。名字不单是一个识别符号。这么一座久经沧桑的桥，名字早已成为它自身历史和生命的一部分，也已成为当地村落文化的一部分。那些叠印着某位村人从小到大一串串脚印的，是这座情人桥吗？那伴着袅袅炊烟出现在游子梦中的，是这座情人桥吗？那寄托了村人们浓浓乡愁的，是这座情人桥吗？

河边几块大石头，有的浸在水中，有的裸露或部分裸露在沙滩上，河水从石头的缝隙间穿过，激起一簇簇白色的浪花。不爱拍照的我，破例坐在石头上拍了一张照片。

因为想起了另一张照片。穿着粉红薄毛衣的我站在一条小河中的大石上，背景是飘满五彩鲤鱼旗的湛蓝天空。深碧的河水清冽见底，一条条浅绿的水草随着水流飘摇，水中的小洲上开满了黄色白色的小花。那个地方叫作垂井，日本中部小城中津川的一个小镇。之所以在河上留影，是因为看到它的第一眼，我想起了故乡的河。虽然早已远离故乡，但村前那条有着清浅的水流、要踩着大大小小的石头才能到达对岸的河，一直留在我的记忆中。

那次留影已是十多年前的事了。当时我因调查农村歌舞伎，多次随老师和师兄前往中津川，去找那位面容清癯、笑声爽朗的教戏师傅吉田，彼此非常熟悉，以至于老师常说中津川是我的第二故乡，还开玩笑让我做吉田的干女儿。在拍摄上面那张照片的同一天，四人曾在河边合影，笑容在暮春的风中绽放。如今吉田先生已经作古，其余三人也都天各一方。临流怀想，怎能不让人怅惘？

何处是故乡？地理意义上的故乡可能只有一个，但每一个让我们长久思念的地方，又何尝不是另一种故乡呢？触动了我如许情思的这条小河，或许也是？

石子路的尽头是群山。一路奔流的河水，在山下聚成安静的一潭，明净的水面倒映着丛丛芦苇、绵绵青山。路边一株桃花正在开放。田间疏篱内的青菜，叶片不甚整齐，却比市场中的青菜更多一分自然的生意。田埂下一株蔷薇，鲜红的花朵绕着枝条一路开上去，孤独却热烈。

景色如此寻常。

望着成群结队移动在路上的游客，我很想知道，他们为什么来这里？在这个挂着电影取景地金字招牌的小村里，古树下，石路上，“小桥流水人家”的画境里，他们满足了吗？暂时逃离都市的喧嚣、职场的重压、家庭的琐碎，他们是否在这里感受到了片刻的安宁？他们的心灵，是否也与昔日或现在的自己有过瞬间的相遇？甚至找到了自己心中的故乡？抑或，跟上了到网红地打卡的这一潮流，已经足以让他们满足、欣喜？

土楼过客

参观南靖和永定的土楼群，是第三日下午的行程。

在导游的指引下远远观望它们奇特的造型，从墙体的剥落处细细观察其材质，甚至走进院子里去，在一个固定的地点，由一个固定在楼上的相机把身影嵌进土楼。我看到了、走进了土楼，但始终觉得隔膜。我似乎总在探求着什么。

和贵楼的简氏家族，承启楼的江氏家族，都以人才辈出而闻名。听说土楼人是聚族而居的，书塾也设在楼中。当年，这些楼中应当日日回响着琅琅的诵书声吧？那些满腹诗书、意气风发的少年，是如何告别亲人、跨出土楼，踏上一条崎岖而充满希望的小路的？上京赶考、远渡重洋，他们经历了怎样的路途？是曲折艰辛，还是一帆风顺？他们是否也像小说中的士子一样，一番偃蹇之后，终于金榜题名、封妻荫子？那名落孙山的，是回到土楼继续耕读生涯，还是成了古诗中湖海飘零的游子？

土楼中保留着浓重的儒家文化痕迹，土楼人的文化传承于此可见一斑。承启楼外镌刻着一副门联："承前祖德勤和俭，启后孙谋读与耕。"怀远楼外的门联是"怀以德敦以仁借此修齐遵祖训，远而山近而水凭兹灵秀毓人文"。在这远离政教中心的蛮荒之地，怀德敦仁、乐山乐水的情操，勤俭持家、耕读传世的传统，却随着数百年前的中原人辗转而来，落地生根。文化的根脉，可以有多深多远？

土楼中的房间鳞次栉比。被称为"土楼王"的承启楼据说有四百多个房间，鼎盛时曾生活着上千人。楼里有一副堂联："一本所生，亲疏无多，何须待分你我；共楼居住，出入相见，最宜注重人伦。"训诫与期待背后，众多在同一屋檐下起坐、从同一口井中汲水的人，家庭与家庭之间、人与人之间，曾发生过怎样的故事？和睦相处、其乐融融当然是理想状况，大大小小的纷争恐怕也在所难免。据说土楼最早是方形的，因转角处的房屋光线不佳，分配到此处的人多有不满，冲突频发，后来才改为圆形。但即使如此，房间的朝向仍然各不相同，通风、采光各有差异。温良恭俭让之德和孝悌之道，是否足以平衡这种差异，消弭由此产生的人际冲突？

土楼中至今依然有人生活。世泽楼外的阳光下，木头架子上晾晒着青菜，大概是用来做菜干的。楼内天井里的井台旁，石头凿成的水槽湿漉漉的，似乎有人刚刚在这里浣洗过。一楼的房间大都做了商铺，但也有些摆放着冰箱、折叠桌椅、碗筷等物，显然是厨房。转角处楼梯旁的房间里，一个中年男人正从锅里舀起一勺羹。另一边的廊下，一个年轻的男孩子正背对天井，挥舞着锅铲炒菜。他头也不回，似乎完全没有意识到有人闯入了原应属于他的空间。反而是我觉得不好意思，悄悄走开了。这些在土楼中生活的人，日日忍受游客的扰攘，私人生活被暴露在陌生人眼底，会不会觉得难堪？或许，他们早已适应？为了经济收益而让渡部分个人隐私，这对他们来说，或许是再自然不过的事情？

土楼群的最后一个景点是侨福楼。导游说其主人如今还住在这里。顺着他手指的方向，一位白发老人正从对面廊下的椅子上站起来，个头不高、身材瘦削，略弓着背，缓缓走向供奉着观音像的正厅，在厅内侧面的椅子上坐下，微笑着向游人摇手致意。游客离开，老人又回到廊下的那张椅子上。我望着他，不知怎的想起江静波好像就是这一带人。作为中山大学生物学教授，江静波不但有《无脊椎动物学》这样的学术大著，还有文学作品为人关注。我随意地向老人提起，老人竟竖起拇指夸我见识广，说江静波就是从旁边的承启楼走出去的。也许，眼前的老人也是江静波的族亲？

离开土楼，我忍不住胡思乱想。一位耄耋老人，日复一日在来来往往的陌生游客面前，重复着仪式化的招待流程，究竟是怎样的感受？游客破坏了他晚年的清静，还是略微解除了他的寂寞？他出现在游客面前，是为了帮助子孙招揽生意，还是表示欢迎的待客之道？是主动的，还是被安排的？但无论如何，他已成为这座最年轻的土楼的一张活招牌。他是否意识到了这一点呢？如果意识到了，他是欣慰，还是无奈？

土楼中丰富而流动的人生故事，我虽有意探求，却无从得知，只能带着疑惑走出土楼，踏上回程。对土楼和土楼人而言，我都只是个过客——谁能走得进谁的人生呢？但那瞬间的默默注视，那无端又无用的种种猜想，是否也算得上一份绵薄的温情？

今天不出游

第四天。前一日晚上得知新冠肺炎疫情扩散，短暂的犹豫之后，我取消了原定的厦门市内跟团游，决定上午待在酒店，然后自己到附近逛逛。

早上睡到自然醒，从容地洗漱、吃早餐，然后回房间打开电脑安心写作。退房后去了酒店旁边的五通灯塔公园。这个公园刚建成没几年，主要景点只有两个：五通灯塔和“万人坑”纪念碑。大概是因为名气不大，又远离居民区，公园里人迹稀少。宽阔的灯塔平台上，只有一对喁喁私语的情侣和一对追逐玩耍的父子。我绕着灯塔，细细欣赏灯塔基部以世界著名灯塔为内容的十幅浮雕，感叹着雕刻艺术的精巧和灯塔文化的丰富。灯塔正对着茫茫无际的大海，走到平台边上，迎着海风极目远望，不觉心旷神怡。

“万人坑”纪念碑在另外一座小山头上。我是沿着纪念碑背面的小路爬上山的，遂从主碑后面的四通副碑看起。副碑上刻着《永铭在心》以及《补刻碑记》两篇碑文，记载了立碑的始末。据说 1938 年日寇入侵时是从五通登陆的，后来在附近的凤头海滩挖出了累累白骨，都是当时的抗日军民留下的，故名“万人坑”。纪念碑就立在“万人坑”的遗址上。

碑文后面是附表，刻着抗战中在厦门死难的军民名录。长长的名单，密密麻麻地刻满了碑的正面和背面。名录中的将士共 128 人，绝大部分隶属国民党第 75 师 466 团，让人不禁联想到当年战斗的惨烈和悲壮。冰冷的碑石在我眼前化作硝烟滚滚的战场，沉寂的名字化作一个个腾跃的身影，正在炮火中奋勇前行。敬意在我胸中激荡。死难的平民数量更加惊人。有些人的名字用某嫂、某婶代替，让我想起故乡那些熟悉的面孔。令人略感意外和更为感动的是，表中还简要记载了他们的死因。直接死于枪杀、轰炸的之外，还有被当成间谍处死的，被强奸致死的，被胁迫投井而死的，躲藏被发现后刺死的，在轰炸中被倒塌的墙砸死的……简单的文字，却令人难受得几乎无法呼吸。所谓无辜的平民、所谓惨绝人寰的屠杀，我今天才真正体会到了其含义，心情愈发沉重。

纪念碑的主体部分通体洁白，整体造型是一沓高高摞起的文档，其中一页被抽出，略微卷曲着垂下来，上面刻着黑色的大字“1938.5.10”，这是厦门沦陷的时间，中间几行小字介绍“万人坑”的由来，最下面是立碑之旨：“国仇家恨，永铭莫忘；历史惨痛，立此明心：矢志民族复兴，追求世界和平；国强不受外侮，民智人类昌明。”诚哉斯言！碑座四周的浮雕，描画着当年“万人坑”的惨状。无数的男人、女人、孩子堆叠在一起，他们的身体或扭曲、或残缺，惊恐的双眼、张大的嘴巴，传达着他们绝望的挣扎和痛苦的呼号。想到副碑上那一串长长的名字后鲜活的生命，悲愤涌上心头。我在碑前默哀良久。但愿民族永远不再受人欺凌，但愿永远不要再有战争！

公园的墙外就是大海，路程却不近，时间也不多了，不能到海边听着涛声漫步。好在酒店的餐厅外就有一片小小的沙滩，可以略微圆我亲近大海的愿望。太阳已经斜过去了，沙滩上有些阴凉，无法尽情享受阳光的温热和沙粒的按摩，多少有点遗憾。但斜靠在椅子上，或闭目养神，或遥望云天，沐浴着海风，听着孩子们的嬉笑声，又何尝不是一种享受？

从酒店去机场的路上，回首四天的行程，我觉得奇怪，为什么给我留下深刻印象的，都是人文景观，而非自然景观呢？长期的书斋生活已经钝化了我的感官，消磨了我对自然之美的感受力？

车过环岛路。窗外是辽阔的大海，海边是绿草红花的斜坡。偶见有人在草地或步道上漫步，有人在海边礁石上拍照，都是不紧不慢的样子。匆匆驶过的车内，我的羡慕油然而生：可以随时用目光追寻鸥鸟远去的踪迹，也可以随时躺下细嗅青草的芬芳，可以在宽阔的路上追着海风奔跑，也可以静坐礁石让涛声荡涤耳膜——随心所欲，是怎样的一种惬意啊！

我的疑团忽然消散了。旅游，不仅是用脚步去丈量，用眼睛去张望，更是用心灵去体会。那些人文景观之所以打动我，是因为它们引发了我的某种情愫或思考。景点的自然风光虽然美丽，于我却是隔膜的。熙熙攘攘的游客随时阻挡我的脚步和视线，导游零碎而浮光掠影的解说牵制了我的目光和思路。脚步不停移动，景色却始终凌乱。眼睛是忙碌的，思想却近似空白。如果能像海边漫步的那些人一样，用心灵去贴近自然，不被干扰，不被阻隔，即使日日经过的寻常巷陌，也是动人的吧。

景点是固定的，风景却无处不在。脚步的自由，精神的愉悦，心灵的感动，这些琐碎枯燥的日常生活中的稀缺品，也许更值得追求？

原载微信公众号“海风堂主”2020 年 2 月 14 日

【主编者言】“一无所知”的“少年时”，是值得珍藏的人生记忆。若当时在某个转角处多逗留了一会，或走向另一条路去看云、看花、看河，人生或许就成为另一种风景。

那个时候，我还不知自己一无所知

罗书华

那个时候，我说的是 1985 年。

掐指一算，距今已是三十五年。那时自己仿佛很大，刚刚大学毕业，也已经大学毕业。行囊里揣着一份派遣信，到吉安文教局换了一份到永新师范[①]学校的报到证，旋即上了往永新的班车。班车一路飞奔，一路飞尘。

现在叫作高速公路或者国道省道的，那时大概还只是囫囵地叫作路，或者马路。虽然上面也还走人，偶尔也走点牛马，但主要已经是走车了，但是，它还叫路或马路。想来也没有什么委屈的，毕竟它与人行路、马路一样，只是挖高埋低，拓宽摊平，直接就是泥土沙石，或者上面又铺一层沙泥。应该没有水泥柏油什么的外质。

除了更宽一些，这样的路和几千年前也不会有多大区别。大约路还不是太平，汽车总不免上下颠簸；路也常常没有拉直，汽车也就不免左旋右转。司机埋下身子，奋力将方向盘打到一边，打过之后又飞快地让它回旋的情景，应是那个时代很酷的身影。

当时并不知道这路已经蜿蜒了几千年，也不觉飞沙走尘有什么不妥。车是

① 永新师范，创办于 1959 年，2004 年撤并入吉安师范学校。

颠簸的，心却是跳跃的；路是弯曲的，眼睛却是新鲜的。每一处转弯，总会闪出一片直行所遮蔽的景致。而令人怦然心动，让我不时从座上站起观望的，是沿河那些段落。河水流东，班车向西。白云飘水，翠林掩映，沁人心脾。虽不知目的地在哪里，终究知道越走越近，因之也越走越欢喜。

到了县城，跨河再走一二里，便是东华岭。学校围山而建，沿着山脚一道缓缓的长坡，便到了校门，仰头是“永新师范”四个大字。进入校门，是从山脚直到山上的陡坡。教室、礼堂、宿舍、食堂多建在山上。师生们上山进校，在校门前总要停下脚步，对常年皆有的书法佳联欣赏品评一番，正好也可以驻脚停一二分钟，蓄力向上。下山进城，到校门平台上也得慢下来，打量一眼门前不窄不浅更不急的禾水，再左转下坡，呼啦而下，意气飞扬。两边的行人这时最喜欢起哄，总爱对着骑车人“好心”地大喊：“快下来，快下来，车子后轮掉了。哈哈哈……”

多年后我到北京师范大学读博，一日饭后，与胡胜同学在校园书店闲逛，忽然飘来一段曲子。曲子悠扬婉转，抚灵沁心，不能自已，陶醉其中，久久不肯离去。回到宿舍之后，也多次在心里耳边响起。想要再听，却不知歌者，不知歌名，歌词曲调也依依稀稀，无处可寻。几度到书店希冀重逢，却总不能再遇。后来偶尔想起一句半句，察迹寻踪，终于知道这是孟庭苇的《往事》。再审歌词：

如梦如烟的往事，洋溢着欢笑，那门前可爱的小河流，依然轻唱老歌……小河流，我愿待在你身旁，听你唱永恒的歌声……

这才知道，我为什么会这样喜欢《往事》。知道这歌里的“小河流”的意向，原来就是永新师范门前的禾水河。虽然这河不算太小，虽然当年没有在河边多走，也似没怎么到河里撒欢，但每日的经过与驻脚，每日不经意的一瞥中，河水早已流进了自己的血脉。原来三年时光并未待够，还想一直待在她身边，听那永恒的歌声。

河对岸就是永新医院，因为篮球比赛时将舌头咬穿，我在那里曾住过大约一个星期。尚记得那天在篮球场上咬伤之后，血滴球场，还不怎么在意，继续咬牙在球场奔跑。后来实在是失血过多，不得已住进医院。咬穿舌头，虽然不是好事，住在医院，却是美差。既可以借机躲课，又有同学陆续前来看望慰问。那些橘子罐头、麦乳精什么的慰问品虽然无法直接食用，看一眼也是享受。再说，医院离禾水也近，躲在病床上仿佛可听到河水轻盈地歌唱。

在永新师范那几年，还不知道孟庭苇，也不知道那时有没有孟庭苇。我唱得最多的是费翔。可能他的每支歌我都唱过，东华岭上每条路、每棵树都被我的歌声吵闹过，而受扰最多的应该还是学校主干道，也就是从校门经办公楼到礼堂那段，这也是我的宿舍到球场的必经之路。每当穿着运动衣到球场打球，或者光着膀子从球场回宿舍，都要声嘶力竭地唱上几句。

天边飘过故乡的云，它不停地向我召唤……

为什么一阵恼人的秋风，它把你的人，我的情，吹得一去无踪……

满天的银光，洒向你窗前，使我想叩开你心田，整夜我流连，在你的窗前，等候你掀起纱帘……

看到这里，可能大家以为我是一位歌唱天才，其实，恰恰相反，在文艺体育各项技艺中，节奏与旋律是我最薄弱的环节，是一名名副其实的歌唱“天残”，一名典型的五音不全患者。即使是最为熟悉的费翔、孟庭苇，至今也是唱得丢三落四，找不着调。也许由于这个原因，自己最喜欢的歌曲当中，还有一首崔健的《一无所有》。

我曾经问个不休，你何时跟我走，可你却总是笑我，一无所有……

这是我为数不多唱得不走调，或者走调不算太离谱的一首，原因可能因为它唱出了我心底的声音。现在看来，“一无所有”应该是自己最准确的概括与道白。这里的“一无所有”倒并非是情感，更非物质，而是知识、学问与修养。也就是说，很多时候我是将“一无所有”当作“一无所知”来唱的。当然，这只是几十年之后回顾时的认识，当时未必就这样想。那个时候，我还不知道自己一无所有，一无所知。

是呀，那个时候，我才刚刚 20 岁，已经大学毕业。16 岁考入大学，是所在中学文科班唯一一名本科生，好像也是有史以来唯一一名本科生，也是本地极少有的几名大学生中的一个。至少在同学与乡邻眼里，这小子还不至于一无所有。大学开学时，胡守仁先生引用孟郊“春风得意马蹄疾，一日看尽长安花”的诗句来形容我们“登科”后的心情，应该还是比较贴切。

直到最近，我才终于明白，当时自己心里的虚荣，他人眼里的羡慕，其实大可不必，除非一无所有、一无所知值得骄傲。现在的中学生常常以读到附中，比如人大附中、师大附中、复旦附中一类为骄傲，我常笑话他们没见识，比我读的附中差太多：“你们读的是大学附中，我读的附中可是小学附中”。教育大发展，小学原地升格为初中。我们的老师多是“文革”时从乡村中学刚出校门的小伙子。物理、化学什么的，他们也未曾读过，课本往往有念不通的时候。老师如此，学生也可想而知。初中升高中时，记得自己的理化总共考了 18 分，全是选择题蒙的吧。在考卷上看到诸如电流的单位是“安培”还是“伏特”的题目时，当时心里还暗暗吃惊，考卷不会是出错了吧，怎么尽是这样一些古怪的词？高中条件好些，但也好不了多少。待我到大学做老师时，高中一位老师还在努力参加自学考试，十几年听烂了不知多少磁带，考试就是难过关，毕竟年岁不饶人。

高考算是成功了，硕士生与博士生考试也算是成功了。但也就仅此而已。在大四实习期间，一位同学作文里写了“巴士”，我问她“巴士”是什么，她告诉说：“巴士就是 bus 的音译呀。”一点也没有鄙夷，而我也浑然没有半点惭愧。

有位同学的作文里写道："心情忐忑不安。"我很可能是念成了"上下不安"，课后她也没有告诉我。在师范时，有位同学作文中写了一句"赫本式的微笑"，我不知"赫本"是谁，"赫本式的微笑"又是怎样神秘的一种微笑，四处查询不得，在作文评点中也没敢露拙发问；在图书馆东边的黑板报前，有位同学问我"分毫不爽"的"爽"是"错"的意思吧，我哼哈了半天不置可否……后来有位名"姝"的同学，我在课堂上直接就读成了"朱"。正因为曾经读过这么多错字，发现别人读错字时也不免笑话一下，以表示自己的优越；正因为曾经出现过这么多错误，有人笑话别人读错别字时，又觉得不必笑话，因为我们自己不被笑话，只是因为还没到他人关注的程度而已，或者，只是人家在背地里笑话而不自知。

那个时候的不知，当然远不止这些字词，但好像自己并没有"一物不知以为耻"的精神，反而享受着因为不知的新鲜，享受着因为不知的好奇与探索。以前只知山上不知学名的野花，校园里种植的美人蕉、紫罗兰见所未见，直到离校时还是那么新鲜喜欢，自己的窗台上也学样养了一盆紫罗兰，一盆小文竹。学生们的书法、绘画那么漂亮，自己也悄悄拿起纸笔，画到半夜。篮球、足球、跳舞，来师范时都是一无所知，却并不觉得什么，只是自然地混在伙伴里玩起来，这一玩就玩到现在，成了几十年的事。

现在看来，永新师范图书馆的藏书不算多，但在学校范围里还是藏书最丰富的地方。几乎一周两周，我都会从那里借出一摞摞图书，双手搬回宿舍。为什么会徒手搬书，而不用书包装呢？很可能那时并没有书包，或者书包太小，不及徒手搬得多。据说，这也成了永新师范一景，二三子还从中受到启发与激励。但他们不知道的是，有些书我只会躲在图书馆里偷偷地看，绝对不会搬回家，我还没有那么大的胆。比如，藏在图书馆靠里的霭理士的《性心理学》就是这样一本。有一回，我躲在角落里看得入神，没有感觉有人过来。来到身边的张老师看我如此入神，不禁好奇地问："看什么书呢？"我心头一紧，支支吾吾地不知如何回答，张老师看我为难，知趣地走开了。张老师走了，我的脸却还在发热。我是说，对于自己的身体，对于性，自己也同样是一无所知，而这种一无所知也在驱使自己好奇地阅读与探索。

是的，那时候有很多事情都不知道，回首往事，不觉汗颜。有朋友寄来结婚请柬，不知这是多深的情谊与期盼，只因手头紧巴，便以在外地的原因辜负了邀请。离开师范去读研，大约是为了得到更多助学金的缘故吧，便去信学校询问可否将档案中的工资记录提高一些，根本不知事实不能改变，档案不可涂改，规则应当遵守。与同学约游，怡然自乐，猝然不知男女有别。

这样一个一无所知的人，居然在学校里教了三年书，这样的老师能教给学生什么？意想不到的是，在当年的感觉里，这三年似乎教得不算太赖，几个班同学毕业以后也各有成就。比如我是典型五音不齐，唱不全一首歌曲，但在全校歌咏比赛时，却自学简谱，认真地教唱了《黄河大合唱》。毕业之际，又拿了一首并不算太流行的《握手 Disco》，教唱全班。惊奇的是，在毕业三十年聚会上，同学们居然还都依稀记得，稍做温习，便似回到了从前，大家称之为班歌。其歌曰：

……短暂的时光，美好的回忆，将会永久永久，将会永久永久，啦啦啦啦啦啦啦，啦啦啦啦啦啦啦……

浑然不知自己不知，却认认真真在东华岭从教三年，在东华岭外又教几十年。直至今日，自己终于明白自己一无所知，终于明白，教学并不需要自己知多少。本能、热爱、渴求、向善、行动与底线就是教师的资本。教学教学，教师是因教而学了，学生却是因学而学了。不教，学生也能学习，也可以成长，甚至成长得更好。正如小学可以变附中，无知也可以教大知。

这样说来，我大可不必为当年的无知，与对无知的无知而抱愧。今日的一点小学问，一点足球篮球的爱好，一点书法跳舞的喜爱，一点对花花草草的亲近，一点对文艺与美的倾慕，一点虽千万人吾往矣的意气，不正是在东华岭上埋下的种子，不正是懵然不知自己不知开出的花朵吗？今日知道自己无知，不正是从当年对无知的无知开始起步吗？

只是，离开三十五年，才明白这一点，终归有点晚，大概可以算作晚熟行列吧。三年半可以读一个大学（一般一个大学四年，另半年实习），三十五年已是十个大学的时间。用十个大学时间明白自己一无所知的简单道理，也还划算。

永新师范不存，同学朋僚星散。不知三十五年后，我还在世间的街道或乡间小路上行走否？若在，一定还会不由自主地哼出这样莫名其妙的歌曲吧？

如梦如烟的往事，洋溢着欢笑，那门前可爱的小河流，依然轻唱老歌……小河流，我愿待在你身旁，听你唱永恒的歌声……

（为《永新师范回忆录》而作）

原载微信公众号“FD 新学界”2020 年 9 月 8 日

【主编者言】所有的壮烈，所有的惊心动魄，都从静谧中来。像一条河，起步之初总是不动声色，缓缓流淌，然后一路挟带风雷，积存力量。去故居展望壮士生涯，正是遥望和感受河流的方向。

一条河流的方向

方欣来

一

老远就听见水响，隐隐的，透明的，让我产生一种飘然入梦的感觉。随着脚步的靠近，渐渐清晰起来，抬头一望，一条宽阔的河流从层层叠叠的山峦里奔来，把河床铺得满满的。清澈的水，裹挟着无数力量，白丝绸一般向着下游的湘江奔去，然后与洞庭湖汇合，一路千回百转注入大海。这条河流经了无数的岁月，回到大海是它命中注定的方向。早晨的空气薄凉，河面上仍有人在撒网，网一撒，水便活活地动起来；也有人在河岸边淘米或清洗什物，水一舀，荡开一圈圈涟漪，人的影子以及船的影子映入水里，一会儿化在里面了。这样的河流，宽阔，悠长，不知融入了多少人的身影？此刻的河，一股脑儿把周边的青山、树木、房屋、水鸟和人的影子映入其中，纳为其中的一部分。这个叫浏阳的山城，有了一条河，仿佛什么都有了。

我来的时候正是江南的五月，天蓝得深情，像被洗过一般，这是我见过的最干净的山城：山静静站着，绿色也静静站着，人往水边一站，恍惚进入了澄明世界。街头行人不多，太阳快要落山了，我从手机里百度出谭嗣同的故居就在这座县城里。那一刻，仿佛听到了时光倒流的声音，像一条隐形的河流，目光里似乎出现了一只挥动着的手臂——“各国变法，无不从流血而成，今中国未闻有因变法而流血者，此国之所以不昌也。有之，请自嗣同始。”这不仅仅是一个声音，更是一种由黑夜通向黎明的方向。

其实，从宾馆到他故居的路，顶多二三里地，而我好像走过了一条漫长的路，穿过了重重叠叠的时间，一路上，脑子里无数次出现那些石狮、虎头铜环、朱红大门、琉璃瓦檐、青砖围墙等一系列江南水乡的建筑符号。浏阳这座县城，说不上多热闹，尤其一到黄昏，显得更加安静，简直静得有些让人发慌。我不知这条离河水不远的街叫什么街，在静谧的夕阳里显出不少古意。但往这座典型的大户人家的门前一站，便知这条街一头连着县城的中心，一头通往悠然而来又悠然远去的浏阳河，再远一点，便是山外的世界。我无法确定它所处的准确坐标，只知道这里处在一座城市的心脏地带。风从长街的另一头过来，轻轻掀动围墙上干枯的杂草，恍若掀动一个没落王朝的气息。一抹夕阳从屋檐上垂下，不动声色地涂抹在赵朴初书写的“谭嗣同故居”几个大字上，褐色的木质和橘黄的斜阳糅合在一起，很自然地贴近了一个故居的调子。故居，一个流淌着血脉的地方，是他生命的起点，也是他精神的原点。

二

门槛一尺来高，油漆早已剥落，木头的纹理清晰可见，仿佛时间枯瘦的筋骨。进门不远处有扇高大的屏风，绕过去是天井，再过去是面积不小的厅堂。这样的格局，是典型的江南水乡建筑风味，默不作声地体现着一种传统美学，展示出浓郁的儒家入世情怀。屋子里光线沉暗，透过门外射来的光，抬头看见屏风顶端赫然悬挂着梁启超手书的“民国先觉”大匾，我凝望了片刻，每一个字仿佛都有了重量，深深地勒进木质里，并非端庄、厚重、银画铁钩那么简单，隐隐之间似乎能听到刀剑的磕响。四个简单的字，是起始，是终结，也是推倒与重建。匾额在黄昏的光里静默着，一言不发，而我，恍惚听见了那个时代的大音在响——一个人沿着一条河流在走向大江南北。

稍稍翻阅一下谭嗣同的生命谱系，不难发现，他是从两千多年封建礼教和道统意识里破茧而出的叛逆者。这种叛逆，无疑是精神上的，并很早从他的身上表现出来。1875 年，是他生命刻度一个重要的分界点，这年恰好是湖湘精英人物左宗棠受命管理新疆军务的那一年，那时他刚满 10 岁，拜在浏阳著名学者欧阳中鹄门下学习经史，小小年纪，便对王船山、左宗棠的“经世之学”产生了浓厚的兴趣，并对这两个湖湘核心人物佩服得五体投地，尤其左宗棠那化入骨髓的至理名言——“身无半亩，心忧天下；读破万卷，神交古人。”成为他日后的精神坐标之一。那会儿，他对当时依旧盛行的八股文十分反感，有一天，他在课本上写下“岂有此理”几个字，并呼啦一下，把那本线装书甩出了门外。这一举动，让先生和他的父亲深感意外。更为甚者，他还迷上了《游侠传》《水浒传》等此类杂书，对锄强济弱的草莽英雄无比仰慕和崇敬，以至于后来与大刀王五那样的侠士成了生死之交。叛逆或背离常道，远非常人之功可及，显然是需要超常的胆气和血性的。血性，人世间最起码的本性，是撼天动地的正气，与奴性或圆滑世故格格不入。我虽是一个普通的女子，也迷恋血性，这血性有着气吞山河的阳刚之美，如一场飓风席卷苍茫大地，比如文天祥、林则徐、关天培、左宗棠，以及后来的鉴湖女侠秋瑾，哪一个不是血性的化身？“臣心一片磁针石，不指南方不肯休。”“一腔热血勤珍重，洒去犹能化碧涛。”隔着遥远的时空，我依然能听到骨血的铮铮作响。我不知那时的谭嗣同对历史上的血性者做何评价，是否与他们同气连枝？但我从故居墙壁上那张发白的画像，一眼就看到他眼神里坚定的执拗和深不可测的犀利，那道目光，似乎洞穿了一个时代乃至一个民族几千年来的阴霾。坚毅，清澈，还有抵达远方的力量，这样的目光没有半点猥琐与软弱，就像他笔锋凌厉的书法。当我面对那早已风干的墨迹时，仿佛那样的笔势覆盖了我的整个胸腔，折射了我所有的心思，似乎一笔一画，都充满了无限的力道。

谭嗣同的生命版图宽广无际，细想起来，最重要的只有两个区域：一为京华，一为湖湘。尽管京华至今还保存着他的莽苍苍斋和两棵合抱粗的梧桐树，他生前在那里写下了不少诗文，然而那个喧闹之地缺乏的是水，缺少望一眼就让人身心透明的湿润。似乎，冥冥中注定成为他生命里的荒漠。说到底，他的精神源头在浏阳，在浏阳的那条大河里。从字面上解，浏者，水也。我常想，那么长的一条河从很远的地方流过来，左一绕，右一绕，纵使再多再大的山也会被它滋润得水气充盈。不错，浏阳是个山区，一路走来，我看见一座山挽着一座山，一个峰望着一个峰，山与山相连，峰与峰相望，在广阔的天宇下组成曲曲折折的线条，呈现出粗粝、硬朗、富有张力和韧劲的图画。有人说，人的精神气质源自故乡的山水，是这方山水最生动的表达。这话不无道理，比如谭嗣同，他那一身铮铮铁骨就是山的俊朗与峭拔，而他灵性、透明见底的一面，恰如门前汩汩流淌的浏阳河。这条河昼夜不停用满腔的热忱在大山之间流动，在时空里奔跑，一个呼哨，便涌到了湘江。

站在“大夫第”的厅堂内，我的思绪不由在湖湘与京华两地之间游走，就像谭嗣同的身影在大地上不停地移动。京华，在他的生命里不过是一种抵达，或者说一种出发，精神意义上的出发——要不从京华折回浏阳，要不从浏阳走向京华，他的生命就在这两点一线之间运动。1879年，这是他生命中的转折点，他在父亲下榻的寓所里跟着名士涂启先系统学习古代的典籍，开始接触算学、格致等自然科学，也在这一年，认识了激进青年唐才常，其凸现出的忧民情怀和狂热的救世热情成为他生命中不可或缺的光源。那些日子，他们或举杯谈笑，抵足而眠，两个湖湘热血汉子，不一样的家世，却有着同样的社会认知，酒杯一碰，便擦出巨大的心灵火花。不久，他不满足于窄小的书斋，毅然从八大胡同的那个家里走了出来，开始必不可少的游历，丈量着岁月与文化的长度。短短数年，他的足迹在河北、甘肃、新疆、陕西、河南、湖北、江西、江苏、安徽、浙江、山东、山西等地流转，每走一地，除结交名士，还在一页页老纸上写下各地的风土人情。满眼的山山水水，人情风物，化作剑气与悲悯，成为他身体的一部分，或许，对他而言，现实本就是一部活生生的大书。

我不清楚到底是一条河在推着谭嗣同往前走，还是他在推动着一个时代的河流？那条晚清的大河在黄昏里百孔千疮，到处泛滥着污泥浊水，甚至成为一条阻碍历史进程的逆流。在这条落日残照的河流里，有人沉睡，有人迷惘，有人做着浑浑噩噩的梦，当然还有不少人是清醒的。比如张之洞、黄遵宪、陈宝箴，不管他们以怎样的姿态出场，目光都是敏锐的，觉察出晚清大厦将倾的危局。1895 年 4 月 17 日，大清的日历上涂满灰暗的色调，这一天，以李鸿章为代表的软弱派与日本签订了《马关条约》，这是个丧权辱国的协议，在出卖祖宗和灵魂，用浏阳话说，那是崽卖爷田不心痛。年仅 30 岁的谭嗣同听到这个消息后，悲愤交加，挥笔写下了《有感一章》：“世间无物抵春愁，合向苍冥一哭休。四万万人齐下泪，天涯何处是神州？”这年 5 月 2 日，以康南海为首的广东举子策动在京参加会试的 1000 多名举子搞了个有名的“公车上书”，要求清政府拒和、迁都、变法等事宜。谭嗣同在忧愤中看到了希望的曙光，他四处奔走，身体力行寻求救国的良方。

三

1897 年春天，那是个江南草长、杜鹃花开的季节，他又一次回到了家乡。他照例沿着洞庭湖进入湘江，一路溯水而上回到浏阳。这是他走过无数次的路，浏阳河是他心目中的一条脉络。无数次，他梦见自己走在杨柳依依的浏阳河畔，清澈的水倒映着山的影子，白云的影子，还有祖辈的影子和自己的影子。他梦见自己赤条条地在河水里泅渡，在推动着一条河在慢慢移动，整个身子，甚至体内的每一个细胞都浸透着湿漉漉的气息。不用说，那是一条河的气息，也是他自己的气息。也许，更多的时候，河流与人属同一个概念。

那年春天，他像河流一样拐过九道弯，蹚过五十里水路，来到湖南文化的辐射中心长沙，这是大地方，新的思潮在这里弥漫，他与陈宝箴、黄遵宪、江标、唐才常一道倡办了时务学堂，自己担任中文分教习，安排唐才常任中文分教习，协助任中文总教习的梁启超在教学中致力宣传变法革新理论，还把《明夷待访录》《扬州十日记》等含有民族主义意识的书籍发给学生，以灌输革命意识，使时务学堂真正成为一片培养维新志士的沃土。同时，又倡导开矿山、修铁路，变法维新，推行新政。“所言皆当时一派之民权论，又多言清代故实，胪举失败”就是当时的写照，那段时间，湖南成为华夏大地上最有朝气的阳光之地，也在这短短一年时间里，他完成了具有划时代意义的哲学经典——《仁学》。对于《仁学》，我久闻其名，有着谜团一般的神往。直到在这座拥有四百多年岁月的厅堂墙壁上看了有关它的介绍，才略略了解一些消息。大体说来，这部著作糅杂了儒、释、道、墨各家和西方资产阶级自然科学、社会政治经济的学说，形成了独特的哲学体系。他在书中指出，世界是由物质的原质所构成，其本体是“仁”，世界的存在和发展都是由于“仁”的作用，因此称他的哲学为“仁学”。“仁”是万物之源；“以太”构成万物的本质，是“不生不灭”的；宇宙间各种事物只有“变易”，没有“存亡”，只有“聚散”，没有“生灭”。这部著作，并非局限于当时，即便到了现在，也有极为深远的指导意义，甚至永远的意义。因为他在做学问时，同寻求家国命运一样有着直追事物本源的目光。

我们永远无法弄懂一条河流的秘密。比如谭嗣同身后的浏阳河，容纳了无数大山的灵气，无数个村庄的倒影，还有数不清的晨霜夕雪和风云变幻。我无数次想象着这个年轻汉子穿着一身白色丝绸长衫拖着一条谁也暂时还剪不掉的辫子，在发黄的木篷船头稳稳一站的样子，那一刻，水在四周荡漾，船头犁开一条水浪，听得见水在哗哗作响，激起一朵接一朵的浪花。那些浪花是一条河的，也有可能是一个人的。人只有在行走的船上一站，一颗心才变得湿漉透明，激情才像水花一样飞溅。或许，那一刻的谭嗣同站在船头凝然不动，想起了庄子的《秋水》，并把所有的思绪撒在水里，与水一起流动。又或许，他也像驾着船儿的渔翁一样，把手搭在嘴边，长长地喊一声——嗬，嗬，嗬——！于是，满河的喊声在荡，河也在荡，一同在荡着的还有他胸腔里起伏的豪气。听朋友说，浏阳本地的土著大多是客家人，哦，客家人，我脑子里马上想到坚韧，血性，不畏强权之类的词语。这是一个民族少有的气质。他们与大山做伴，或依水而存，伐木，打鱼，甚至与入侵者搏斗，以血性捍卫着一座大山或一条河流。我不知谭嗣同的体内是不是流淌着客家人的血，是不是与他们一脉相连，至少他在船头一站，能让人闻到那种客家人具有的气息。

四

1898 年春天，是个好天气。他也是这样站在船头上沿着浏阳河的水路出发的，那是命定的方向，也是生命的一次大出发。只是谁都没有想到，这次出发，竟成了生命的终结。

我不想浪费笔墨叙述那段用鲜血写成的历史，总之，“戊戌变法”或“百日维新”如一缕烟尘从时间的缝隙里消失了，成为中国近代史上一个最灰暗又最光明最惨痛又最激昂的话题。但有必要交代一个事实，这年 6 月 11 日至 9 月 21 日短短 100 多天时间里，他辅佐光绪皇帝推行变法，整顿官制，革除弊政，在封建思想意识沉重得让人喘不过气来的空气下，使资产阶级的新文化、新思想，在古老的土地上看到了一丝曙光。但最终由他主导的“百日维新”失败了，败在强权之下。不管哪一个封建王朝，一场轰轰烈烈的变法失败以后，结果似乎都是一样的，流放，杀戮，血，奔涌而出的血。

1898 年 9 月 28 日那天的阳光，把北京宣武门的菜市口照得一片金黄，仿佛在指向某个具体的时刻，也把两边挨挨挤挤的老百姓的脸照得像一幅幅木刻的版画。这是个历史断面中的镜头，永远抹不去的镜头。那天，木制囚车从天牢里驶出，在望不到头的街道上，发出咕噜咕噜的响声，像一种沉重的叹息从心里碾过。这声音，与南方那条浏阳河的哗哗水声形成鲜明的对照。囚车里的犯人脚镣手铐，衣衫破烂，长衫上染着斑斑血迹，但并不妨碍他们明亮的目光和嘴边挂着的一缕笑容，那笑，不是得意，而是从内心深处发出的蔑视，对强权的蔑视与毫无保留的对抗，还有对一个民族未来的寄望与期许。然而他们在一群群大刀长矛的簇拥下穿过长长的街巷时，这样的笑容却没挡住漫天而降的菜叶和一盆盆泼洒而来的脏水，还有那些恶毒的谩骂。历史总是惊人地相似，想起袁崇焕就戮时，众人争啖其肉，一个长期备受奴役的民族，竟麻木到以这样的方式为自己的英雄送行！时至今日，我仍记得电视剧《戊戌风云》里的谭嗣同在天牢的墙壁上写下的那首绝命诗："望门投止思张俭，忍死须臾待杜根。我自横刀向天笑，去留肝胆两昆仑！"然后，秃笔一掷，仰天长笑。那种气概，有如魏晋时的嵇康面对刽子手的屠刀从容弹奏一曲《广陵散》，然后从容赴死，死得何等风流潇洒。然而时间，并没淡化强权者嗜血的渴望，反而加重了浓重的悲哀。那个中午，阳光映在刽子手的屠刀上，一片雪亮。雪亮的光里，年轻的流淌着湘人血性的谭嗣同站稳了脚跟，挺直了身子，他把头一昂，长发一甩，向着苍茫大地连喊数声："有心杀贼，无力回天，死得其所，快哉快哉！"然后等待那必然降临的一刀。此刻的刀，成了个痛快的动词，咔嚓一声后，一片血光染红了历史的底片。也从那天起，历史教科书上出现了谭嗣同、林旭、杨深秀、刘光第、杨锐、康广仁"戊戌六君子"的名字。

陶潜说，死去何所道，托体同山阿。谭嗣同的死，犹如一颗星辰在天际陨落，却把它的光明留给了世界。他死了，死于不肯低头，死于顶天立地的血性。我猜测不出那时他的家人听到这个噩耗，是怎样的伤痛，只知道他的夫人李闰是个少见的奇女子，系清朝户部主事李篁仙之女，自幼深受书香门第的熏染，善诗词，通音律，据说当年谭嗣同"一剑二琴"中的崩霆琴与残雷琴也是她用被雷霆折断的梧桐木做成的。那年，夫妻在浏阳故居分别时，谭除赠以《戊戌北上留别内子》一诗，还在别离前夜，用崩霆琴与残雷琴对弹了一曲《高山流水》以依依惜别，想不到，这次分别竟成了永诀。丈夫喋血京华菜市口，对她来说无疑成了"崩霆"之痛，那种巨大的悲伤无法排解，只能泪向心流。然而她的内心坚强得让人不可思议，非但没被巨大的悲哀击倒，反取“忍死须臾待杜根”之意自号“臾生”，在浏阳境内开办珠心算学，继续着亡夫的遗志。即便到了现在，不少地方仍亮有“浏阳珠心算”的招牌，倘若去听一下算盘珠子拨动的响声，估计又会想起百余年前的岁月以及那个一袭长衫踽踽而行的人。谭嗣同死了，年仅33岁，流淌着年轻的血，还有满腔的报国热情，他的脑袋还被挂在城门上三天三夜，用朝廷的话说，叫作“以儆效尤”。时间仍在继续，大清王朝仍在旧时的堡垒上苟延残喘。只不过，十多年后，终于在时间的刻度上土崩瓦解，化为一缕苍烟。这样的结局，大概在谭嗣同从容赴死的那一刻早已埋下了伏笔。

据说他死后的第二年，亲友想了许多办法费了不少周折才将他的遗骸运回浏阳，葬在城外的石山下。我不知他魂归故里的那一刻，浏阳河水是否也在呜咽，可惜天色已晚，不能前去拜祭。倒听旁人说，葬他的石山正好面朝浏阳河水，走几百米就能到达，中间隔着几块稻田和一丛柳树，树下是码头，停泊着一些船只，有机帆船，也有木筏子。我想，稻田、码头、柳树和木船都是他生前很喜欢的，就算望一眼也心生畅快。说不定某个月夜，他会从墓寝里出来，穿过田埂柳林，踏上木船，再一次顺着河水的方向出发。

原载《湘江文艺》2020年第4期

【主编者言】偶遇，然后成为朋友，因为病，因为酒，因为时局，因为热心，因为爱好，因为文学。在生命的旅途中，我们常常苦求而不得的知音，却在不经意中偶然得之。

偶遇程夫子

范若丁

"程度，河南新野人。"他垂下手中的大葵扇往腿侧轻轻扑打两下又补充一句，"火烧新野的新野。"

想来他把《三国演义》读得是很熟的。

我和程度就这样在病房相识了。我是病人，他不是病人，是在病房照顾他的小儿子。一交谈，原来我们不仅是同乡，还是1949年初期中原大学的同班同学。他在21队，我在23队，虽一起上课，但生活不在一起，这所革命大学的学制又短，只几个月就分开了，互相并未留下印象。事隔多年忆及往事却分外亲切，何况又是病房偶遇。

这是广东省人民医院泌尿外科的一间大病房，内有十几张病床。住的大多是肾结石患者，也有其他外科病人。程度的不到十岁的儿子——小五，因为从五楼摔下头部重伤也住进了这间病房。他和妻子陶力轮流日夜守护，两人都是《羊城晚报》的编辑，当时《羊城晚报》被红卫兵封了，他们只能常来医院照顾小五了。

程度比我长七八岁，那时已四十多，中等身材，光头、圆脸，一副没边的圆眼镜里是一双总含笑意的圆眼睛。看到这双圆眼睛你不能不想到"和气生财"四个字，但他与生意人不沾边，那双充满热诚的眼睛里面，有的是读书人身上的睿智、沉稳与坚忍。他人缘好，病房里的人都尊重他。正值酷暑，他常穿一套柞蚕丝衣裤，手拿大葵扇，施施然有夫子风，病友们暗自称他“夫子”，有取笑意，有敬重意。在这个不安静时代，武斗不断升级，我想象他可能是个逍遥派，但他不能逍遥，守住一个重伤的幼雏，想必他和妻子也逍遥不起来！

灾难从天而降，飞来横祸，接踵而至。先是他的念高中的二女儿因学校两派争斗，被吓得精神失常，接着是小五同楼内的孩子们在五楼天台上玩耍，分两帮演练攻防，互相追“杀”，一脚踏空从五楼摔了下来。他很达观，面对无妄之灾没有叹息，在病房常与我长谈。也算是他乡遇故知，共同回忆，共同反思，谈过去，谈革命，谈文学。我们那一代人凡谈过去，革命是一个无法回避的话题，但谈得最多的却是文学。他的真实学历比我高，读书比我多，文学修养比我深，一听说我一直在练习写作，1957 年之后仍未放弃，就要我把“作品”拿给他看看，圆眼镜片里一双微凸的圆眼闪动着激动的光亮，期望和鼓励有加，不像有的朋友出于关心而泼冷水。

但是，当时我无法把习作拿给他看。我在病床，正等待手术。紧挨省人民医院的东川路和中山路的游街阵列络绎不绝，口号遏云，一出出活报剧也搬进医院里来了，吆喝的人群像走马灯一样从窗外通过。就在这样的氛围中，轮到我上手术台，是大手术，左肾部分切除。更令人恐怖的是外科室与手术室不是一派，进到手术室后两边互不讲话，反正人命不值钱，我也没有特别的恐惧。程度一直将我送到手术室门口。生离死别吗？也许是吧！后来，出院不到十天，伤口尚未痊愈，单位来了两个人，要我跟他们回单位。才出鬼门关，又上奈何桥，折腾两个月之后紧接着就是下放，“到光荣的五七干校走五七道路去”！我担心同程度失去联系，未想到出发前的一天，两个多月没有音信的程度突然来到门口，冷风扫着街边的落叶，他一面擦着额头上的汗珠，一面告诉我他下放的地方。问了问我去的干校在哪里，看着满室凌乱的行李，说了句“稿子还是要保存好”，就扭过头急匆匆走了。我看到他眼里的泪光，望着他的背影，双眼也模糊了。

他在干校时间不长，因为报纸得办下去，需要他发挥专业之长，就被调回广州。他住在盐运西街的一座华侨早年盖的洋楼里，这座楼虽是广州人称羡的“石屎”楼，但内部其实很简单，楼层呈长筒形，用木板隔做几个房间。程度是个大家庭，上有老母，下有几个未成人的儿女，三代住在用木板间隔的三个房里，只有邻街的厅堂较为敞亮。每逢我从干校回广州休假，就会到这里与他一聚。厅堂有一张方桌，几张简陋的木椅，陶力炒几个菜端上来，让我们一面小饮一面畅谈，那几年是我们最为快乐的时光。酒是薄酒，记得有一次不知他从那里弄到一瓶广东某县出产的绿豆烧，就算是名酒了。微醺中，国事少谈还要谈，谈着谈着就有了“醉里挑灯看剑”的气势，流泪吞声，长啸当歌！他的夫人陶大姐出来“干涉”了：“汉生，他不会喝酒，三杯下肚就流泪，你们还是谈干校吧。”于是，他就笑一笑，抱歉地说酒量差，问起我最近干校的生活，其实他对干校生活是熟悉的，对那种斗批改，对那种无效劳动的事不感兴趣，话题从干校转向文学。文学的禁忌亦多，那就只能谈古诗词了。互相交流习作，我因为古典文学底子差，所作多不合格律，兴之所至胡诌几句打油而已。他的儿女亲家阮先生住在对面，有时就将阮先生请过来赐教。阮先生古诗词修养甚厚，诗作韵律极工，对我们多有教益。我斗胆将习作呈阮先生教正，修改后格律虽严谨了，却又少了诗味，始知自己所写的所谓古诗词，正像当今散见于报刊的某些古诗词那样，黑板报水平罢了，从此不敢再蹈诗家之后尘了。

我和程度深知对方胸中块垒，但从不说也从不问，真知己也。高中时他追求进步，参加进步组织被捕而后被释。想不到这种进步行为反而成了他多年说不清的疑点。那时候有“历史疑点”比有“历史污点”更可怕，说不定你就是暗藏的敌人？那时候的逻辑是“被捕而没死，为什么？可能就是叛徒！”推理粗暴而残酷，许多“叛徒”就是这样“挖”出来的。我想这就是他长年的巨大精神负担。他很少吐露，见了我仍是意气风发地谈文学。直到 1973 年初我从干校回到广州，大家的情况才都好了些，我成了他家的常客。酒的水平提高了，有时喝莲花白。一次我通过一个管小卖部的熟人买到一瓶五粮液，真正好酒，当时价格也不贵，喝了个痛快。就在此时，我出差河南、山西催调硫黄，从新乡到长治，途经太行山一连穿越了三十多个山洞，视为奇观，甚感惊讶！火车在黄河边的一个小站暂停，上来了几个扛着树苗去种树的老大娘，这个情景忽然触动了我，旅途中写了一篇散文——《春来早》。回到广州我把这篇习作拿给程度看，他认为这是一篇较为成熟的作品，击节叫好，并要马上拿给“我们的出版家”李士非。李士非也是中原大学21队的，程度在医院说过数次的“我们班有个出版家”说的就是他，但因后来都去了五七干校而无缘一见。程度将《春来早》交给李士非后回来告诉我，“士非很激动，一面在房内走动，一面再三说杨朔走了，汉生来了”。但这篇散文没有很快被选用。当时发表园地很少，程度不断为我的习作寻找发表的地方。后来，《广东文艺》复刊，秦牧被从博罗调回来任主编，他又将我出差新会写的一篇散文——《葵与葵姐》送给秦牧，秦牧阅后面有难色，说文字不错，但通篇不提当前运动，难以发表。我回想让士非为难的《春来早》，可能也是这个问题。我原本就是一个一条道走到黑的文学爱好者，1950年在《中南青年报》上发表过诗与特写，1955年在《南方日报》上也发表过一首小诗，之后在作品无法发表的年月，只能长期地不间断地坚持写下去。出差常常带几支蜡烛和一个墨水瓶，半夜就在小旅店的破桌子上写，与我一起的同事感叹道：“有人辞官归故里，有人漏夜赶科场。”话中有嘲笑也有提醒，那个时代因文字惹祸的人何其多啊！我早因文字遭过难，但不知悔改地还要写。不求发表，也不能发表，何苦呢？自己有时也感茫然，只有程夫子对我信心十足，拿着我的不入法眼的作品四处“叫卖”。

当年中原大学结业时，最先从两个队抽调程度、李士非等二十个文化水平较高的同学分配到各文化单位。程度进入《长江日报》当编辑，后到《湖北日报》。1962年以陶铸为第一书记的新中南局在广州成立，从各省调来一批干部，程度被调进已改为中南局机关报的《羊城晚报》，又辗转到了《南方日报》。“文革”中，中南局只剩一个名号，到1974年上面有个政策，原中南局的干部从哪里来还可以回哪里去，程度感伤于两个子女在广州的不幸遭遇，扶老携幼回到武汉，重返老单位《湖北日报》社上班。我在“大跃进”后期停建十数年而于最近建成启用的广州新火车站为他送行，汽笛长鸣，依依挥别。

我写了一首送别诗给他。

劲笔扫楚粤，
江城归子安，
足继工农路，
手攀文字山；
乌纱岂惭小？
布衣自夸宽。
孜孜复孜孜，
铅版映寸丹。

“四人帮”垮台之后，出版社找了几个中山大学的学生帮助清理稿件。一天，资深编辑易征拿起他们扔进字纸篓里的一篇稿件，一看原来是我写的《在〈火线报〉编辑部》。由于时势变化，当时正要从过去来稿中找寻没有帮气或帮气较少的稿件，易征这位经验丰富、感觉锐敏的编辑家，立刻认定这篇正是他们需要的，遂将我给出版社的另外几篇稿子找出来，又要我补充数篇，即编成《并未逝去的岁月》这本集子于1977年秋天出版。据说这是“文革”后广东出版的第一本文学作品。拿到样书，我第一个想到程度，要亲手将这本小书送给他。不久我出差路经武汉将书送到他手上，他慢慢翻阅着，那副无边的圆眼镜竟渐渐被泪水濡湿了。

我一直认为我有两位文学老师。第一位是我的大哥，在我上小学三年级时，他就教我读李后主词，他使我对文学产生了悟性；第二位就是真诚希望我在文学道路上走下去的程度。想不到一次医院偶遇，竟遇到一位文学领路人，这是我的幸运。广州分别，每逢出差武汉我们都能见面，离开工作岗位后亦如此。

2006年春节期间我去看他，他搬进单位分的房子不久，很宽敞，有了他期盼多年的书房。他指着四壁的书架说，今后我的任务就是把这些书读完。我看看满满的书架，对他的豪情有些吃惊。像过去在广州盐运西街那样，陶力将菜端上来了，将酒摆上来了，三杯刚过，兴之所至，大谈文学和人生。我趁机推出近期总结的“人生哲学”——“简单就是享受，随意才能快乐”，问他意下如何。他连连点头赞赏，却突然压低声音看看陶力又看看我说：

“汉生，我不快乐啊！”

“你有何不快乐？”

“我不随意啊！”

陶力故作生气地看着他：“你哪点不随心意了？不要汉生一来你就抱怨，好像谁虐待了你似的。”

我笑问：“你有何不能随意的？”

他用手指指酒杯。

大家都笑了。

陶力说：“是医生不要你喝，是我要管你让你不能随意了吗？”她无奈地摇下头，好像下了很大决心似的。“好吧，今晚让你和汉生随意喝，我也喝，喝个够！”

外面飘雪，窗口发白，我一直认为天色还早，不觉两人已经微醉。临别，他执意要送我下楼。走出楼门口，远近朦胧的房舍泛着白光，寒气逼人，他毕竟年纪大了，我让他回去他不肯，默默跟在我后边，沿着雪中清晰的小道走了很远。终于等来了出租车，我上了车，他仍站在街边，路灯将他的影子长长地长长地投在雪地上。

原载微信公众号“记忆”2020年1月17日

【主编者言】社会每遇到重大事件，都可以从历史的长河中找到相对应的过去。于是就会有人从厚积的岁月烟尘中款款走来，进入我们的视野，引发我们深切的感慨和种种思考。

国士的忧伤：伍连德、伍长庚父子往事

吴景键

一个月来，随着新冠肺炎疫情的暴发，一百一十年前的清末东北鼠疫与当时的防疫领导者伍连德也受到越来越多的关注。然而，伍连德作为国士这一面愈发突出的同时，其他方面却愈发模糊。本文以耶鲁大学公共卫生学院院长查尔斯·温斯洛（Charles-Edward Amory Winslow，1877—1957）档案为中心，试图还原伍连德、伍长庚父子与“美国公共卫生之父”温斯洛间的一段往事。也由此希望，我们在向医护英雄致敬之际，莫忘他们为人父母、子女那份平凡的悲喜。

公共卫生的“特殊使命”

1918年，刚刚结束苏联访问的美国红十字会代表团自中国返美，顺路参访正在建设中的北平协和医学院。作为当时中国医学界为数不多享有世界级声誉的人物，伍连德自不免要前往接待，并由此结识了美国红十字会代表团的成员之一——“美国公共卫生之父”、耶鲁大学公共卫生系的创系主任查尔斯·温斯洛教授。

虽然只是一次礼节性的公务往来，但对公共卫生的共同关切却使得二人相谈甚欢。自1910年领导抗击东北鼠疫之后，伍连德便一直专注于中国公共卫生体系从无到有的建设，先后参与创立了二十余所医院与中华医学会；而麻省理工学院细菌学研究出身的温斯洛，则在1915年创立了耶鲁大学的公共卫生系，并自此把目光转向更为广阔的公共卫生理念传播之上。少为人知的是，目前全世界所公认的公共卫生之定义其实正出自温斯洛1920年一篇名为《公共卫生的处女地》（*The Untilled Fields of Public Health*）的文章。

> 公共卫生，是全社会的公私机构、大小社群以及所有个人，通过有组织的努力与有根据的选择，来预防疾病、延长寿命并促进健康的科学与技术。

这个定义可以说非常清晰、全面地界定了公共卫生的主体、手段与目标，也勾勒出了伍连德与温斯洛二人一生的志业。可令人感到遗憾的是，温斯洛的定义在舶来中国以后，往往被缩减为“公共卫生是通过有组织的社区努力来预防疾病、延长寿命、促进健康的科学和技术”（国内目前几乎所有流行的公共卫生学教科书所使用的都是这一定义）——在主体层面，不再有“公私机构、大小社群以及所有个人”的多元性；在手段方面，“有根据的选择”（informed choice，也可译作“基于信息的选择”）亦被悄然隐去。虽然只是三两词语之别，但其所内含的巨大差异，我们今日或许已经有所体会。

就在温斯洛返美为公共卫生这门“科学与技术”继续奋斗数年以后，1924年6月初，一本1923年出版的《现代公共卫生运动的演变与意义》（*The Evolution and Significance of the Modern Public Health Campaign*）从纽黑文寄到了伍连德在哈尔滨的东三省防疫事务处的案头。对温斯洛书中所体现的“现代公共卫生运动”之精神，伍连德在回信中深表钦佩。

> 我特别喜欢这段话，“在耶鲁，我们相信自己有特殊的使命——也有特殊的机会——去让这种新的精神传播开来”。

不过，承担着这份“特殊使命”的，显然不只是耶鲁大学的公共卫生运动先驱们。伍连德也期盼自己的长子伍长庚能够从自己和温斯洛叔叔这里继承下这份事业。

> 我有一个儿子，现在清华大学就读，打算继承我的职业。如果一切顺利的话，他下一年就将进入一所美国大学，不过我还不知道会是哪一所。鉴于我9月份会来巴尔的摩上一门卫生学院的课，想必到时会有功夫四处转一转。如果可能的话，我应该会来耶鲁一趟，跟您再讨论一下这个问题。

1925年5月上旬，已经到约翰斯·霍普金斯大学医学院进修的伍连德专程前往耶鲁大学拜访了老朋友温斯洛，讨论起让长庚之后到约翰斯·霍普金斯大学就读的事情（而之所以选择约翰斯·霍普金斯大学，无疑是考虑到该校强大的医学专业）。7月6日，刚刚回到哈尔滨的伍连德专门给温斯洛寄来了一张新拍摄的东三省防疫事务处照片，并表达了自己对公共卫生事业未来的憧憬。

> 我们日复一日地接收着选择医学专业的新学生。而随着更多训练有素的年轻男女投身于科学之事业，我仿佛已能看到世界更加和平与理性的那一天。在这群对社会有用的公民中，有不少是美国所培养；而我也相信，我们的学生未来会受到所有顶级医学院的欢迎。

在信中，伍连德专门向温斯洛表示，要让长庚来耶鲁大学接受温斯洛的“有益教诲”。

> 而我的儿子，正如我上次跟你聊到的，将要在9月份去约翰斯·霍普金斯大学就读。到时候，我一定让他来拜访阁下，让他在耶鲁大学接受你的有益教诲。

事实上，伍连德希望温斯洛提供的并不仅仅是两三句“有益教诲”而已，他更希望这位老朋友能够扮演长庚在美期间的监护人一角——因为长庚早年的学业与生活习惯其实并不让伍连德放心。作为家中长子，伍长庚自幼便受到伍连德夫人黄淑琼的宠爱。后来，伍连德长期奔波于东北各地，没有严父在侧，伍长庚便渐渐沾染了一些少爷习气。雪上加霜的是，就在这一年的秋天，伍连德的次子伍长福因急性肺炎早逝。

> 1925年秋，在天津南开中学寄宿的长福，在一场激烈的足球赛后，染上了急性肺炎。尽管我们很快就送他到由洛克菲勒基金会资助建成的北京协和医学院附属医院接受了专业的治疗，但是他在细菌学系尚未来得及确定其所染病菌属于哪种肺炎球菌时，便已去世。

而伍连德的三子伍长明早在1910年便因细菌性痢疾夭亡——一生以推动中国公共卫生发展为已任的伍连德，自己其实是中国早年公共卫生不健全的受害者之一。因此，此时的伍连德格外希望唯一幸存的儿子长庚能够继承公共卫生这门事业，成为像其监护人温斯洛教授那样的公共卫生推动者。

带着父亲的全部期待，1925年9月，伍长庚与清华大学同学高士其、汤佩松、王造时等人同船赴美，前往约翰斯·霍普金斯大学就读。

回国还是读书

对已在清华大学读了几年书的伍长庚而言，约翰斯·霍普金斯大学的本科学业似乎还不算困难，于是他把不少时间都花在了社交上。1927年，“泛太平洋外科研讨会”在夏威夷檀香山召开，伍连德携夫人一同出席，并在次年年初顺路去看望了刚刚拿到本科学位的长庚。为了奖励儿子获得本科学位，黄淑琼悄悄从国内带了一笔钱，为长庚在美购置了一辆小轿车——这在当时的留美中国学生中无疑是极罕见的，却也为伍长庚招来不少狐朋狗友，还因此在继续攻读医学博士学位时挂了科。

> 我夫人犯下的最大错误便是买了一辆小轿车送给长庚，作为他在约翰斯·霍普金斯大学拿下第一个学位的礼物。为了筹措这笔钱，她把自己在国内的所有积蓄都以银行汇票的形式带了过来，并且把在美旅行津贴中的一部分也搭了进去。这个礼物虽然很精致也充满了母爱，但却导致长庚成天跟一帮狐朋狗友厮混，之后在约翰斯·霍普金斯大学的下一门考试里不及格，还收到了院长的警告函。因此，我不得不匆匆赶往巴尔的摩，拜访了长庚怒气未消的导师，并决定之后把长庚带到纽黑文的耶鲁大学，让我的挚友、耶鲁大学公共卫生学院院长温斯洛教授亲自管教他，直到他获得卫生学的博士学位为止。

对长庚本来充满期待的伍连德对此极为愤怒，勒令儿子立即卖掉这辆小轿车。

> 当我对此事正在气头上的时候，我勒令长庚把那辆让人心烦的小轿车卖掉，并找到了一个美国买家，后者自称原来在中国做传教士。我们谈好了一个大约几百美元的价格（具体数目我已记不清了），而那位传教士则交给我一张当地银行的支票，随后他驾车而去，我则返程归国。可过了不久，我便收到了长庚的来信，信中说当地银行拒付那张支票，因为签支票的人并不在他们的账簿上。结果，长庚失去了他的爱车，我损失了钱，而那个骗子却逍遥法外。不过令人欣慰的一点是，我的儿子由此变得更成熟了，他脱离了那个烂圈子，并自此以后刻苦学习直到有所建树。

1929 年夏，在伍连德的要求下，伍长庚转至耶鲁大学公共卫生系攻读博士学位。为了尽快让伍长庚戒掉开销无度的公子哥习气，伍连德决定在长庚来耶鲁大学之后，把他的生活费直接转给温斯洛教授，由老友替他管束儿子。在耶鲁大学所藏的温斯洛档案里，可以看到一张伍连德在 1931 年 9 月 16 日寄来的一千美元支票，他在其后附了一封邮件表示："我希望这是他回到中国自食其力以前，向我要的最后一笔钱了。"

而此时伍连德所忧心的，除了长庚的生活习惯，还有他是否需要再攻读一个医学博士的问题。显然，长庚想在国外多待上几年；而在伍连德看来，长庚最需要的并不是又一个学位，而是尽早回国投身于公共卫生的实际工作中。

我很高兴您提醒我注意到长庚可能会延长的学业。您想必了解，他除了现在所从事的公共卫生学习，是否还打算致力于医学研究？如果他对严格的医学训练没有真正兴趣的话，那将更多的宝贵年华浪费于此就实在令人遗憾。我想您也会跟我一样认为，现在这个岁数最需要的是赶快专于一业，而他有无医学博士学位对他的公共卫生研究工作并没有什么影响。

但这一次，母亲黄淑琼又一次站在了儿子一边，支持长庚之后继续攻读医学博士。

他在国外待得越久，他对具体的卫生服务就越缺乏资历。可是，他的母亲却坚决支持他在回国前拿下医学博士学位，并且得到了您以前的学生、现任国立第四中山大学医学院院长颜福庆博士的支持。

两难之下，伍连德只好把拿主意的权力交给了老友温斯洛。

我们现在最需要的是有能力、有经验的研究人员来开展工作。请阁下认真思考一下我前文所说的事情，并就长庚未来所应选择的道路向我和长庚提出宝贵建议。

“没有哪个朋友能像您做得这么多”

1931 年 11 月 24 日，温斯洛在与伍长庚一番长谈后给伍连德写了回信，秉持西方个体主义观念的温斯洛还是支持了伍长庚自己的选择。

> 跟你一样，我也认为每一个中国人都应尽快为他的祖国服务。但另一方面，我认为你的儿子确实打算致力于医学研究，而且就我目前的了解，医学博士的学位对他未来的公共卫生工作也很有帮助。他现在颇为焦虑，我认为他最好去一所耶鲁大学以外的医学院，因为他在这里已经待了三年时间，换个环境将会对他有所帮助。纽约州的罗切斯特大学可能是个不错的选择，如果他们愿意接受长庚在那里上三年课的话。如果你赞成这个想法，那我将竭力帮助他在那里完成医学学业。

1932 年，在温斯洛的大力支持下，长庚完成了自己在耶鲁大学的公共卫生学博士论文——《美国各县卫生状况与经济因素之关联性的统计分析》(*A Statistical Study of the Correlation Between Health and Economic Factors by Counties Throughout the United States*)，并且成功申请到罗切斯特大学继续攻读医学博士学位。为了不让老朋友继续担心，温斯洛还专门写信安慰伍连德，认为长庚能够“向你证明自己”。

> 我刚刚从欧洲度假归来，长庚看起来也在罗切斯特大学安顿妥当。我正在跟那边的教授们保持联系，以详细了解他在那边的情况。鉴于长庚在这里顺利完成了自己的研究，我十分有信心他在那里也能够向你证明自己。

对长庚的选择，大洋彼岸的伍连德也无可奈何，只得一面缩减给长庚的生活费（从一千美元降至七百美元），一面叮嘱监护人温斯洛千万不要“掉以轻心”。

请您务必严格管好他的开销。与我不同，他从小没过过苦日子，因此也不知道勤俭的意义。此外，还请保证他别落下任何重要的课程，也千万别让他在那些无用之物上大手大脚。

父亲伍连德的担心并非没有道理。1933 年 6 月 28 日，温斯洛在给伍连德的信中委婉地通报了长庚在罗切斯特大学第一年不甚理想的学习情况。

长庚已完成了他在罗切斯特大学第一年的学业，虽不算出色但也差强人意（reasonable though not brilliant success）。罗切斯特大学的考试安排很紧，三天要考九门课，长庚的四十六个同学里，有三十一个都至少一门不及格，其中有十人两到三门不及格。长庚除了产科学和妇科学以外都通过了，这两门他会在 9 月份补考。

收到信后，就连一向心疼儿子的黄淑琼也有些坐不住了。伍连德在回信中这样写道：

他的母亲非常沮丧，总担心他 9 月份要是再不及格的话就会被退学了。这种担忧有道理吗？此外，长庚又找我要了一笔八十美元的零用钱，说是暑假 7 月到 9 月用，因为那时候他会住在校外。我告诉他必须控制在六十美元以内，务要保持节俭。如果您认为我太狠心了些，那就交由您来判断。

面对伍连德夫妇的急切追问，监护人温斯洛也感到自己有责任推长庚一把。温斯洛很清楚，长庚的种种行为，从心理学的角度来看，或许正来自他有一位过于成功可同时又对他充满期待的父亲。因此，关键便是解开长庚的这一心结。8 月 30 日，温斯洛就此给长庚写了一封信。

> 我想我完全理解你所面对的困难。作为如此杰出的一位父亲的儿子，被人期待着取得如他自己所取得的那种非凡成就，这确实是一件很难的事情。但是，你现在必须把过往尽量抛在脑后，专注于顺利通过考试这一个问题。我对你的能力有十足的信心，也确定你肯定能完成这个小目标。你的头脑那么聪明，只要把心思全部放在当下的任务上，我想我们都将会为你感到骄傲。

这封信或许真的起到了几分作用。两个月后，温斯洛借一次开会之机到罗切斯特大学亲自探问了长庚，并写信向伍连德介绍了长庚最新的学习状况。

> 那里一切都好。惠普尔院长与麦卡恩教授都向我表示，长庚在那里的学习还是让人满意的，并且在外科取得了全班第二的成绩。此外，长庚的成熟也颇让我吃惊。他现在安静而稳重，在我看来，他已完全投入了学业之中。

温斯洛此言并非为长庚夸饰。就在第二年，长庚的确顺利拿下了罗切斯特大学的医学博士学位，并在之后又申请到洛克菲勒奖学金赴英国学习了六个月的热带医学。看到儿子长庚终于走上正轨，伍连德内心深处一直存在的忧虑终得纾解，他写信给温斯洛：

> 请让我再次表示我和夫人对您的深深谢意，是您一路照看犬子从耶鲁大学到罗切斯特大学，终而获得公共卫生博士与医学博士学位。没有哪个朋友能像您做得这么多，我们对此永铭于心。

忧伤与欣慰

不过，最让伍连德欣慰的，并不是“耶鲁大学公共卫生博士”或“罗切斯特大学医学博士”这样金光熠熠的学位，而是长庚最终真的投身于他自己所开辟的中国公共卫生事业。1935 年，伍长庚自英返国，“回到北平以后，我的儿子长庚进入北平市政府卫生局，并继续自己在耶鲁就开始的传染病研究。在四年的时间里，他便升为流行病部门的负责人”。1937 年 6 月 19 日，在司徒雷登的主持下，已是医学界新星的伍长庚在北平协和医学院礼堂举办了一场盛大的婚礼。在婚礼的合影中，五十八岁的伍连德气宇轩昂——可他断不能料想，一系列的悲剧即将接踵而至。

半个月后，“七七事变”爆发，北平沦陷，美国背景的协和医学院成为一座“孤岛”；又过了数月，被伍连德称为“我那纤细、柔弱，美丽非凡且具文学天才的妻子”黄淑琼辞世，未能完成她“四大美女小说”中的最后一部——《貂蝉》。而随着日军进一步占领伍连德在上海所领导的全国海港检疫管理处，伍连德最终决定回到自己的出生地——马来西亚槟城。在迁到槟城后写给温斯洛的第一封信中，他把希望再次放在了儿子长庚身上。

我想你听了应该会很高兴，我的儿子长庚上个月在北平已经成了一个可爱女婴的父亲。他目前正与北平协和医学院合作，很喜欢自己的工作。

对老友伍连德能够从“席卷中国的风暴”中逃离出来，温斯洛自是高兴。不过真正让他作为一个监护人而感到慰藉的，则是长庚在艰苦的环境下“仍在继续自己的事业”——公共卫生。

我在去年秋天收到了长庚的信。我欣喜地发现，虽然身处那样一个糟糕的环境中，但他仍在继续自己的事业并保持着良好的精神状态。

可之后的几年，北平与纽黑文之间的音信往来逐渐减少，最后中断。1940 年 3 月 26 日，温斯洛再次致信伍连德。

我有段时间没收到长庚的消息了，但我非常肯定，他有能力在日军的残暴占领下坚持下去。

事实上，温斯洛再也不会收到来自长庚的消息——在1941年北平的一次霍乱防疫中，伍长庚不幸染病，并在当年11月病逝于伍连德在北平的住所东堂子大街55号，把生命献给了伍氏父子两代人所致力的公共卫生事业。而随着日军占领马来西亚，温斯洛与伍连德也失去了联系。直到1947年，已经从耶鲁退休两年的温斯洛才又收到了从马来西亚重返中国的伍连德给他的来信。在给伍连德的复信中，温斯洛写道：

我很高兴听到你这次在中国度过了一段好时光。想起我们之前的交往，总是让我感到愉快；而对长庚，我们也有着同样真挚的感情。正在他开始大干一场的时候，事业却戛然而止，这实在是一场悲剧。

对作为父亲的伍连德来说，长庚的英年早逝无疑更是一种无法治愈的忧伤。不过在这忧伤之外，作为国士的伍连德却也有理由感到一丝欣慰，因为他自己所开辟，而长庚又为之付出生命的中国公共卫生事业，正吸引着越来越多的关注，恰如他自己所言：

随着更多训练有素的年轻男女投身于科学之事业，我仿佛已能看到世界更加和平与理性的那一天。

原载《上海书评》2020年2月6日

情怀

【主编者言】一个早已不在社会聚光灯下的诗人逝去，没有盛大的葬礼，没有组织起来的哀伤。但有一些人在真心哀悼，寄托着关于时代的思考。这正是诗的生命，是诗人的意义。

我与邵燕祥的“生死之交”

杨学武

一

著名诗人、杂文家邵燕祥先生诞生于 1933 年，比我父亲小 3 岁。我们在 20 世纪 90 年代以文相识，他于我亦师亦友，因此说我们是忘年之交或君子之交，当然再恰当不过了。我声称与他有“生死之交”，倒也并非自作多情谬托知己，而是得到过他的认可，且有据可考。2014 年，我写过一篇随笔《邵燕祥：“找灵魂”的先行者》，其中写道：

> 邵先生在 20 世纪 50 年代初就是声名远播的诗人，他的诗集《歌唱北京城》和《到远方去》，曾得到许多对新中国满怀美好向往的年轻人的喜爱和传诵。那时我尚未出生，无缘与邵先生结交，不过在日后那个“不平凡的岁月”，我却道是无幸却有幸地与他结下“生死之交”——就在我出生(1957 年夏季）不久，他因几十篇“毒草诗文”而被打成右派“死”去了（邵先生在《沉船》中自述“我死在 1958”，其“死因”是这年 2 月他因右派问题而被“开除党籍”）。我们这个“生死之交”，虽只是处于“冥冥之中”，可它与我们后来的交集似有一定因果关系。邵先生“起死回生”——右派问题得到平反后，由诗人转向杂文家，而我大约是在那个“不平凡

的岁月”被传染了“右派分子”的“毒素”，与“姓右”的杂文（有不少文人因写杂文而被打成右派，邵先生的几十篇“毒草诗文”中就有多篇杂文）有一种与生俱来的缘分。20世纪80年代正是我与杂文的热恋期，那时逛书店最爱买的是杂文集，阅读报刊最爱看的是“花边文学”，而此时正是邵先生杂文创作的高峰期，他在众多报刊发表的杂文，最让我爱不释眼……就这样，杂文使我们结缘，我们因杂文相聚。

此文发表在《杂文月刊》（2014年第10期），有不少网站转载。写作过程中，出于对邵先生的敬重，我将初稿发给他，并致信恳请赐教。时值暑天，已耄耋之年的老先生当日便回信——为表示庄重，特引全文如下：

学武：

你好！信悉。

开机即见“千年鲨”，好怕人呀！

大作拜读，能否把看似仰视的语气，尽量改掉。所谓“茗粉”，虽是笑谈，却使我想起北岛不久前一次谈话，他说，“粉丝”云云，是一种邪教，这话值得深思。

“匕首”“投枪”之说，应是瞿秋白为鲁迅杂感选集所作序中第一次提出的，当时这样提，有其政治需要吧，但我一直以为不可推而广之作为对杂文——即使是鲁迅风杂文的定性，就如苏联诗人马雅可夫斯基诗中说，“无论诗或歌，都是炸弹和旗帜”，是属于夸张格的修辞。也是尽可能不要这么提吧。

又，我们的聚会，记得陈四益也参加过？是否补上他的名字？

此外，“传颂”一般应为“传诵”，这纯属技术性问题了。

感谢你以杂文笔友之谊对我的揄扬，来日无多，还是让我把它视为鞭策吧。

祝夏安！

让邵先生感到“好怕”的“千年鲨”，是我发信件用的QQ邮箱名，其实这个邮箱并不是我的，而是属我小儿所有，因我原用的搜狐邮箱几次莫名其妙地被“黑箱操作”了，便央求他将其邮箱借我使用（从此一借不复还）。有道是“初生牛犊不怕虎”，小儿大约连“千年鲨”也不怕，可没想到把邵爷爷“吓”着了。

我按邵先生的意见几经修改，再将稿子发去请教，他又当即回信。

邵简复：

七点零一分这份收到了，前面发来的未见。

以死明志云云，请删，不然将把我架在火上烤了，本来已经是“老而不死（是为贼）”了，还会有人问，怎么还不“明志”啊？一笑！

其实，对巴老是否不必求全责备，如所谓“春秋责备贤者”？即使囿于时势（包括群众的觉悟，知识界的观望），巴老首倡“说真话”，还遭到某某（邵信中有名有姓，引用时因故隐去——本文作者注）于清污高潮中点名“那个姓巴的……一直闹无政府主义！”在胡赵当政时，尚不免于被四川出书时开了天窗——当然，“开天窗”还是出版社表示抗议的一个“非法”手段！

我对巴老是抱着同情理解的，有关一段，是否采取模胡（手误，应为糊——本文作者注）笔法？请酌。

如何定稿，悉凭定夺，不必再征求我的意见了。对写我的文章，我发表了这么多意见，甚至参与定稿，这在我已是大大的破戒，属于“友情出演”了。

再谈，祝全家好！

邵先生在信中重点提及对巴金“是否不必求全责备”，我有必要将拙文中关于巴金的一段话照录如下。

巴金及其《随想录》被当作这段历史的标杆，他勇于说真话，尤其对自己所欠下的“历史旧账”，既不“瞒账”，也不“赖账”，坦诚地表示道歉和忏悔，从而赢得人们的尊敬和颂扬。不过我认为，巴老毕竟受时代的局限和自身所处地位的束缚，他由于身不由己而心不由己，导致其反思仿佛意犹未尽，其批判也似乎留有余地。

其实我对巴老也很敬重，早在1987年就发表过一篇《“还债”精神》的杂文，热情颂扬巴老“严于自我反省，自我解剖，查自己的‘旧账’，向别人‘还债’”的可贵精神，而对那些“翻脸不认账”“厚着脸皮赖账”者，则给予猛烈抨击。我那几句看似“求全责备”的话，不也是学巴老“说真话”吗？当然邵先生那样说，我是完全可以理解他的良苦用心，而且我还由此更见他的宽厚仁爱和真诚谦逊。也正是这种想法“作祟”，我便未按他所交代的使用“模糊笔法”进行修改。

邵先生未对“生死之交”发表看法，而要我删掉“以死明志”，为此需要解释一下。我文中的“死”是加了引号的，那整句话是：“相比之下，邵先生在‘找灵魂’的路上，却不为任何名利所累，‘赤条条’地‘上下求索’，甚至不惜以‘死’明志。”这里的“死”，正是借用邵先生所写“我死在1958”中的“死”，与我所说“生死之交”中的“死”，均为同一个意思，且其意不言而喻……其实也无须这般解释，邵先生怎会不知我的言下之意？但为免读者不明“死”而生误解，我还是按他所嘱将“以‘死’明志”删掉，改为“既‘无所谓’又‘无所畏’地追寻真理”。

二

20世纪80年代，是杂文自1949年以来最繁荣的时代。已故杂文家、曾任《求是》杂志副总编的朱铁志，在其主编的《中国当代杂文精品大系（1949—2013）》总序中写道：“杂文真正的繁荣期是十一届三中全会以后，以1976年打倒‘四人帮’为标志，伴随着真理标准的大讨论，新时期文学开启了狂飙突进的新时代。在文学大军浩荡前行的队伍里，杂文与小说、诗歌一道，成为引领思想解放的光荣一翼。”我认为在这个“光荣一翼”中，京城杂文界三大元老曾彦修（笔名严秀，曾任人民出版社社长）、邵燕祥（曾任《诗刊》副主编）、林文山（笔名牧惠，曾任《红旗》文教部主任），乃是当之无愧的领军人物。

我通过阅读邵先生的杂文与之神交多年，直到1998年我北上定居京城后，才与仰慕已久的他有幸谋面。我初来北京暂住南城方庄小区，恰好与曾彦修近邻，我登门拜访他时，提议择时约几位老杂文家一块坐坐，老先生很高兴地表示赞同，并嘱我去找朱铁志，说他手里有这些人的通讯录，请他列个名单联系敲定。我随后便与朱铁志订下“君子协定”：在每年年初和年中的节假期间，邀请老一辈杂文家聚会。与会成员除三大“常委”（邵燕祥、曾彦修、林文山），还有史学家王春瑜、王得后、王学泰，散文家柳萌，杂文家陈四益等，有时还请到漫画家丁聪、方成和大律师张思之，教授钱理群、学者资中筠、出版家朱正也偶尔光临。与会的晚辈中，除了我与铁志，还有《人民日报》《大地》副刊主编徐怀谦。

我原以为邵先生这样的名人大家不易接近，可第一眼见到他，那慈祥的面容、儒雅的举止、幽默的谈吐，显得是多么可亲可近。他在聚会中从不充当主持人或主讲人，而是静坐着一副“洗耳恭听”状（近些年他耳朵失聪，由他夫人谢文秀在旁进行“现场转播”）。每当众人交谈甚欢，他时而兴起来一段“插曲”，既那样机智风趣，又那样入木三分，还那样恰到好处，常常引起满席笑声和交口称赞。与他交往20余年，我深切感受到，他的温文尔雅，他的宽厚仁爱，他的真诚谦逊，完全根植在他的内心，发自他的肺腑。与他在一起，岂止如沐春风，更是似饮甘霖；春风只是拂面而已，甘霖则沁人心脾，令人回味无穷。作家章诒和曾这样品评邵先生：“他的气质、性情、才识总能触动你的内心。以至于有谁相邀，我总盘问人家：‘有没有邵燕祥和谢大姐（邵夫人文秀）？’

这很无礼——人家做东，你凭啥挑三拣四？但我克制不住，理由很简单：有他在，会面是享受，回忆有收获。”我大有同感，有时文友聚会总想方设法挨着邵先生落座，本来论资排辈轮不到我与他“平起平坐”，但我也似乎同章诒和一样“克制不住”。

聚会时偶尔得到邵先生题赠的杂文新著，让我如获至宝。我对他的杂文尤为钟爱甚至偏爱，认为他的杂文，既有鲁迅风骨，又有胡适风范；他文如其人，文字表面虽“语不惊人”，字里行间却“于无声处听惊雷”；每读他的杂文，我都情不自禁地联想起“随风潜入夜，润物细无声”的诗句。他的一些杂文名篇，我是经常反复诵读的，譬如《切不可巴望“好皇帝”》《“娘打儿子”论》《检阅天安门》等，我如读“老三篇”一样认真，不过当年读那“老三篇”是响应号召，如今读邵先生的这些杂文名篇完全是自觉自愿。几年前《四川文学》开设杂文名家“精选小辑”，该刊副主编卓慧女士托我向邵先生约稿，他授权我操办此事，我在他的几个杂文选本中挑了自己最喜欢的6篇作品，既没向他讨要这几篇文章的电子版，也没使用案头的扫描机，而是亲自动手在电脑里将它们一一打出来。妻子见状大呼不解，认为我这岂不是自讨受累？可我乐此不疲，当把邵先生的文章一字一句地打入电脑，同时也一字一句地打入我的大脑，这样一来真正是打下深深的烙印而刻骨铭心。

三

我与邵先生虽因杂文而结缘相识，但我俩后来交往逐渐多起来，却与杂文已无多大关系了。步入晚年的邵先生，开始了他“找灵魂”之旅——回顾自己的人生经历，反思自己为何从一个热心参加革命、热诚书写颂歌的“积极分子”，被打成“反党”“反社会主义”的右派分子，揭露和批判极“左”路线对知识分子的人身迫害和灵魂摧残。他从20世纪90年代后期开始，在写作上便由杂文转向随笔，陆续写出一系列“邵氏反思录”：《沉船》《找灵魂》《人生败笔》《一个戴灰帽子的人》等，出版后引起较大反响。他在著述中真实的叙述、诚恳的表白、深刻的反思、无情的解剖、善意的警示、殷切的期望，赢得了那些良知未泯的知识分子的认同和尊重。

正是受邵先生影响，我从20世纪10年代初便放弃杂文写作，转向文史方面的研读。我当然不够资历为自己“找灵魂”，便关注与邵先生同代知识分子的命运，选择了当代知识分子悲剧人物中最值得研究的胡风，作为涉猎文史随笔写作的“开山之人”。我用时两年多写成《谁分宗派故谤伤——胡风“宗派主义”问题再反思》，考虑到自己是初学者，对“处女”的模样能否见人和能否“嫁得出去”，心中无底，便将文稿发给几位文友，期望得到指教，不过文友们反应平淡，未能如我所愿。我将此文反复打磨后，想是时候该向邵先生求教了，他曾就胡风的“宗派主义”问题写过文章，见解与众不同。他收到我的文稿仅过3天就回复了一封长达2000余字的信，既用“谈‘宗派’一文甚得吾心”鼓励我，又用“有几点技术性的意见供参考”对文稿的不足之处一一指正，还附其旧作《有个集团又何妨》让我参阅。而且，当他得知我将此文托文友鄢烈山推荐给《随笔》，却遭送审遇阻未能刊发，便赶忙将《粤海风》介绍给我，嘱我把文稿发给该刊主编徐南铁先生。他在信中特地说道：“该刊名义上是广东省文联主办的，但主编思想倾向很好（他的编制似不在文联）。版面上尤其多，给谈胡风的文章方便。”我原来孤陋寡闻没看过该刊，经邵先生介绍后，便从网上搜看了该刊往期的一些文章，才知它是一家既有严肃学术味又有活泼文学味的知名杂志，在全国文化和知识界享有盛誉。我将《谁分宗派故谤伤——胡风“宋派主义”问题再反思》和随后写就的《胡风与储安平的异同》发给徐先生，我与他素昧平生，可他认文不认人，收到文稿后即在当期（2012年第4期）刊发了后一篇，此后又陆续刊发了我的“胡风系列”：《胡风为何没入党？》《胡风为何没“投降”？》《消除隔膜未可期——胡风与周恩来的“恩恩怨怨”》《知识分子思想改造是“偶然”发生的吗？——与杨奎松先生商榷》。我能在文史写作上小有收获，与邵先生热心扶掖密不可分。而且与徐先生结识，日渐成为交往密切的好友，是我在以文会友的人生经历中又一大收获。

四

我与邵先生的邮件往来较为频繁，收集起来近两万言，这是我俩“生死之交”的历史记录。在这些邮件中，我俩的话题既以读书写作为主，也有“食人间烟火”的点点滴滴。邵先生既是可尊可敬的名人大家，又是可爱可亲的凡夫俗子。他是一个有情有义之人，但在情感表达上，他不是那样热烈奔放，而是具有“邵氏风范”的温文尔雅。他见面时的微微一笑，告别时的轻轻挥手，问候时的只言片语……都能让你深切感受到他那“邵氏温度”。人与人交往，真诚“含情量”最高，乃是保持“友谊之树常青”的源泉。

平日大都是我主动给邵先生发邮件，或问候或求教，他有时也会因事充当“先发者”，其中两次颇有“因缘际会”的意味。一次是2017年5月15日，他给我发邮件，开头即说：“久不通音，想来一切都好。”其事由是他想在朱铁志去世周年前，将他为其遗著《理智的勇气》所写的序，在报刊上发表以示纪念，却因记不起书名而来信问我。我当时正在老家医院陪护病重的母亲，此前数月就因母亲生病而在京城和老家两地奔波，这也是我与邵先生“久不通音”的重要原因。我在回复中自然如实禀告，于是就引发了此后接二连三的邮件往来，邵先生不仅关心我母亲的病情，还与我讨论“临终关怀”的沉重话题，劝慰我“要适当调整心态”，并鼓励说“你是坚强的，也是理智的”，末了还写上：“公子上学，就全由嫂夫人接送了？他们母子也辛苦，问候他们！”我妻儿都见过邵先生，他时不时地总要问候他们母子俩。

另一次是2019年2月16日，邵先生发来简信：“我有一封旧信，敬烦代为发到网上好吗？”所附旧信是他在2018年7月20日写给李锐先生的，李锐当日逝世，他委托我发此信以示悼念。我当时又恰巧正在老家医院陪护病重的父亲，便又像两年前在母亲病床前给邵先生回信一样，将我的近况如实告之，并以我父母都因高龄吞咽功能衰退而引起呛咳，进而导致肺部感染为例（我母亲已在邵先生那次发邮件 20 天后去世，享年 85 岁），提醒也是高龄的他和夫人注意。邵先生除在邮件中关心我父亲的病情，还用微信发了一段感我肺腑的话："你是有传统道德又正直的人，值得交往，更博得我们由衷的尊重！"邵先生绝非那种喜欢讨好和吹捧之人，他给我如此高规格的"点赞"，我既荣幸之至又受之有愧。

我父亲在邵先生这次发邮件后第 4 天便去世，享年 89 岁。我料理完丧事回到北京，3 月 9 日上午，我约文友杨庆春、柯湘和朱铁志夫人黎兴文，到邵家看望他和夫人，久别相见分外亲热。二老执意请我们在沪江香满楼吃午餐，邵祖籍江苏，谢出生于上海，他们以家乡盛宴款待我们，其深情厚谊让我们感动不已。然而我当时绝然没想到，这是我与邵先生最后一面。

同年 6 月 23 日，我与柯湘等文友去位于怀柔的朱铁志墓地，祭奠他去世三周年，途中柯湘悄悄对我说，几天前她参加资中筠的一个学术活动，在出席的众名家中未见邵先生，按说这样的活动他是必请之人，她分析是否邵先生身体有恙而未出席？第二天我便急忙致信问候邵先生，提示说"你们都是望九的人了，平时当以静养为重"。他当日即回复。这是他给我的最后一封邮件。

学武：

你好！

你说对了，我们的"静养为主"，奉行的正是"一动不如一静"的战略，故此大量减少短途出击。资大姐处也久疏问候，不过最近朱正兄要来京参加一项活动，他已着人代筹一次餐聚，名单中有资中筠，那么二十七号就可以见到包括她在内的一些七老八十，以至你说的望九的几位。朱、资都比我们大，是一九三〇年生人，但他们于学术性的活动仍然热心，可钦可佩，相形之下我们太没出息了。要自我辩护的话，只能说各人体质不同，身体不给劲就是天然的局限了（四益兄略小于我们，可他现在还得天天上一趟医院做治疗，虽然所用时间很短，但路远，近半日就没了）。不过，我们对朋友们的动向还是很关心的，每天从微信上见到你们的形象，如同晤面，至少也是远远看到你们的身影吧，尤其看到你的笑容！你也花甲以上，还望节劳，珍摄！

夏至已过，再有半月左右入伏，直到八月二十日，是伏天溽暑天气，即颂。

全家夏安！小孩玩水游泳，务必注意安全！

燕祥上，并代文秀致意

考虑到邵先生年事已高，为让他保持“静养为主”，自2019年下半年以来，我就一直未与他联系。今年元月23日（大年三十），我在日本京都给他发邮件拜年，这是我给他的最后一封信，我满怀期待地写道：“切望你们静养身心，待来年春暖花开时，我再约三五好友来拜望你们。”我们都万万不曾料到，随后暴发的新冠肺炎疫情使我们“同在一城为异客”，不能像往年那样欢聚神聊……

8月1日上午，邵先生在睡梦中安然辞世，据他女儿告诉我说，他“之前读书写作散步如常”。他还留下遗嘱不举行任何形式的吊唁活动，因此我连和他最后告别的机会也没有……邵先生以如此“走好”的方式，更让我不胜唏嘘：他曾经“死在1958”，他真正死在2020；即使死，他也是那样温文尔雅，那样潇洒自在，那样云淡风轻，展现出独领风骚的“邵氏风范”——他在1989年写下《当我成为背影时》。

当我成为背影时
不必动情　不必心惊
只需悄悄地挥一挥手
如送一片云　一阵风

如送落日不再升起

如送不知何往的流星

人人都将成为背影

天地间一切都是过程

……

原载微信公众号“记忆”2020年9月21日

【主编者言】这是一位哲学教授去世之前的最后一次发言。发言时候的他，已经知道自己的生命之灯将要熄灭。哲学家的看淡生死与宗教有不同，他还念念不忘学术和学生。

最后一次发言

高兆明

我不喜欢张扬，也不喜欢做一些惹人注目的事情，这或许并不是很好的秉性。这影响了一个团队的打造，以及同门之间的交流、合作和协作。现在想来，我的做法并不妥。这里的很多人都已经成为博导、硕导了，希望你们能从我身上吸取教训。互相合作，比什么都重要。

今天能够在这里和大家见面，非常开心，这是加强联系、实现合作的一个开端。很多同学都是第一次知道我患上了胰腺癌，但我比你们想象的都好，我的病情并没有恶化到最坏的情况。在这样的时刻，我想说几句。对我而言，生命已经进入倒计时。每个人都有这样一个阶段，问题是如何坦然面对这一切，如何让自己最后这一段人生有意义。

李金鑫可能了解多一点。因为特殊的原因，陈家琪老师希望李金鑫知道我的病情。一方面李金鑫和邓安庆、陈家琪都熟悉，另一方面她可以帮助做一些事情，所以李金鑫其实几乎是第一时间知道的。6 月 3 日我在安徽讲学，6 月 4 日回南京后发现病情。

面对癌症，我有过苦闷、彷徨。我是学医出身的，知道会有什么样的结果。如何面对这个结果对我而言是个考验。其间我想了很多，我想人生总会有画句号的时候。怎样画句号？如何让句号有意义？这是最重要的。人生的每一个阶段都是一个历练，都是人生的一种符号。上帝给了我这样的一个安排，也许是对我的一个考验，对我人性、性格、意志、品德的一个检验。如何面对它？对我来讲是一个非常现实，乃至于有一点残酷的事情。我从来没想到胰腺这个器官会出现这种问题，而且刚知道就已经是癌症晚期。我对医生说，给我三个月时间行吗？医生不吭声。一个月时间行吗？医生仍然不吭声。医生反过来问我，你孩子在哪？一开始我是在工人医院看病，工人医院明确表示治不好，后来我转到肿瘤医院。当时我就已经明白生命即将结束。

当面对死亡或者面对人生最后阶段的时候，怎么去面对，怎么去走过它，怎么使它有意义？我认为这是最重要的。在这期间，非常感谢几位老朋友给予我的鼓励！

因为都是自己人，我跟大家说说知心话。今天和大家相见，我真的非常高兴。大家可能发现，几十年，在国内我从没有穿过正装，披过这件衣服。今天被师母说服了，穿一个呢子大衣出来，穿着皮鞋出来，而且是系鞋带的皮鞋。我非常珍惜和大家见面的机会，我今天的状况也是不错的。想到能跟大家相见，也许精神上、情绪上都有了更多的好转。

一辈子研究哲学，研究人生哲学，研究人生社会形而上的超越性，研究人自身的真善美，当自己面对生死的时候，如何展现我自己的人性？如何使自己在面对恐惧的时候，依然展现人性当中可贵的东西？开始的两个月内我迷茫，人为什么要顽强地活着。我和陈家琪老师有过两次交流，都探讨了这样一些问题。李金鑫一直在旁边陪着，她都听到了。

第一次我认为人是为了家人、友情等，要顽强地活下去。第二次（第二个月期间），我认为是为了自我超越。为家人、友情等顽强地活着是为了别人而活着，并不是为了自我而活着。人活下去究竟是为了什么？什么才能让我们那样顽强地坚持下来？我认为实际上是为了实现自我。所以到了第二个月，我就释然，我彻底想明白了，这是人生的一个自我超越。

在东南大学的几位学生，不知道你们有没有听过萧焜焘老师的课。我在东南大学读研究生的时候，萧先生讲生死，他说他还没有资格讲生死。那时候他已经 70 多岁，他还没有面临着生死，所以他说他没有资格讲生死。我现在是真实地面临生死，我知道生死是什么。这时候它是一种超越性的东西。这种超越性让你勇敢而顽强地活下来。我的情况比大家预想的要好很多。为什么？与这种超越性的东西有关。

当然还要感谢周医生，感谢诸位以各种方式对我的支持，感谢我的家人以及很多老朋友的支持，否则我挺不过来。特别需要感谢我的一对老朋友夫妇，他们是医生，我最后选择在他们那儿治疗。我说我不管，我就交给你们，我信任你们，怎么治疗都行。幸亏他们，所以我现在的情况比预想的要好得多。人生总会磕磕绊绊的，过去讲书本上东西的时候，讲生与死、生命的意义与价值等，空口说白话很容易。当自己真的面临这些问题的时候，谈生死、谈生命的意义与价值是非常艰难的。

最近我又感到迷茫、苦恼。因为没有时间和精力去做自己想做的。才开始，化疗之后的几天就可以恢复精力，可以写作。中间我甚至把《黑格尔〈法哲学原理〉导读》整整 600 多页的书稿修改完。但现在叫我再做，我已经没有精力和时间去做了。虽然我的大脑仍然可以高速运转，但是我已经没有体力写作了。当然，还有来自外界的干扰，那就是家人的监督，到了半个小时，周医生就会逼迫我去休息。这是让我很苦恼的事情。当一辈子习惯于思想、写作、思考，现在却不能思想、写作、思考的时候，是一件非常痛苦的事情。我不知道你们会不会有这样的体会。现在，我感觉到了生命的空虚。

关于生命的意义，我想和诸位以朋友而不是师生的关系进行交流。生命的意义，是我们的专业一直在探讨的话题。当自己面对的时候，非常苦恼。我现在面临着一个新的苦恼，这个苦恼已经不再是生命的意义是什么，而在于如何使自己最后这一段时期活得有价值。最近，我常在家里说，我现在像猪一样活着，生活只有吃和睡。当然我要感谢周医生，感谢家人的照顾。但现在的生活让我觉得缺少了精神，缺少了一种视野，缺少一种生命内在本真的东西。所以我又陷入苦恼。这是我最近面临的。我有很多事情想做，我知道时间的紧迫。但是又由不得自己，体力、精力都跟不上了。

我还想说三点。

第一，坦然面临死亡。

一般我们不会面临死亡，但当面临死亡的时候，要坦然面对它，尽量使生命的每一阶段呈现出它应有的光芒，活得有意义、有价值！

第二，要打造学术共同体。

我想在这跟诸位道个歉，我这个老师没做好，几十年来，做事低调，没有能够与诸位有意识地、持续地作为一个学术共同体有机地联合在一起。这是我作为老师所犯的最根本的失误。希望诸位今后彼此之间能够加强交流、沟通、合作，真正能够成为一个学术共同体。我们谈不上什么门派，但是我希望，我们的一种学术精神能够得到张扬。很多年前有朋友问我，你不感到遗憾吗？这么多年，你的思想，别人都不怎么知道。我说我对这一切都无所谓，对这一切看得都很平淡，自己做了自己该做的东西。

但是我现在觉得遗憾，我没有通过老师这个身份以某种近乎强制的，或者说带有一点霸气的方式，把自己所想、所虑、所得传授给诸位。曾经我一直认为放手是最好的培养，通过放手能让诸位自由生长。这种培养思路也并非完全不正确，但是这种思路有很大缺陷。在座的很多是博导、硕导，你们要从我身上吸取教训，学生不能完全放手。有的时候需要强制学生按照自己制定的培养方案和原则学习。

这并不是为了形成一个学术门派，而是为了把自己有价值的思想传授给学生。在这一点上，我做得很不妥当。到了生命最后阶段，我终于醒悟。幸好我能够醒悟，并跟大家做一番交流，提一个建议。今后，你们在培养学生的时候，要吸取我的教训。

第三，感谢诸位这么多年对我的关心、支持。

尤其是最近半年，大家的关心让我特别感动。我这人是不太容易动情的，但是面对诸位的关心，我真的非常动情。现在我既要向诸位表示歉意，也向诸位表示感谢！

最后，我还想再说一点。大家基本上都在高校从事教育工作，教育无非就是教书育人。在现在的情况之下，或者说无论在什么情况之下，教育者都要对得起自己的良知，实施教书育人。我一辈子秉承的教育原则是爱生如子、有教无类。我如何对待我的孩子，我就会如何对待你们。我对男生要求更严，批评更重，相较而言，对女生要求更宽松一点，批评更温和一点，但我都能真诚地对待每一位学生。在这一点上，我也希望你们以后能够爱生如子、有教无类。所谓一个老师，一定要学会明智。这个明智是什么？就是识大体、大势。你要看到时代的潮流，清楚时代的潮流。不要因为暂时的曲折而对未来丧失信心，更不能随波逐流。人类的薪火就是这样一代又一代被顽强地传递下去。当然明智还有另外一层意思，即闭上嘴，不说违心的话，不要去做那样蛮干的事情，这是一个哲学的智慧，这是我想对大家提出的两个建议。其实，这两个建议回到最后，仍然是亚里士多德、柏拉图所说的明智。

也许生命会有奇迹。但是对于未来的判断、预期不能建立在奇迹基础之上，应该建立在常识基础之上。我希望出现奇迹，我也希望我最后能够创造奇迹。刚开始的时候，医生暗示我不仅活不过三个月，一个月也活不了，但是我已经活了七个月了。能有这样的奇迹，一切取决于自己的心智判断，以及医疗。我非常有幸，我有一批作为医生的老同学，他们耐心地帮我看病。我不用担心任何医疗上的事情，我只需要配合他们就可以了。

当然我也要感谢这老太婆周医生。其实与周医生相比，我的辛苦算不上什么，最辛苦的是她。我们两个人谁在前面离开这个世界，谁就是幸福的。说到这儿，我有一个非分请求，人总有一天会告别这个世界。按照常识，我应该走在她前面。如果我走了以后，希望大家每年记着给她打个电话，问候、关心她，其他的没什么。

这次见面我很开心。你们有的人跟了我几十年，都了解我，我这人从来没有让这么多学生相聚在一起。叶勤、王燕、洪峰、洪波几个在张罗同门相聚的时候，我不想纯粹因为我生病大家才相聚。我是学者，我不习惯于其他的形式，我能够接受以学术论坛的形式进行相聚。

之所以把这次学术论坛的主题定为“AI·社会·人性”，主要是想与大家一起思考，讨论一个人类前沿性的或者说关系到人类命运的问题。哲学、伦理学中古老的问题在今天逐渐演变成为什么问题？这些问题对我们提出了哪些挑战？首先，现代科学技术对于人类社会提出了哪些挑战？其实这些挑战可能远远超出我们的想象。这两天，我在看一本刚翻译过来的《无人战争》。这本书是美国国防部的一个高级专家写的。里面讲到很多超乎想象和难以理解的技术角度的问题。我相信不久就会出现自主自觉的人机一体的事物。那将意味着什么？对社会结构意味着什么？社会总是有结构的，我们过去总是讲治者与被治者，在这样一种人工智能超级发达的社会中，社会结构会不会发生改变？人工智能可能会打破我们过去仅仅局限于国家权力等这样一些理念的理解。

第二，它对人性的改变究竟在哪？我相信在不远的将来，人机一体、人机融合、信号输入、信息输入等技术会越来越成熟。它对我们提出的问题是什么？我的孩子在国外从事技术研究。他经常回来跟我讨论技术对人性产生的影响等。技术角度从事的研究是一种展望未来的、富有生命力的研究。我们的这些哲学、伦理学研究如何跳出枯燥无聊的字面游戏，变为面向生活、面向生命、面向未来、面向人类命运的一种活生生的哲学之思考？如果我们要想有所成就，无论我们运用何种思路和方法，我们就一定要有这样的一种意识，即站在时代的高度，站在时代的前沿，理解我们所做的工作，理解今天的人类社会的结构、人际关系以及人性内在可能的挑战变化。

我正是据于上面的考虑确定了这样一个主题。它可能是随意的，但是它可以把最基础的理论研究和最前沿的现实生活结合在一起。你可以找到活生生的生长点。我们做研究的角度可以不一样，但是切记不要从书本到书本，切记要站在时代社会的前沿、人类未来，去思考我们当下的东西。切记现代科学技术是我们人类当下的座架。在这个座架的基础之上进行研究，打开我们自己的学术空间，会做出更好的研究。我们每个人的切入点可以不同，但都不能贪大，不能求速成。

最后祝福诸位全家幸福，祝愿诸位事业有成。我希望在诸位的身上都能够多多少少呈现出高兆明的学术影子。那样的话，我即便是到了另外一个世界也会感到欣慰。我非常感谢诸位！

注：这是高兆明先生2019年12月22日在南京航空航天大学举办的“AI·社会·人性”研讨会上的发言，标题为编者所加。2020年2月15日，高兆明先生去世。

原载微信公众号“愚斋闲思”2020年2月18日

【主编者言】名山大川往往附丽于名人。在漫长的岁月中，文化人的才情、品性、际遇、成就都化作记忆的烙印，镌刻在山水的灵魂上。那些大山大河都有自己的秘密，密码就在某个文化人身上。

罗浮山密码

王美怡

这得先从东坡先生贬谪岭南说起。

东坡先生是在宋哲宗绍圣元年（公元 1094 年）9 月越过大庾岭入粤的，他在岭南的山海之间辗转生活了 7 年。他是在被一贬再贬，几乎要被政治对手置于死地的情况下来到岭南的。初到岭南，他看到“瘴疫横流，僵仆者不可胜计”，心中有些畏惧。他的生活困窘。他在给侄婿王庠的信中写道：“南迁以来，便自处置生事，萧然无一物，大略似行脚僧也。”后来，他离开惠州到海南儋州，处境更加恶劣。他在给朋友的信中这样描述他的窘境：“此间食无肉，病无药，居无室，出无友，冬无炭，夏无寒泉，然亦未易悉数，大率皆无尔。”

但东坡先生非凡夫俗子，他在这样四顾萧然的境况下，“杜门屏居，寝饭之外，更无一事，胸中廓然，实无荆棘”。而且，他很快就在岭南的民间生活里找到了新的乐子。他去田间地头，听春梦婆婆唱歌，品村民新酿的美酒，或安坐书斋，倚声敲句，品茗写经。眼前是风景四时新的西湖，朝看云起，暮观落日，花自开来水自流，远离庙堂的贬谪生活，其实另有真意。

远处的罗浮山巅常年云遮雾绕，罗山与浮山时合时离，看起来那么神秘。有一天，东坡先生戴上斗笠，穿好芒鞋。走，去罗浮山！

“罗浮山下四时春，卢橘杨梅次第新。”罗浮山就这样在东坡先生的妙笔之下渐渐地在中国的文化版图上显影了。

罗浮山是岭南神山，东坡先生当年在这座山上找到了哪些秘密的珍藏？我在某一瞬间，很想跟着东坡先生走回去，穿行在罗浮山的密林溪涧之中，走一走歇一歇，听他慢慢细说这岭外奇山里的种种有意思的事。

说罗浮山是神山，是有缘由的。据说太古时，浮山自东海浮来，与罗山相合，故名罗浮。罗浮之奇，奇就奇在雨时二山相合，晴时两山相离。每当雨霁，罗浮山巅白云汹涌而出，如汪洋大海，漫延数十百里，数座山峰浮于大海之上，浩荡无际。

大庾山实乃岭南脊梁，依岭南地势延飐，分为两支。其一南行，自南雄至广州，其一西下惠州至罗浮。山水相依，岭南河流依山而行，至罗山、浮山相接之处，酿成仙液。自古以来，水出罗浮者，皆如琼浆玉液，清冽甘美。

东坡先生每到贬谪之地，总能很快安然洒脱，这其中是有秘诀的。这秘诀说起来也很简单，就是“天人合一”。山川大地、草木生灵，一直都按四季节序，自自然然地呈现它们原初的力量。这力量生生不息，源源不绝，就看你是否福至心灵，随时感应。东坡先生仕途坎坷，历尽艰险，但天地有灵，把他的身心滋养得灵动快活。东坡先生于是不断挥洒笔墨，这些宏阔洒脱、幽默俏皮的诗文，是他对天地滋养的回馈。这些绝妙诗文，千百年来又滋养了中国人的心灵。

苏东坡从惠州来到了罗浮山下。他听到了在山涧之中泠泠作响的泉水声。他想跟山民学习酿酒。

岭南山间多灵泉甘液，加之地气雄盛，草木花果四季鲜美芬芳，山民就地取材，每每酿出琼浆玉液。宋代酒皆官酿，民间实施酒禁，偏偏岭南远离中原，以驱除瘴气作为理由，户户酿酒，素称“万户酒”。岭南有酒泉，一在阳江之南，酿出的酒称“阳江香”，一在龙川醴泉，酿出的酒清异甘香，最奇的是，泉孔滴出的水是含酒味的。有酒峡，在东莞龙潭峡，酒曰“龙潭清”。有酒山，在香山境内，山民取酒山白泥为饼，配草药酿酒。岭南山民多以草木花果酿酒。有酒树，在海南琼州，当地人称“严树”，捣皮叶浸水，和以石榴叶和香粳米，数日即可酿成“严树酒”。有酒草，其形如艾。有酒藤，其叶辛香。一年四季，山里花木繁茂，村民皆飞花摘叶酿出美酒。荔枝酒是村民带着酿具，在荔枝树下用新鲜摘下的荔枝一夜煏成的。秋天的时候，倒捻子熟了，满山红遍，果子外紫内赤，内蕴红浆，是酿酒的上好材料。村民用龙眼酿出龙眼酒，用荔枝酿出烧春酒，用橘子酿出橘酒，用蒲桃酿出冬白酒，用仙茅酿出春红酒，用桂花酿出月月黄，皆是上品好酒。岭南素产香料，村民用沉香、八角、黄芪、熟地等香料药材，酿出“七香酒”。“龙江烧”是岭南习见的米酒，一缸缸摆在村头，村民从山头地里采来应时百花，投入酒缸里，再加沉香四两，以发群芳之气，封缸两月，开缸之时，“百花酒”花香四溢。中原酿花酒，限于地寒花贵，都是以干花花末浸酒，称为“百末酒”。岭南天高地阔，百花开得繁盛恣意，山民酿酒，都是现摘百花入缸，花之鲜美与酒之甘醇相融，百花酒岂不醉人!

东坡先生到岭南不久，就恢复了他畅游山水的“积习”。岭南风土与中原、江南迥异，背山面海，山水相依，草木繁茂。他感知天地灵气，随口吟诗:“岭南万户皆春色。”歇脚之时，有村民呈上“雪酿酒”，他一饮而尽，大赞:“雪花浮动万家春。”他走到了罗浮山下。这里有“罗浮春”在等待他。这是山民用罗浮山里的清泉酿成的美酒。东坡先生喝过，念念不忘，后来还送给他的道士朋友邓守安，以诗寄意:“一杯罗浮春，远饷采薇客。”

罗浮山里，每到秋天，满山桂花飘香，远看如黄云奔涌。东坡先生跟山民学习酿制“桂酒”。这桂酒，色如黄玉，香味超然，东坡先生视之“非人间物”。他向山民讨得酿制秘方，把它刻在罗浮山铁桥之下，以益后人。

水，对文人有致命的吸引力。东坡先生被贬到岭南，从政治生涯来说是苦难，从文化历程来说，很难说不是一种反向的福祉。如果他像古往今来无数在官场上扑腾、挣扎的各级官员一样，对朝廷俯首帖耳，在京城里战战兢兢地守住官位，他的名字也许早已淹没在历史的长河里了。东坡先生后来有此真言:

"问汝平生功业，黄州惠州儋州。"在不同的价值评价体系里，悲欢苦乐的体味完全不同。东坡先生来到岭南最具灵性的罗浮山下，他生命的另一扇门倏然开启。他潇洒前行，看见的是群山苍翠，竹林清幽，听到了鸟啼虫鸣，溪流潺潺，他一步步向前走去。前面有许多未知的惊喜在等待他。

他走到了香溪。自古来游罗浮者，都从东莞、增城、博罗各条陆路进入。罗浮山的断峡深林里，有一条溪流穿过，因其掩于密林之中，少有人知。这是一条神奇的溪水。岭南自古乃炎阳之地，最宜草木百花生长，深山密林里，往往藏着奇花异木，在空山无人的静寂中，它们自在地生长，把生命的欢乐散发开来，酿成奇香。岭南自古为香国，长在深山里的香草香木颇多，很多未知名的草木，香气酷烈。故广南之地素不贵沉檀，以山野之香为重。"香溪"之名何来？恰恰与罗浮山所产奇香有关。罗浮山生长一种白木，香气清冽出尘，称"白木香"，也有人曾在密林里发现白檀，树围三丈，浓荫密布，辛香酷烈，弥漫数百米开外。秋冬季节，林中多见枯柯折干，外皮虽朽，木心犹香。罗浮山山民生长香国之中，采香之术无师自通。他们在山里采石制成水碓，又砍粗木横隔巨石激流之上，以巨轮转动水车，采山林里的各种香木，诸如樟树、枫树、桂树、鸡矢藤、水松，等等，舂成香屑，制成香条、香饼，再用竹船装载，顺流而下，销往广州、惠州等地。这条清澈的溪水，因香农驾筏来来往往，满溪异香，称为"香溪"。

东坡先生从惠州来到罗浮山，他沿着溪水向山林深处走去，一路惠风和畅，异香扑鼻。他的心很安宁，一个在政治场域中被折磨得遍体鳞伤的大文人，只有回到天地之间，才能慢慢地疗伤，用清风明月，用不知名的野草老树，用天上如波涛翻滚的云彩，还有许多许多。这都是大自然恩赐的良药和宝物，只看你的身心有没有接收的密码。密码一旦打开，另一个世界的大门也打开了。"清风明月无人管，并作南楼一味凉"，东坡先生的好友黄庭坚以这样一句诗表达了他们之间的深度默契。

东坡先生是个秉性难改的乐天派，他自言"吾上可陪玉皇大帝，下可以陪卑田院乞儿，眼前见天下无一不好人”。他坦然、洒脱地走在山林之中，兴致勃勃地了解，熟悉当地的土风民俗。他时常见到香农站在水车上制香，驾着竹筏运香出山。他不会制香，但他会做白面。他站在溪水之中，转动水车，借溪水的力量舂出上好的白面，赋诗云：“霏霏落雪看收面，隐隐叠鼓闻舂糠。”他用罗浮溪水舂出的白面加以米、水，酿成“真一酒”，其色如玉，有自然香味。他很耐心地记下他的酿酒方法，传给友人。

吾始取面而起肥之，和之以姜汁，蒸之使十裂，绳穿而风戾之，愈久而益悍，此曲之精者也。……始酿以四两之饼，而每投以三两之曲，皆泽以少水……酒之始萌也，甚烈而微苦，盖三投而后平也。凡饼烈而曲和，投者必屡尝而增损之，以舌为权衡也。……酿久者酒醇而丰，速者反是，故吾酒三十日而成也。

东坡先生素谙黄老之学，他来到罗浮山下，总会想起陈抟老祖的妙句：“撷取旧书归旧隐，野花啼鸟一般春。”陈抟老祖没有来过罗浮山，但东坡先生在一个平常的春天来到了这里。一切都如陈抟老祖先知般的预言一样，他看到了春天来临的时候，天地万物的欢欣和赞叹。满山异香从四方八面涌来，没有名字的奇木古树，在深林里静默生长了几百年，傍着清澈潺湲的溪流，姹紫嫣红的野花一簇簇地从岩石缝隙里钻出来，迎风飘摇。这是一个远离庙堂的更广阔和宁馨的世界，这里藏着无数生命的秘密。东坡先生积在心底的伤痛，在深林里一点点释放出来。他天性中的快乐，自自然然地就在这柔和深沉的自然间漾开了。

他的耳朵变得灵敏起来。他听到了鸟的欢鸣。据说，罗浮山常有凤凰飞过，羽毛拂过山林时，发出震动山谷的巨响，五彩的光芒如闪电穿遍山野。这奇异的景象，东坡先生无缘得见，但他看到过很多被山民称为“小凤”的奇鸟。

罗浮山上有桐花凤，住在梧桐树上，饮露水为食，桐花开时翩翩飞舞，桐花落了则藏身山林不复出。

有绿毛幺凤。似鹦鹉而小，绿衣黄里，色甚娇丽，常倒悬架上，屈体如环，转旋不已，又称“倒挂子”。屈大均曾在后来的《广东新语》里以奇幻的笔调描述这种神奇的小鸟。

> 而倒挂鸟喜香烟，食之复吐，或收香翅内，时一放之，氤氲满室。顶有黄茸，舞则茸开，亦名曰开花。花开顶上，香放翅中，辄自旋转，首足如环以自娱。入夜必倒垂笼顶，两两相并，亦间能言。……性极娇柔难畜，饭以香稻，饮以荔枝之浆，毋见尘埃风日，爱之至必养之洁，与秦吉了皆鹦鹉之族也。

这精灵一般的绿毛幺凤常年藏在罗浮山里，餐风饮露，如同仙灵。罗浮山下有梅花村，正对着麻姑、玉女二峰，满村翠竹梅树，一溪幽折潺湲，每到冬天，水面飘满落梅。梅花的幽香把这翠绿的小精灵招引过来，村民常常见到它倒挂在梅花枝上，啁啾欢唱。

1094年，东坡先生带着朝云谪居惠州。寓居惠州的第三年，这温婉灵慧的江南女子就因病亡故了，葬在惠州西湖边的孤山之上。东坡先生悲不能已。他在某个月明之夜看到梅枝上倒挂的绿毛幺凤，写下了这首《西江月》：

> 玉骨那愁瘴雾，冰肌自有仙风。海仙时遣探芳丛，倒挂绿毛幺凤。素面常嫌粉涴，洗妆不褪唇红。高情已逐晓云空，不与梨花同梦。

高情已逐晓云空。绿毛幺凤的娇啼，把沉醉在记忆里的东坡先生唤醒了。梅花虽美，终要随流水远去。

罗浮山有五色雀。五色雀比鹦鹉小，羽毛五色斑斓，尤喜群集，且能预报阴晴，实为灵禽。罗浮山巅常见千百只五色雀群集飞过，不杂他鸟，蔚为奇观。据传博罗城隍庙前有浓阴古树，春天时节，有数千百五色雀飞临古树，不窠不雏，只是欢闹嬉戏，不久即飞走，一年之中不复归来。每到出来，五色雀又欢叫着回到古树之上，赶赴一年一度的盛会。

草木花鸟皆是上天派来的精灵，此言不虚。东坡先生是世间罕见的奇人，自然会与天地相通，接万物灵气。他在罗浮山下与雀鸟相遇，它们在树林里翩翩起舞，唱着它们自编的歌儿欢迎这位在人间受尽苦难的勇士。它们知道，东坡先生听得懂它们的声音。后来，东坡先生被再次贬往更加偏僻困苦的儋州，甫一抵达，庭前有数只五色雀跳跃欢歌，仿佛在欢迎他的到来。东坡先生叹道："五色雀近乎智，当为我再集。"它们真的是上天派来的使者吗？

罗浮山自古产药，有"药市"，在冲虚观旁。奇药长在深山密林之中，要有"导游"引路。这"导游"也是一种可爱的小鸟，名"红翠"，是一种捣药禽，常常在树干上用它的尖嘴啄木，发出叮当的声响，如同铁器相击。村民见到红翠啄木，便知此处必有灵药，所以尊称红翠为"药师"。日出之时，红翠必引颈长鸣，翠鸟娇啼，响彻山谷，引来百鸟齐鸣。青鸾、碧鸡、山喜鹊、红裙、白练，各色珍禽，皆在山林深处遥相应和，如同一阕自然的交响乐。东坡先生，您听到了吗？

与百鸟应和的还有蝉鸣。罗浮山深幽曲折，山林里人烟稀少，草木虫鱼不被惊扰，自在生长，所以自古以来奇花异草珍禽生生不息，山林之中奇景奇境层出不穷。罗浮山东峰之下有一个巨大的石洞，洞里长满枫树，树上有蝉数百种，数里间鸣则齐鸣，止则奇止，无一参差断续者，诚为罗浮奇观也。蝉鸣之时，异鸟相和，真是山鸣谷应，众生同乐。

除了鸟和蝉鸣，罗浮山还有一样生灵，让东坡先生年年不忘，那就是在山林里到处翻飞的大蝴蝶。罗浮山的大蝴蝶与他处有异，因其五色绚丽、金粉流光，实非世间凡种，乃天外精灵。东坡先生在山里行走，总是看到这自然的尤物相伴左右，或者憩息在花树之上，见人也懒得动弹，似乎在凝神静观。罗浮山的大蝴蝶奇美，翅如团扇，五彩斑斓，翩翩起舞时流光溢彩。它们以花为粮，罗浮山里百花盛开，它们从不缺乏花露的滋养，自然生就如花美色。

罗浮山山民见山中翩飞的五彩精灵，无一不称"小凤凰"。红翠、碧鸡、五色雀、绿毛幺凤，加上这五彩大蝴蝶，皆是罗浮小凤凰。山民喜欢用蝴蝶茧赠送远客。罗浮山有四百山峰，山民杂居峰峦之上，每年冬天，山民背竹筐在山间采来蝴蝶茧，白茧沁紫，山民用乌桕树叶包裹好，盈筐累箧地背下山来。远客带回白茧，第二年春天，置于梧桐、柳树之上，数日之内，茧破蝶出，大可六七寸许，且雌雄不离，两两相逐，仿如仙侣。广州春天有大蝴蝶会，好事之徒用丝竹笼藏新出茧的大蝴蝶，以罗浮山上采来的百花喂养，再携往浮丘，以蝴蝶大小决胜负。

罗浮山是鸾凤栖身的神山。鸾凤除喜栖息在梧桐树上，也喜藏身竹林。罗浮山产大竹，有一种龙公竹，直径七尺，节长丈二，竹叶若芭蕉叶大。罗浮山瑶池一带，前后二十余里，竹林密布，行人穿行其中，枝叶交错，行路要双手将其拨开才能通过，如同探险。

罗浮山蝴蝶硕大奇美，皆因罗浮山百花繁茂，足以供养成千上万的蝴蝶。罗浮山上山洞很多，内藏奇花，站在洞口，异香扑鼻，如入仙境。就算是常见的花卉，在罗浮山上也呈现另一番姿态。比如杜鹃花，常见的多是嫣红，罗浮杜鹃，却以蓝紫色、黄色居多，自成异品。夜合花，开于拂晓，合于暗夜，故称夜合。夜合四时有花，炎夏尤盛。而含笑花，多是拂晓半开半合，又称“朝合”。这朝合花、夜合花都是白色，在半明半暗的山林微光里，朝开夜合或朝合夜开，大团大团的白色花瓣附在遍地暗绿之上，另有一种迷人的风致。罗浮夜合、含笑，花开时花朵大至合抱，香气漾满山谷。

罗浮山有夜兰。夜色中的山林，草木是最兴致勃勃的精灵，总在月色笼罩下上演热烈而神秘的喜剧，它们没有言语、歌声，唯有以异香传情。当你在山林里遭遇这草木编排的剧情时，你很容易被这馨香诱引得意乱神迷，进入一个与尘世无关的隐秘世界之中。我不知道东坡先生是否夜游过罗浮山，他曾经夜游赤壁，写下千古名篇。如果他在某一个暮春之夜，沿香溪驾筏而上，自然会有另一番奇遇。这里是岭南炎阳之地，草木万物在这里的山川大地上似乎活得格外恣意、格外舒展，这里没有金戈铁马、运筹帷幄，山林悠然，万物惬意。

他见过罗浮山的夜兰吗？如果你想找寻它，它会隐身不见，只用奇香引路，让你跟随它走进自然的幽深处。它会在暗夜里散发翠绿的微光。夜兰是兰之隐者，它只迎接世间远道而来的君子，当然，它向来与山民熟稔，因山民也如山间草木般自在，与山川大地的气场天生契合。

如果东坡先生夜游罗浮山，夜兰会以幽绝、神秘的奇香迎接他。这是罗浮山的密码。

原载微信公众号“记忆”2020年5月22日

【主编者言】以一场雪为中心，勾连铺陈了几个人物的行状。尽管那一天这些人并没有因为雪而交集，却都在雪地上留下了印迹。这些印迹是他们文化生涯中的一段，影响着此后人生。

一九二四年的北京大雪

张诗洋

一九二四年末的北京很冷，清华学堂教务长张彭春在十二月三十日的日记里，写下了这样一段意味深长的小诗。

> 大雪！
>
> 纯美的雪！
>
> 雪说：
>
> 你必须写。

大雪纷纷扬扬落下，持续了一天一夜，北京一派银装素裹。张彭春赞美雪的纯美，并借大雪之口说出“你必须写”。但十八岁就出国留洋的张彭春其实并不擅长中文诗歌创作，在他的日记《日程草案》里，他时常痛恨自己不能娴熟驾驭文字，以至于在清华大学任职期间，其改革观念因为自己不擅记录、发表而被人剽窃。一般书信、公文尚且令他为难，更遑论创作诗歌。所以，这首勉强押韵的四句小诗写得直白，甚至显得有些戏谑。大雪要求“你必须写”的“你”，恐怕不是张彭春对自己的指称，而是另有所指。

认清方向的志摩君

年末岁尾，张彭春依然忙碌得很。十二月十六日，同学胡适生日，张彭春前往贺寿。日记载，他当晚“宿石虎胡同”。石虎胡同七号的好春轩，即是挚友徐志摩在北京的住处。廿二日，回天津，见丁文江，商谈清华大学校事。次日，见清华大学校长曹云祥。廿五日，访前校长周诒春。廿七日下午，陈独秀组织“年终俱乐会”，张彭春因事未能出席，错过了“与校人联络的机会”。到了十二月廿八日，“志摩请午饭”。

在张彭春年底访见的朋友中，徐志摩与他最为要好，仅一九二四年末，他们就已经聚会两三次了。后来，在徐志摩与陆小曼热恋时，有次徐志摩拜访张伯苓、张彭春兄弟，忽然要找纸和笔来写信。张伯苓问他写给谁，徐志摩答曰：“不相干的人。”张彭春却了然在怀，打趣道：“顶相干的！”待徐志摩与陆小曼筹备婚礼时，想邀请老师梁启超担任证婚人，还是张彭春去找梁启超说情，梁才勉强答应出席。张徐二人惺惺相惜，亲密程度可见一斑。张彭春对徐志摩话里有话的调笑，与日记里把大雪拟人化的幽默如出一辙，让人不禁联想，张彭春是否因为频繁与志摩君见面而受到鼓励尝试写诗。徐志摩也的确创作过与雪有关的诗歌，即是那首著名的《雪花的快乐》。

假如我是一朵雪花，
翩翩的在半空里潇洒。
我一定认清我的方向
——飞扬，飞扬，飞扬，
这地面上有我的方向。
……

在半空里娟娟地飞舞，

认明了那清幽的住处，

等着她来花园里探望

——飞扬，飞扬，飞扬，

——啊，她身上有朱砂梅的清香！

……

徐志摩仿佛化身那一朵雪花，自由、飘逸，在半空中寻找自己的方向。《雪花的快乐》写于一九二四年十二月三十日，发表于次年一月十七日的《现代评论》。果然，正是张彭春日记里所记的十二月三十日的那场雪。用徐志摩自己的话，他胸中的诗情“不分方向地乱冲”，如同最早写诗那半年一样，徐志摩感受到一种伟大力量的震撼，“意念都在指头间散作缤纷的花雨”，“绝无依傍，也不知顾虑”（徐志摩《〈猛虎集〉序》）。可以想见，张彭春与徐志摩聚在一处共同赏雪，张彭春见证了徐君诗兴大发，也促成了徐志摩诗中“最完美的一首诗”（朱湘《评徐君〈志摩的诗〉》）。

英国留学归来的徐志摩，与美国博士毕业的张彭春志趣相投，共同组织成立了日后红极一时的文艺社团“新月社”。“新月社”的得名，其实来自张彭春的提议。一九二三年十一月十日，张彭春二女儿出生，他因极崇拜印度诗人泰戈尔，并且当时正筹备泰戈尔访华事宜，便用泰翁诗集《新月集》之名，为女儿取名“新月”。这名字寄托了张彭春对新生儿的期待，也及时地宽慰了他因大女儿明明在归国途中生病、落下后遗症的终生遗憾。张彭春又将“新月”这个名字，推荐给徐志摩等聚餐会成员，大家欣然接受。徐志摩进一步阐述“新月”的寓意——“虽则不是一个怎样强有力的象征，但它那纤弱的一弯分明暗示着，怀抱着未来的圆满”（徐志摩《新月的态度》）。的确，回国不久的徐志摩此时也正在寻找自己的方向，他希望集合一些“对于文艺有兴趣”、志同道合的朋友，组成社团，“每两星期聚会一次”，使成员之间得以“互相鼓励”。这便是新月社的前身。

一九二四年，泰戈尔访华，新月社排演诗剧《齐德拉》。张彭春任导演，徐志摩是主演之一，交往密切。作为美国克拉克大学的校友，张彭春从徐志摩身上“觉出一种特别的力量涌出来”，每每见面总被他宽厚温雅的人格魅力鼓舞。徐志摩也十分珍视其与张彭春的情谊，他说自己对于话剧只是一介摇旗呐喊的小兵，真正在行的，“只有张仲述（彭春）一个”。后来，张彭春为陪同梅兰芳访美、出国讲学做准备。徐志摩得知，取书以赠，并记下了一些交往点滴以及由此而起的“伤离别”：

尘世匆匆，相逢不易。年来每与仲述相见，谈必彻旦，而犹未厌。去冬在北平，在八里台，絮语连朝。晨起出户，冰雪嶙峋，辄与相视而笑。此景固未易忘。……濒行，无以为旅途之赆，因检案头《寐叟题跋》次集奉贻，以为纪念。愿各努力，长毋相忘。（据黄仕忠《偶遇徐志摩》辑录）

两人畅谈通宵达旦，至晨起出户时，“冰雪嶙峋，辄与相视而笑”，此情此景，不足为外人道也，却真令两位知心人难以忘怀。

“坚硬灿烂”的鲁迅先生

一九二四年观看新月社《齐德拉》演出的鲁迅先生对剧作者泰戈尔访华颇有微词，对于主事者徐志摩也并不欣赏。他在《集外集序言》里明说：“我更不喜欢徐志摩那样的诗，而他偏爱到各处投稿，《语丝》一出版，他也就来了，有人赞成他，登了出来，我就做了一篇杂感，和他开一通玩笑，使他不能来，他也果然不来了。”有趣的是，与徐志摩《雪花的快乐》差不多同时，鲁迅于一九二五年一月十八日创作了散文诗《雪》，并发表在一月二十六日的《语丝》上。据曾任晚清军机大臣的那桐的日记载，一九二四年十二月三十日，北京下起大雪，“卯刻落雪至午刻止，天仍阴，入夜大雪至天明止”。此前的十二月十七日，只有早上飘了一丝“微雪”，不符合鲁迅笔下所谓“朔方的雪”。此后两个月间，北京均“晴和”，未再降雪。也就是说，鲁迅和徐志摩诗中所写的，均是一九二四年十二月三十日那场雪。

同月发表的这两首诗歌，有着根本性的差异。如果说徐志摩《雪花的快乐》是具象的、浪漫的、无所顾忌的，那么鲁迅的《雪》则是抽象的、冷峻的、意有所指的。虽则都是对于生命的思考，却透露着作者迥异的艺术特点和审美风格，从中可见二人此后“道不同不相为谋”的内在根由。查《鲁迅日记》一九二五年一月十六日记：“夜赴女师校同乐会。”除了自然气象意义上的大雪，这次同乐会也成为鲁迅创作《雪》的动因之一（李哲《“雨雪之辨”与精神重生——鲁迅〈雪〉笺释》）。这天是周作人四十岁生日，周作人到女师大参加“同乐会”。而鲁迅同日亦赴“同乐会”，失和的兄弟二人极有可能在会场尴尬地见了一面。待一月十八日（农历小年），为周作人庆生的孙伏园等人又去鲁迅家中拜访。同日晚间，诸友散去，鲁迅便写下了“野草之八”——《雪》。

在对“雪”的凝视中，鲁迅保持一贯的横眉冷对的风格，拿雪与雨做对比。联系到周作人曾写过散文《苦雨》，把“苦雨”题为书斋名，自称“苦雨翁”，并被时人誉为“博识”，而这些恰恰都在《雪》中出现了，就不难理解鲁迅笔下雨雪之间的比照、较量，正是周作人与鲁迅人格差异的折射。雪冰冷、坚硬、孤独，却也灿烂。鲁迅不留情面地写道：“雪是死掉的雨，是雨的精魂。”笔笔诛心，掷地有声。鲁迅的怒视不无道理，也包含着对混乱时局的忧思。这场大雪的第二天，重病缠身的孙中山北上，重申了《入京宣言》中宣称的“救国论”，而具体手段则是与“老敌人”段祺瑞合作——他乐观地把段祺瑞当作反对袁世凯称帝的爱国军人。以后见之明来看，这个策略注定会失败。两个多月后，孙中山逝世，段祺瑞召开善后会议，目的是争取包括军阀、政客、文人在内的各界支持，存续北洋军阀的统治寿命。此时的中国，军阀走马灯一般地轮流登场，任何一派都无法弥合派系之间的利益冲突，更无力统一全国。北京将落入谁手，中华又将何去何从，成为飘零时代里知识分子内心的困局。

“北漂”青年沈从文

寻找方向的，还有从湘西走来的沈从文。他化名休芸芸，在《晨报副刊》的一篇文章中写道：“我坐在这不可收拾的破烂命运之舟上，竟想不出办法去找一个一年以上的固定生活。我成了一张小而无根的浮萍，风如何吹——风的去处，便是我的去处”（沈从文《一封未曾付邮的信》）。

一九二三年，二十一岁的文学青年沈从文从湘西来到北京，希望能考取大学。不难想象，仅有小学文化程度的沈从文会在求学路上遭遇什么。他坚持创作，并把作品寄给当时的主流报刊，在穷困潦倒中等待着被发现。努力过后，沈从文报考清华大学、燕京大学等院校都失败了，好不容易被中法大学录取，却最终因为交不起每月二十八元的膳宿费而未能入读。沈从文成为一个名副其实的“北漂”。沈从文不得已给素未谋面的郁达夫写了一封求助信。这位文坛前辈甫一登场，就被认为用小说创造了一个“完全特殊的世界”，“吹醒了当时的无数青年的心”（郭沫若《论郁达夫》）。一九二四年冬，郁达夫冒着大雪，去沈从文的“窄而霉小斋”看他。寒冬腊月，沈从文还穿着单衣，见此情景，郁达夫抖了抖自己羊毛围巾上的雪片，给沈从文戴上。又请他吃饭，把结账找回的三元二毛钱留给沈从文。雪中送炭的温暖，让沉在深渊谷底的沈从文看到了希望。

正如沈从文没有想到郁达夫的雪日造访，令他同样意想不到的是，郁达夫在见面后，竟专为沈从文写了篇鸣不平的“檄文”。这篇《给一位文学青年的公开状》亦刊登在《晨报副刊》上，一经发表就引起社会强烈反响，也彻底改变了沈从文的命运。郁达夫随即介绍《晨报副刊》的编辑，为沈从文提供发表习作的机会。他还引荐沈从文与自己杭州府中学堂的老同学徐志摩相识。一九二五年，徐志摩应陈博生、黄子美之邀，正式担任《晨报副刊》的主编，开辟新月社的又一阵地。沈从文这一时期在《晨报副刊》上发表的文章多达五十余篇，尤其在第五十期（一九二五年十一月）上一连发表了《市集》《水车》《玫瑰九妹》等六篇作品。主编徐志摩特别在《市集》后写了一段欣赏语，表达对沈从文的推崇和赏识。

沈从文走上了文坛，虽然起步时经历了穷苦潦倒，却在一九二四年那场雪之后，因郁达夫、徐志摩的鼎力相助成功"突围"。然而，在其后的一系列论争中，不论是鲁迅以"第三种人"为由将沈作排斥在"中国新文学大系"之外，还是二十世纪三十年代众人批判他"不写阶级斗争""缺乏爱憎分明的立场"，以及抗战时期与左翼作家关系恶化，沈从文几乎每一次都站在了对立方，被列为批判对象。沈从文围绕在徐志摩周围，却未曾加入新月社。一九三一年，徐志摩乘坐的飞机失事，灵柩暂厝于济南福缘庵。沈从文闻讯立即前往，为年仅三十六岁的徐志摩送行。随后几个月间，沈从文多次致信胡适，商量如何处理徐志摩的生前资料，后来又一再写文章缅怀这位"没有一个别的师友能够代替"（沈从文《友情》）的天才诗人。此是后话。

一九二四年的大雪，映照了当时几位年轻人不同的文艺观和方向感。在《雪花的快乐》发表后的第三年，徐志摩写下同样著名的《我不知道风是在哪一个方向吹》，显然与此前飞扬、潇洒的形象不同，似乎也有些"坚硬"和"孤独"。原本可以"先不问风是在哪一个方向吹"（徐志摩《新月的态度》）的平静被打破，正显示着飘摇年代的风向瞬息变换，各种"主义"此消彼长。不过，激荡年代里的文人们，从"时代的破烂"里规复人生的尊严与方向，靠着从生命内核里供给的信仰、忍耐，抱团取暖，或者踽踽独行。

原载《读书》2020年第4期

【主编者言】我们历来批评“只看衣装不看人”的势利态度。但在大多数情况下，衣装总是给人以第一印象，曲折反映着穿戴者的性格、爱好，甚至会泄露他的出身和所受教育。

和服，西装，印度帽

子　张

一

衣装是一个人心性的延伸，自然也是一个诗人或文人心性的延伸。

现代文人里头，先不说女性，若就男性文人看，徐志摩怕是最有些服装模特嫌疑的。至少，从照片、传记里显示的身高、形象、着装打量，徐志摩似乎完全具备当模特的条件。他的朋友里头，有的形象、气质好，可惜身高不太够，有的身高够了，其他方面又各有欠缺。自然，也有跟徐志摩那样差不多样样都好的，不过这里先说徐志摩，其他人就先不论。

徐志摩又是特别爱照相的，当然这首先应该是有经济条件，不管怎么说，徐留下的大量照片给后人备足了证据，证明徐志摩爱穿衣服爱打扮，时髦，时尚，潮，短短的一生，却是光鲜亮丽的一生。

学童时期的照片不多，不过一张穿着日本和服的全身照还是令人有些惊讶。看照片中的志摩，应该有十一二岁的样子，还没戴上眼镜，形象正可以跟郁达夫笔下杭州府中的少年徐志摩相对照，大脑门，细身量，左手叉腰，自信满满的表情，气度可真有点不凡，也可以说是模特味儿十足。从布景看，相片可能是照相馆照的，只不知少年志摩身上的和服是哪儿的？是在家里穿的还是专门为了照相准备的？为何要穿日本衣服照相？如果是照相馆里备的，那为何要选这么一件？据说拍照地点是在志摩家乡海宁硖石，这又给人不少想象的空间——当时着和服的中国人当然也有，譬如秋瑾、周氏兄弟，但都与他们留学日本的经历有关，徐志摩虽说 1924 年陪同泰戈尔去过日本，可这张照片是少年时期的留影，彼时的江南小城会如此摩登吗？

现存徐志摩照片中，着西装的留影真是不少，这显然跟他留学美国英国的经历相关，譬如他在美国哥伦比亚大学和剑桥大学的留影，都是着西装，特别是在哥伦比亚大学那张，徐志摩的发式也潮得很，简直跟现在流行的年轻人的发式很相似，领结也别致，真不愧为追求时尚的富家子弟。

除了这些，从徐志摩嫡孙新出版的徐传《志在摩登》里还看到几张留美、留英期间的生活照，也都是着不同样式的西装，有的还戴着西式的帽子。有两张分别在美国克拉克大学和哥伦比亚大学学习期间的照片，克拉克大学那张是徐志摩与另外三个中国留学生的合影，徐志摩正面坐在草地上，其他三人站着，徐善曾为这张照片写的文字介绍也特别强调了他们的着装："他们四人均西装革履，面带微笑。可以看出，他们对在美国的留学生涯很是期待。私以为，当时他们虽然还很年轻，但已经意识到他们即将在中国历史上留下浓墨重彩的一笔。"这话并无夸张之处，读读徐志摩那时候写下的家书就知道了。在哥伦比亚大学留下的也是一张合影，不过是二人合影，志摩是侧影，他的同学手里则持一只网球拍，对此，徐善曾的解读也颇有意思，他认为从这张照片，可以看出中国留学生已步入"精英阶层"，生活"惬意无比"。

到英美留学的，本来就大多为出自殷实家庭的子弟，说是精英阶层一般也不会有争议，至于生活是否惬意，可能就因人而异了，这里涉及对惬意的理解和每个留学生处境的不同。但至少徐志摩的惬意是真实的，这从他博士学位唾手可得而仍潇洒地放弃，转而横渡大西洋奔英国哲学家罗素而去便可以看得出来，毕竟，不是什么人或什么心境都可以如此任性的。

此种惬意更可以从徐志摩剑桥生活的留影中解读出来。

徐善曾《志在摩登》附徐氏家族影集中有不少鲜见照片，其中有一张是年轻的徐志摩头戴方格鸭舌帽、身着一身西装而手里推着一辆自行车，一望而知是“摆拍”，脸上的表情是兴奋，是得意，这种兴奋和得意会让人想起不少志摩描述剑桥生活的文字。人们最熟悉的当然是这么一段：“我在康桥的日子可真是享福，深怕这辈子再也得不到那样蜜甜的机会了。……我的眼是康桥叫我睁的，我的求知欲是康桥给我拨动的，我的自我的意识是康桥给我胚胎的。我在美国有整两年，在英国也算是整两年。在美国我忙的是上课，听讲，写考卷，龈橡皮糖，看电影，赌咒，在康桥我忙的是散步，划船，骑自转车，抽烟，闲谈，吃五点钟茶、牛油烤饼，看闲书……”里头说的“自转车”就是今日之自行车。说到在剑桥骑自行车，徐志摩文章里不止一次写到，在《我所知道的康桥》里就说过：“徒步是一个愉快，但骑自转车是一个更大的愉快，在康桥骑车是普遍的技术；妇人、稚子、老翁，一致享受这双轮舞的快乐。”在《雨后虹》里，他回忆一次看到天要下雨，反而穿上雨衣、袍子和帽子，出门骑上自行车，直奔出去……不用说，那正是徐志摩想要的生命体验。《我所知道的康桥》也写了他在康河学划船的种种，看得出，他对不同的船——普通的双桨划船、轻快的薄皮舟、长形撑篙船，都尝试过，虽说不一定成功。徐氏家族影集里还有一张据说是 1928 年徐志摩在纽约中央公园划船的照片，他的嫡孙为这张照片配的文字说：“照片中的徐志摩一身西装，划桨徐行，神情怡然自得，看得出，他其时在东西方世界穿梭自如。”

就连张幼仪都敏感地感觉到了徐志摩从衣服到心性的变化，直到晚年，她还对此耿耿于怀：“……后来他变了，彻底地变了，他不光换上了西式的衣服，连想法都变成了洋人的。”

二

徐志摩从服装到“想法”的西化，有一位翻译家将之归结为徐志摩与西方文化的契合，所以他认为“现代中国文人，在西洋活得如鱼得水，徐志摩恐怕是一枝独秀。”（赵毅衡《徐志摩：最适应西方的中国文人》）自然，这种如鱼得水般的融入状态，除了来自徐志摩那种单纯、自信、勇往直前的天性，应该也与江浙一带很早就开始的欧化有关，徐志摩的小同乡木心就说过南方富贵之家几乎全盘西化过的话，在他归纳的三个原因中，其第三个是：成年人对域外物质文明的追求，便利了少年人对异国情调的向往。向往异国情调加上特别的个人心性，成就了徐志摩在英国那种如鱼得水般的生活，这跟纨绔子弟式的奢靡、数典忘祖或崇洋媚外当然不是一回事。

尤其是，当注意到徐志摩的另一面，在着装方面领异标新而又不弃“国粹”的一面时，此种印象更为深刻。尽管徐志摩对西方文明的热情态度遭到不少人的嘲讽，但显然徐志摩对自己国家文明的价值一直有着清醒的判断，否则他不会以同样的热情向英国那些一流人物展示中国的文化典籍，他出手大方地将私藏的中国绘画当见面礼送给曼殊菲尔，他拿着中国书画手卷跟王家学院的师生热烈交谈，他为瑞恰慈、欧格敦、吴雅各编写的《基础美学》题写“中庸”两个汉字以作点缀，还把家藏的珍贵清版藏书《唐诗别裁集》题赠给他极为尊崇的英国学者狄更生，应邀为翻译家魏雷介绍唐诗。

这些地方，就见出徐志摩在东西方文明之间那种游刃有余的自如了，他热情地迎合西化而又保有着东方的传统，自然，单纯，不极端，好像对什么都有一种自然而然和恰如其分的判断。时间过去近一个世纪，在经受了太多左右失度带来的曲曲折折之后，徐志摩那份敏锐的感觉力不能不让人发自内心地佩服。

现在能看到的志摩中装照，较早的是贴在当初赴美身份证明上的一张，穿的是中式长衫，到 1922 年回国后，多数情况下似乎转以中装为主了。最能说明此点的就是他接待，陪同泰戈尔来华时的照片，除了被鲁迅讥讽过的“印度帽”，无论在国内还是去日本，至少照片上看到的志摩都是中装。四五月份，正是季节交替时期，服装的过渡性也很明显，有时是长袍外罩马褂，有时就只是一袭浅色长衫。徐氏家族影集里有张陪泰戈尔访日期间的照片，志摩与泰戈尔秘书恩厚之以及一位日本学者坐在一起聊天，那两位都是西装，唯独志摩着浅灰色长衫，前几年看到徐志摩在日本期间的一段纪录片，穿的也是这样的长衫。从这里似乎看得出志摩着装既讲究又得体的风致，也许在他看来，接待泰戈尔以及去日本，还是穿中式服装最合适吧？礼貌、周全而自然、自信，真是落落大方，风流倜傥。说到这里，似乎还有一点不能不提一下，1928 年志摩为了暂时缓解一下与陆小曼婚后产生的苦闷，第二次漂洋过海访美访英，路上给小曼写信不时谈到着装之事，甚至将西装和中装做过一番比较。旅行中他直感叹“穿衣服最是一个问题”，后悔中装带少了。某天在船上换了白哔叽裤和法兰绒褂子，费时不说，衣领还小得不合适，于是发牢骚：“穿洋服是真不舒服，脖子、腰、脚全上了镣铐，行动都感到拘束，哪有我们的服装合理，西洋就是这件事情欠通……”结果到晚上还是换回了中装。

看得出，志摩这段议论着眼于“舒服”，是他“任个人”的个性表现，“欠通”的评价也基于此，都是不难理解的。至于在欢迎场合加戴一顶“印度帽”，那应该出于志摩对客人的尊重，似乎无须过度解读。鲁迅后来在《骂杀与捧杀》里描述泰戈尔“到中国来了，开坛讲演，人家给他摆出一张琴，烧上一炉香，左边林长民，右边徐志摩，各各头戴印度帽”，显然语含讥讽。尽管周作人于纪念志摩的文章里试图淡化这讥讽之意，说是“有人戏称志摩为诗哲，或者笑他的戴印度帽，实在这些戏弄里都仍含有好意的成分，有如老同窗要举发从前吃戒尺的逸事……”恐怕多少有点欲盖弥彰的味道。

除了这头戴“印度帽”的照片，志摩也留下过一张在印度着印度装与泰戈尔的合影，那又该怎么解读呢？联系徐志摩对泰戈尔的尊崇和他那单纯的信仰，或许仍然可以往胡适所谓“爱、自由、美”上理解吧。

三

当初徐志摩嫌弃张幼仪的"土"，可是看他与张幼仪的合影，两个人从着装上倒都很洋气。特别是张幼仪初到英国时的打扮，无论是个人照还是与徐志摩合影中的西式女装，都称得上时尚高雅，丝毫看不出徐志摩所谓"土包子"的痕迹。当然，这可能是徐志摩刻意为张幼仪量身定做，意在拉近二人的距离或可以给别人看，但似乎也能感觉到，至少在其他女性朋友——譬如林徽因——出现之前，徐未必已经产生了与张幼仪离婚的念头。不然就不好解释他如此刻意"包装"幼仪以及他与幼仪合影的热情。

换个角度看，志摩跟幼仪的西装合照，洋气是洋气，可总觉得"摆拍"的痕迹明显，不那么自然，特别是张幼仪乃是典型的中国女性，生活习惯、个人气质都跟西化不着边儿，所以看幼仪后来的中装照，就顺眼多了。幼仪虽然算不上美女，而一旦穿上旗袍，梳上发髻，东方女性的气质之美就立马显现出来了。我总是想，如果志摩能"忍"过青年期，等人到中年，欲与美的需求淡下来之后，会不会重新打量自己与张幼仪的婚姻呢？自然，也只是想想而已。

到了 1926 年第二次婚姻，徐志摩与陆小曼的一帧合影却又显示，小曼是中式旗袍加西式婚纱，志摩则是马褂长袍，这与他回国之后多着中装的习惯是一致的。有意思的是，陆小曼花容月貌之外，着装上倒是并不崇洋，看她的照片，也多为中装，只是款式新、时尚、得体，不守旧落伍罢了。当然，跟那个年代的风俗一样，他们也往往会取中西合璧式，譬如外面着中式的长袍长衫，而裤子、皮鞋甚至一些小点缀又是西式的，这也符合那个年代新式文人的着装风俗，或者于不经意间流露出的一点东方本位甚至"中体西用"意识？

除了照片，不少友人也通过文字留下了对志摩着装的印象，同样说明这位追求时尚的诗人对衣装的看重。

徐志摩第一次从英国回国那年，一位在上海三友实业社新加坡分店任职的青年职员注意到了来店作客的徐志摩身上的西装，而就在同一年徐志摩刚回到国内时，梁实秋在清华大学看到的徐志摩则已换上了中装，他的描述极为细腻传神："我最初看见徐志摩是在1922年。那是在我从清华学校毕业的前一年。徐志摩刚从欧洲回来，才名籍甚。清华文学社是学生组织的团体，想请他讲演，我托梁思成去和他接洽，他立刻答应了。记得是一个秋天，水木清华的校园正好是个游玩的好去处，志摩飘然而至，白白的面孔，长长的脸，鼻子很大，而下巴特长，穿着一件绸夹袍，加上一件小背心，缀着几颗闪闪发光的纽扣，足登一双黑缎皂鞋，风神潇散，旁若无人。"（梁实秋《徐志摩与〈新月〉》）

同时期也成为志摩友人的文学研究会作家王统照，在志摩去世后还记得他们第一次见面的情景，其中也写到了志摩的样子："志摩从松荫下走来，一件青呢夹袍，一条细手杖，右肩上斜挂着一个小摄影盒子。"（王统照《悼志摩》）这句话信息量甚大，不但衣服是中式的，还有一条风雅的手杖，从那肩上斜挂的"摄影盒子"是不是还能看到不为人知的另一面：志摩还是中国最早的摄影爱好者之一！这从志摩自己的书信中也能找到证明，不过这个话题以后再说也不迟。

徐志摩在北京大学任教时的学生许君远也曾在文章里描述过自己这位老师的风度，先是1924年4月徐志摩陪泰戈尔北京讲演时的样子："他那颀长的身材，白皙的面孔，上额稍突的头部，与那齿音很多的不纯粹的京音，已予我以深刻的印象。"到第二年冬北京大学红楼讲课时，他的印象则是："但'诗'是讲得不很出色，虽然选课的人也不少。不过他的谈吐很有趣味，说话也没拘束，尤其讲到某文学家的逸事琐闻，特别令人神往。他喜欢雪莱，关于雪莱说得十分详尽（此文开端还讲到徐志摩说雪莱天性极醇，肯以十镑金票，折叠成船，放在河里教小猫坐。——子张按）。他甚至于说到雪莱之作《无神论的必要性》，《小说月报》误作'亚典主义'，'被缺德带冒烟的成仿吾见到了'（他喜欢说北京俏皮话的），于是乎大开笔战。时候是冬天，他穿的是紫羔青绸皮袍，架着浅黄玳瑁边眼镜，因为身材高，他总是喜欢坐着，坐在讲台桌的右面。对于装饰他很讲究，不过对于衣服他并不知道珍惜；鼻涕常常抹在缎鞋上，而粉笔面永是扑满于前襟。这种种很能代表出他那浪漫而又清雅的个性，很能表现出他那优美可敬爱的灵魂。”[①]由这段绘声绘色的记载，可知志摩虽然富足、时尚，着装讲究，可也有无意中流露散漫、随性甚至邋遢的一面。

徐志摩不只自己着装讲究，对别人的着装好像也比较留意，他在英国拜访曼殊菲尔时，尽管只有短短的二十分钟，他还是仔细捕捉到曼殊菲尔包括着装在内的种种细节，他看到曼殊菲尔铄亮的漆皮鞋，闪色的绿丝袜，枣红丝绒的围裙，嫩黄薄绸的上衣，尖开的领口，以及挂在胸前的一串细珍珠和齐及肘弯的袖口，甚至还细致描绘了曼殊菲尔的黑发和发式，略带夸张地表示曼殊菲尔头发的美是他“生平所仅见。”徐志摩另一个学生何家槐回忆说，老师对他的关怀还包括改变生活习惯的劝说，比如穿衣服不要太随便，起码要成个样子……

四

从某些方面说，衣装的确是一个人心性的延伸，虽然不能由衣装窥察着装人的全部人格，毕竟也算一个有趣的角度。不过那只是在正常情况下，人往往总会遇到无力支配包括着装在内的个人行为的时候，那就只好另当别论了。

最普遍的情况当然就是没有为自己量身定做衣装的条件而将就着，当然也有刻意隐藏自我“乔装打扮”的情况，而最令人无奈的，可能是死后穿的寿衣——除非死之前做出过有保障的交代、安排，不然这寿衣十有八九不合死者的意。

一生追寻自由和美的徐志摩，不幸也摆脱不掉此种无奈和尴尬。

---

① 许君远《怀志摩先生》，原载 1931 年 12 月 10 日《晨报·学园》，据舒玲娥编选《云游：朋友心中的徐志摩》，长江文艺出版社 2005 年 11 月，第 150 页。

本来，徐志摩最后离开上海的家，就先与陆小曼有过一番争吵，想来走时也甚匆忙，以至于当晚在友人张歆海韩湘眉家停留时，因为屋里热而脱去长袍，就被女主人韩湘眉看到他临行前穿的一条又短又小的西装裤子，腰间竟然还有个窟窿……

裤子不合身，穿上外面的衣服也就看不到了，据那天在南京机场看见徐志摩的职员说，徐志摩乘机时穿的是长袍，外罩黑呢子大衣。

谁也想不到的是，飞机在济南南郊失事了，徐志摩连同两位司乘人员全部遇难。

在后来关于诗人死后的种种描述中，也有人提及志摩的遗容和遗物，不难想象飞机撞山起火后狭窄机舱内的惨烈情景，以至于"遗物仅剩丝绵长袍一块，长二尺宽一尺，四围有烧痕。衬衣剩两臂及脊部一条，袜一只。"（《诗人遗容未现苦楚——张奚若君谈话》，1931 年 11 月 25 日《北平晨报》）

沈从文在青岛大学闻讯后，当夜乘胶济铁路火车赶往济南，翌日在济南一个小庙里，他看到了已躺在棺木中的诗人："棺木里静静地躺着的志摩，戴了一顶红顶绒球青缎子瓜皮帽，帽前还嵌了一小方丝料烧成的'帽正'，露出一个掩盖不尽的额角，右额角上一个李子大斜洞，这显然是他的致命伤。眼睛是微张的，他不愿意死！鼻子略略发肿，想来是火灼炙的。门牙脱尽，与额角上那个小洞，皆可说明是向前猛撞的结果。"（《三年前的十一月二十二日》《大公报》1934 年 11 月 21 日）多年后，沈从文又在《友情》中回忆当时场景，描述略有不同，比如写到棺木中的志摩："已换上济南市面所能得到的一套上等寿衣：戴了顶瓜皮小帽，穿了件浅蓝色绸袍，外加个黑纱马褂，脚下是一双粉底黑色云头如意寿字鞋。遗容见不出痛苦痕迹，如平常熟睡时情形，十分安详。"同时也对志摩最后的着装说了几句感慨的话："志摩穿了这么一身与平时性情爱好全然不相称的衣服，独自静悄悄躺在小庙一角，让檐前点点滴滴愁人的雨声相伴，看到这种凄清寂寞景象，在场亲友忍不住人人热泪盈眶。"（1981 年作，《新文学史料》1981 年第 4 期）

一死原知万事空，不必说穿什么寿衣自己已做不了主，身后的所有一切又能如何呢？从诗人死后近 90 年期间世事的变迁、毁誉的反反复复看，志摩最后那身不合自己心意的“寿衣”真像一个绝妙的隐喻。

原载《书城》2020 年第 4 期

【主编者言】大地辽阔，历史漫长。在社会发展的堆积层中，有多少先贤为后人留下了启示，引导我们一再寻访前朝旧迹，反复吟诵社会沧桑，并且将感叹和深思化为书写不绝的篇章。

遥远的火光（三题）

周蓬桦

飘落的神韵

十多年前与朋友驱车至淄博桓台采风，这里是一代诗坛领袖王渔洋故里。史料记载：王渔洋名王士禛，字子真，号阮亭，别号渔洋山人。生于明崇祯七年（公元1634年），卒于清康熙五十年（公元1711年），身后因避雍正（胤禛）讳追改士正，到乾隆时，乾隆认为"正""禛"相差太远，恐流传日久，后人不知为何人，诏改士祯，补谥"文简"。其26岁开始为官，至刑部尚书，是著名的清官廉吏。从政之余勤于著述，一生著36种560多卷。独创诗论"神韵"说，主盟诗坛半个世纪之久。王渔洋一生著述甚多，被誉为"一代诗宗""文坛领袖"，是中国文学史上的著名诗人。

那一日，我们先看水波潋滟的马踏湖，后观王渔洋纪念馆。车子驶出湖区，拐弯来到位于城区西南隅的新立村，王渔洋故居改建的纪念馆便在一处地势开阔的街口位置浮现，远远看上去，是一幢明代忠勤祠堂风格的建筑，矗立在一片乡村屋舍之上，幽幽地散发苍凉的古意。当时的纪念馆尚未开放，铁门紧锁，我们是从偏门进去的，门口有一老者把守，据说是王氏后裔，老人得知我们是从事文学写作之人，态度大变，热情地引领我们走进院内，院子很宽敞，古柏参天而立，石桌石凳散落其间，遍布风雨剥蚀的痕迹，鸟声在荒芜的园子内哀伤啼鸣。

老者打开堂屋陈旧的木门，让我们观瞻一代诗人早已破败的故居：室内陈设简陋，一张八仙桌，接挨着一张条几，墙壁上挂着几张画像，分别是其祖先正襟危坐的模样，王渔洋的画像十分有特点：长袍飘飘，头戴一顶斗笠，右手捻须，左手执带，一派仙人气象。王渔洋为官长达 45 年，一路顺风顺水，最终栽在一场酒宴上——他与废太子礼密亲王诗酒唱和，被康熙皇帝知道后龙颜不悦，借“王五杀人一案处理失当”将其罢黜，这理由只是一个借口罢了。直到今天，仍有坊间传闻，说康熙听信了“小人”谗言，导致王渔洋成了官场内斗的牺牲品。事情突如其来，他由一品大员连降三级，在家赋闲了半年，心理落差可想而知。但王渔洋毕竟是王渔洋，是名满天下的智者，长期以来诗歌带给他的素养和觉悟拯救了他，他及时调整心态，认为“以微罪被贬，于愿足矣”，吟了一句陶潜的名诗“归去来兮，田园将芜，胡不归”，于康熙四十三年十月十三日离京，回归故里山东桓台县新城镇，做起了一介布衣乡民。由于他为官期间清廉，平时为人宽厚，且时常着布衣出没于市井街巷，深入民间考察民情，帮助百姓解决了一系列困难，做了不少积德行善之事，百姓闻听王大人要解甲归田，便相互转告，一时间送行者堵塞了京城街巷，造成了交通堵塞。不少人趴在车辕上哭泣，王渔洋吩咐随从停下马车，含泪与京城百姓恭手辞别。此时的他，没有衣锦还乡的荣耀，更没有满载而归的金银财宝，他随身携带的是“图书数簏，万首诗”，忍受着官场同仁的诸多误解与非议，两袖清风地回归了新城故里，一住就是 8 年时光，至此与自然山水和乡间文友和睦相处，度过余生。

直到今天，在淄博大地上，有关王渔洋的典故众多，且广泛流传，他的名字可谓家喻户晓，有人专门著书搜集整理，出版了《王渔洋故事集》之类的读物，把王渔洋一生的功德用故事的方式向世人传达，颇具传奇色彩。众多故事中最令人感动的，则是他与“世界短篇小说之王”蒲松龄之间的友情——在康熙二十六年（1687 年），时年 48 岁的蒲松龄，生活里发生了一件有意义的大事，那一年春天，身居高位的京城官员、当朝文坛领袖王渔洋回故乡新城料理父亲的丧事，依照风俗，需还乡丁忧两年，当时的蒲松龄正在乡绅毕际有家做家教，擅长社交的毕际有邀请王渔洋来毕家做客。就这样，蒲松龄与王渔洋不期而遇，且一见如故，两人相谈甚欢，自此结下友谊，开始了漫长的书信往来，成为后人美谈。我时常想，王渔洋与蒲松龄之间纯粹的友谊，放到任何朝代都是极其宝贵的个例，因为这两个人的社会地位悬殊相差实在太大，当时的蒲松龄不过是一家乡绅的雇佣员工，每月收入仅仅 8 两银钱，而身为京城一品高官的王渔洋，却没有以世俗的价值眼光来看待这位坎坷落魄的家乡文友，慷慨真诚地向他伸出了友谊之手，这对于当时正在埋头创作、一文不名的蒲松龄来说，是何其大的鼓励。我们甚至完全有理由猜测，如果王渔洋对这位写鬼写妖的底层文友给予不屑一顾的冷淡与疏离，或者说几句打击挖苦的话，还会不会有蒲公对写作的坚持？如此推理，那么兴许世上就不会有流传千古的《聊斋志异》了，而事实是两个超拔的灵魂都摒弃了世俗偏见，并且因此互相成就了对方的不朽风范，这是两个人之间真正实现了伟大的双赢。除了流传于世的《池北偶谈》和《渔洋诗集》，王渔洋最有名的一首诗，即是附在《聊斋志异》书后的“跋言”。

姑妄言之姑听之，豆棚瓜架雨如丝。
料应厌作人间语，爱听秋坟鬼唱诗。

检索王渔洋一生的历程，不知怎的，我时常会联想到另一位名垂史册的大诗人苏东坡，两个相隔三个朝代的诗人，灵魂与气脉有着诸多相似点，比如两人都出身书香门第、官宦之家，自幼聪慧品学兼优，拥有出众的才华，敦厚的美德，身上具有超强的人格魅力和一副海纳百川的博大胸怀；纵观王渔洋的诗歌创作，从风格到气韵，都有苏氏诗风的潜在影响，可以说王渔洋应该是苏东坡的铁杆粉丝。两个人在被罢官后，都靠文学的滋养度日，守住了内心清洁的底线，终成一代大师，只不过苏东坡在中国文化的历史长河中影响更大。值得一提的是，两人在晚年都得到平反昭雪，官复原职。当时的王渔洋已经身染重疾，无法应诏入朝了，而一代文豪苏东坡，则以年迈之躯，死在朝廷赴任的路上。

一年之后，闷热的夏天。一代诗人王渔洋病逝于新城故里，享年 78 岁，也算实现了落叶归根的。

遥远的火光

在齐国故都临淄这片古老的土地上，埋葬着几代历史文化层和优秀人物，稍加点数，这些名垂青史的星辰可谓如雷贯耳：一代名相姜太公、晏婴、管仲，著名的三士（狐偃、赵衰、贾佗），传说中孟姜女的丈夫杞梁，以及小学课本里三岁让梨的孔融等。毫无疑问，这些人物在中国文化史上都产生了影响，但我今天要叙述的，则是一处更为重要的遗址坐标——稷下学宫。从某种意义上说，如果没有稷下学宫，就没有中国历史上的“百家争鸣”，没有“百家争鸣”就没有儒家、墨家、道家、法家以及阴阳家、纵横家等文化根脉浮出地表，如果那样，在中华文明的长河中将是一项多么重大的缺失。正是因为有了稷下学宫这一争鸣基地和学术平台，诸子百家才如凤凰涅槃，冲出沉闷的火海，遨游于历史的天空，并成为一面面猎猎作响的思想旗帜。

稷下学宫始建于战国时期的齐国，它原本是齐桓公“养士纳贤”的产物，被誉为是世界上最早的官办高等学府，也是中国最早的社会科学院和智囊团队。它只存在了大约一百五十年的时间，却改变和完善了中华文明的历史航道。想当年，战乱频仍，百姓流离失所，尸骨成堆，饥荒遍野，面对万古长夜，人类的出路在哪里？这时候稷下学宫出现了，给迷茫中的人类社会点亮了一盏明灯。

这是一盏文化之灯、智慧之灯，它的出现是一个民族的觉醒，很快照亮了中华大地的幽暗角落，那些求索者、混沌者、迷茫者、沉沦者和蒙昧者，都顺应着这根灯绳而来，聚集在齐国都城临淄，人们放下艰辛的劳作，换上洁净的布衣，让心灵回归安静——就这样，一个亘古未有的思想启蒙时代拉开了序幕。人们开始接受文明教育，用一双持农具的手捧起竹简，用埋头于田野耕作的姿势俯首于一首民谣、一篇论文、一种对事物的认知和见解；用习惯于倾听鸡鸣、牛叫、马嘶与树间蝉声的耳朵，开始倾听一支悲怆的韶乐之音，体验一下孔子“子在齐闻韶，三月不知肉味”的新奇感受和人间滋味。

齐国彼时的当政者齐桓公创办稷下学宫，原本是出于招揽人才目的实施的一项举措，但他万万没有想到的是，自己颁发的这道手令，已经被历史命名，并且深深地刻入神的石头，成为一座伟大史诗般的纪念碑。自此，基于当时的历史局限，一个尚武的民族被注入了一股清流，这股清流延续到今天，就成了一脉书香。假如人类文明没有这股文脉香火，我们的生活会停滞在野蛮和掠夺时代也说不定。在 2020 年的世界读书日，人类面对新冠病毒暴发传染的惊慌时，读书仍然是安定心灵的一剂良药，一家晚报约我写几句读书感受，我不假思索地记下这样的话：“读书决定了一个人的思维方式和审美标准，体现在生活中的诸多取舍中——哪场电影不看，哪件款式的衣服不买，哪个人不可以交往，哪一场聚会不去参加等具体的细节，可见读书的影响力是全方位的，改造到灵魂武装到牙齿。”

稷下学宫诞生后，很快就有一批优秀人物参与进来，较早的是赵国人荀子——思想家和文学家，儒家代表人物，辞赋鼻祖，著有《荀子》等名著。中学课本中的《劝学》即来自此书。他是后来的秦国宰相李斯的老师。在稷下学宫讲学期间，他曾三次出任校长（时称“祭酒”），其学说倡导的“人性恶”至今成为一脉哲思。随后，另一位伟大的圣贤孟子来到稷下学宫讲学，根据《中论·亡国》记载：“齐桓公立稷下之宫，设大夫之号，招致贤人而尊崇之，孟轲之徒皆游于齐。”——此种说法学界至今存有争议，多项考证认为齐恒公主政时孟子没有来过齐国，历史记载的孟子曾两次来齐国讲学，第一次在齐威王即位期间，但当时孟子尚还寂寂无闻，并未受到齐国的重视。孟子第二次游齐，是在齐宣王时期。这时的孟子在社会上已经声名大噪，来到稷下学宫便受到了国王的厚待，被赐予了卿位。但当时主政的齐宣王推崇的是黄老学说，对孟子的儒家思想并未完全采纳，在现实动作中也没有实行孟子主张的“仁政”，长此以往，令孟子甚感失落。鉴于学说与“三观”的冲突，思忖再三，孟子便辞去卿位离开了齐国。

写到这里，应该说明的一点是，尽管稷下学宫成立之初，以海纳百川的胸襟包容了各家各派的思想学说，学术气氛一度空前浓厚，在稷下学宫的兴盛时期，诸子百家的各个学派几乎都汇集于此，各个门派相互之间进行辩论，取长补短，求同存异，开启了一个伟大的争鸣时代。但随着时间的推移和执政者的主张，稷下学宫开始大力奉行“黄老之学”，并将此推举为官学。学界给出的理由是，当时的齐国政权需要给出合理的理由来巩固田氏政权的统治地位，故而才将黄老之学推上前台。随着时代的变迁，稷下学宫在齐宣王时期达到巅峰。而秦国灭齐后，稷下学宫随之消亡于纷飞的战火中。那些稷下学宫中的饱学之士，便散落各地，开始了流浪与逃亡生涯。于是乎，这盏飘摇的智慧烛火终于熄灭了，消失在茫茫夜幕中。

数年前，我曾与朋友一道拜谒稷下学宫遗址，开车穿越临淄齐都镇刘家庄，转至东北方向，但见大片麦田，以及当地菜农承包的大棚蔬菜种植基地，瓦蓝的晴空下，田野一望无际，这里便是战国时期齐国的“稷门”了。稷下学宫遗址便矗立在一片萧瑟的风中，遗址并没有留下片瓦建筑，只有一块写着“稷下学宫遗址”的碑石，标注着这是当时稷下学宫的所在。而在临淄城以南三十公里外的一片荒山中，还有一处叫作公泉峪的地方，我曾与友人数次探访，那里有一座白龙庙，庙门下方，借自然巨石雕刻有卧虎一只，形神兼备，吼吼有声。而与白龙庙对冲，则是一处亚圣祠，独门独院，幽静而奇绝，一株老杏树枝繁叶茂果实累累，仿佛在向世人传递历史的信息。相传，当年孟子曾手摇蒲扇，在院内的树荫下讲学——如今，微风依旧，同样的天空与星月，我们只剩下了仰望。

醉酒的战马

汉武帝刘彻曰："齐东负海而城郭大，古时独临淄中有十万户，天下膏腴地莫盛于齐者矣。"

如果一个外地人来到齐国临淄故地，会为田野上随处可见的大片古墓群感到惊讶。它们存在的时光已达两千年之久，令每一位活着的人都产生自己尚处于年幼的错觉。它们是风化的坐标，向人们折射悠远与苍茫，如黄昏时分的蝙蝠翩翩起舞。

作为两千年前的一国之都，坟墓里葬埋的多为历代王相、大臣和皇亲贵族。一度，曾纳闷这些传说中的风云人物究竟去了哪里，成了何方神圣，万没想到的是，原来都在眼前"藏"着哩！三尺之下，便见白骨。

他们没有走远，只是不再说话，留下一堆土丘，让人看了心生悲凉。

外地的朋友来了，观瞻著名的殉马坑是必点项目，看一堆两千年前的马骨头，然后发一通文人的感慨。这个殉马坑可不简单，现在谁都无法想象，此事在当时引起的轰动有多么大，那是齐国第二十五代君主齐景公之死为后人留下的"杰作"。

一个帝王死了，这不奇怪，因为人都要最终死掉，但帝王的死就与众生不同，就要弄些动静。找几个穷人家的孩子陪葬已有些俗套，况届时大人小孩要一齐哭闹，撕心裂肺，令观者心生恻隐。齐国强大，才人辈出，这时，就有人忽发奇思，景公生前爱玩，老大不小的却一直童心未泯，喜欢狗马之类的宠物，用来殉葬岂不妙哉！一番商议，举手表决，通过采纳：要活马，而且正值壮年，而且立过战功，计有六百余匹，个个都是马家族中的英雄好汉。另有会叫的小狗三十余条，个个活蹦乱跳，摇尾乞怜。将它们系上铜铃，统统用酒灌醉，也好下手。

事后，出点子的人得了个最佳创意奖，晋了官级，得腊肉若干，数量之多够全家人吃上一年，满心欢喜地悬于屋檐之下，以示炫耀。这就是旧社会啊，人残害起生灵来，眼都不眨一眨。

对于殉马事件，孔子在《论语·季氏篇》中曾有记载："齐景公有马千驷，死之日，民无德而称焉。"

十年前，金陵女散文家苏叶来，由在下陪同参观，竟看得女作家大哭了一场。细细一问，原来此君属马，系惺惺相惜焉。听了此番表白，不禁暗唬一跳，一为亏了景公不是叶公，二为亏了自己没生在那个朝代——若景公好龙，在下便是属龙，而恰恰世上无龙，怎么办？一声号令：那就让天下属龙的人来陪葬吧。彼时彼地，说不定啊。想到这里，不觉出了一身冷汗。

直到今天，每在乡村土路遇一马拉车，便会条件反射，想起临淄殉马坑中那六百匹奔马，默默祈祷：老弟，莫贪杯，扬起你的长蹄，飞出这古老的墓穴……

原载《岁月》杂志 2020 年第 5 期

【主编者言】读书的时候，有风吹过，风中变幻、飘浮着无数人生故事。思考的时候，有风吹过，风中拥挤、挣扎着无数人生哲理。作者在风中感受到雷声，那是历史浑厚的回音。

风吹过，如听万壑雷

杨光祖

一

古人说，浮生若梦，为欢几何？

年轻的时候，真没有感觉到这句话的分量。觉得人生还长着呢，就像一个暴发户，手里有大把的票子，花都花不完。却不知道，那些都是浮云，靠不住的。那些票子，说没有，就没有了。

不要说我们普通人，就连那些不世枭雄，也是如此。

曹操在赤壁之战前，横槊赋诗："对酒当歌，人生几何？譬如朝露，去日苦多。慨当以慷，忧思难忘。何以解忧，唯有杜康。"但他毕竟是大英雄，非等闲之辈，所以，慨叹人生之短暂，同时不忘"青青子衿，悠悠我心。但为君故，沉吟至今。"诗歌结尾说："月明星稀，乌鹊南飞。绕树三匝，何枝可依？山不厌高，海不厌深。周公吐哺，天下归心。"这就非一般人所能及。读他的《观沧海》，那种大气魄，真是让人叹服，也深感惭愧。

东临碣石，以观沧海。

水何澹澹，山岛竦峙。

树木丛生，百草丰茂。

秋风萧瑟，洪波涌起。

日月之行，若出其中；

星汉灿烂，若出其里。

幸甚至哉，歌以咏志。

这样的诗句，恐怕也只有曹操这样的乱世枭雄才能道出。你看他的儿子曹植，也无法写出这样的句子，毕竟他只是一个文人。即便曹丕做了皇帝，也写不出这样瑰丽的诗歌。皇帝，有时候，也仅仅是一个职业而已。

时光无情，年岁渐长，就像鲁迅说的，前面只是坟。我想鲁迅说得对，这个是确实的。鲁迅还是伟大，敢把自己的文集叫《坟》，一般人是不敢的。他在《过客》里说，前面有一个声音，所以他得不断地往前走。这个“声音”，是什么呢？我们有这个“声音”吗？对我而言，似乎有这个“声音”，但绝没有鲁迅听到的那么清晰。

小的时候，生活在农村，日子闲淡得很。那时候日子过得很苦，经常饿得眼前金星闪闪，但山间之明月，原上之清风，秋日之浓雾，却是享用无尽的。农村的日子，节奏很慢，大家苦于物质之匮乏，因此，也深感人生太长。有些有病的人，长年躺在床上，期待死神的早日降临，他们并不恋世。因为这个世界太苦了。那时候，农村的人，一旦有病，就是等死，哪有钱去医院呢？想都不想一下。

北宋理学家程颢说：“闲来无事不从容，睡觉东窗日已红。万物静观皆自得，四时佳兴与人同。”我很喜欢开头两句，期待这种境界的到来。但我是个苦人、烦人，经常眼睛还没有睁开，就已经一条腿下床了。看见那些睡懒觉的人，真是羡慕至极。我也尝试着“睡觉东窗日已红”，试图达到那种“闲来无事不从容”的境界。可惜达不到。从容，这是一种修行，也是一种境界。至于他说的“道通天地有形外，思入风云变态中。富贵不淫贫贱乐，男儿到此是豪雄”，这又是

“小时代”的我无法做到的。只是一种理想了。

我很期待达到一种“从容”的境界，不那么焦虑，不那么无聊。孔子说：“四十不惑，五十知天命。”我也近五十了，“不惑”也没有达到，“知天命”更是遥遥无及。一种对于生命流逝的恐惧，曾经攫住了我。我有时能理解普鲁斯特为什么写《追寻逝去的时光》。没有那种写作，他可能连一天都待不住。但我们读汉译本，总觉得缺点什么。后来看到杨炼说：“汉语翻译中，法文语法内在的时间性（巨作真正的主题！）被漏掉了，只剩下了对回忆的表面描写。”我想应该是对的。《追寻逝去的时光》有点像散文，这种散文化的小说，对语言的要求比较高。但也很难翻译。

羡慕民国时候的大学教授，不仅是他们薪水高得可怕，主要是他们可以自由地投身自己的学术研究。看看陈寅恪、黄侃、刘文典等那种治学的方式，那种气节、傲骨，那种天地之间的大气。他们是真正在搞学问。而当下的大学教授也就是一个职员而已，有骨气者有几人？每天忙于填表、申报课题，争一个个头衔，而对于真正的学问，那是没有时间顾及的，甚至连读书，都没有时间，真让人气短。这种消耗生命的方式，也是极其残酷的。有时想，不跟你玩，但也很难，鲁迅说，一要生存，二才是发展。但能否适当地超脱一点呢？也就是让日子从容一点呢？也就是小时候老家人说的，日子常在，何必那么忙乎？

老子说：“为学日益，为道日损。损之又损，以至于无为。无为而无不为。”这是一个何等的境界呀。人生到了五十，就该做减法了。孔子说：“及其老也，血气既衰，戒之在得。”得者，贪婪也。对一切身外之物的贪婪，对一切名利的贪婪。佛教说，四大皆空。但对万物的贪婪，何曾能空？

但不空，如何清净，如何从容？

不过，空，哪里那么容易？问世间情是何物，竟教人生死相许。有时候，寒夜寂寥，梦中见到自己心仪的女子，竟落发为尼，在山间尼姑庵独居。与她相遇，伤心之间，亦有欣慰，一起闲翻她撰写的某尼太传记，爱不释手。她在山间，生活如常，心情平静，似丰满了一些。居所前面就是万丈悬崖，古松参天，风吹过，如听万壑雷。我站门前，心为之寒。她的居所极简陋，饮食朴素，甚至说匮乏。我无法相信，一个绝色女子如何能承受如此之荒寒。

生命消逝之快，庄子说，如白驹过隙，倏忽而已。少小之时，不懂事，感觉日子太长，盼望快点长大，盼望扬名立万。等真的有了一点虚名，却还是羡慕青年。《红楼梦》里的好了歌，其实谈的还是这个道理。看见那些青春的面容，还是不禁慨叹生命之易逝。

我们一直视肉身为累赘，认为它是灵魂飞升的障碍。其实，作为肉身的身体，也是具有超越性的。它也是有情感的，它也需要被倾听。拥抱就是最好的倾听方式。可是，有几人的身体一生能被认真倾听呢？倾听是多美好的时刻，是多美妙的瞬间！身体能被倾听的人，是幸福的。而那些身体一生沉睡的人，也是幸福的。最难的就是梦醒后无路可走。身体有了一种被倾听的渴望，但无人倾听，那是何等的荒凉，何等的残酷。有多少人就在这种境遇里挣扎，而又无法去说。

爱一个人，就是愿意忍受折磨。爱，其实就是一种折磨，或者一种受虐。但在受虐中，又享受着快乐。有女子说，爱就是飞蛾扑火，真的吗？读《追寻逝去的时光》，那种意识流的写法，倒很自然，其中写到爱情，也是奇妙无比。“每当夜深我俩分手的时候，她总要把舌头伸进我的嘴里，仿佛这就是我每天的食粮和营养品，世上有着那么多些肉体，我们为之所受的痛苦，最终会使我们享受到一种精神上的愉悦，她的舌头就有这么一种近乎神圣的品质。”“她一走进我的房间，就纵身跳到床上。”床，可能是最能观察男女之间关系的参照物了。如果一位女子在另一位男子的床上，很自如，很随便，那他们的关系就不一般了。如果一位男子能走进少女的房间，看沉睡中的她，除了亲人，那就是非同一般的关系。我们的传统小说太沉迷于政治权斗，觉得写小女子的生活，真是不登大雅之堂。《红楼梦》开了先河，但它也不是主要描写少女的，它的野心更大。其实，写活一位少女，或一位女子，也是伟大的。《包法利夫人》《情人》，都很好。我们缺少这样的小说。

二

爱一个人，其实爱的是对方的灵魂。那个藏灵魂的身体，或说肉体，当然也重要，但对真正相爱的人，可以放到次要位置。所以，有时我们会很奇怪一位绝世美女怎么会爱上那么一个男子，并不潇洒俊朗。而像诸葛亮这样的帅男，人中之龙，怎么会爱上一位并不漂亮的女子，娶她为妻？而且爱情也没有年龄之差，当然傍大款不在其列。宋庆龄爱孙中山，许广平爱鲁迅，都是佳话，而且一直是佳话。这段佳话后来并没有破裂。不像郁达夫和王映霞，最终劳燕分飞，佳话破裂。破裂的原因，其实还在郁达夫。郁达夫是一位杰出的作家，但也是一位有严重心理问题的男子，他有程度极深的暴露癖和颓废气质。他可能更爱的是王映霞的美貌。周作人很阴损地暗讽自己的哥哥，中年发情，对他出版《两地书》极其不满。但何尝不可呢？知堂此举，是否也透露了自己的某种心理？

女子爱上一个人，是可以不顾一切的。这一点让很多男子羞愧。《红楼梦》里写尤三姐，真正的绝色女子，也是一个罕见的烈女子。她爱柳湘莲，可柳湘莲眼拙，不认得人。他怀疑尤三姐不干净，欲婉言谢绝。结果，尤三姐当即站起来，还他的剑的同时，自刎而死。柳湘莲才发现这是一位烈性的贤妻。但事已迟了。这一段文字，是《红楼梦》许多绝佳文字之一。我很喜欢。每次重读，都感慨万端。读过某部小说，当一位男子与一位女子同床歇息时，爱他的女子感觉到一种热，不断地扯拉自己的衣领，但男子却说，没有关系，过一会就好了。因为这位男子内心还是有点胆怯。或者说也是一种爱吧。男子爱一位女子，总不愿过早地和她发生关系。他很珍重这种情。可惜，如今我们的小说家大都写不出这样的细节了。所以，《红楼梦》不可及也。

爱情为什么会叫人生死相许？或许真的是有前世？林黛玉前世欠贾宝玉浇灌之恩，此时以泪还之。那如果前世欠的是命呢？想起来，都叫人后怕。尤三姐前世欠柳湘莲什么呢？

深夜的街灯下，与相爱的人走过街头，充溢的幸福里，有没有一种残酷？美人如玉剑如虹，美人如剑，如何？有时候，真的无法相信，两具肉体，为什么那么渴望拥抱？他们拥抱时的快乐，或者那种甜蜜的幸福感，来自何方？为什么有些异性到一起，就没有任何感觉，和那一位异性，却有那么强烈的拥抱的渴望？这里有怎样的一种神秘力量安排？《金瓶梅》写了那么多的女性，写了那么多的欲望，肉欲、性欲，却很少有“情”。所以，就格调而言，它就不如《红楼梦》，因为后者写的是“情”，而且写得那么美，那么深，那么让人绝望。林黛玉对贾宝玉的爱情，真是深到骨髓。越深，悲剧就越惨烈。其实，就绝望而言，《红楼梦》更甚，它是绝望在骨头里。《金瓶梅》写作目的是让人勘破欲望，但留下的却是一地欲望。所谓的“色”后的“空”，却不是那么强烈。总有一种做作的感觉。

爱情是有色金属，是一种稀土，是人间难得的珍品。爱情的临来，会让人有一种想哭的感觉，想念一个人是幸福的，但也是残酷的，是一种酷烈之美。苦恋，有点轻了，甚至是酷恋。不过，这个“酷”不是当下流行的那个意思。爱情，并不在乎对方美不美，健康与否，年龄亦在其次。爱情就是心，真心，心的纠缠，心的直觉，心的相通。情到深处人孤独，情到深处人也绝望。许广平爱鲁迅，是可以抛弃一切的，名分、事业……萧红爱鲁迅，但其时鲁迅已经病入膏肓，他已无法像爱许广平那样爱萧红了。他们只能发乎情止乎礼。但这种止乎礼仪里也有一种惨伤和绝望。朱安临死前，遗嘱将她与鲁迅合葬，但此时已无可能，我想鲁迅九泉之下，也不会愿意。萧红临死也希望把一部分骨灰埋到鲁迅墓边，当然也无可能。许广平知趣，遗嘱不保留骨灰，但周恩来却让人把许广平的一部分骨灰撒到鲁迅墓前的小松树下面。这是对许广平地位的一种确认。

伍迪·艾伦是一位特殊的导演，我喜欢他，也喜欢他的电影。《安妮·霍尔》是一部我很喜欢的电影。很多人以为它的主题是爱情，或者是消退的爱情。但我却不这样认为。我从这篇电影里直觉到一种中年男性的性危机，一种难言的苦衷。爱情的消退，也与岁月的流逝、无情的流逝有关。曾经读过一部小说，书名忘记了。书中有一段描述，让我难以忘怀。小说写一位中年男子晚上做了一个梦，梦见妻子的一位男性朋友来了，而且晚上还睡在妻子身边，妻子那边是他。他一夜很生气，就抱怨妻子太过分了。但妻子说，都是朋友，人家来了，就过个夜，你怕什么？半夜，他发现，那男子翻了个身，被子被踢出去，竟然只穿了一件内裤。他生气了，把他赶下床。后来，儿子进来说，那人在洗漱间刷牙，嘟嘟囔囔地骂你呢。他就跑下去，想把那人赶出去，但那人高大，力气很大，长相有点凶恶，而且猥琐的那种，他好像还打不过。人家也似乎理直气壮的。这位男子就气得想拿菜刀，或棍子，把他打出去。但打出去了没有，不知道。他想象中，还是就是现实，似乎那位男子被他打倒在院子里，跪着。他就吓醒了。其实，我们读小说，这里描写的梦境有点相反，真正有另爱的不是他的妻子，是他。他爱上了一位女子。在梦境里扭曲地表现出来。但这种爱情又是不现实的，因为他已经苍老。不过，这个梦给他很大的打击。托马斯·曼《威尼斯之死》，写的也是这个情境。一种爱的苍老，一种爱的无力。最后他死在威尼斯，为爱而死。

三

纳博科夫《洛丽塔》，多年前初读，竟未终卷，觉得就是写一种不伦之恋。如今重读，当然译本是主万先生的，却懂得了。但这种懂得里也有着人生的惨伤与绝望。爱也是一种绝望？我们知道，爱一个人是很难的，就如掉进了万丈悬崖，是很难走出来的。那种孤独、绝望、恐惧，只有身历者才能领会和担负。

当然，不担负也得担负了。这种爱，即便是不伦，但对爱着的人，却已经顾不得了。爱本来就是超越一切的。在别人看来是可耻的，但在他们自己却是天堂。《芙蓉镇》里写的美女子胡玉音与右派分子秦书田的绝世之恋，在世人看来就是一对狗男女，但对他们，落难中的他们，相依为命的他们，却是人间至美，人间天堂。这就是爱的力量，爱的伟大。

《洛丽塔》，我读出了爱，也读出了绝望。真是一部杰作。以前，大家批评它是一部不伦之作，宣扬不伦之恋。其实，没有那么简单。亨伯特爱性感少女，是因为他少年时最爱的女孩子，同龄的女孩子，后来死了。这种创伤一直深埋在他的心里。他后来爱那些性感少女，与他的这种创伤有关系。也是对自己青春的追怀和补偿吧。他对洛丽塔是真的爱，不是一种性骚扰，或者诱奸。那是真的爱。

纳博科夫似乎不太喜欢弗洛伊德，写作过程中随时都要嘲笑一下，但此书却用了弗洛伊德的学说结构。亨伯特那么爱自己的继女，甚至为此不惜杀人，都是因为那种绝望的爱情。小说一开始就写亨伯特幼年时与安娜贝尔的相爱，他们在沙滩上的亲昵。这部分文字写得极为节制，但那种感情的浓烈是可以体会到的。比如：

> 我吻了吻她张开的嘴唇角和滚烫的耳垂，她浑身颤动，直打哆嗦。一簇星星在我们头顶上细长的树叶的黑色轮廓间闪着微光，那个生气勃勃的天空似乎和她轻盈的连身裙下面的身体一样赤裸裸的。我在天空看到她的脸，异常清晰，仿佛放射着它自身微弱的光辉。

可惜四个月后，她在科孚死于斑症伤寒。“我也知道，安娜贝尔的死引起的震惊，加强了那个噩梦般夏天的挫折，成为我整个冰冷的青春岁月里任何其他风流韵事的永久障碍。”这种障碍可以说影响了亨伯特的一生，他说：“而那个在海边光胳膊光腿、舌头炽热的小女孩儿，此后就一直萦绕在我的心头——一直到二十四年以后，我终于摆脱了她的魔力，让她化身在另一个人身上。”这就是小说主人公洛丽塔。

亨伯特说：“公开处，我跟好多生着南瓜或梨子形状乳房的世俗女子保持着所谓正常关系；私下里，我对每个经过我身边的性感少女都怀有一股地狱烈火凝聚起的淫欲，饱受折磨。”当他从欧洲办理好离婚手续，因为遗产关系移居美国后，在美国乡间遇见了洛丽塔，他的人生于是改变了。洛丽塔才 12 岁，“这个洛丽塔，我的洛丽塔，就完全超越了她的原型。”正如小说开头写的：

> 洛丽塔是我的生命之光，欲望之火，同时也是我的罪恶，我的灵魂。洛——丽——塔；舌尖得由上颚向下移动三次，到第三次再轻轻贴在牙齿上：洛——丽——塔。

亨伯特说：“实际上，要是有年夏天我没有爱上某个小女孩的话，可能根本就没有洛丽塔。”但造化弄人，有了，就摆脱不开。他为了和洛丽塔长期在一起，就和她的母亲结婚。但母亲后来发现了这个秘密，因为亨伯特写了详细的日记。母亲绝望了。她出门给邮筒投信，横穿马路时被撞死了。手里还拿着三封信。但我的一位朋友说，她是自杀的，故意让车撞死的。本来小说里说，那个车主是没有责任的，是她走得不对。总之，她死了。于是，亨伯特作为洛丽塔的继父，而且还朦胧地被人误认为是真正的父亲，于是有了和洛丽塔整天在一起的机会。他们一起驾车横穿美国，晚上睡在一起，基本就成了情人。当然，洛丽塔慢慢地厌恶了这种生活，也觉得是一种耻辱。后来，有一天，她被奎尔蒂偷偷带走，于是亨伯特一直在寻找。三年后，洛丽塔给他一封信，说自己结婚了，准备生孩子了，生活拮据，希望他给一点钱，不多，三百元即可。亨伯特沿着信封暗示的地址找到了洛丽塔，给了四千元。

小说最后详细描写亨伯特枪杀奎尔蒂的过程。这个过程写得详细而啰唆，并给读者一种枪杀的绝望。亨伯特是真爱洛丽塔，但洛丽塔并不真爱他，她恨亨伯特毁了她一生。他不杀洛丽塔，还给她巨款，并把她母亲的遗产也给了她。他是爱这个女孩的。但他不能容忍奎尔蒂，是奎尔蒂带走了洛丽塔，带走了他的洛丽塔，永远带走了。虽然她后来和别人结婚了，但却从此和亨伯特远离了。

亨伯特必须杀奎尔蒂。但这里，究竟谁对谁错呢？

《红楼梦》里对那些十二三岁的少女的心理描写极其细腻。比如林黛玉，很多男性研究者都认为林黛玉心眼小，爱吃醋，没有宝钗大气云云。他们殊不知真正爱贾宝玉的是林黛玉，不是薛宝钗。薛宝钗当然不反感宝玉，可能也喜欢宝玉。毕竟对于一位女子来说，找一位大家族的长孙作为丈夫，而且人品不错，才华也好，长相俊美，自然是最佳选择。但她对宝玉的爱，是不能与林黛玉比的。林黛玉为了宝玉，是可以抛弃自己的生命的。宝钗做不到。为什么林黛玉老要和宝玉较劲？总是在那里吃醋？其实，她就是一直在试探，一直要知道自己在宝玉心里的重要性。和婚姻相比，她似乎更看重爱情。因此没有宝钗的那个心思，把上下左右关系都打点好。但我还是喜欢林黛玉，她是一位真正的自由的女子，她为了爱情可以不顾一切。爱情就是飞蛾扑火吗？

但丁，如果没有少年时遇到那个少女，就没有《神曲》。那个贝雅特丽齐，最后引但丁上天堂。歌德说，永恒之女性，引领人类上升。

原载《黄河文学》2020年第5期

，世事

【主编者言】作者是标准的“红二代”。在污泥浊水泼来时，她敢于坚持和公开对父亲的爱，在廉价的赞美漫天之际，她又能保持客观的清醒。她认为，这样的爱才是真爱。

什么样的爱才叫真爱

陶斯亮

首先声明，我在这篇文章里所说的爱仅限于对父母的爱。

1945 年开春，抗日战争形势发生了根本性扭转，父母奉命去湖广一带开辟新的游击区。路途遥迢，万水千山，母亲决定要做绝育术，父亲倒也开明，没有传承香火光耀门第的那些老观念，于是我就成了父亲的独苗。

独生女，自然对父母会格外依恋，但在不同的时期，不同的年龄段，对父母爱则有不同的表现。比如我小时候，母亲忙她的事业，基本不管我，童年和少年时期，似乎是父爱代替了母爱。

在广州印象最深的就是等待，漫长的等待，永远都是在等待着父亲回家。盘腿坐在父亲的床上，百无聊赖，把一串珠子项链拆了穿，穿上又拆，再困也硬支撑着，直到深更半夜父亲回来，我才肯去睡觉。

后来上了军医大学，离家去到远方，我对父亲的爱转化成思念，常常会在睡觉时偷偷地哭。有时胡思乱想，一想到终有一天父亲会离开我时，简直伤心欲绝，但转而一想，那都是杞人忧天，于是挂着泪珠儿睡着了。

“文革”爆发后，我并没有像母亲那样为父亲担心。对父亲即将面临的大祸浑然不觉，直到 1967 年元月 4 号半夜，同学敲开了我的门，塞给我一张小字报，一看标题——“打倒中国最大保皇派陶铸！”我顿感天崩地裂，五雷轰顶，当时唯一一个想法就是去出家，避开人世间的一切纷扰，避开即将临头的暴风骤雨。

在父亲被冤屈、被侮辱、被谩骂的那些个日日夜夜，“打倒刘邓陶”的口号不绝于耳，而且持续了将近十年之久。这时对父亲的爱除了刻骨铭心的思念，更多的是信任。我变得坚强起来。为了维护父亲的尊严，我常常会做出一些无疑于是挑衅的举动。如我刚被分配到甘肃临夏解放军第七医院后，常有人对我指指点点，特别是那些家属，三五成群的，一看她们的眼神就知道在议论我。我径直走过去，若无其事地对她们说：“我就是陶铸的女儿，你们看够了吗？”反倒是让那些妇女挺尴尬的。

一天我收了一个脑外伤的病人，因为七院是野战医院，条件有限，故而连夜请兰州解放军第一医院的专家来会诊。那个时候没有专家餐，吃饭的时候他也在食堂打菜。因为我不愿意和大家一起吃饭，总是拣没人坐的僻静地默默地吃。这位专家端着菜和饭，放眼在食堂看了一圈后，竟坐到我旁边来了。他知道我是从上海第二医科大学分配到这儿来的，对我有些好奇，问这问那的，就是想搞清我是谁。我放下筷子，直视着他脱口而出：“我叫陶斯亮，我是陶铸的女儿！”他先是愣了一下，继而哈哈大笑起来，这一笑解除了我浑身扎起的刺儿，我们成了朋友。有次去兰州，送走了来看望我的妈妈及两个孩子后，我哭得不能自已，有种断肠人在天涯之感，是他和他夫人给了我温暖和安慰。他叫陆庄樵，虽然几十年未曾相见，但也从来没有忘记过他。

1971 年我调到陕西临潼原解放军第二十六医院当医生，一年后当我准备调回北京时，科室给我开了个鉴定会。参会的有个小护士叫胡小力，后来成为大学教授，前些年她写了一篇文章叫《无花时节》，其中对这场鉴定会有非常细致的描述。她的记录如下：

鉴定会上，教导员汇集了战友们对陶斯亮的最高评价：“认真学习马列，走又红又专的道路，能够和陶铸划清界限，工作一不怕苦，二不怕死，关心集体、热爱同志……”

“陶医生，你的意见呢？”

陶斯亮的脸微微泛红，深沉的大眼睛涌出一股泪水，倔强的嘴唇轻轻咬着，半天不出声。

“谈谈吧，陶斯亮医生……”教导员郑重地说，声音里竟有几份伤感。

陶斯亮微微垂下头，眼睛盯着自己的脚尖。“谢谢同志们对我的帮助和关心，这一年多，我真的没做什么。鉴定最好不要这么写，特别是……”

她犹豫了片刻，抬起头来。“我……我没有和我父亲划清界限，也不可能这样做，我和他有不可分割的关系，是他把我抚养成人的……”她的目光坚定而热烈，饱含着期待和恳求，“请原谅……请理解我。”

会场鸦雀无声。一时间大家都不知道说什么好，我偷偷地瞥了一眼四周，理解、埋怨、茫然……什么都有又好像什么都没有。还是教导员打破了沉默：“你向党说了真话，你的意见组织会考虑的。”

……

理直气壮地对人说“我就是陶铸的女儿”，这是我当时唯一能表达的对父亲的爱。如今我真是感激这位教导员，他并没有因为我不符当时政治标准的发言而为难为我。

1972年随母亲回到北京，分配到空军总医院，除了上班，我所有的心思和时间都花在为父亲平反上。我抄材料写申诉，联络那些与父亲共同坐南京监狱的人，还到图书馆查阅二十世纪三十年代旧报纸。写申诉信到处寄，永远都是泥牛入海无消息，但我从没气馁过，不停地写申诉，不停地找人，不停地寄信……这个时候对父亲的爱，就是一心想洗刷掉泼在他身上的污垢，还他一个清白。

再后来父亲平反了，我在《人民日报》上发表了《一封终于发出的信》，亿万人民用泪水涤荡了强加在父亲身上的罪名和耻辱，我用笔将对父亲的爱送上了顶峰。

此后，我与母亲相依为命地生活了 28 年，把以往对父亲的爱逐渐转移到母亲身上。

再后来发生了两件事，使我开始思考——父亲的错误。

一次是王任重叔叔在广州设宴，把我和古大存的孩子都请了来，王叔叔的小儿子四龙真挚地希望我和古家后代能放弃恩怨，握手言和。再一次是叶帅诞辰 110 周年诞辰的时候，请了很多“红二代”去梅州。叶向真在宴会大厅，把古大存的孩子、冯伯驹的孩子，还有方方的孩子，以及我唤到台前，让我们手挽手作大团结状。

无论是四龙还是向真，他们的善意我都心领神会，我开始认真思考，父亲在“广东土改”和“反地方主义”等运动中是有过失错误的，我曾多次通过报纸和广东的党史杂志，一再向在运动中受到打击的干部群众表示歉意。这时我对父亲的爱已经上升到理性层面，我认识到世上没有完美的人，知错认错是唯一可以弥补人性缺陷的智慧之举。

2008 年是父亲百岁诞辰，广东省委决定拍摄一部纪录片，出版一本画册和一本纪念文集。我随广东电视台黄若青导演去访问了当年“四清运动”时父亲的试验点——花都炭步村。令我欣慰的是父亲在这里没有大搞阶级斗争，而是带领村民移风易俗，修旱厕，修道路，修田埂，大力种树，减免摆渡费，而且没有一个基层干部被整。40 年过去了，炭步村的农民始终念念不忘陶铸。为了这份不忘之情，我自掏腰包，让几位当年父亲的老农朋友来一次北京游。

我还去参观了湛江的青年运河，电白的防风林，以及海陵岛大堤……这些当年父亲为之付出心血和汗水的工程，让我更加确信父亲是一个全心全意为老百姓服务的好官。有了这样的自信，我对中央党史研究室的李主任说：“这是一次中央对我父亲功过是非的总评价，希望功绩摆够，错误也要提，因为这样才会使我父亲显得更加真实和生动。”

只有自信，对父亲的自信，对自己的自信，我才要求中央党史研究室能全面评价父亲。党史研究室的同志笑着对我说："别人家属都要求把错误删掉，你却要求把错误加上去。"我说："因为我相信这些缺点损害不了父亲的光辉形象。"

2019 年 5 月份，我带着儿子一家回闽东（宁德地区的俗称），沿着当年母亲的足迹寻觅一个女革命者的芳华岁月。1933 年 6 月，22 岁的母亲从福州来到闽东，搞武装斗争，发展壮大组织，建立苏维埃政权，成为闽东主要领导人之一，她曾担任闽东特委委员、组织部部长，还只身闯西洋岛收编海匪柯成贵（柯成贵后加入共产党，1935 年英勇就义。）……年纪轻轻的她，用双足走遍了闽东的崇山峻岭，而今我们坐汽车，一天下来还觉得累。

在柏柱洋苏维埃政权遗址，有一座新修建的纪念馆，大厅里有一组大型群像，雕的是当时闽东地区党的主要负责人。中间两个人是叶飞和陶铸，陶铸高大威武，气宇轩昂。我看了后非但不觉欣赏，反而别扭不安，因为雕像严重违背了事实。

陶铸是黄埔军校学生，参加过南昌起义和广州起义，又成功地指挥了厦门劫狱，1932 年 6 月作为福州市委书记到闽东主持成立闽东工农游击队第一支队，并负责训练农民武装。但他 7 月就回福州了，并没有参加兰田暴动。后来暴动取得了成功，闽东第一支队经过血与火的洗礼，壮大成为独立师。抗战爆发后，独立师在叶飞率领下编入新四军，汇入到解放军的百万雄师之中。

陶铸仅在闽东待了一个月，他没有在闽东留下什么丰功伟业，顶多是闽东第一支队的缔造者之一，更不曾是闽东特委主要领导人，把他放在群像的中央位置，而且高人一头（我父亲个头不到 1.7 米），这个意思再明显不过了。我很沉重，这组雕像对不起那些牺牲了的闽东革命领导人，詹如柏、马立峰、阮英平、苏达、叶秀蕃……尤其詹如柏，受尽折磨后慷慨就义，极其壮烈！群像中的叶飞是少数几个活下来的闽东特委和军队领导人，1955 年获上将军衔，他雕像的位置是众望所归。纪念馆之所以这么重视陶铸，我认为是出于他们对父亲的敬重，我心存感激，但历史不可违背，我对陪同我的闽东党史办同志说："既然这里是红色教育基地，那就一定要尊重历史，特别是要对得起牺牲的先烈。

这组雕像容易误导观众，我建议把陶铸像拿掉或改掉。”

在雕塑这件事上，我的反对实则是维护。

对父亲而言，我不怕有人黑他骂他，因为公道自在人心，我现在最担心的反而是那些“低级红”及捧杀。前几天微信上流传着一篇文章，写的是陶铸与哥哥陶自强的不同人生轨迹及恩怨往事，开始读时还像那么回事，可读着读着就不对劲儿了，后来干脆是胡言乱语了，什么陶铸在二野三野的威望、授衔时李先念说的那段话，及陶铸如何怼毛主席和林彪……靠臆想编纂历史要不得！该文的作者连最基本的一些事实都没有搞清楚，查下百度也不至于荒谬至此。当然，通篇看作者也非心存恶意，其出发点也许与柏柱洋苏维埃政权遗址纪念馆的群像雕塑如出一辙，但用不实的表述过誉拔高陶铸，还不如喊“打倒刘邓陶”对父亲的伤害小些。

以往我对父亲的爱，更多的是在感情层面上，后来有了一些理性认识，是因为我无论对自己还是对父亲，都有了自信，承认父亲的错误不仅不会抹黑他，反而使他更加真实。而如今我要重点提防的是那些“低级红”，因为吹捧比抹黑杀伤力更大。父亲都已经去世半个世纪了，但我如今依然要捍卫他，捍卫他的名誉，捍卫他的信仰，捍卫他真实的一生。既要为父亲挡住污泥浊水，也要挡住廉价的赞美，这才是真正对父亲的爱。

原载《福建党史月刊》2020 年第 7 期

【主編者言】作者视为未了心愿的“债务”，是鲁迅《纪念刘和珍君》提及的幸存者的后半生。这是一个鲁迅研究者的责任，更是一个文化人的淑世情怀。

心灵的债务
——缅怀张静淑老人

陈漱渝

我虽并非宗教徒，但却有忏悔意识。特别到了暮年，常反思此前做过什么错事，荒唐事，不周到的事；能弥补则抓紧弥补，实在弥补不了那就只能今生抱憾，留待来生了。

本文所想偿还的，是我对张静淑老人的心灵债务。

这应该是六十余年之前的事情了。我在湖南长沙雅礼中学就读期间，语文老师声情并茂地在课堂上讲授鲁迅的杂文《记念刘和珍君》。文中有一句话让我刻骨铭心：“始终微笑的和蔼的刘和珍君确实死掉了，这是真的，有她自己的尸骸为证；沉勇而友爱的杨德群君也死掉了，有她自己的骨骸为证；只有一样沉勇而友爱的张静淑君还在医院里呻吟。”根据鲁迅此文叙述，在发生于 1926 年的“三一八惨案”中，刘和珍烈士在段祺瑞执政府前中弹，从背部入，斜穿心肺，已是致命的创伤，只是没有即死。“同去的张静淑君想扶起她，中了四弹，其一是手枪，立仆……”从此，张静淑“沉勇而友爱”的形象就镌刻在我的心版上。对于她传奇式的经历，我也产生了强烈的好奇心。

58 年前，由于命运的安排，我出乎意料地被分配到了北京西城第八女子中学任教，而这所学校的校址恰巧是刘和珍、杨德群、张静淑这“三个女子”母校的原址。又是由于命运的安排，46 年前我居然萌发了撰写一本《鲁迅与女师大学生运动》的念头。这是一本史料性的读物，资料来源之一是当时的报纸杂志和历史档案，之二是当事人的口述历史。经过多方打听，我终于得到了静淑老人的通信地址，于是就开始了约 3 年的通信联系。

回忆起来，我最初给静淑老人写信是 1975 年底，询问了 6 个问题。1976 年元旦她即给我写了回信。当时她还居住在湖南省长沙市建政街 24 号，是租赁的一处民房，条件极差。后来才搬迁到长沙南区幸福街 32 号一处公房，条件稍有改善。静淑老人在回信中说："从你信中所提出的六个问题看，使我感觉到你这位五七届高中毕业生比我这个五十年前国立北京女子师范大学（现北京师范大学，下文简称女师大）毕业的学生对女师大的情况都熟悉些。我不知道为何能如此熟悉？资料出自何处？"

我当然最想了解老人当年受伤的情况。据旧报刊报道，在"三一八"惨案中张静淑受伤，被抬回女师大，惨叫了一夜，第二天才住医院，身体备受摧残。我跟老人核实这一情况。她复信说：

> 我受伤后苏醒过来一看，我正倒在军阀段祺瑞执政府院内，左边大铁栅门口。刘和珍、杨德群两位也都倒在那里呻吟。我使劲地抬起双手来，抱着刘和珍，叫她快起来！她指着胸前子弹眼说，起不来……当时，这院内大铁栅门口人堆人，极难爬过去。有一位北大戴眼镜的男同学把我向缝隙里一推，我跌倒在地上。他扶起我问："哪里的人？"我说："女师大的。"他叫了一辆人力车，扶我上车，放下车篷，嘱咐拉车的："由小胡同走！"我到校时已是傍晚，同学们正集聚门口等候我们三人。同学把我抬到寝室床上后，发现枪弹从我背后尾脊等处射入。当时学校成立了救伤委员会。注册课的职员伍斌，湖南衡山人，戴眼镜，用电话请德国籍校医克礼来诊，当即送往位于东交民巷的德国医院，几天后将弹头一一从大腿等处取出。这时鲁迅先生也住这家医院，是临时避难的，他吃得很少，我常将我吃的东西分送给他吃。（1976 年 1 月 13 日来函）

同时，我当然会向她了解刘和珍、杨德群两位烈士的事迹。她函告我，刘和珍烈士是她的好友，1923年一同考入女师大。刘读英文系，她读教育系。刘和珍烈士是江西南昌人，1920年毕业于南昌女子师范学校。1921年秋在该校进步团体“觉社”，出版《时代之花》半月刊。“三一八”惨案发生之后，她的遗体是大家与段祺瑞政府手中几经交涉才夺回的。刘和珍烈士的老母亲1960年去世，活到83岁，无疾而终，一直享有烈属待遇。刘和珍之弟刘和理，新中国成立后在江西师范学院化学系任教。

静淑老人还函告了杨德群烈士的情况，说杨德群是湖南湘阴县人，牺牲时24岁。杨德群牺牲后，她父亲过继了一个儿子，叫杨建民，在长沙冶金工业学校（现中南大学）任教。杨德群的父亲曾为女儿编过一本《杨德群烈士纪念册》，内有烈士部分日记及散文，原始资料由湖南汨罗县弼时公社弼时中学杨宪章老师保存。

经静淑老人介绍，我跟刘和理老师取得了联系。他曾将刘和珍生前照片捐赠给上海鲁迅纪念馆。上海鲁迅纪念馆向来办事周到，又翻拍洗印了三十张(每张复印三份）回赠捐赠人。刘先生自留一份，送给静淑老人一份。另外十张，刘先生写信跟静淑老人商量。信中说：“我意，可赠予北京市158中学语文教师陈漱渝同志，由先生（指张静淑）直接寄去，或由我转寄均可。并请先生反面注明影中人姓名及关系。关于陈老师，在我给先生的信中已经做过介绍。陈老师对于先生及烈士是极为敬仰的。”不久，我就收到了静淑老人转赠的这十张珍贵照片。喜出望外，立即转交了鲁迅博物馆资料部，作为文物收藏。杨宪章老师那里，我一直没有主动联系。

我还向静淑老人了解了一些有关女师大风潮的其他情况。鲁迅《记念刘和珍君》一文开头写道，敦促他撰写此文的是一位“程君”。她前来问鲁迅道：“先生可为刘和珍写了一点什么没有？”“先生还是写一点罢；刘和珍生前就爱看先生的文章。”由此可见，这位“程君”就是这篇经典之作的催生者，就跟孙伏园是《阿Q正传》的催生者一样。我开始臆测，这位“程君”可能是郑德音，因为她是女师大风潮骨干，又是笔杆子，而且“程”“郑”音近。静淑老人函告我：

程君名字叫程毅志，湖北孝感人。她继承祖母遗产，在校时经济状况最好，穿着讲究，人也漂亮，是刘和珍、我的好友之一，不知现在是否健在？（1976年2月20来函）

在女师大“偕行社”的合影上，能看到程毅志其人，印证了静淑老人的说法。

上文提到的“偕行社”合影，是静淑老人跟刘和理老师向我提供的最为珍贵的史料，因为合影上端的题词是一篇重要的鲁迅佚文！

1925年12月1日，女师大复校后的第二天，刘和珍、许广平、刘亚雄、郑德音、赵世兰、张静淑等二十四名学潮中的骨干在校园合影留念。照片上端有一段题词：“……国立北京女子师范大学蒙从来未有之难。同人等敌忾同仇，外御其侮。诗云：修我甲兵，与子偕行，此之谓也。既复校，因摄影，以资纪念。十二月一日。”我听说这段题词系鲁迅代为拟稿，因为它既符合鲁迅的立场，又符合鲁迅的文风。此前，鲁迅也有为女师大进步学生起草宣言的先例。我函询静淑老人。静淑老人肯定说，这题词确系鲁迅拟稿，鲁迅就是在场人，校友吴瑛也可以证实。为什么照片上的题词不是鲁迅手迹呢？静淑老人解释说：

在女师大复校斗争中，鲁迅先生被称为“学潮鼓动者”，因此既不参加摄影，也不手书题词。然而“偕行”一照鲁迅先生是完全知道的，许广平先生参加了合影，就是极为有力的证明。（1976年3月3日来函）

为了进一步落实这一重要史实，静淑老人又函询了她的学友陆晶清，得到的回复是：

女师大并没有偕行社这一组织，只是鲁迅先生为我们24人拍的照片题词时用了“偕行”这词。那题词确是鲁迅题的，是老许（许广平）和我去求他题的。字可不是他写的，可能是照相馆人代写的。（1976年6月3日来函）

陆晶清是著名女作家，也是女师大风潮的积极参与者。她是鲁迅为合影题词的邀请者，这进一步证明这一题词的确是一篇重要的鲁迅佚文。

关于静淑老人本人的经历，她向我提供了一份传略，还有一篇回忆文章《我在吉隆坡》。从中得知，1902年6月，她在江西赣江逆流而上的一艘船上诞生。因为其时在江西太和县工作的父亲被革职，一家人只好冒酷暑返回故乡长沙。六岁时父亲病逝，江西贫家出生的母亲只好携张静淑寄居长沙南门外白马庙的一个尼姑庵，以刺绣为生，抚孤成人。后得表叔资助入学。小学毕业后，张静淑考入了长沙古稻田女子师范学校。校长是徐特立先生，学校不仅提供食宿，而且每年发给灰布制服一件，青布长裙一条。1922年毕业后曾在长沙幼幼小学及北京平民半日学校任教。1923年考入北京女子高等师范学校，后学校升格北京女子师范大学。

“三一八惨案”后，张静淑辍学去吉隆坡任教，介绍人是她的同乡、同学任培道。任培道也是杨德群烈士的好友，杨烈士传略的撰写者。1908年，吴雪华女士跟她的邻居钟卓京先生在马来西亚的首都吉隆坡创办了一所坤成学校。这是一所华文学校，重视女子教育。学校预支了张静淑200元路费。1926年底，张静淑乘坐一艘“斯劳斯”号法国邮轮抵达了吉隆坡，迎接她的是十余名从国内聘请的教员。到校后，同事、学生、家长以及当地华侨对她都很好，她唯独跟校长格格不入。校长张纯士女士毕业于长沙艺芳女中，观念陈旧，主张复古、读经。张静淑虽是国文教师，但极力反对八股文，坚持讲授白话文。当时，作家许杰在南洋编辑了一份《盖群报》，曾把张校长错解《论语》的一些话编成《新语录》披露。张校长怀疑是张静淑所为，于是派来一位叫陈君保的督学来监听张静淑讲课。当时一些进步学生对张静淑表示支持，校方便以“言行越轨”为由开除了四名学生，其矛头实际上是指向张静淑。

在吉隆坡，张静淑经学生何慕兰介绍，结识了一位共产党员莫华。莫华瘦而高，说一口广东式普通话，居无定所。在他那里，张静淑第一次读到了《共产党宣言》。此后，莫华都是主动联系张静淑，让她秘密散发一些传单，主要是宣传第一次国共合作期间北伐战争的胜利，并动员华侨捐资支援北伐。张静淑在吉隆坡待了两年，休学期已满，在坤成中学又难以再待下去，便于1928年回国复学，直至女师大毕业。

毕业以后张静淑长期从事教育工作。先后在北京女师大附中、长沙私立幼幼学校、纯德职业学校、含光女子中学任教。抗日战争时期长沙沦陷，她辗转流离于益阳、沅陵、桂林等处，长达七八年之久。1949年长沙和平解放，张静淑与友人创办大同小学及新民、光明两所托儿所，致力于小学教育和学前教育。

晚年的张静淑境遇不好。1976年3月，我写信给她问候起居。她同月15日复信说：

> 当前我的健康情况很不好，一些老年人的病：血压高，白内障，失眠，动脉硬化我几乎全有，再加上左腿骨跌倒骨折，须扶杖行。五十年前中四弹的伤疤，至今仍隐隐作祟……这些使我处于不安的状态，心脏的活动是随时会停止的。（1977年3月15日来函）

1976年11月至1977年1月15日，静淑老人“病得严重，几乎死去。经诊断是肥大性脊髓炎，致使白细胞增加，影响到血压、神志和便秘。”（1977年1月15日来函）

1977年春，我拜托在长沙定居的表弟王平探望老人。同年5月1日，她复信说：

承关怀，托令表弟王平同志来看我，非常感谢。我因年老体衰，血压高，经常失眠，通宵不能成寐，加之最近有时夜晚忽然失去知觉，不认识人，据医生说系梦游，由于年老，神经衰弱，用脑过度所致，因此不但没有和人来信，连书报都极少阅读。(1977 年 5 月 1 日来函)

1977 年 5 月 2 日，我又写信问及静淑老人的经济状况。她函复说：

我晚年的生活境况不好，其原因是：我一生毫无积蓄，年老多病不能工作，仅有一子，他已成家，其工资收入极微，时感入不敷出，更无力顾我。(1977 年 6 月 22 日来函)

她很希望上海鲁迅纪念馆、北京鲁迅博物馆能向有关方面反映，以求得到党和政府在经济上的援助。

我收信后，即将她的情况及联系方式告诉了有关单位和个人。上海鲁迅纪念馆派虞积华先生专程赴长沙向她征集文物，并支付了一点征集费。静淑老人很高兴，说为数不多，但不无小补。她撰写的《忆刘和珍烈士》一文，我也转寄给了《读点鲁迅丛刊》的负责人王世家，王世家回复说可在 1977 年 11 月在该刊发表。中国社科院文学所向老人寄赠了《鲁迅手册》。女作家陆晶清也答应1978 年春天由昆明返回上海市时，到长沙小住，探望这位半世纪之前的同窗。这些都丰富了静淑老人晚年的生活。为此，她于 1977 年 12 月 31 日来函向我表达谢意。

最有意思的是，静淑老人在一封信中还跟我以“战友”相称。当时刚刚粉碎“四人帮”，我以“关山”为笔名，在《南开学报》发表了一篇文章，批判“文革”时期上海市委写作组“石一歌”写的《鲁迅传》，引起了静淑老人的强烈共鸣。她说“石一歌”写作班子也曾经联系过她，幸亏她没有搭理，否则她就有可能被视为“‘四人帮’伸向长沙的黑手了。好险！”(1977 年 1 月 14 日来函)

令我感动的是，1977 年 6 月 22 日，静淑老人还签名盖章，专门给我单位写了一封信，信中说："我自从认识陈漱渝同志并与之通信后，使我重新得到战斗的鼓舞，我似乎年轻了许多，这得感激党和政府，感谢你们，感谢陈老师。""战斗的鼓舞"这类语汇，今天读来似乎有隔世之感。她当时提到的"战斗"，主要是指揭批"四人帮"并肃清其流毒。信中虽然对我过誉，但我跟她联系，唤起了她对峥嵘岁月的回忆，使她在病贫交加之时有了一些情感的慰藉，倒确是一个事实。

1978 年初，静淑老人病逝，终年 76 岁。当年 2 月 6 日，我接到她儿子的讣告："家母生前，承蒙关怀，家母死后，顷接惠书。字里行间，情谊深厚，深表谢意。"当时，我的第一本小册子《鲁迅与女师大学生运动》一书由北京出版社出版，我立即给老人寄赠了一本，没想到老人遽然仙逝，未能亲自对拙作进行指正。同年 5 月 22 日，静淑老人的儿子收到书后给我写了一封长信，首先肯定拙作"作为资料性读物，的确是一本很好的书，尤其是能将有关此一专题的零散的珍贵资料，以史实为依据，进行整理收编，确实难得。"接着进行了尖锐的批评，主要是未能编入静淑老人的照片和资料。他说，鲁迅《记念刘和珍君》一文中赞誉的是"三个女子"，怎么能仅突出刘和珍、杨德群而撇开张静淑呢？对于薛绥之先生主编的《鲁迅杂文中的人物》未能收入张静淑传，他也提出了类似的意见。

今天反思，老人儿子的严正批评并不是全无道理的。不过，《鲁迅与女师大学生运动》完稿于 1974 年，那时我尚未跟静淑老人取得联系。人民出版社的资深编辑邓清佑首先肯定了这本书的出版价值，但由于当时的历史原因，邓清佑要我将这部"齐清定"的书稿先压在出版社，没想到这一压就是三年多！如临时增补章节，会导致重排、倒版等一系列问题，出书心切的我便知难而退了。再说，那时公开发表文章有一个不成文的规定，就是不但要审查作者的政治状况，而且也要审查文章或著作中所涉及人物的政治情况。静淑老人是一个隐姓埋名几十年的人物，当年被我发现可以比喻为"出土文物"。虽然谁都知道她的历史贡献，但对她1926年之后近40年的状况却都不清楚，我也不可能以个人名义去“内查外调”，所以，在公开出版物上广为宣传，还存在疑虑和顾虑。而且，粉碎“四人帮”之初，中国还处在一个“乍暖还寒”季节。张静淑老人写的《忆刘和珍烈士》一文，我转寄王世家先生主编的《读点鲁迅丛刊》，这是黑龙江省黑河市教师进修学校的内部刊物，无上级主管单位，所以很痛快地发表了，并在鲁迅研究界产生了一定影响。当时全国研究鲁迅的专门刊物似乎只有两种，所以北国边陲城市的这个内刊在鲁迅研究圈子里，可以说是无人不晓。静淑老人《我在吉隆坡》一文涉及作家许杰，当时他正在上海复旦大学任教。我将这篇文章寄他审阅。他说已经记忆模糊，未予置评。至于张静淑先生的传略，我也转寄给了编撰《民国人物小传》的有关单位，他们处理的结果我已渺无记忆。

我个人的不当之处，是未能在拙作《鲁迅与女师大学生运动》一书中增写有关静淑老人的章节。此后我的研究重点发生了转移，又没有在静淑老人仙逝之后专门撰写缅怀悼念她的文章，因此一直心存愧疚。当下正值抗击新型冠状病毒期间，半年基本处于足不出户状态。暇时翻阅幸存的师友旧笺，唤起了40余年前的许多温馨回忆。如今我也成为80岁的老人，庆生贺寿的朋友微信中提醒了我的真实年龄。有些心灵的债务如不赶快偿还，那就真会造成终生的遗憾！于是我在垂暮之年握笔，勉力写了这篇未能尽表心意的文章，希望能减轻我内心的负累，因为心灵的负债是要用情感的利息偿还的。同时我也想提供给研读鲁迅的同好参考；让这些珍稀史料据为己有，肯定会违背静淑老人的初衷。

原载《中华读书报》2020年9月11日

【主编者言】枪击案屡有发生，美国却一直不禁枪。那是因为美国精神与我们的理念不同。看看美国商店里的枪和美国人家里的枪，我们会感受到对枪的不同理解，枪因而有不同温度。

走进美国的枪社会

崔济哲

美国人喜欢的，中国人一般都觉得“悬”，不靠谱。很多美国人都喜欢骑牛运动，骑手骑在一头近乎疯狂的公牛背上，任那头公牛撒疯暴跳，骑手一只手抓缰一只手不许碰牛，看谁玩得更“飘”，更“悬”，看谁骑在牛背上时间更长。美国人看得如同自己骑在疯牛背上。

西部牛仔的“捆牛”游戏。参赛的牛仔骑在马背上，用牛皮绳在最短的时间内套住一头近乎疯狂的牛犊，马仔一头从马背上栽下，三下五除二把牛犊四脚盘蹄捆起来，时间最短者得胜。美国人齐声高呼，那真可谓：齐声唤，前头捉了牛犊健！

伐木比赛。站在 10 米高的木梯上把直径一米的大圆木，用大斧子砍断。搬大轮胎，抱大石头，我真担心那大圆滚石要抱不住掉下来，可真应了中国的一句老话：搬起石头砸自己的脚。驾驶汽车，从 20 辆并排停的汽车上飞跃而过。

还有头顶头比赛，类似大角盘羊发情时的决斗，头顶着头，两手不得抓挠对方，看谁能顶过谁。在烂泥塘里瞎折腾，看谁扑腾得欢。

美国人还热衷于一种玩命的游戏，很像中国古代的比武。《水浒传》第 13 回叫“急先锋东郭争功，青面兽北京斗武”。我怀疑美国人玩的“比武”是模仿中国人。两个人都骑在马上，都裹得挺严，人和马都是重甲在身。斗士手执一大槊，站开以后一声令下，两马对驰，相交之际用手中的大槊相拼，如不分胜负回头再放马奔来，再举槊相刺。我看那真是危险，真玩命，马快如风，人健如牛，一槊捅下来，虽有重甲保护但也难免不出危险，输者皆被抬下去或被搀下去。问同行的行家，答复是：两相情愿，赛前有规则，赛后有保险公司。

美国人最喜欢玩的是枪！

美国的社会简直就是枪的社会，据不完全统计，美国现有“户口”的各类枪支，包括反坦克破装甲的高爆枪支总共有2.75亿支，这还不包括各种轻重机关枪。美国是世界上唯一私人持枪数量超过居民人数的国家。2017年，美国私人持枪总数已经达到3.92亿支。玩枪的学龄前儿童的总数要高于世界上任何一个国家，包括内战内乱的非洲国家。拥有枪支的型号也是全世界最复杂的，既有“一战”“二战”甚至美国内战时期的毛瑟步枪，也拥有当代世界最先进的世界各国的轻武器，包括美国最新推出的无托唧筒散弹枪、美国AWC公司鲁格MKⅡ型无声手枪、美国最新式的M47卡宾枪、掠食者狙击步枪、M629转轮手枪、最新装备美军的HKM27步兵自动步枪、G28狙击步枪，包括1500美金一支的巴雷特M82A1狙击步枪。美国民间轻武器的先进性堪称世界第一，比绝大多数国家的国防军的装备更先进、更前卫。

美国人包括美国的家族都把持有装备枪支作为最基本的人权看待，他们坦言，谁能保卫我们？是政府吗？是军队吗？是警察吗？是民众吗？是武器，只有我们自己持有武器，才能保卫我们自己。

1992年4月，美国洛杉矶暴乱，一时似乎天下大乱，法制似乎变成燃烧过的废墟。美国人最终是拿起枪，用枪保卫自己，在小区、楼区，自发组织起来的居民，手持枪，枪上膛，机枪架在门口，武装巡逻队昼夜巡逻。一有情况无须警告，立即开枪。连在洛杉矶的中国人也纷纷组织起来，瞬间变成武装民兵，真刀真枪上战场，用枪保卫自己。据说洛杉矶暴乱平定后，不但洛杉矶，乃至整个美国枪支销售数量直线上升，没枪的买枪，一买就买好几把各种枪，手枪是必配，步枪是必置。有枪的家庭也纷纷加买自动武器，自动、半自动枪，机关枪、冲锋枪。

在美国最有权威，最有力量，甚至能左右总统上台，决定有关枪的法律制定的协会就是美国的步枪协会。

斯蒂芬家有四口人，小儿子 11 岁半，虎头虎脑的，健康得有点多动症。斯蒂芬就像中国人炫耀家中的老物件一样，高兴地把家中的武器统统搬出来。我真有些眼晕，2 支双筒猎枪，2 支半自动步枪，还有一把银光闪闪的银制左轮手枪。他家那愣小子拿起一把手枪极熟练地打开弹夹，弹夹内，崭新的红铜色子弹压得满满的，然后双手一磕，把弹夹推进枪膛内，随后右手一拉，哗啦一下，子弹上膛，左肩微微抬起，头稍稍偏右，两手平举，右眼微闭，呈射击瞄准状。这不是玩命吗？一不留神枪走火，哪怕子弹被墙碰回来也是人命关天。他爹以极欣赏的眼光在鼓励他。那愣小子一捺保险，再拨开关，一拉一捺，弹夹出枪柄。然后一转身把手枪放在桌上，憨憨地对着我们笑了。这愣小子真是有点小兵张嘎的劲。

斯蒂芬说他儿子还小，是没有资格用手枪的，今天因有客人在，故让他表演一下，满足他的表演欲，增加他的荣誉感。说完把我们带到他的“荣誉室”，那墙上挂着一颗极硕大的驯鹿头，鹿角支棱着，向两边有力地伸展着，两只墨黑墨黑的大眼睛闪亮亮地望着我们。我估计这是只成年雄鹿，大概得有 300 多斤。斯蒂芬十分自豪地告诉我们，他亲手打死的这只大麋鹿重达 214 公斤。直至今天，他在他的狩猎朋友中还保持着这个记录。他是州步枪协会的会员、猎枪俱乐部的成员、射击俱乐部的会员。我装作无意地问他，如果有人在傍晚未经你的许可进入到你的院子你会开枪吗？他似乎也不正规地但却很坚定地说，当然会，不过我会一枪先打掉他的帽子。如果不速之客不戴帽子呢？斯蒂芬说那我就先让他的头皮上留下一道灼热的沟。

在美国要串个门进个院子真得留神注意。

到美国朋友埃尔登·塞乐斯家做客，埃尔登还专门买回一面五星红旗挂在客厅的中央，大家有说有笑有吃有喝，都十分尽兴。最后埃尔登上中学的女儿从她闺房中抱出一件宝贝，把我吓得当场跌坐在沙发上，差点背过气去。那是一挺油光锃亮的机关枪，直接架在长条桌上，谁不害怕？没想到埃尔登全家为之鼓掌。这位小姑娘真了不得，三枪曾猎杀一头二百多公斤的大雄鹿，这挺崭新的轻机枪是全家一致奖励她的。让人不可思议的奖励！

美国几乎所有的大中小城市都有售枪商店。到美国不能不去看看。

我第一次光临“枪超市”，第一感觉是头晕，惊心动魄。陈列架上摆满各种式样、各种颜色、长长短短、大大小小的枪。就像一般超市中卖衣服的衣服架上挂满各种衣服让人随意挑选一样。那么多枪，简直就是一个军火库！我估计能装备一个满员的陆军团。服务员是位头发花白的慈祥的老先生。很热情，很亲切，就像向我们推销运动鞋一样。

各式步枪、卡宾枪、半自动步枪、自动步枪，各种型号，应有尽有；柜台里还摆着好几玻璃柜各种型号、各种式样的手枪，让我人眼花缭乱，真乃见所未见，闻所未闻。我想看看手枪。老先生极负责，我指哪支，他就拿哪支，且递到我手上，给我介绍这些手枪的功能和射击的效果。我假装内行地说，弹仓偏小，枪管略短，恐怕杀伤力小。我不能称他为老先生了，美国人不懂染头发，他比我还小两岁，按中国属性他应该是属龙的。那位兄弟立马拿出大号手枪，说这个枪仓能放下 24 发子弹，杀伤力大，但偏重，举枪略笨，欠手稳。他向我推荐格洛克手枪，拿出来让我细看，我不过是开开眼。那位美国兄弟明白了，他开始把我们看成是附近韩国日本小区的住户。他说东南亚人长得都一样。我问他我要使用的话什么型号的手枪更合适？他立马拿出一把小巧玲珑的左轮手枪。把弹仓一转，闪闪发光，真是一把好枪！

我还想过过“大枪”的瘾。我试探地问了一下，那种和我个头差不多高低的重武器，枪管是偏平的，有散热孔。他说这是用来打汽车、装甲车的，有和这种武器相配用的穿甲力极强的子弹。他端出一盒来让我先看着，就转身去端那支大家伙。子弹像我们的大号钢笔一样，标价是 9.9 美元。那大家伙拿过来了，我一端真有点分量，够重的，没有枪架子怕托不稳。那兄弟说此枪“二战”

时曾经是美军打日本飞机用的，一打一个准。看了一下标价 3140 美元，恐怕是所有枪械中最贵的。

在美国买枪既容易、又简单。只填两张表，表格上除了你的基本情况，还要填写有无犯罪记录？有无上过法庭？坐过监狱？有无行凶打架记录？有无精神病史？是否吸毒和吸过毒？是否在军队服役过？是否违反过军纪？被军队开除？等等。然后由枪械商店负责向 FBI（美国联邦调查局）报告，等联邦调查局审核。都妥妥地以后，办理持枪证。我看和美国驾照差不多，比驾照略大一圈，最明显的是一张免冠半身照片，胸前被不客气地盖上了一道钢印。我问了，如果身前身后你一点“折儿”都没有，最快的两个半小时，一切都办妥了。“折儿”多的主儿，大概要两至三天有回音。美国法律不允许私下买卖枪支，违法必究。每一支枪都有案可查，枪支犯罪必然要查到人头。如果犯罪枪支属私下买卖，必然要追究买卖人。

18 岁的成年人即可合法拥有步枪，22 岁的“大人”即可拥有手枪，可以买一支，也可以多买，只要合法，只要有钱，你把所有枪支搬你家去，商店才高兴。没人限制。但法律规定不允许带枪支进校园和政府机关。

美国这个国家挺神，枪击事件时时发生激发了老百姓的购枪热。美国家长反对孩子酗酒，但不反对孩子玩枪。从 2006 年开始，美国的枪支销售趋热。十几年，美国枪支销售年年是“牛市”，枪支走进千家万户。2010 年 1 月 8 日美国图森市发生了一起枪案，震惊全美国。一个叫洛克耐尔的年轻人，合法拥有枪支，他在亚利桑那州图森市持枪杀人，射杀 6 人射伤 13 人，差点就要了国会女众议员布里埃格力・吉福兹的命。没想到这个惊天枪案却导致了民间的购枪热。步枪和手枪 2011 年的销售量竟然是 2006 年的 2 倍多。洛克耐尔发案的图森市枪械商店竟然一时顾客盈门，生意好得不得了。截至目前，美国已有俄勒冈州、密西西比州、威斯康星州、犹他州、科罗拉多州明确允许在大学校园内可以隐蔽持枪，因为美国 2003 年通过了《隐蔽持枪法》，只要不把枪明目张胆地挎在腰上就行，就合法。其余各州是否允许学生、老师持枪上学，由各高校董事会定。美国还有一个世界其他国家没有的学生组织，叫“学生持枪组织”，该组织的发言人叫戴维·伯内特宣称全美有200多所高校允许学生隐蔽持枪上学。他们的理论是：禁止在校园持枪会使他们在校园感到不安全，因为胆敢开枪行凶的人是不会遵守大学规定的，因此，允许学生持枪上大学的裁决保证了他们保护自己安全的权力。美国人的思维。

美国建设枪社会，也十分注重从娃娃抓起。小学生中也有“学生持枪组织”，让人匪夷所思。我曾在加州巧遇一个小学生狩猎夏令营，三十多位小学生正在学习步枪的射击原理，然后是拆枪、擦枪、装枪，个个都熟练得像老兵一样。一阵金属相碰的稀里哗啦之声后，枪的零件都已还原在枪上，紧跟着子弹上腔。实弹课是卧式实弹射击，在50米远的靶地，会有一只模型野猪快速跑过，要求夏令营的小学生三枪命中，小学生的肩头垫有鹿皮绒护垫，耳朵上戴着消音耳机，三声脆亮亮的枪声响过，成绩马上出现在电子荧光屏上。在孩子们的欢呼声中，第二波开始，这次的猎物是一只野兔，第三波是要射中一只拼命逃跑的土拨鼠。娃娃们高兴得拥抱欢呼。

加州的步枪协会曾组织过一次狩猎射击比赛。移动靶，距离定在1200米，使用美国制造的阿玛莱特狙击步枪，十二发击中十个目标，冠军竟是位初中学生，而奖品除证书奖章，还有一把崭新的阿玛莱特AP-50A狙击步枪。

和美国玩枪的聊枪。我说像我们这个岁数的中国人比较熟悉的是驳壳枪、盒子炮、独角龙、五连发、橹子、左轮、勃朗宁、德国造20响快慢机、镜面插梭盒子枪，再有就是日本的王八盒子。美国兄弟说那些枪都太古老了，只能在枪支博物馆里看到了。那些枪现在已经很珍贵了，已经是收藏级、古董级了。至于日本“王八盒子”，他虽然是玩枪的行家，却闻所未闻，不知道“王八”是什么意思？“盒子”是什么意思？两个词连起来“王八盒子”更不知言之何物了。中国称枪的“术语”难倒美国的枪专家。

我想看看加装瞄准镜的狙击步枪，因为我看见玻璃柜中放着各种型号大小不一的瞄准镜足有一百多种。那位美国兄弟极有耐心，不烦不躁，拿出一种瞄准镜帮助我安装在一支步枪上，教我如何瞄准。我按照他的“教导”，眯起一只眼一看，一百多米远在超市尽头的人竟然连鼻子上的雀斑都瞄得清清楚楚。那位美国兄弟说：“只要套进瞄准镜的十字线中央，误差率不会超过 0.1 厘米。”百发百中，美国兄弟说他们叫百发一中，为什么？一百发子弹射击穿孔只有一个，所以叫百发一中。这种家伙要流传到社会上，天下还不大乱？

美国南达科他州有一处原美国陆军的靶场，现在成了美国人“玩”枪的试验场。有的枪迷开三四个小时车，就为试试自己改装的新枪。据说现装备美国海军的 MK15“火神”密集阵近程防御武器就是得益于美国“玩”枪人的创新发明。几个步枪协会的热衷者经过反复研制、改进，制作出一种六管旋转机关枪，这种机关枪有多厉害？ 3 分钟打完 6000 发子弹，从枪膛中弹出的空子弹壳，像一道金属的瀑布，一转眼、一瞬间、一刹那，地上的子弹壳堆起一尺多高。而那辆 300 米外的大卡车被彻底打爆、打烂、打碎！其威力让美军专家都瞠目结舌！

美国乃至世界的狙击步枪之王巴雷特狙击步枪也诞生在这片几乎寸草不生的练枪场上，也是由一位业余爱好者“玩”出来的。据说这位叫巴雷特的美国猎手，酷爱打猎。有一次他发现猎物藏在一块岩石后边，几次开枪都被石头阻挡住，而那个猎物又拼死不走出来，他就萌发要造一种威力巨大的枪的念头，一枪能穿石，一枪能毙命。从想入非非，到终于把梦想变成现实，高手在民间，巴雷特有多厉害？ 3000 米以外，一枪，仅仅一枪就把停放在那里的一辆悍马军车彻底打翻；在阿富汗，硬把 5500 米之外的一名恐怖分子一枪打了个稀巴烂，让人不敢相信。

美国人送礼也有送手枪的。这种“礼数”兴旺于第二次世界大战太平洋战争时期，美国参战后招募大批新兵，送郎当兵反映了民族不同、文化不同、意识不同。中国人送子当兵，临行是骑大马戴红花，日本人送郎出征是送上“千人福”“千针线”，父母的头发、指甲保佑儿郎。美国人送子入伍是送手枪，实践证明，美国人的这种对枪支的固有观念救了不少美国大兵的性命。

日本兵在战争中特长的是单兵肉搏，拼刺刀玩命，但在太平洋战场上和美国兵交手几乎没有肉搏过，一是因为美国兵武器自动化程度高，二是万不得已，美国兵会抽出腰间的手枪立即把近在咫尺的日本兵的头打爆，让日本兵根本没有拼刺刀、刺刀见红的机会。参加过战争的老兵家中都像供神一样保存着一把手枪，其历史根源在此。

美国的枪也给美国社会留下了不少祸害，每年都有无数“枪案”，每年都有美国人丧命于枪下。留枪不留枪？枪留给谁？谁持有枪？可能会成为美国社会永恒的论题。

最近美国也在加强民间的枪支管理，收缴民间过多的武器，美国洛杉矶警察局就与超市联手举办“购物券换枪”活动，鼓励市民上缴不需要的枪械。有人竟送来火箭筒这样的重武器，碗口粗一米多长的火箭筒，洛杉矶警察局局长举着都费劲，那家伙可以轻轻松松地一炮掀翻一辆装甲车。美国人家中真有存货，一个小学生竟然扛着一挺崭新的机关枪来换“玩意儿”。让中国人瞠目结舌！大跌眼镜！美国到底是个什么社会？

原载微信公众号“闲话烟雨”2020年4月1日

【主编者言】在岭南文化的言说中，珠玑巷有象征意义。它是中原文化进入岭南地区的重要节点。从中原来的人由此向南，散布珠江三角洲。如今那里的许多人家仍将珠玑巷视为他们的来处。

祖巷

王剑冰

一

来到珠玑巷的时候，就望见了一幅画，画面中有蓝色的河、白色的墙、黛色的瓦。农家正在晒谷，金灿灿一片，从这边铺到那边。浅月挂在天穹，等着与太阳轮岗。远处是水缠绕的田野，有人还在收割，稻浪起起伏伏推涌着，鸟儿在上边撒网。再远是绿色的群山，苍茫无限远。

谁能想到呢，这里，就是当今广府人及海外华侨的发祥地，被称为“祖巷”的地方。

横亘粤桂湘赣边的山脉，古称五岭，东首的大庾岭，为广东与江西的界岭，长期阻断了两地交通。按照以前的说法，大庾岭以北统称中原，以南则称为岭南。巧的是，岭北为章水之源，章水入赣江再入长江，溯水至重庆，顺流到上海。岭南则为浈水之源，浈江与武江在韶关汇合为北江，而后入珠江，通广州，达云贵。由此可知，打通了大庾岭，便打通了中原到岭南的通道。始皇帝嬴政深知这一点，统一中国后，选择在大庾岭中段的梅岭劈道开关。

多少年过去，故道已不堪行走。到了唐代，张九龄接受使命，继续在梅岭开山辟路。他的家在岭南曲江，祖上过梅岭的艰难，让他对这条路的重要性再熟悉不过。这样，扩通的梅岭一度成为连接长江、珠江两条水系最短的陆上要道。中原内地和岭南地区的货物输送、人员的往来走动，无不得益于这条古道。史书曾记下当时的热闹场景："商贾如云，货物如雨，万足践履，冬无寒土。""诸夷朝贡，亦于焉取道。"跟着热闹的，还有岭上的梅花，每至严冬，银装素裹，馨香阵阵。

距离梅岭 20 公里的珠玑巷，也成了热闹之地。歇脚的、留宿的、久居的，酒肆客栈有二三百间，山珍杂货、当铺票行、粮草药材、布匹烟叶应有尽有，据说商贩和居民多达千户。

唐宋至元初，世居中原的汉族曾经多次大规模迁徙，避难者有黎民百姓，也有文官武吏。一些人选择往南，他们越过黄淮，越过长江，能安身则安身，不能再顺着赣江走，赣江到头，弃船上岸，遇到梅岭也只得翻过去，翻过去才能知道未知。

张九龄的祖先便是较早翻越梅岭的人。他们逐山而居，再不受惊惶与排斥。还有一些身份特殊者，也在古道留下了沉沉的足印。苏东坡被贬惠州时先行走过，数年后又从这里返回，在岭头的村店休息时，与一位老人感慨有赠："问翁大庾岭头住，曾见南迁几个回。"禅宗六祖慧能从中原来，带着五祖传下的衣钵，也曾在梅关停留。之后，他到了曲江的南华寺讲经说法，把自己永久留在了那里。

还是把目光移到那些人身上吧，那是一群历经数月艰辛的茫然者，本就遭际了各种各样的磨难，饱含着苦痛与无助，家的概念，越往南越空。却没想翻过大庾岭，有个珠玑巷等在那里，就像雪中的炭屋。无论哪个屋门开启，都会有一张笑脸相对，有些还夹杂着熟悉的乡音。家的感觉复苏了，珠玑巷周围，又多了一些垦荒者。

如此，珠玑巷与梅岭，就构筑在同一处审美坐标上。一千多年来，珠玑巷聚拢了多少中原人？数不清了，时间留下的姓氏就有 174 个，这些姓氏的后代更是多达 7000 余万，遍布海内外。百家姓够多够全了，超过一百七十个姓氏的集合，完全是一个人间奇迹。难怪他们寻根觅祖时，会说远方有一棵大槐树，近处有一个珠玑巷。

二

进了村子就看到了高高的牌楼，上面写着“珠玑古巷　吾家故乡”。我先见到了家乡的花，艳红艳红的，有点儿让人怀疑是假的，一问，洛神花。中原都没有听说过的花，在这里开得这般好。守着花的女子说，这种花富含氨基酸，剥开花瓣泡水，对人好着呢。

800多年的驷马桥卧在彩虹里，桥下一道水，流得更久。石雕门楼框着悠长的古巷，巷道铺着石子，凸凹的感觉，透进脚心。雨和尘沙，会顺着凹痕滑走，滑走的，还有轰轰烈烈或平平淡淡的时光。

明清时期的老宅子，有些挺立着，有些歪了肩角。灰薄的瓦，干打垒的墙，墙上刷的白灰，掉了一半的皮。一口“九龙井”，依然清澈甘洌，酿出的酒、沏出的茶都味道醇厚，制出的豆腐也嫩滑爽口。

慢慢地发现，这些拥挤的房屋都有极高的利用价值，不唯是生活功能，还有团结功能。瞧，屋头大都贴了祠堂的名牌，这边是谢氏祠堂，那边是彭氏祠堂，彭氏旁边是杨氏，杨氏旁边是冯氏，然后赵氏、钟氏、赖氏……

如何有此密集的祠堂？问了县史办的李君祥才知道，最近一个时期，前来认祖寻亲的特别多，来了到处打听，七嘴八舌地说不清楚，于是在街上设立了姓氏联络点，以方便远道来的老乡亲。

我随脚踏进旁边的谢氏祠堂。阳光从祠堂后面照进来，满屋亮堂。房屋设计很讲究，会在后方为太阳留下通道，中间为雨水留下位置。这样的老宅气韵祥和，舒适透爽。一侧的墙上贴着红纸，上边写着人名。一位老者从后面走出来，还没看清脸面，先见到露齿的笑，说来了，谢家的？我说是来看看。老人叫谢崇政，75岁了，三个孩子都在外地，自己与老伴在这里，没什么事，就帮助谢家迎迎客人。说话间我已经明白，墙上的名单，都是最近前来认祖的。

告别老谢出来，闪过诸多门口，右手一个门脸扯住了脚步。门上错落画着一个个方框，每个方框颜色各不相同，在巷子里很是扎眼。正奇怪，一个女孩从里面出来。女孩叫刘琼，高中毕业后嫁在珠玑巷，夫家姓徐，想干点儿事，就盘下一个门店，卖些跟古巷有关的物什。我说门上的色块很吸眼球。刘琼说随便想的，还要在这些色块里写上各个姓氏。哦，仍然同珠玑巷的特色一致。

前面又出现了一座门楼，供奉着太子菩萨，上面的石匾题为“珠玑楼”。门楼两旁，有不大的摊子，摆着细长的卷烟，竟然叫“珠玑烟”。摊后的女子说，珠玑巷早就有种烟的历史，自家的烟叶收了用不完，便学着做卷烟，就地消化。巷子里还有不少卖腊鸭的，一排排腊鸭挂在阳光下，泛着油亮的光彩，而且都标着是“腊巷”的腊鸭，一问，腊巷就是珠玑巷的一条街。这让我立时想起前两天遇到的老者，难道他是珠玑巷人？

我来时，卧铺外边走廊上一个小女孩让老人跟着她学诗，老人总是说错，小女孩就一次次地教。慢慢知道，老人是在为儿子带孩子，他不习惯守在高楼上，便带着孩子回老家来。小女孩长着一双明亮的大眼，蓄一头短发，很是可爱。当了好一会儿学生，爷爷说，我来说一个，你也跟着学，爷爷就一句一句地说着当地的土谣。

月儿光光照地塘，
虾仔乖乖训落床。
虾仔你要快快长，
帮着阿爷看牛羊。

小女孩真学了，学的腔调也跟爷爷一样，引得大家发笑。后来知道他们也在韶关下车。这小女孩叫安安，她说爷爷家在居居。我问老人“居居”在韶关哪里，老人说在南雄。我恰巧要去南雄。老人说，欢迎你到我们村子去看看，现在外边来的人可多了，还有旅行社的。后来才知道，老人的口音被误听了，比如说村里的人“不傻”，实际上说的是“不少”。那么，老人口中的居居巷，可不就是这个珠玑巷！老人说他们那里的腊鸭誉满岭南，只有腊巷的人做的腊鸭才正宗。老人说他姓刘，一个村子以前有一百多个姓。当时觉得他过于自豪，现在明白他讲的是实话。

我便有意去寻找刘氏祠堂。

这是古巷较大的一座祠堂，深而广，屋顶的天窗不止一个。阳光射进来，里面显出明明暗暗的层次，案子、条凳、廊柱、匾额，使得整个祠堂器宇轩昂。我们进门的时候，一个女子从旁边跟进来，显现出友好的热情。她姓沈，嫁到了珠玑巷的刘家，有两个孩子，大孩子已经二十四岁了，在外边打工，小的在镇上读小学二年级。她说祠堂是刘氏宗亲举行大事的地方。她1994年结婚，也是在这里摆的酒席。娘家在60公里外的澜河镇，当时条件不像现在，夫家只是租了辆面包车和工具车，面包车接新娘，工具车装嫁妆，直接到祠堂里举行婚礼。她和丈夫是打工认识的，现在丈夫还在打工。我问刘姓在珠玑巷有多少人，回答是十几户。

李君祥说，珠玑巷的人渐渐迁出去，现在留下的还有350多户，1800多人。十几户也不算少了，刘、陈、李、黄都属于大户。

为何一个女人家，在这里照料祠堂？她说现在留在家里的人少，又不能冷落了那些外来认祖的乡亲，就商量着一家出一人，一人管一年。问她可有劳务费？她笑了，说给什么钱，都是自家的事情。我也笑了，问可认识一位姓刘的老者，刚刚从湖北接孙女回来。她摇了摇头，说没在意。我突然想起来，说女孩叫安安。她还是摇了摇头。

巷头汪着一泓水，水边一棵古榕，铺散得惊天动地。水叫沙湖，连着沙河，水从桥下流走，顺着古巷流到很远。沙水湖北畔，有个“祖居纪念区”，区内一座座新起的祠堂，有陈、黄、梁、罗、何等几十姓，各姓宗祠风格各异，气势雄伟。李君祥说，外边来的人多，来了都有捐助，原来的祠堂都小，举行什么仪式都摆不开，就建了新的。这些祠堂都是仿古建筑，有的还立了牌坊，哪一座都比原来的宏阔。

转到黎氏祠堂，石牌坊那里，我看到一位老太领着一个小女孩玩，小女孩要挣脱老太去追一个男孩，老太拉拽不住，便放了手。我忽而醒悟，难道老者说的不是姓刘而是姓黎？我上去叫了一声安安。小女孩回头来看，还真的是那个安安。安安好像记不起我是谁。我就念：朝见黄牛，暮见黄牛……小女孩终于想起来了，说你来找爷爷玩吗？我说是，我就跟赶过来的老太说起火车上的事情。老太似听不大懂我的话，我问老太是安安的什么，她说是婆婆，后来才明白是安安的奶奶。小男孩把安安拉走了，奶奶又紧忙跟去。

我很想见到那位老者，我想问问他，为什么他祖上没有离开珠玑巷。当然，他也会说这里的水土好，人脉好，留下自有留下的好。

离开有些热闹的街巷，深入进去，便看到了生活的自然。那是岭南特有的乡间景象。长叶子的芋头，在土里不知道有多大。开花的南瓜，一个个垂挂着，无人摘取。墙上翻下的植物，像仙人掌却不长刺。秋葵顺着高高的枝，独自爬过了墙头。一种叫青葙的植物，下边白，上头一点红，蜡烛一般。

一个个门内，都干净整洁，有的院里晒着辣椒，红红黄黄的，好几摊子。有的门通着后边，过去看，一间间住房都有人。见了，热情地招呼，问来自哪里，姓什么。

树也多，除了认识的樟树、榕树之类，有一种树，满树黄，以为是叶子，其实是花。还有一种树，扑棱一身粉白，说是叫异木棉。

三

这里不产珠玑，也不是贩卖珠玑之地，何以叫了珠玑巷？可以肯定地说，珠玑巷的名字是有来头的。

还真是，珠玑巷原名敬宗巷，改成现名有两种说法，一个是说唐中期敬宗巷人张昌，七世同堂，和睦共居，声名远播。皇帝闻说，赏赐给张昌一条珠玑绦环。后来这位李湛皇帝驾崩，被赐庙号敬宗。为避讳，当地人改敬宗巷为珠玑巷。在南雄的《张氏族谱》中，便对“孝德”格外推崇，其家训除“崇祀祖先”外，还有“孝敬双亲、友爱兄弟、训诲子侄、和睦乡里、尊敬长者、怜恤孤贫”，并强调“子孙众多，无甚亲疏”“同乡共井，缓急相依”，因此为乡里所赞颂。

珠玑巷仍有张昌的故居，故居门口一副对联格外醒目：“愿天下翁姑舍三分爱女之情而爱媳，望世间人子以七分顺妻之意而顺亲。”张家先人张九龄有话：“治国之道，实由家治也。”代代传承的祖训，被张氏家族视为家庭建设之本，族中尤其在意和睦家风的维护。张昌是张九龄后世裔孙，张家人丁兴旺，又孝义和睦，自然有人传话，得此赏赐，由此而改巷名也是说得通的。

第二种说法是南宋时，地处中原的开封祥符许多官员及富商，为避元人而大举南迁，越大庾岭定居于南雄的沙水镇，因祥符有珠玑巷，于是将此地改为同名，聊解思乡之情。这种说法也有说服力，而且，在此地洙泗巷东侧，原来还有白马寺，与中原的白马寺名字相同。例子还有，广州荔湾区有一条内街，也叫珠玑巷，当地人称这里的先民是由南雄珠玑巷迁来，难忘故园而叫其名。据说，这些有身份的人当中，就有扶助赵匡胤登基的开国功臣罗彦环，他曾官至御前忠勇太尉翊郎。赵匡胤对这些手握重兵的武将心存疑心，罗彦环只能称病自行退隐，又怕丞相王溥算计，便沿江西往南，翻越梅关古道，停驻在了珠玑巷。他在这里同先后迁来的中原仕宦与巨家望族相处和睦，对当地土著也体恤有加，曾经的地位以及与人为善的处事方式，受到珠玑巷人的尊重。

无论哪一种说法，都表明珠玑巷不是一般的乡村野巷。巷子的居民，有豪情也有能力，结交那些内地的后来者，结交得越多，影响也就越广。此或也是珠玑巷不断扩大的原因。

现在，这个改变着一代代中原人命运的地方，已看不到多少痕迹。但一个个远道而来的人，又让我坚信，这里确实是一个寓言般的地方，让你不得不驻足，不得不思索，不得不滋生敬意。说是一条巷，实则是一条通衢大道，那种民族意义文化意义上的大道。

当地人说，最先的一条巷子，随着一拨拨的人来，不断扩展，甚至连带起周围的村子。即使今天，这里也还有三街四巷：珠玑街、棋盘街、马仔街，洙泗巷、黄茅巷、铁炉巷和腊巷。

我从中看到了中原人与当地人新型的乡亲关系，这种关系具有恒久特质。

你看，时值冬季，一批中原人来到珠玑巷，巷内已经住满了人。好客的珠玑巷还是要挽留他们。一位姓刘的老者来到南山坡上，指着大片的黄茅草，发动众人就地取材。人们行动起来，空地上一时搭起了数十座茅草房，房上渐次冒出炊烟。在一大片袅袅的烟气里，散出了安逸与清香。就此诞生出一条黄茅巷。珠玑巷西侧有条小巷，以生产铁器农具为主。中原内地氏族来到这里，看到当地使用的农具十分落后，便开炉锻造犁铧、锄头、镰铲推荐给珠玑巷、牛田村一带的人。这些农具轻便好用，很快受到人们的喜欢。中原人也就不停地锻造下去，以供所求。这些中原人聚在一起的巷子，就叫成了铁炉巷。

从历史的制高点看，在北面满目疮痍、一片焦土的时候，珠玑巷的茅草屋和铁匠炉刚刚搭起，那种茅草飘摇的炊烟与铁器锻造的声响，成了新的乡愁符号。它们展现出来的美好，是陌生的熟识，遥远的近乎。岭南在中原人心里，曾经如天涯海角一般，他们或可长久地打量过横亘的高高的五岭。凡是坚意地离乡背井、举家南行的人，哪个不是遭遇了伤害或怕遭遇伤害？那么，来到这里，就不能也不会再受伤害。挽回伤害容易，挽回长久的伤害或长久地挽回伤害，不容易。多少年，珠玑巷都试着做着，以最真诚的态度、最浅显的理念。

他们一定有过对视的眼神，来自中原的眼神里，会有七分的犹疑、慌乱与低微，而珠玑巷的眼神含了十分的真诚、友好与温暖。这两种眼神的碰撞与交融，瞬间接通了高山流水，七彩云霓。中华民族，自此有了一个梅香四溢的驿站。

有一个字叫善，“善”，念着舒服，听着温馨。过了梅关，就看到了那个“善”。那是梅的引领吗？梅本冰洁、纯粹，不张扬，也不热烈，静静地，伴着一道的风、一岭的雪。看见了，委顿的烛也会灿白一亮，孤冷的心也会乍然一暖。

无家可归的流浪者，尤对这个善字格外敏感。那是所有的感觉感觉出来，所有的体味体味出来。必是一个微笑、一杯热茶、一顿饱饭，而后问你的所往你的所念，而后会接受你的疑问、你的泪眼。可以说，来到这里的，都会找回渐行渐远的善良和慈悲的天性。一个个的人就这样与善结盟，再以善相传。善，简单而又深奥，深奥而又简单，就像珠玑巷，巷子本没有珠玑，却又满是珠玑。

多少年中，珠玑巷的名字，都在章水与浈水间嘹亮地翻卷。而章水与浈水，名字也是那般美好。这是一个广泛的融合，姓氏的融合，情感的融合，力量的融合乃至家庭的融合。生活在起变化，起变化的还有观念。

善已成为珠玑巷的灵魂，在珠玑巷行走，到处都可以见到像张家这样的家德家风的楹联和牌匾。那一个个刻在石头上、铭在墙壁上、雕在立木上的氏族家训，或长或短的内容，无不传达着友善、和睦、礼貌、孝悌、勤俭。由此构成珠玑巷的大环境，无论大户大姓、小家小姓，只要在这珠玑巷，就是一个大家庭成员。基于这样的理念，这样的教训，这样的行为，珠玑巷才有千百年的凝聚，千百年的灿然。

转着的时候，我似又感觉珠玑巷少了什么，少了什么呢——围挡！北方的村子往往会筑高墙壁垒，一旦关严墙门，就成了一统天下。而珠玑巷甚至连土围子都没有。你很容易从某个地方进去。一个不设围墙的村子，也就让你没有那么多抵触，那么多犹豫，那么多戒备。

也不像我去过的另一个古村新田，一村无杂姓，全姓刘，祠堂有四五处，光宗耀祖的大屋一个连着一个。珠玑巷没有想象的豪宅大院，没有宰相府、大夫第，也没有谁修的花园丽景。说实在的，能跋涉千山万水越过梅岭的，也必是有过经历、有过见识、有着主意的人。他们即便有携带，也不会在这里玩大。

这里是平和的欢聚、平等的乐园。来在这里的人，再狂放不羁，也会约心束性，再柔弱卑贱，也会气定神安。这是珠玑巷的气质使然。

四

老牌楼附近有一口方井，旁边有座岭南罕见的元代石塔，上面有三十六尊罗汉浮雕，这便是有名的贵妃塔。

传说南宋度宗咸淳年间，奸相贾似道排除异己，诬陷胡氏兄妹有夺权野心，以罢政要挟皇上。度宗皇帝只得削去胡显祖官职，贬胡妃为庶民，出宫为尼。胡妃为避贾似道加害，乘隙溜出所居寺庙，隐名改姓，漂泊于市井街头。珠玑巷商人黄贮万运粮至临安，在江边遇见落魄的胡妃，见其虽衣衫褴褛，却端庄秀丽，举止清雅，谈吐不俗，便将她留在了身边。黄贮万身上，有着珠玑巷良善与悲悯的特质。胡妃跟随他山一程水一程地来在这岭南，路上必也享受了新奇的风光与新奇的情爱。回到珠玑巷，两人结为了夫妻。

时间久了，善良的胡妃将心底的所有倾囊倒出，一心一意跟丈夫过生活。当地人不会忘记，这一带遇天灾、饥荒严重时，胡妃看到水里的田螺，便告知乡亲捞取来吃，并亲手烹调，示范食用，让一个村子渡过难关。此后，珠玑巷的煮炒田螺流传至今，成为民间名吃。

日子本可这样轻轻浅浅地过下去，谁知皇帝又想起了胡妃，令兵部尚书张钦行文各省查找。家仆早就知晓胡妃身份，便向官府告发。珠玑巷多有难逃的官员富贾，这回又藏了胡妃，贾似道便以珠玑巷人要造反为名，派兵清剿。珠玑巷民不得不纷纷逃离家园。胡妃怕株连乡人，投井自尽。胡妃让自己的生命断然收煞，冥冥之中，仍然是对珠玑巷的爱恋与祝福。她或已感满足，过了一段常人的生活，有了那么多的见识，那么多的友情，那么多的认可。珠玑巷人同情她、怀念她，在井旁为她修了七级佛塔，塔毁了，人们还是同情她、怀念她，便又重修。现在的这个石塔，立于胡妃死后77年。

除了前面提到的张昌和黄贮万，珠玑巷所传有名有姓的人物不多。有一位受人景仰的何昶。南唐时，何昶与哥哥随父居住在河南孟州。父亲死后，两兄弟扶柩南归老家庐江。守墓三年，何昶被后晋高祖石敬瑭赏识，做了侍御史。高祖崩，石重贵继位，挑起与契丹的战争，何昶进谏无用，便托疾辞官。后晋遂被契丹所灭。何昶又为后周世宗重用，受命持节南下，宣抚南汉帝刘晟，被封南海参军。何昶见雄州民情厚朴，风物淳美，便把家安在了珠玑巷。其时这一带盗贼连出，民众惊惶。何昶率兵征伐，粤北得以安宁。南海又有贼匪滋事，何昶再征南海，平定了乱局。因母年高，他常守在珠玑巷孝敬母亲。

何昶所处的年代，属于多事之秋。此后湖南郴州又发生匪寇侵扰，何昶再次奉命出征。他的兵船沿浈水南下，准备到韶州转武水北上。船至韶阳滩时，突遇强烈的龙卷风，可叹一世英豪，与夫人随船倾覆江中。他们的遗骸后来被人收敛葬于雄州巾山。可以看出，何昶忠义勇猛，孝悌爱民，传达的是珠玑巷的普世价值，因而受到广众爱戴。现在珠玑巷建有何氏大宗祠，成为何氏族人聚居之地。就此也想到那位同葬江底的夫人，不知道她为何要伴君出征，是知道此去前途浩茫，放心不下，还是陪伴夫君身旁，是她一贯忠实的义务？那么，我们说道珠玑巷的美德传承，也应该有这位夫人一笔。

还有一个罗贵，被许多珠玑巷人和广府人尊为“罗贵祖”。最初到珠玑巷来的罗彦环，就是罗贵的六世祖。罗贵20多岁时，想求取功名，却受到父亲罗锦裳阻止，并安排与一金家女孩结了婚。珠玑巷前有一座石雕，讲的便是罗贵带领众人砍竹结筏，顺浈江南迁的故事。男人们将家当背在身上，女人则搂着孩子，孩子带着不忍丢下的小狗，所有的眼神，都显得茫然无措。竹筏中屹立的罗贵，悲壮地凝望着滔滔的远方……

由此看到，珠玑巷的人，无论是有名还是无名，是男人还是女人，是古人还是今人，都让人有一种亲和力，一种信赖感。

史上记载的珠玑巷人大规模南迁有三次：一次是宋室南渡时，迫于追兵而集体逃亡；第二次是珠玑巷贡生罗贵为首的三十三姓、九十七户人家的南迁；胡妃事件则是珠玑巷人的第三次举家出逃，其中麦氏一姓，“携家二百余口”。好不容易找到一个居所，要再次舍弃，实为万不得已之举。迁徙出去的人中，或有黄茅巷和铁匠巷的人，回头的一刹，该是怎样的心绪？逃出去的散居到了珠三角一带，那里地广人稀，便于耕种，于是开村立族。后来珠玑巷人陆续迁来，成为新的繁衍地。

有人将珠玑巷称为中原人涉足珠三角的中转站，怎不让人想到村口白发苍苍的老母，迎来了儿子，好生抚慰，又不得不将其远送。

珠玑巷，或也是一个准备场、冶炼地，准备充足、冶炼到位，再去更广更大的地方试水。有人带去了耕种方式，有人带去了经营方式，有人带去了组织方式，更多的，几乎每个人都带去了异姓一家、同舟共济、和谐共赢、开拓进取的珠玑巷人格体系。大家知道，广东人善交际，不排外，外地人都能在这里施展身手，此或同广而深邃的珠玑精神有关。

这些珠玑巷后裔分布在珠江三角洲的二十九个市县以及海外，其中在不少领域产生深广的影响，如近代的康有为、梁启超、孙中山、詹天佑、黄飞鸿等，直至今天，珠玑巷人血液中的那种文化特质，早深深融入他们的后人之中。

可否这样说，珠江三角洲的今天，或与珠玑巷的昨天有着某种通连。

五

那条路已深入黄昏。夕阳在打点行装，云霭正漫步走来。

我不敢在这样的巷子里睡觉，我怕会整夜地失眠。我怕那些叠压着的脚步，分分钟敲打我的耳鼓。我会听到谁的呼喊，比古道还远。

一个小小的村巷，几乎成了一个神秘的图腾。一批批的人来，怀着说不清道不明的心灵密码。来的人不同，有的是丢了什么来找寻的，有的是多了什么来回送的，有的什么也不是，就是想到这里走走看看，走走看看才安心。

坚守的人，仍坚守着那份微笑，那份情怀，让你觉出亲切和心慰。自此来看，坚守的人责任更大，他们每个人都构成了一个要素，一个意义。

是偶然也是必然，一个个找寻来的姓氏，亲情的横撇竖捺，分都分不开。天空依然高远，夜黑了又亮，太阳依然明媚，并且热烈。鸡开始鸣唱，狗吠得同中原没有两样。

有人在大树下坐着聊天，看见了，就邀你去说话。说话的人，或是一个村子的，或是多个村子的，或是来自更远的地方。树大根深，人走了，树还在原地等着。老了的树死了，新的树又长出来。这棵树老得不成样子了，还在遮望着遥远的思念。树上飘着红布条，红布条上的意思，都懂。跟前的水通着浈江，浈江是更辽阔的水，很多人顺了这水往南去，如果再顺珠江往下走，就入海了。一些人就这样走下去，走成了五湖四海。走了，觉得心还留在这珠玑巷，便絮絮叨叨，恍恍惚惚。老了，又走回来，在这树下在这水边聚聚拉拉，到祖祠里上上香，流流泪。

每个人的心底，或许都知道那个故事，流浪的孩子被好心人收留，孩子以一生的辛勤，报答自己的主人，直到将主人养老送终。故事的高度，与中华民族的美德相通。珠玑巷的故事与之有点相似，却没有相似的尾声。珠玑巷不图回报，却阻挡不了 7000 万盈盈北望的目光，他们的目光与巷口慈母样的目光汇在一起。

一位老人，八十五岁了，耳不聋眼不花，说话声音底气很足，说他家原来就在开封珠玑巷，那时候战乱频仍，民生不保，祖辈便拖家带口往南逃，行囊越来越薄，人口越来越少，失望中发现一个同名的街巷，就有了希望，就一代代地到了他这里。老人说，过年来吧，过年热闹，四里八乡的人都来，他的儿子孙子也来，漂流海外的也来。一说到这里，周围的人便七嘴八舌地谈论开。我听清了，这里仍然保留着中原古老的节庆乡俗，大年初二便开始舞春牛，舞香火龙，舞双龙双狮，走桥板灯，走马灯、鲤鱼灯，还要唱龙船调，唱采茶戏。

节日里，会有酿豆腐、宰相粉、炒田螺、珠玑腊鸭、梅岭鹅王各种小吃。

我相信，那会是珠玑巷的又一个春天，而且是愈加盎然的春天。

我相信，每一位来珠玑巷的人，都会立刻变得熟悉和亲切，自然而然地产生相互的认同感。

我相信，在这珠玑巷，会建立更多的新型关系，产生更多的友情与爱情，那是因为有着共同的根脉，共同的本质。

走的时候，我还是不由地回头。我觉得，我应该招呼更多的人到这里看看，领略它的精神气脉，感觉它的人文意韵。我觉得，在厚重的中华典籍里，这里该有道德伦理学、社会心理学、姓氏文化学、民族融合学乃至中华交通史、民族迁徙史、文明发展史的一个册页。

原载《收获》2020 年第 4 期

【主编者言】读此文让我想起20世纪80年代的往事，那时的广东敢于另辟蹊径，带来社会、经济、文化的繁荣，一时间说粤语、唱粤语歌成为时尚，好些地方甚至办起了粤语学习班。

魏晋时期江南一带对中原文化其他方面的趋从与跟进

宁稼雨

除了政治心理和学术风气，两晋时期南北语言的流变，也极能说明语言作为文化的一种对政治强弱的依赖关系，亦即政治优势如何决定了语言的定向。

陈寅恪先生说："自司马氏平吴以来，中原众事，颇为孙吴遗民所崇尚，语音亦其一端。"（陈寅恪《金明馆丛稿初编·从史实论切韵》）即是指此。这包括一个问题的两个方面，一是北方洛语成为大江南北时崇的语言，二是部分中原政治家为了政治统治的需要，也不耻而为吴语。

吴人学习洛语，这是他们从政治服从到文化服从整个过程的一个组成部分。从西晋时起，一些希冀爬上上层地位的江南大族，在入洛前后，为免受中原人讥讽，与染习玄学一样，也很注意学习洛语。陆云在《与兄平原书》中，提出"音楚"和"文楚"的问题。因为吴人生怕这一弱点被北方人耻笑。王敦就是因音楚而为人不齿（《世说新语·豪爽》）。陆云在书中提出他作文时，"会结使说音"。"结使"为"给使"之误，为伺候官吏的使役，陆云作文要他说音，不外乎给使为洛阳人也。这里的"楚"是个形容词，它是地名之"楚"的引申，用作"都邑"及"文雅"的对文，如同今天所说的"土"和"俗"。而这里的楚音，主要是指吴地的口音，说明二陆入洛后，努力学习洛语，以防被嘲。因为这是十分可能的。当支道林在江东见到王徽之兄弟后，中原人问他："诸王何如？"

支道林回答道："见一群白颈鸟，但闻唤哑哑声。"(《世说新语·轻诋》)在中原人听来，吴语如同鸟叫一般，呜里哇啦。要避免别人这样的耻笑，就必须学好洛语。葛洪曾抨击这般学习洛语的风气说："上国众事，所以胜江表者多，然亦有可否者。……余谓废已习之法，更勤苦以学中国之书，尚可不须也；况于乃有转易其声音，以效北语，既不能便良似可耻可笑，所谓不得邯郸之步，而有匍匐之嗤者。"(《抱朴子·讥惑》)

从葛洪的斥责中，已经分明可以感受到洛语在当时已经何等流行。不过葛洪所说学洛语不能"良似"，倒是实情。《颜氏家训·书证》："或问曰：'东宫旧事，何以呼"鸱尾"为"祠尾"？'答曰：'张敞者，吴人，不甚稽古，随宜记注，逐乡俗讹谬，造作书字耳。吴人呼'祠祀'为'鸱祀'，故以'祠'代'鸱'字。"张敞为晋末人，这里记叙他不免随乡音而讹谬，正是吴人学洛语不能"良似"的例证。

然而，吴人学习和使用洛语的情况又不能一概而论。在东晋南朝时期，官吏对士人操用北语，对庶人则操吴语。也就是说，洛语和吴语，是当时分辨士族和庶族的最明显的标志。这种风气一直延续到南朝，如南齐时王敬则虽然富达，却不以富贵自遇，平日交接士庶概用吴语。而当时作诗多用北方洛语，所以当世祖让他当面赋诗的时候他就一筹莫展了(《南齐书·王敬则传》)。故他作诗困难。又如张融"出为封溪令。……广越嶂岭，獠贼执融，将杀食之，融神色不动，方作洛生咏，贼异之而不害也"(《南齐书·张融传》)。张融本为江南士族，但临危时仍能作洛生咏，这一方面说明他心神镇定，异乎常人，同时也可见他平日能习惯而流利地使用北语，否则不会如此熟练。张融和王敬则代表了吴人两个阶级对待洛语的不同态度。所以北齐颜之推清楚地指出："易服而与之谈，南方士庶，数言可辨；隔垣而听其语，北方朝野，终日难分"(《颜氏家训·音辞》)。

到了晋宋时期，北语在江南的上流社会中已经十分普及了。沈括《宋书·顾琛传》云："先是，宋世江东贵达者，会稽孔季恭，季恭子灵符、吴兴丘渊之及琛，吴音不变。”陈寅恪先生以反证的方法来推断既然在江东的贵达中唯有这几位吴音不变，则其余士族，虽本吴人，并不操吴音，断可知矣（陈寅恪《金明馆丛稿初编·东晋南朝之吴语》）。其说良是。而他们所操用的，显然又是北语。《宋书·刘道怜传》云：“道怜素无才能，言音甚楚，举止施为，多诸鄙拙。”刘宋皇室的先世，本非清显，而又侨居于北来武装集团所萃聚的京口，故没有受到吴中士庶所操洛语和吴语的同化，而未改其彭城楚地的乡音。从沈约的话中，可以看出南朝士流对未操北语的楚音十分鄙视。

但是，在众多讲北语的人中，口音不可能完全一致。因为南北语言本来就存在着先天的差异。颜之推说：“南方水土和柔，其音清举而切诣，失在浮浅，其辞多鄙俗。北方山川深厚，其音沈浊而鈋钝，得其质直，其辞多古语”（《颜氏家训·音辞》）。陆德明也说：“方言差别，固自不同。河北江南，最为巨异，或失在浮清，或滞于沉浊”。（《经典释文》序录）这些天然差别的存在，使那些学习洛语的南人和其他地区的北人，难免与标准的洛语有一定距离。颜之推进一步指出他们各自的毛病：“南染吴、越，北杂夷虏，皆有深弊，不可具论。”（《颜氏家训·音辞》）而他们找出这些弊病的参照系，或云当时标准的语音，便是当时以洛阳及近傍为代表的旧音。因为从东汉至西晋，洛阳一直是全国的政治文化中心。而过江的大族中，又多是在洛阳生活了几代的达官贵人。他们的洛阳口音，不仅是永嘉之乱前入洛吴人的仿效楷模，也是过江后江南士族所奉的圭臬。前所叙张融临危时犹能作洛生咏事，已可见其端倪。这种洛生咏本来是指东晋以前洛阳太学生以诵读经典的雅音来讽咏诗什。这种都邑雅音不仅与时伤轻清的吴越方音相差悬殊，即与多涉重浊的燕赵方言也不尽相同。

后来经谢安带有鼻音的洛生咏之后，众名流遂东施效颦，学起谢安的鼻音咏了。因为谢安患有鼻炎，所以他的发音比较混浊、厚重。这种鼻炎音本是一种缺陷，但因谢安名望极重，众名士虽不曾患有鼻炎，也都想仿效一下这位风流宗主的风采，竟甘心情愿地学其讹变。谢安在当时的确具有这样令人倾倒的威望，言行多为士流效仿。一次，他的一位老乡被罢官遣回，临走前去向谢安告别。谢安问他路上盘缠是否够用。乡人说除了五万把蒲葵扇之外别无长物。谢安就拿了一把蒲葵扇到闹市上散步。结果几天之内，京师士庶竞相以持扇为风，蒲扇不仅一销而空，而且价值倍增（《晋书·谢安传》）。从这如痴如狂的社会潮流中，人们自然可以感觉到，其背后起决定作用的杠杆，还是北方大族的政治优势。

当然，也有人对这种阴阳怪气的腔调不感兴趣，他们试图追踪谢安之前那种纯正的洛生吟咏。当有人问顾恺之为什么不作洛生咏时，他回答说："为什么要作那种老婢的声音？"（《世说新语·轻诋》）顾恺之所反对的，是时流对谢安洛生咏讹变的模仿，但他并非不为洛生之咏。《晋书·顾恺之传》记载因为顾恺之刚愎自信，很多年轻人要拿他开心取乐。他们有时请顾恺之来作洛生咏，可顾恺之却以洛生咏为"老婢声"为由，不屑为之。并自称在朗诵方面自得"先贤风制"。陈寅恪先生认为，顾恺之所说的先贤风制，很可能就是指谢安以前的旧规洛生咏。（陈寅恪《金明馆丛稿初编·从史实论切韵》）不过，谢安有时掩鼻，并不是作洛生咏，而是开玩笑时的一种姿态，故与此无关。据《世说新语·排调》记载，当初谢安在东山隐居时，他的同族兄弟中不乏富贵者。他们动辄高朋满座，车水马龙。谢安的妻子刘夫人打趣地问谢安："大丈夫不应如此吗？"谢安便幽默地捏起鼻子，发出怪怪的声音："恐怕将来也难免如此啊！"

如果说吴人贵族学习洛语是吴人政治服从的具体表现的话，那么部分北方政治家操用吴语，则是他们政治征服的一种手腕而已。一个盛暑之日，刘惔去找王导，王导为了凉快，把肚皮贴在弹棋棋盘上，惬意地说："多么淴（吴人谓冷曰"淴"）啊！"刘惔出来后，别人问他王导怎么样，刘惔说："除了会讲吴语，没有任何特殊之处。"（《世说新语·排调》）

王导作为东晋的开国丞相，为了使晋室在江南站稳脚跟，他已经使出了浑身解数，处心积虑，不遗余力。在大批吴人士族争先恐后地竞学洛语时，这位中原大族，政治核心人物竟然逆流而动，讲起大家已经十分鄙夷的吴语，这个反常的举动显然具有反常的动机。这与他过江后向陆玩请婚、实行一系列宽纵江南大族的政策均为一致，即要施行笼络江南大族之术，使之服从晋室偏安朝廷。为达此目的，他不仅讲吴语，有时也还来点儿胡语。当他拜扬州刺史时，一次招待宾客数百人，这些人都很高兴，只有临海一位姓任的客人和数位胡人脸色不太好看。王导见此情景，马上到姓任的身边说："您一出来，临海便没人了！"这一明显的吹嘘立即使任十分喜悦。又走到胡人面前说："兰阇！兰阇！"听到这句胡语的恭维，"群胡同笑，四坐并欢"（《世说新语·政事》）。从此则可知王导的语言应变能力极强，且能根据政治权术的需要，对不同的对象使用不同的语言。他在胡人面前讲胡语，在吴人面前讲吴语，都不过是一时的权宜之计，并不能代表过江大族的普遍情况。就王导本人来说，也不是过江后始终使用吴语。今天流传的王导《麈尾铭》，使用的是理子俟韵，与西晋时北人如齐国左思《白发赋》、谯国曹摅《思友人诗》的用韵正相同，这与当时书面语多用北语的习惯是一致的。至于该文是否真出王导，以及是王导过江前抑或过江后作，虽不可考，但可以肯定的是，在王导与吴人大讲吴语时，在他的书面语中，并没有吴音的痕迹，这足以说明他讲吴语的政治动机。

除了以上所叙几个方面，魏晋时期中原人的政治胜利对其他文化形式的转化，还表现在书法、哀哭和居丧等几个方面。葛洪在《抱朴子·讥惑》篇中，曾就吴人趋从中原一事提出严厉批评。他认为对中原的文化不应盲从，因为中原文化虽然多胜江东，但也不是没有可否之处，这就更不该邯郸学步了。他说："君子行礼，不求变俗，谓违本邦之他国，不改其桑梓之法也；况于在其父母之乡，亦何为当事弃旧而强更学乎？"他列举的几个事例中，语言一项前文已叙。余三项即为书法、哀哭和居丧。

关于书法，葛洪说："吴之善书，则有皇象、刘纂、岑伯然、朱季平，皆一代之绝手。如中州有钟元常、胡孔明、张芝、索靖，各一邦之妙，并用古体，俱足周事。余谓废已习之法，更勤苦以学中国之书，尚可不须也。"在葛洪看来，吴人的几位书法家完全可以与中原书法家钟繇等人平分秋色、分庭抗礼，所以大可不必妄自菲薄，弃已从人。从书法史的发展来看，葛洪的看法不免有些保守。因吴人皇象等人的书法，虽有代表性，但仍比较古朴，没有离开传统的隶篆。而北方钟繇等人所推出的行书，却是书法史的一大进步。这也能体现出南北学风的创新与保守。

关于哀哭，葛洪说："乃有遭丧者而学中国哭者，令忽然无复念之情。昔钟仪、庄舄，不忘本声，古人韪之。孔子云：'丧亲者，若婴儿之失母'，其号岂常声之有？宁令哀有余，而礼不足，哭以泄哀，妍拙何在？而乃治饰其音，非痛切之谓也。"从葛洪的话中可以看出，南方人居丧哀哭，主要不是出于悲痛，而是为了模仿北人的哭法，是"治饰其音"。但因学得不伦不类，以至有"妍拙"之别。北方的哀哭，我们可以从阮籍的哭母中得窥端倪。阮籍在葬母时，蒸了一头肥猪，喝了二斗酒。临诀时大叫一声"穷矣"，口吐鲜血，不省人事。(《世说新语·任诞》)可能北人父母之丧，孝子要循例唤"穷矣"。南方人因不了解这一习惯，以致闹出笑话。一位南方人给北方孝子吊丧，送去一斛大豆。听到孝子哭喊："奈何（怎么办）！"以为是问豆子的用途，便回答："可以做饭。"孝子又喊："穷矣（完了）！"南方人回答："刚送来就用完了，那么我再送你一斛吧。"(《艺文类聚》卷八五引《笑林》)从这两个故事来推测，当时南人居丧时可能只是发出哭声，而洛阳一带却有泣有诉，即边哭边说话，像唱歌一样地哭。哭的时候嘴里还要喊些"穷矣""奈何"之类的话，以示悲哀。这种时髦的哭法被南方人所模仿，但又不能毕肖，所以被葛洪所讥。不过到南北朝时，这种哭法已被承认为南方的专利。颜之推说："江南丧哭，时有哀诉之言耳；山东重丧，则唯呼'苍天'，期功以下，则唯呼'痛深'，便是号而不哭"(《颜氏家训·风操》)。颜之推已经不知道这种边哭边诉的哭法原产于北方，而认为是江南之俗，说明这时北方反而没有这种哭法了。而北朝人又从江南人那里模仿这种哭法。《酉阳杂俎·尸穸》叙北朝丧仪云："哭声欲似南朝传哭，挽歌无破声，亦小异于京师焉。"这往返的追踪，都是随着政治重心的转移而转移的。

关于居丧，葛洪说："又闻贵人在大哀，或有疾病，服石散以数食，宣药势以饮酒，为性命疾患危笃，不堪风冷，帏帐茵褥，任其所安。于是凡琐小人之有财力者，了不复居于丧位，常在别房，高床重褥，美食大饮，或与密客，引满投空，至于沉醉。曰：‘此京洛之法也。’不亦惜哉！余之乡里，先德君子，其居重难，或并在衰老，于礼唯应缞麻在身，不成丧致毁者，皆过哀啜粥，口不经甘。时人虽不肖者，莫不企及自勉。而今人乃自取如此，何其相去之辽缅乎！”北方大族的居丧不守丧礼，从社会原因来看，这是他们蔑视礼法，越名教任自然作法的一部分。但还有一个更为具体的原因，就是服用寒食散的缘故。据《医心方》卷十九引皇甫谧说，服散十忌中，第二忌愁忧，第三忌哭泣，第五忌忍饥。《诸病源流》引皇甫谧说服散须要常饮酒，且要饮醇酒，不能饮薄酒等（参见余嘉锡《寒食散考》）。所以《世说新语》及《晋书》所记阮籍、阮咸、王戎等人居丧大啖酒肉的故事，都具有这双重的原因。但有些南方人士不知此内情，又未服散，只是机械地模仿饮酒食肉，且谓为“京洛之法”，则是东施效颦的又一表观。

在书法、哀哭和居丧这几个方面中仍然可以看出，尽管南北双方在各方面都存在着差异，但由于中原人在政治上的优势，迫使南人不得不在各方面亦步亦趋，以跟上时代潮流。葛洪虽然明确指出了这些不同和自己的看法，但他没有意识到这种文化追随背后的政治原因。中国历史上征服者和被征服者之间的文化整合有两种情况，当征服者在文化上落后于被征服者时，他们便提倡被征服者的先进文化，以有利统治，如元代与清代的统治者；当征服者在文化上胜于被征服者时，他们便强迫对方接受自己的文化。魏晋时期南北文化的异同，尤能说明这一点。

原载《古典文学知识》2020年第4期

【主编者言】现在医生总是劝人不喝酒。我常常假想，要是人人都不喝酒，我们的历史是什么样子的呢？至少诗歌史、艺术史都要改写的吧？酒不就是藏在诗歌里、艺术里的吗？

鲁迅的酒故事

张　娟

中国是酒的王国，在人类文化的历史长河中，它已不仅仅是一种客观的物质存在，更是一种文化象征，还是一种酒神精神。俗话说得好，“醉里乾坤大，闲中日月长。”酒文化在中国源远流长，酒为不少文人雅士所好，有多少美文佳作，如美酒佳酿任后人品评鉴赏，殊不知这一部部的著述，曾是他们饮酒后而作。杜甫《饮中八仙歌》中的“李白斗酒诗百篇，长安市上酒家眠，天子呼来不上船，自称臣是酒中仙。”苏轼《和陶渊明〈饮酒〉》中的“俯仰各有志，得酒诗自成。”南宋诗人张元幹的“雨后飞花知底数，醉来赢得自由身。”这些诗句因其经典性被后人广为传诵。王羲之的《兰亭集序》被称为“天下第一行书”，此作就是在三月三上巳节当日，曲水流觞雅兴后，王羲之小饮薄酒，微醉的状态下而作的集大成者。这样的例子在中国诗史中比比皆是，在文学艺术领域，酒对古代文人及其创造的不朽之作产生了巨大的影响。酒文化源远流长，渗透到人类社会生活中的各个领域，它深刻影响了作家们的创作心态及作品风貌。大文学家鲁迅先生与酒及文章有着深刻的关系，在中国文学史上留下了浓重的一笔，他的酒故事也很值得我们去听一听。

鲁迅的故乡绍兴是黄酒发源地，鲁迅在绍兴度过了他难忘而困顿的青少年时期，对绍兴酒自有特殊的感情，祖父本是京官，后因科场舞弊案被捕入狱，脾气大变，经常以酒消愁，父亲伯宜公也因为家族衰落，日日以醉酒麻痹自己，寻求解脱。绍兴作为中国黄酒的源头地，绍兴黄酒受天地之感应，便有“鉴湖水”一样的柔，“会稽山”一样的刚，水的外形，刚的内质，外柔内刚，它初入口温醇甘甜，在鲁迅时代是比较受欢迎的国酒，喝过绍兴黄酒的人都知道，它的后劲很大，绍兴方言中用“后翻浪”很大来形容。中国人喝酒讲究环境和心境，所以有“酒如豪士”“酒可结友”，记得有一位作家列举过饮酒时应具备的心胸和最适当的地点：“法饮宜舒，放饮宜雅；病饮宜小，愁饮宜醉；春饮宜庭，夏饮宜郊，秋饮宜舟，东饮宜室，夜饮宜月。”饮酒无非两种结果，醉与不醉，一场酒席中，酒量大的人，自是引以为豪，喝酒讲究行酒令，这样斗智斗勇地杯杯进肚，还充满着竞争精神，才能给大家带来欢乐，中国的行酒令从古到今是不断地在演变，到了今天叫豁拳，具体方法是双方边出拳边喊数字，有“四喜财”“五魁首”“六六六”“七个巧”，等等，我记得小时候父亲他们喝酒就是这样，我们小孩子也很喜欢这个游戏，可是并不容易学，因为出拳的时候还需要用手指比画，不同的数字有规定的比画方式，所以我们小孩只能用“棒子”“老虎”“鸡”，记得还有“虫子”来当行“酒”令，棒子遇到老虎，老虎一方为输，因为老虎被棒子打倒了，赌注是香槟，那个时候的香槟和现在的洋酒香槟不是一回事，我们小时候喝的香槟其实就是碳酸饮料，现在回忆起来那时候的酒席，觉得酒真的是给在座的人添了不少乐趣，可见是无酒不欢，当然不是所有饮酒的人都是因高兴而饮，也有很多人为了解忧，但毕竟“愁饮宜醉”。

绍兴人爱饮酒，众所周知。鲁迅与一般绍兴人并无不同，也爱喝酒，并且钟爱绍兴黄酒，绍兴黄酒能够和很多种菜肴相配，所以比较普遍，容易买得到，鲁迅每餐必喝一小杯，或会朋友，或寻求慰藉，以排遣心中感慨。

鲁迅的早期日记中，特别是他到北京工作后的前些年，绍兴会馆是鲁迅刚到北京时居住的地方，只身一人共住了有七年之久，那时他的母亲和朱安及其他家人都还没有来到北京与其团聚，又觉得在教育部上班“枯坐终日，极无聊赖”，可以想象他在这七年中的孤独生活历程，所以，除了去教育部上班，与朋友聚会餐饮自然就成了他生活的重要组成部分，尤其在1912、1913年间，他饮酒的次数很多，差不多三两天就有一饮。比如1912年8月份的日记记载如下：8月1日，“晚饮于广和居，颇醉”；8月2日，“晚杨莘士招饮于广和居”；8月9日，“午后张燮和来，同季市饮酒少许”；8月10日，“晚小饮于季市之室”；8月14日，“夜饮于季市之室”；8月16日，“夜饮于季市之室”；8月19日，“晚铭伯治酒招饮”；8月22日，“晚钱稻孙来，同季市饮于广和居”；8月28日，“晚稻孙来，大饮于季市之室”；8月31日，“晚董恂士招饮于致美斋”。一个月内饮酒达到10次，可真是不少，所以后来鲁迅经常犯胃病，也许和喝大酒不无关系。从日记中可以看出鲁迅经常去广和居饮酒。在鲁迅日记中有60多次记载，广和居是清末民初北京一家有名的饭馆，位于宣武门外菜市口西南的北半截胡同南口路东，正对着南半截胡同。鲁迅刚来北京时就居住于此处的绍兴会馆。道光年间就有广和居的史料记载，可谓历史悠久，据说专为宣南士大夫所设的。有炒腰花儿、江豆腐、清蒸干贝等脍炙人口的名菜品为食客们所喜爱，所以此饭馆虽然地处狭窄地带，饭馆环境也不能与京城当时的大饭馆媲美，但食客们仍趋之若鹜。清末民初，宣武门外一带会馆林立，不仅京官中的汉官颇多居住在此地，而且文人学士、科考学士也都云集于此，故而广和居的生意大为兴隆，晚清重臣张之洞、曾国藩、两朝帝师翁同龢、变法英雄谭嗣同、文化名人李慈铭等都曾在这里宴请过客人，鲁迅的祖父周福清也在广和居请过客。民国之后，鲁迅周围的文化人也经常在广和居聚会餐饮，许寿裳、周作人、马幼渔，沈尹默等以及鲁迅在教育部的许多同事都是这里的常客。还有一次，鲁迅在广和居喝酒后骑着骡，在街上云游，据记，在美丽的夏夜，和着月光，好一幅惬意景象。遗憾的是，当日热闹如市的广和居现已不存，当时狭长的四合院已是住满普通居民。鲁迅当年在北京喝酒的地方还有致美斋，鲁迅日记“夜饮于致美斋，国亲作主”，国亲为蔡元培的从弟，是鲁迅的同乡，曾与鲁迅同去日本留学，后又在北京一起工作，二人关系密切。致美斋现已改名为致美楼，位于前门大街煤市街与粮食店之间，原来以姑苏风味而闻名。便宜坊也是当年鲁迅去喝过大酒的地方，北京现在有数十家便宜坊分店，可当年鲁迅去的那家现已不存。会贤堂、同和居等地也留下鲁迅饮酒吃饭的记录。据不完全统计，鲁迅当年在北京去过的吃饭喝酒之地有六十多个饭馆。

鲁迅饮酒有多重原因，比如他的文章经常遭到反动当局的删改，还有婚姻不幸，后来的兄弟失和，职场不顺，等等，也许这些都是他饮酒的原因，但也会有与朋友间的友情、同乡间的亲情，大饮一番，酣畅淋漓。所以他日记中会有“饮酒一巨碗而归”“大醉”“微醉”“颇醉”等记录，通过这些喝酒的记录，可以考察鲁迅在不同时间的异样心情，也可透视出鲁迅与朋友、同乡及其他食客之间的关系。因此，他的酒文化带有丰富的个人体验。鲁迅不仅自己爱喝酒，还经常写“酒”，鲁迅在小说中把酒与人物细节、特定环境等元素紧密地联系在一起，描绘出一幅全景的酒俗文化图，酒俗深刻反映着特定历史时期的人物个性、时代印记和文化精神。

鲁迅先生有许多饮酒诗文，特别是《魏晋风度及文章与药及酒之关系》一文，是一篇意义深远的好文，就魏晋时期的“竹林七贤”阐述了酒对当时文人如阮籍、嵇康等人的作用，并论及了酒的功德，醉酒癫狂，狂放不羁，刘伶（“竹林七贤”之一）“无思无虑，其乐陶陶”酒醉后的怡然陶醉之感，与王公贵族公子们的丑态形成了鲜明对比，于不动声色之中做了尽情地嘲讽。刘伶纵酒放诞，蔑视封建礼法，在当时复杂的政治斗争中常以醉酒保全自己。看似一种不问时事，实际是一种对社会政治强烈不满，又无可奈何的悲观的社会心理，这种社会心理是当时社会政治的产物，反映在文学创作上，便形成隐晦的文风，这也体现了作者的一种复杂的心理状态，描写入木三分。鲁迅在《送灶日漫笔》中有一段关于酒饭的精彩妙论，“今之君子往往讳言吃饭，尤其是请吃饭。那自然是无足怪的，的确不大好听。只是北京的饭店那么多，饭局那么多，莫非都在食蛤蜊，谈风月，‘酒酣耳热而歌呜呜’么？不尽然的，的确也有许多‘公论’从这些地方播种，只因为公论和请帖之间看不出蛛丝马迹，所以议论便堂哉皇哉了。但我的意见，却以为还是酒后的公论有情。人非木石，岂能一味谈理，碍于情面而偏过去了，在这里正有着人气息。况且中国是一向重情面的。何谓情面？明朝就有人解释过，曰：'情面者，面情之谓也。'自然不知道他说什么，但也就可以懂得他说什么。在现今的世上，要有不偏不倚的公论，本来是一种梦想；即使是饭后的公评，酒后的宏议，也何尝不可姑妄听之呢。然而，倘以为那是真正老牌的公论，却一定上当。——但这也不能独归罪于公论家，社会上风行请吃饭而讳言请吃饭，使人们不得不虚假，那自然也应该分任其咎的。"对"请喝酒吃饭"的进一步说明，也指出了中国的"情面文化"，点明"喝酒吃饭"和"公论"的密切关联，进而得出凡"公论"都和"请喝酒吃饭"有关的观点，其实是对陈西滢有关女师大学潮言论的进一步批驳。但接下来他还是话风一转，"然而不以酒饭为重的老实人，却是的确也有的，要不然，中国自然还要坏。"也可以看出他为天下分忧的心路历程。"酒""情面"字眼很多，表面说的是大年二十三祭灶的民俗，实际上言及中国人的人际交往现象，颇有意味。

鲁迅的小说，百分之七十都会写到"酒"。如《阿Q正传》《狂人日记》《在酒楼上》等，无不以酒为载体，渲染气氛，从而来烘托人物，逼真地把人带到那个特定的环境氛围里，接地气，有韵味。享誉中外的小说《阿Q正传》开篇写道："……我并不知道阿Q姓什么。有一回，他似乎是姓赵，但第二日便模糊了。那是赵太爷的儿子进了秀才的时候，锣声镗镗地报到村里来，阿Q正喝了两碗黄酒，便手舞足蹈地说，这于他也很光彩，因为他和赵太爷原来是本家，细细地排起来他还比秀才长三辈呢。……"喝黄酒，长三辈，阿Q完全是一种自欺，自我麻痹，也是自赏，他的这种自我奖赏，终归是一切失败后的孤独心理反应，包括所谓的"恋爱"。在求爱不成后，阿Q接受了倾家荡产的"调解协议"。尽管他并没有什么"家产"，尽管这"家产"当掉之后真的是一无所有，竟也不妨碍他借酒消愁："阿Q自然都答应了，可惜没有钱。幸而已经春天，棉被可以无用，便质了二千大钱，履行条约。赤膊磕头之后，居然还剩几文，他也不再赎毡帽，统统喝了酒了。"阿Q喜喝空肚酒，不伴下酒菜，乃特意要让自己疯，唯其如此才能愈加能够赢得"胜利"：这种胜利是酒醉后的胜利，只有醉了，才敢打破人与人之间的一切界限，才敢冲破森严的等级观念，怀着喜悦和信赖的宿命论立于天地之间，所以，鲁迅笔下对喝酒形象的描述，完全是一种自我的宣泄和释放。《孔乙己》中也有不少主人公喝酒的场景描述："孔乙己喝过半碗酒，涨红的脸色渐渐复了原……"甚至为了凸现自己，竟然"用指甲蘸了酒，想在柜上写字，见我毫不热心，便又叹一口气。"对着这碗来之不易的温酒，"显出极惋惜的样子"。此时的酒，进入底层人民生活中，成为国民性的重要特质，这也许是一种以酒自慰的生存之道。孔乙己当年去过的咸亨酒店多少年来一直是游客们的网红打卡之地，完全可以说是鲁迅捧红了咸亨酒店，据说鲁迅笔下的《孔乙己》中的酒馆掌柜就是现实生活中咸亨酒店的老板，所以说绍兴酒给鲁迅带来了创作的素材，可以说，鲁迅先生倘若没有对绍兴酒和绍兴酒俗的深刻体验，是描绘不出如此生动逼真的酒乡风情图的。《在酒楼上》的背景环境是南方小城里的酒楼，吃食是绍兴酒和油豆腐，在"深冬雪后"的凄冷气氛中展开，两个痛苦和绝望的现代知识分子于此相遇，小说带有自传色彩，鲁迅在晚期曾与友人提起说《在酒楼上》的主人公就是写的就是他自己，在文中书写了独特的生命体验。"我"的饮酒反映了中国现代知识分子感时愤世、省悟人生的审美情趣。小说主人公吕纬甫的颓废饮酒状态则反映了"忧国忧民"的儒家情怀，让我们看到了现代进步的知识分子在落潮后的苦闷、彷徨，并伴随着精神上的痛楚与无助。

鲁迅的散文中也有"酒"的痕迹，他的回忆性散文《范爱农》追忆了鲁迅东京留学时期的同窗好友范爱农性格耿直，与社会格格不入，郁郁寡欢，溺水而亡的一生。文章很短，但有很多处关于饮酒的叙述，原因就在于范爱农生前爱喝酒。鲁迅一生作诗不少，70 多首，与酒相关的也不少，在中国文化里，酒是诗的一个重要表现内容，如他那首耳熟能详的自嘲诗里就写到了酒，《自嘲》是鲁迅 1932 年作的，"横眉冷对千夫指，俯首甘为孺子牛"的名联即出自此诗。此联紧承的上联亦即全诗的颔联"破帽遮颜过闹市，漏船载酒泛中流"，生动地写出了鲁迅在对敌斗争中的智慧和胆识，也让读者感受到了他身处险境，如斗士般淡定自若，遇事能够泰然处之。

“日日斟出一杯微甘的苦酒，不太少，不太多，以能微醉为度，递给人间，使饮者可以哭，可以歌，也如醒，也如醉，若有知，若无知，也欲死，也欲生”（《淡淡的血痕中》）。酒始终是鲁迅创作中的一条有形或无形的线，促使我们顺着这根线去走进他的世界，他或清醒，或消沉，或苦闷、或彷徨，但始终没有停止冲破“铁屋子”，唤醒国民的步伐，做一名真的猛士。

原载微信公众号“粤海述评”2020年4月3日

【主编者言】所谓美味，其实主要是从小形成的口味，由童年的岁月故乡的烟雨养育而成。随着闯荡江湖脚步，故乡日远，口味的情感却日深。作者显然深得其中三昧。

故乡美味入梦多

李新勇

到成都出差，朋友问我喜欢吃什么。他的意思，是吃七碟八碗的桌餐还是火锅，如果吃桌餐，喜欢淮扬菜还是川菜。我说，你要有空，我们先逛文殊院，溜一圈后，就在文殊院附近找家小吃店解决。朋友说，太草率了，弄得我一个做朋友的半点余热都发挥不出来！我说，不是草率，这些年，无论身处何处，想吃什么菜系，就能吃到什么菜系；再说能吃的东西，天上飞的，地上跑的，水里游的，山珍海味，只要合法，都能买到，都可以吃到。唯有各地小吃，比如成都小吃，不在成都，就吃不到，即使勉强吃到，也多半挂羊头卖狗肉，徒有其名。

于是，在文殊院附近的一条巷子口的抄手铺，选个静雅之处，每人花 36 元钱，吃了 12 样成都小吃，担担面、糍粑、龙抄手、钟水饺、韩包子、赖汤圆、夫妻肺片、醪糟小汤圆、酸辣粉……用料考究，做工精细，滋味甭提了，别处似有个别品种出售，唯独成都滋味最正宗。要是能像加装硬盘那样加装一个肚皮，就可花 60 元，把该店精心打造的 30 种成都小吃，依次吃它一遍。

相较于一个省才有一两种名小吃的地方，四川真是个小吃大省。成都相当于总号，各地还有分号，每个分号又有一两种有别于总号的地方名小吃，多如繁星，众声合唱，一种一种吃过去，嘴巴不吃大，肚皮也要撑大。

四川小吃不仅生活在四川的人爱吃，更是四川游子断断不忘的乡愁。

在诸多四川美味中，首推四川泡菜，有的地方也叫泡酸菜。带坛沿的陶瓷泡菜坛，大半坛泡菜水，扣上坛盖，往坛沿里加注清水，就组成了一个泡菜世界。

做泡菜说起来简单，却每一个细节都疏忽不得。买泡菜坛，须用手摸，以求内外光滑。继而耳听坛口，是否有嗡嗡声，防止裂纹细孔。新买的泡菜坛还要装水去火，内外干燥并干净后，方可注入泡菜水。

这沏泡菜水的活儿，那真是见得真功夫的，一个人调出的泡菜水有一个人的味道，一个师傅教出十个徒弟来，十个的口味各个不同。我是我妈的高徒，不仅得到我妈表扬，我还把我妈传授给我的技术带到了数千里之外的江苏启东，但凡品尝过我手艺的人，都说不错。

从前须将水烧开冷却，如今可直接用瓶装纯水，无须烧开，将来取拿泡菜，倘若带入生水，不至于生花。调入适量经过炒制冷却的食盐，将食盐在生产工艺中添加的物质驱除部分，生姜晾干一些，朝天椒要取完整无伤的，八角和花椒必须是当年的，加砂糖适量，封盖的时候加入白酒。泡菜水好不好，关键看白酒。白酒须粮食酒，且在 52 度以上。容纳八斤的坛子，加白酒二两，差不多就这比例。我家自用的泡菜水，多要撒上一两滴茅台。我自然没有富裕到用茅台泡菜的地步。茅台清瓶后，把瓶口的玻璃珠取出，瓶中尚存少许酒液，此时喝下，不塞牙缝，反引馋虫，弃之可惜，做泡菜的引子，正好。

常有朋友吃了我家的泡菜，赞不绝口说：“李老师，你家的泡菜是酱香型的！”

靠的就是那几滴茅台。

泡菜水之口味，还取决于第一次入坛的蔬菜。一般用白萝卜，我家的用芹菜。从前我也首放白萝卜，后来发现，白萝卜水汁多，水汁被盐水逼出来后，泡菜水黏稠如米汤，晃眼看去如鼻涕。而首放芹菜，能使泡菜水经得起夏日的炎热，纵使起一点小花，洒几滴白酒便消除，立秋之后，泡菜水即清澈，便能正常使用。

四川泡菜跟酸牛奶制作大抵用的是一个原理，不过酸牛奶可能使用人工乳酸菌，而泡菜则完全采用自然的乳酸菌发酵，味道咸酸，口感清脆，保持蔬菜原有的颜色，香味扑鼻。试想将红的辣椒、白的萝卜、绿的豇豆、黄的生姜……从泡菜坛中捞出，摆入白瓷盘中，轻可就粥，重可炒菜、烧酸菜鱼，既开胃又提神，既爽口又爽心，醒酒去腻，顿觉日子姹紫嫣红、生活五彩缤纷。

四川泡菜分调味菜和下饭菜，调料菜就是可以用来做烹饪调料的泡菜，比如泡椒、泡姜、泡蒜；下饭菜即捞起来或单或杂或浇点辣椒油就可伴饭伴粥的泡菜，比如萝卜皮儿、莴苣条、白菜帮、青菜茎、黄瓜、豆角等。不仅素菜能泡，荤菜也可以入坛，像鸡爪、猪耳、牛羊百叶等，要是高兴，不妨弄个猪蹄髈泡泡。

四川人的泡菜不仅可作调料，可下饭，还能当药用，比如泡萝卜去寒，泡茄子治腮腺炎，泡姜祛寒御湿，泡青菜清热去暑，等等。当然，最最大的药用价值是：开胃解馋。

从前，泡菜水越老越好，故而商界有老坛泡菜之说。在古代，蔬菜不打农药，一个泡菜坛家传十代人都无碍。但如今，哪里还找得到绝对不打农药的蔬菜呢？泡菜水用久了，就得考虑是否有农药残留。新沏泡菜水不难，倾坛洗净晾干，用干净碗装少许老坛中的泡菜水做母水，稍后再入坛做引子，一坛新泡菜水便开始新的征程。

泡菜是四川人的魂，跟山东人桌上的大蒜、山西人的醋一样，开吃之前要是不来两筷子泡菜，山珍海味都堵在喉咙里打转转，不往下走。那一年汶川地震，许多老百姓从家里奔跑出去，怀里抱的不是钱包，也不是玉石珠宝，而是个大大的泡菜坛。

有一次到成都，朋友说请我吃洗澡泡菜。我心想，四川的发展速度真是了得，离开不过一二十年，楼高了，路平了，钞票多，都不足以说明问题，现在居然吃碟泡菜也要洗个澡了！李某人奉陪就是。

临街一张小条桌，坐定，既不脱衣服暴露肌肉，也不洗澡擦背，老板娘闪着个小蛮腰咣当一声给上了一盘色彩搭配得看一眼吞三泡口水的泡菜，朋友提起筷子招呼我：“来来来，尝尝洗澡泡菜！”我只差大呼上当，这不就是从前说的跳水泡菜吗，换一个时髦的名字，就把我“麻”成这个样子。为吃你这盘泡菜，就只差带换洗衣服了我。

用泡菜炮制的菜肴中，酸菜鱼、泡豇豆炒牛肉之类就不说了，太常见。单单说说酸萝卜鸭，自从离开四川，酸萝卜老鸭汤越做越不是滋味，原因在于无论加多少配料，炖出来的汤都略带腥味。有一次回老家，我母亲为我炖一瓦罐酸萝卜老鸭汤，味道至香至醇。原来母亲把鸭肉先放锅里翻炒，直至鸭肉中的水汽烹干，方铲出，入瓦罐炖制。母亲说，如今市场上的家禽，即使号称“绿色食品”，长骨架的时候，多多少少要喂些配合饲料，往往含有激素，生长速度固然是快的，但肉质酥松，带有浓重的腥气。加大料翻炒之后，腥气就被去除掉了。加汤入罐，先用中火炖上一个小时，再加泡萝卜，烧开之后，小火炖两个小时，起锅前撒上葱花或者芫荽，鸭汤清冽，香气四溢。

食在中国，味在四川。除了泡菜，四川人拿得出手的，还有豆瓣酱。一提豆瓣酱，人们马上想到郫县豆瓣酱。郫县豆瓣酱名气确实大，但在四川，只算得豆瓣酱大家族中的名门望族或者大户，却非家家普及。原因是但凡家中有年老能干的奶奶或者妈妈，都有一手做豆瓣酱的绝活儿。四川气候湿润，四季分明，绝少暴冷暴热。这样的天气，适合豆瓣酱发酵和酿制，就如同贵州的老干妈豆豉，就得在云贵高原的太阳底下发酵和酿制一样。

以前从老家回江苏启东，总带上一玻璃罐子豆瓣酱，穿过大半个中国，让母亲的味道在异地他乡持续十天半月，甚至更长时间。母亲做的豆瓣酱不及郫县豆瓣酱鲜亮，但咸淡适中，且花椒加得足够多，麻辣得更加深沉。母亲说，豆瓣制作的关键，是把红辣椒剁碎撒盐，制成辣椒胚，再把老姜切成丝，撒盐腌渍，再就是当年的新花椒，全颗撒入，与豆瓣混合后，加盐和 52 度以上的粮食白酒，在盆中翻搅均匀，舀入大缸，置向阳利水的场地上，每隔数日揭盖翻搅一次，经过日晒夜露，三个月以后，川味家常豆瓣酱便做成了。

后来，母亲的手艺我倒是学到手了，无须再瓶瓶罐罐招摇过市，只是豆瓣发酵却一次也没成功过。我有样学样，先将胡豆泡胀脱壳，晾干水汽后，放入竹匾，放置屋角数日。要是在老家，豆瓣上会长出三四厘米长的黄色毛霉。在江苏启东，却不是把胡豆瓣沤烂了，就是沤出了酸臭，不见一星黄霉。细细琢磨之下，原是长江三角洲天气潮湿，空气湿度大，胡豆瓣无法获得长霉的温度和湿度。之后，我家的豆瓣酱，别的配料都取自本地，经发酵的胡豆瓣，只能靠父母亲了，晒干寄来。一坛豆瓣酱，把四川西昌和江苏启东有机融合在一起，更是两代人骨肉亲情的挂念滋味。

离开四川西昌的太阳，就无法享用的，还有风干的腊肉和建昌板鸭。西昌的腊肉，无论猪肉牛肉还是香肠，只要加了盐，放在穿风漏气的屋梁上，不出一个月，便水分全无，带着云贵高原特有的气息，干香异常，越嚼越香。还有建昌板鸭，用料和做工都不拘一格，仅此一家。用料只选当地产的麻鸭，宰杀洗净后，用花椒、沙姜和盐，腌渍三两日，待盐分入肉，鸭肉中多余的水分逼出，取出置于两扇轻重适宜的石磨中间，将当胸剖开的鸭子压扁，状若蒲团——这是建昌板鸭最关键的一步——再用棕叶或麻绳悬挂到屋梁上，待水分晾干，建昌板鸭即成。我走过许多地方，没有吃到过如此鲜香的腊鸭肉，肉嫩味美，肥瘦适中，瘦肉不干，略带玫瑰红，肥肉紧实，肥而不腻，尤其要命的是，带着冬寒蜡梅的独特香味，煮上一腿建昌板鸭，楼上楼下都是鸭肉的芬芳气味。

千万不要跟四川人比吃，要不然会输得很惨。跷脚牛肉酸辣粉，火锅串串麻辣烫，兔头烤鱼钵钵鸡，水粉泡菜豆瓣酱，都是寻常美味，如今随便哪个超市都能买、哪个特色主题美食店都能吃到，自己家里也常做。你吃不到的，是四川人随心所欲心血来潮临时创造出来的美味。比如把鲫鱼放开水里烫熟捞起，淋上辣椒油花椒油，再盖上新鲜辣椒、米葱、香菜的碎末，撒上细盐，浇上一点生抽，就是一盘麻辣鲜香的凉拌鲫鱼；烧带鱼，先切两个土豆丝，与带鱼一同下锅，带鱼鲜香进入土豆丝，土豆中的淀粉给带鱼增嫩，互相帮衬，相得益彰，往往土豆丝先吃完，剩下的带鱼留着，下一顿继续烧土豆。尖椒牛柳在下锅之前先要上生粉、盐和鸡蛋清，若在加这些之前，浇上半勺泡过辣椒的泡菜水，炒出来，即使不放泡椒，也有浓郁的泡椒味道，令人胃口大开。包子馅是红油辣子炒酸菜，有几个人吃过？葱丝炒香菜、土豆丝炒薯条、西红柿炒肉丝、豆瓣酱炒韭菜、皮蛋瘦肉粥里加巧克力、银耳肉丝鸡蛋汤、黑木耳和香葱凉拌酥烂的煮黄豆，烂刀肉加剁碎的花生米包饺子，鲢鱼坨坨煮嫩南瓜打蘸水，又有几个人吃过？尤其是蔬菜鸡蛋青椒炒山东薄脆饼，不知道要把山东人气晕还是气哭！

四川人随心所欲创制的菜肴成功的居多，但也有特例。人们只吃过拔丝土豆、拔丝红薯，没吃过拔丝豌豆甜鸡吧，听我细细讲来：清油入锅至七成热，加七八大勺白糖，熬至起焦糖色，下鸡块和豌豆，继续翻炒，至鸡块和豌豆中的水分彻底烹干，加盐少许，继续翻炒至你不想翻炒，入盘即得，保你至少半年见到鸡肉就反胃，乃著名减肥菜肴之一。这是我跟宁甫老师两个人还在做单身汉的时候，由宁大厨亲自创制，半盘菜端了七八顿，最终谁也没本事把它吃完。此后若干年，每每相遇，豌豆甜鸡必是话题之一。

四川人虽生在盆地、丘陵或山区，虽巴蜀文化犹如爬山，千百年来从山的这一面爬到山的那一面，自古一条道，故此川人专注、专一、有始有终。可在餐饮上面，川人的想象力从来就没有天花板，纵横几万里，超越今古事，天马行空，自由不拘，只有做得出的，没有想不到的。四川餐饮，浸透了川人的文化，而小吃，最能见到真实性情。

在四川，最美的滋味不在堂而皇之的饭店里，而在街边的小店，临街几个平方，刚够打转身，两口子开店，老婆跑堂，丈夫掌勺，你这边吆喝，内堂答应未完，已听得“唰”一声炒菜下锅，刚刚坐定，热热一盘菜已香气四溢摆到面前。倒不单快，而是小店的厨师性子野，繁文缛节少，敢于大胆尝试，倘若做得不好吃，咣一声倒掉，重新再炒一盘。而大饭店的厨师，多是替人打工的，不是自己的店，只敢照师父教的做，只会按菜单上的做，循规蹈矩，按部就班，以致越做越没有个性和风格。大城市和小城市比起来，好吃的餐点在小城市，小城市与小乡小镇比起来，美味又在小乡小镇。桥头几棵老树之下，一爿小小的店子已开了三四代人，左翻新右修补之下，还是能看出祖宗创业的旧迹，门前是不宽的石板路，下临流水潺潺的深涧，小店的味道养大了几代人，也送走几代人，在客走他乡的游子梦中，便是一面猎猎翻飞的思乡的大旗。

游子味蕾上的记忆，恰如一首歌：从来不曾想起，永远也不会忘记。如果客居他乡，偶然想起，那思念便排山倒海，无法收拾。《世说新语》载："张季鹰辟齐王东曹掾，在洛，见秋风起，因思吴中莼菜羹、鲈鱼脍，曰：人生贵得适意尔，何能羁宦数千里以要名爵！"这话翻译成白话，即是苏州人张季鹰在洛阳城做"东曹掾"的官，某一天看见办公室外面碧云天、黄叶地，洛浦秋风起，心头似有猫抓一般，想念江南的莼菜和鲈鱼，于是挂印走人，回家吃莼菜羹、鲈鱼脍去了。千古游子，有几个能像张季鹰那样，一经想起，便来一场说走就走的回故乡？

就我个人的感受而言，黄酒必是在苏浙沪尤其在绍兴喝起来更爽口，海鲜必是在沿海各地尤其是渔港小镇品尝更有滋味，各地美食一旦离开了原产地，谁知道是不是因为水土，还是品尝这些食物的环境、气温、干湿条件不同，而大打折扣？甚或是因为品尝时的心境不一样，在成都街头吃担担面，一同吃下去的还有从前的记忆、绵绵无绝的亲情、盈盈缭绕的乡愁，以及多年漂泊沉浮之后，犹如靠在母亲怀抱里暂得的那一份安稳与惬意；而在异地他乡，担担面还是那担担面，滋味还是那滋味，甚至制作的大厨都没有换，可那担担面，就仅仅只是担担面了。

味蕾上的记忆，只有在他乡，思念才会愈发深切；故乡的滋味，只有在故乡品尝，才更贴近记忆中的味道。

原载《青年作家》2019 年第 10 期

【主编者言】有的称谓有来由，有的纯粹只是即兴的粘连或借用。这种人生趣味是纸质书信时代的风景，电子邮件追求快捷，甚至省略了信的抬头和落款。社会的精神都表现在时尚里。

沈从文家书中的称谓

杨建民

倘若你看见一封信抬头称为“三姐”，自然，落款者不外某“妹妹”或“弟弟”，这里一封信的落款人却怪：“二哥”。搞不懂，哪个大，谁“姐”谁“哥”呢？

再一封信，抬头称谓“小弟”，下面该是“大哥”“二哥”或“姐姐”吧，不，是“爸爸”。这两封信的写作者，是我们喜爱的作家：沈从文先生。

一

近日有暇，把先前不曾多读的《沈从文全集》中数卷信函翻翻。不承想渐渐入味，一卷卷下来，收益颇多。其他暂不谈，先说一点小小有味的地方：家书中的称谓。从全集看，最早留下的家书，是沈先生新婚不久返回老家时，满怀一腔浓深爱意，一路写给妻子的沿途风景和思念心情。这些文字的清丽妙绝，读过的朋友当不易忘怀。其中对妻子称谓，就怪有意思：“三三”。想想，大约因为妻子张兆和在家排行第三之故，自己的落款“二哥”，这也是沈从文在家的男子排行。这些绝妙文字，沈从文有时专门标注：“三三专利读物”，意味深长。数十年后，除这些信，受信人的几封回信还存留着。张兆和的称谓，应和着沈从文：“二哥”“从文二哥”“亲爱的二哥”；落款由“兆和”而“三三”……

之后多年，由于工作生活，沈从文夫妇多有别离。当时无有眼下电话（极稀罕少用）便利，一切得靠书信。幸亏如此，我们今天能够得读如此有味有情有实感的文字。全面抗战开始，沈从文匆忙间离开北平，由天津、武汉，湖南云南……一路仓促，可一路书信飞送不断。此时他们已经有了两个孩子，感情成熟，可依然浓厚。沈从文去信称谓，稍稍老成：“三姊”“三姐”，落款一会儿“二弟”，一段时间却成了“四弟”（用的次数不少），不能知道是否用了家里男女同列的排行（这该用“四哥”的好嘛）？还有一封托人转交的信，落款居然用了“四弟兆顿首”，这夹在中间的“兆”，究竟是匆忙写错，还是思念过度所致，无从想象……张兆和的回信，也有趣。抬头称谓：“二哥”，偶尔还用了“碧”。这大约是由沈从文笔名“上官碧”而来；落款是“三妹”“三”“三三”……

到了1948年底，由于巨大的社会变革，沈从文遭到很大冲击，他的精神有些承受不住。友人们非常关心，梁思成、林徽因、金岳霖等将他请到城外的清华园，希望能够给他一个安静养心处所。此时的他，内心十分脆弱，他给张兆和写去很短的信，称谓是“小妈妈”。想来，此时他需要温厚却博大的母性抚慰，夫人不是妈妈，他就添加一个“小”来区别。这个称谓，此时他用过数次。在后来的岁月，这个“小妈妈”成了沈从文常常的称谓。在此非常时期，张兆和也给予了自己必需的援手。她被安排到华北大学学习，在给家里写信时，也既仿着孩子，同时应和沈从文的信件，如此称谓：“爸爸，大弟小弟。”“爸爸”是家中的主干，是撑起整个家的柱梁。病中的沈从文读到这样的信，内中涌动体味的，不是一般的情感，是深入的触动吧。此刻，我们对称谓的拣择，是否也会生出不一般的领略？

除去非常时期的非常称谓，沈从文的其他家书，称谓也多有变化。1952年前后，沈从文去四川参加土改。其中多封家书，沈从文称谓张兆和：“叔文”。这是否为张兆和曾经的笔名，或许是他们之间的约定名，收有这些家书的《沈从文全集》下也没有注释何意。笔者妄猜其中一字。中国古代父辈称谓是“伯父”“父亲”“叔父”。“叔”为三。张兆和排行三。这是否“叔”的由来？“文”字究竟何意，不大好猜出。

沈从文家书中，极少时兴词语，可这次土改，大约受各方或现成语言影响，极偶然的，也出现过一二。譬如一封写了好几天（每天日子新标注出）的长信，不知为何，抬头居然是“三姐、虎虎、龙龙各位同志”一长串。夫人，儿子称“各位同志”，不知是否刚写了其他发言文章所致。家书中，这般显著带有时代特征用语，极稀罕，故此略觉有趣。

二

1956 年，沈从文外出。在济南上海写给张兆和的信，称谓多端：“兆三姐”“兆和三小姐”“兆和三毛姐”“三三”“三姐”……笔者从中感觉，是心中灵泉涌动，是对家人鲜活的爱，以及对丰富文字不竭珍爱，使得他的称谓也灌注有了创作的探求精神。

第二年，沈从文去了青岛。这里是他的福地。在这水天一体的环境里，他顺利写出了第一批真正成熟作品，同时使爱情获得呼应。此刻他的家信称谓，又一次成了亲切的“小妈妈”。当然，这内中没有了孩子的悲郁，而是童稚（作家应葆有）的欢喜心情。

1961 年底至 1962 年初，沈从文有一次去南方多地的出游机会。这次外出，以小说散文名家著名的沈从文，在他人“激励”下，居然写出了一批后来登上《人民文学》《光明日报》等报刊的旧体诗歌。一个数年基本没有文学创作的作家，此时心情之愉悦，可想而知。这些，在他的家书中，表现得尤其突出。给张兆和的家书，称谓不仅用“三姊”“三姐”，且多处有“小妈妈”的亲昵，还有一处，用的是“二伯妈”。这称谓“乱”的。由这些信中内容，才知道他三弟女儿此时由老家领至北京家中，他给侄女去信常常自称“二伯”，张兆和此时，不正是“二伯妈”吗？人们常说沈从文小说散文别开生面，由此看去，他的思路还真是不拘一格。

1965年，张兆和到京郊顺义农村参加“四清”工作。沈从文生活能力较差，平常多靠夫人照料，此时张兆和离开时间长，沈从文有些不惯，便常常给夫人写信说话问候。此时的称谓，极亲昵，“兆和”“三姊”外，多封信都直称：“妈妈”。去信多而繁密，让其他人很眼热。张兆和只好在回信中告诫沈从文：“信最好装在一个信封里寄来，已经有人说我‘家信频繁’，虽属笑话，也应注意。”沈从文此时已经六十多岁，他的精神、作为，仅从家书看去，还是个“小”青年。

到了“文革”，一切皆不安。1969年底，沈从文栖身的单位将老人下放到遥远的湖北咸宁“五七干校”。当时指派下去的有十八户。到欢送会时，剩下五家，到真正动身，只剩下沈从文等三户老弱。这次出去，是把户口也迁下去的，所以沈从文做了不能回到北京的打算。一人在外，生活能力较差的沈从文，内心一定寂寞压抑。这个时期他给张兆和的家书，称谓基本是直呼其名：“兆和”。很少变化，连“三姊”“三姐”也少用。直到后来从湖北回北京一段时间，渐渐才回复到称“三姊”，间或“兆和”。

回京后的一个时期，沈从文渐渐恢复了生活及写作热情。为那部由周恩来布置的有关古代服饰研究著述（正式出版名《中国古代服饰研究》），他投入了几乎全数精力，饮食、睡眠、洗漱……似乎都不在意；此外，好心意的沈从文还不停邀约及在家接待各路来访者，为大家提供自己力所能及的帮助。这样的行为方式，打乱了整个家庭的生活。极为狭小的住房空间，无法承受。有时客人来了，张兆和只能站到廊下小小厨房。长时间如此，沈从文与张兆和产生矛盾。这时候，沈从文给张兆和写了长长的一封信，试着解释一切。这封信的称谓，他再次用了许久不用的“小妈妈”，表现了他的诚恳态度。读这封信，可以了解沈从文当时，甚至长久以来的意态心情。

三

以上我们较为集中记述沈从文给夫人张兆和书信的称谓。其实，他写给孩子的信件称谓也有意思。随着年龄增长，孩子成了家庭可以讨论问题的对象，沈从文便开始写信给他们。从《沈从文全集》看，除去早年一封称谓“小龙儿”——表面写给大儿子沈龙朱（此时四岁），其实说给张兆和的信外，最早写给孩子的信，是 1951 年。此时大儿子 17 岁，小儿子 15 岁。沈从文提笔的称谓是“龙虎”或“龙龙虎虎”，好威风。沈从文大孩子名“龙朱”，小儿子“虎雏”，均得自他的小说人物。（称张兆和的“三三”，也是一篇作品主人公的小名。）自己的落款，称为“爸爸”。可沈从文是富有创造的作家，未久，写给孩子的信，称谓开始变化。称小儿子“小小”，并称大、小儿子“龙虎弟弟”。再往后，称大儿子“大弟”，小儿子“小弟”起来。落款有时“爸爸”，有时就是“从文”。这样的称谓，数十年没有大变化。将孩子看作“弟弟”，自己就摆在兄长位置。是平（等）辈而非长辈。

这样称谓显现的彼此关系，对孩子态度就一目了然。后来多年，尽管沈从文处境并不顺好，可从父亲去世后沈龙朱讲述家事的一部书、沈虎雏所写《团聚》等文章中，父亲营造的家庭平等、自在交流氛围，真个“如兄弟”一般。这一点，可以给多数家庭一点教育的启示吧。

可是，无论龙朱、虎雏，甚至夫人张兆和，都在沈从文逝世后，通过阅读他的大量文字后，才觉着并不完全“认识”这位被人称颂的“天才”。用张兆和的文字是：“……现在明白了。他不是完人，却是稀有的善良的人。对人无心机，爱祖国，爱人民，助人为乐，为而不有，质实素朴，对万汇百物充满感情。”这段话，写在《从文家书》的《后记》里，我们上面援引的种种称谓，包含其中，成为体现这位“稀有善良人”的部分。笔者试着将它们专门拣择出来说说，虽无多少深意，可也算接近这位杰出作家，向其表达由衷致敬的一点小小心情吧。

原载《北京晚报》2020年3月31日

言说

【主编者言】关于甲骨文、关于仰韶文化、关于敦煌……它们的“被发现”与“被书写”总有西方人的身影闪烁其间。这曾经给我们留下了许多论述和评说的难以言说之处。

甲骨殷都小屯村的被发现与被书写

商昌宝

一个偶然的机会参观了加拿大安大略省皇家博物馆。作为加拿大最大的世界文化和自然历史博物馆，这里珍藏的世界级的文物，像恐龙化石、古代埃及木乃伊、加拿大矿产宝石等不胜枚举。

对于远东的来客，最具特色和吸引力的莫过于一楼展区的中国展馆。信步浏览，古代艺术、佛教艺术、建筑艺术和雕塑造像等四大展区，从玉器到陶器，从寺庙壁画到青铜器，从战国时期的铜镜到西汉时期的空心砖，2200多件精品（总数在3.5万件）甚至绝品，真是令人叹服安大略皇家博物馆的确配得上海外收藏中国文物和艺术品最丰富的博物馆。

在众多珍贵的文物和艺术展品中，最引起笔者兴趣的还要数殷商王朝都城出土的众多刻有文字的甲骨。不了解历史背景的人，肯定会奇怪，坐落在北美的安大略皇家博物馆，怎么会有如此之多的中国文物？尤其是馆藏数量巨大、价值极高的甲骨呢？要解决这个问题，就要从中国文物馆中的一个展区的命名——怀履光中国寺庙艺术展区开始说起。

怀履光是谁？他何以被博物馆命名，而且还置于中国文物馆内？

要想解开这个问题的谜底，翻查史书或文献自然可以，但那需要费很多的时间，要是认真参观，就可以在一个橱窗中得到部分答案，只见那里面保存着一张用汉字书写的证书，证书上写着：“大中华民国大总统兹赠予大英国圣公会主教怀履光三等嘉禾章以表亲睦之意。大中华民国四年五月二十六日令行。”证书中间是红色的印章“荣典之玺”，印章下面是袁世凯的签章。

由这一信息扩展开来可知，怀履光，原名威廉·查尔斯·怀特（William Charles White），出生于英国，幼年时随父母移民到加拿大，后毕业于多伦多大学神学院，1897 年 24 岁时被圣公会派往中国福建的建宁县传教。在那里，他先后创建寄宿小学、诊治麻风病人、为吸食鸦片的人戒烟，还主编了《建宁方言英语词典》等，因工作得力，于 1910 年被升为主教派往河南省主持教务。在河南的长期传教期间，怀履光先后担任河南救灾基金会会长、河南公共卫生协会会长、开封红十字会会长、国际反鸦片协会河南分会会长，积极募集资金，热情参与救助因天灾、战乱而流离失所的人们，还主持创办了多所小学、中学、女中，也因此受到袁世凯、黎元洪和徐世昌等民国多任总统的嘉奖，嘉奖的原件都保留在安大略皇家博物馆。

怀履光另一次大名远扬是 1928 年洛阳古墓在金村被发现后，1988 年洛阳博物馆编，文物出版社出版的《洛阳出土铜镜》、2005 年洛阳市文物管理局和洛阳市白马寺汉魏故城文物保管所编的《千年阅一城》两书中都对怀履光“长达四年之久”“盗掘了 8 座周墓”“转手倒出海外”给予了毫无客气的批评和声讨。尤其是 2005 年多伦多大学出版社出版了青岛中国海洋大学的学者董林夫的学术著作《双重文化与信仰：明义士的生平与成就》，对怀履光在“中华民国”1931 年出台《古物保护法施行细则》后依然运送甲骨等文物并在其间倒卖发财的行为给予严正批评。

不过，相反的意见同时存在，其中安大略皇家博物馆馆藏部主任马克·恩斯特龙出于一种世界情怀，在多个场合为怀履光进行辩解。另外，中山大学教授徐坚 2012 年在《暗流：1949 年之前安阳之外的中国考古学传统》一书中也为怀履光做了辩白，称其不但未直接参与当地村民的盗掘活动，而且“和梅原末治改变了金村和金村器群在中国考古学史上的地位”，其 1934 年出版的英文著作《洛阳故城古墓考》“不仅在资料层面上首次尝试全面复原金村，在研究方法上也足以确立一种新的范式”。

二种观点究竟孰是孰非，本文暂且不做考辨，一个基本事实是因为当年置身于河南这样一个得天独厚的环境，怀履光公开地为安大略皇家博物馆收购、输送了大量文物，总数量在 8000 件左右。如果想深入了解怀履光如何具体开展这一工作，可以阅读他与时住任安大略皇家博物馆馆长柯雷利及其秘书的多封书信进行考察和佐证。一直到 1934 年，年届花甲的怀履安退休回到加拿大，之后先后出任多伦多大学的副教授、教授兼安大略皇家博物馆远东收藏部主任。

行文至此，问题应该有一些眉目了，那就是在中国当年完全没有文物保护意识和法律条文的大背景之下，怀履光因为常年在中国传教，顺便为安大略皇家博物馆做出了“卓越贡献”，这就是他的大名得以被安大略皇家博物馆命名的根本原因。但这些信息与线索，与本文“小屯村被发现”的主题似乎并没有建立起有效链接，甚至可以说有些山重水复之感。心急的读者当然可以这样质疑，不过接下来就该是峰回路转和柳暗花明的一刻了。

在怀履光任教于多伦多大学期间，除了发表、出版大量有关中国学的著述，还指导过一个同样在河南传教后来在多伦多大学攻读博士学位的人，此人中文名字叫明义士。

明义士又是谁？他与小屯村被发现会有什么密切关系吗？

明义士，英文原名 James Menzies，1885 年生于加拿大安大略省，多伦多大学土木系毕业后入神学院，因为喜欢和追求一位选择到中国传教的特别女孩，也随之来到中国河南。著名加拿大华裔作家李彦教授在《甲骨文与明义士家族》的纪实长文中这样写道：“为了有效地向中国人传播‘福音’，在河南刚一落脚，明义士便积极地拜当地一位乡间老秀才为师，钻研这种极难消化的象形文字，并欣然接受了老秀才为他所起的中文名字：明义士。”作家李彦接着写道：“一九一四年春天，一个阳光明媚的早晨，年轻的明义士骑着一匹白马在洹河畔踏青。……一个男孩向明义士探问道，他是否想看看上面刻着字的‘龙骨’……

当他的目光落到镌刻在一些骨头上的奇怪的象形文字时，从前清老秀才那里学来的知识，便派上了用场。接下来，明义士孤独一人进行了孜孜不倦的探索，并恍然大悟，原来他脚下踩着的这片远离通商大埠的荒僻之地，竟是数千年前莺歌燕舞、极尽繁华的殷商都城旧址。”李彦教授为此评论道：“那个春天的奇遇，使这位年轻的基督教传教士在极其偶然的情形下，被引入了这一鲜为人知的领域。具有讽刺意味的是，一个被上帝派遣到这个与世隔绝的角落里的外国人，却成为第一个发现了甲骨文出土地点之人。”

加拿大传教士明义士竟然是最早发现甲骨文出土地为殷商都城——小屯村第一人？这一结论既让人眼前一亮又让人心生疑惑，因为如果这结论属实，为何学术界和文化界并没有广为流传？如果结论不属实，难道是作家的凭空想象和杜撰？认真翻看李彦的这篇纪实长文，虽然文章因为立意并不在考证也因此没有给出这一结论的证据，但从其中独家披露的她于 1988 年开始多次采访明义士的儿子明明德、孙子和外孙等人的众多珍贵资料来看，这种说法绝不是毫无根据的信笔由缰和文人抒情。

作为历史学者，笔者深知这个结论的重要性，因为如果结论属实而此前又未正式公开过，那么这一纪实性的书写就具有填补历史空白的作用和地位。同时，这个结论也将对那些精深甲骨文史又绝对钟情于传统文化的人的民族自豪感和自信心，形成一次严重的思想震荡。因此，必须慎重对待。

好在明义士生前曾有大量著作发表和出版，那就慢慢翻看、找寻一下。功夫不负有心人，1928 年《东方杂志》第二十五卷第三期刊载有陈柱翻译的明义士的《殷墟龟甲文字发掘的经过·明义士序》，其中写道：“甲寅之春，余乘老白马，至河南彰德城洹水南岸……至一斜坡，坡上碎片益多，盖斯地乃殷朝武乙之古都，在孔子以前，久已失其所在，止知武乙迁河北，而不知在河北何处也。”在否定了美国人方法敛（Chalfrant）此前关于甲骨出土于“殷末纣辛时名城朝歌，或比干墓中”的判断后，明义士不无欣喜和骄傲地写道：“若夫以科学兴趣考察殷墟遗迹者，中外之考古家，实自余始。余一人独乘老白马，徘徊于此故墟者久矣。虽《殷墟书契》之著名作者罗振玉亦始于近年至故墟一二次而已。而其时刘铁云方印行其藏龟于上海。”

这篇文章显然很重要，因为它不但验证了作家李彦所写并非虚构，而且包括时间是1914年春、所骑的白马等细节确有准确出处，只是行文中并未标识出来而已。更重要的是，文章刊行前的记者《按语》中这样写道：此文译自1917年（记者《按语》写的是“1914年”，应系笔误。）明义士在上海别发洋行（Kelly and Walsh）出版的英文著作《殷墟卜辞·序》。《按语》中记者还同时提及，王懿荣、刘鹗、罗振玉和王国维等人于甲骨文考释字义和推动学术研究有大贡献，“以外人而具科学兴趣考察殷墟遗址的，要以明义士为第一人”。

这段《按语》显示，不但明义士1917年时认为自己是科学考察并确认甲骨文来源于殷墟都城小屯村的第一人，而且记者在1928年发表陈柱翻译的《殷墟龟甲文字发掘的经过》时同样认同明义士作为科学考察小屯村是殷墟遗址的第一人。换句话说，以《东方杂志》当年巨大的发行力度和影响来说，民国时期已经有包括记者在内的很多人都了解甚至认同明义士作为“第一人”的身份和地位了。

接踵而来的问题是，作为甲骨文研究大家和前辈的罗振玉、王国维为何没有在1917年，罗振玉、董作宾、李济、郭沫若在1928年（王国维1927年6月自沉昆明湖）及之后发出质疑和反驳呢？是他们都没有看到明义士的文章以及陈柱的译文，还是他们同时都因为不屑而漠然置之？抑或是另有缘故呢？

关于甲骨出土的问题，在1908年之前先后有王汉章（王懿荣之子）在《古董录》中的其父从古董商处得知甲骨出自河南汤阴县的小商屯之说，有刘鹗在《铁云藏龟·自序》中的“河南汤阴县属之古牖里城”之说，有孙诒让在《契文举例·叙》中“河南汤阴古牖里城掊土得古龟甲”之说，有清末大员端方的“洛阳出土”之说，至1908年的某天，罗振玉通过古董商范维卿得知河南安阳洹滨的小屯村为甲骨集中出土地。尽管甲骨学界多认同罗振玉的这一“发现”，即小屯村为甲骨文真正出土地，但是要知道 1908 年仅仅是罗振玉“打听”的结果，算不得正式“发现”。直至 1910 年，罗振玉在影响一时的《殷商贞卜文字考》中才完成真正的考证。在这部著作的《序》中，他写道：“……询知发见之地乃在安阳县西五里之小屯，而非汤阴。其地为武乙之墟，又于刻辞中得殷帝王名谥十余，乃恍然悟此卜辞者，实为殷室王朝之遗物。”罗振玉的这一学术著作，不仅辨识出 300 多个甲骨文，而且还将《史记·殷本纪》中记录的各时期的商王名号（十余位）建立起有效链接，也进一步佐证了《史记·殷本纪》的真实性。在这一考证基础上，罗振玉还“遣山左及厂肆估人至中州瘁吾力购之”，还派遣弟弟罗振常再次前往小屯收购甲骨。

对于罗振玉这样一部具有定论性的著作，大约三年后才到安阳的明义士是否注意到了呢？从《殷墟龟甲文字发掘的经过》一文中所出现的“殷朝武乙之古都”等字句看，显然明义士应该读过罗振玉的《殷商贞卜文字考》，所以沿用了“武乙之古都”说，因为此前无人得出这一结论。不仅如此，明义士还注意到罗振玉 1915 年到小屯村实地考察的讯息，也即他在《殷墟龟甲文字发掘的经过》中写下的“虽《殷墟书契》之著名作者罗振玉亦始于近年至故墟一二次”这一句。

这里不妨再征引一下罗振玉在记录自己行踪的日记《五十日梦痕录》中的相关细节：“三十日巳刻抵彰德，寓人和昌栈，亟进餐，赁车至小屯，其地在郡城之西北五里，东西北三面洹水环焉，彰德府志以此为河亶甲城。……近十余年间，龟甲兽骨悉出于此。询之土人，出甲骨之地约四十亩。因往履其地，则甲骨之无字者，田中累累皆是，拾得古兽角一、甲骨盈数具。其地种麦及棉，乡人每以刈棉后即事发掘，其穴深者二丈许，掘后即填之，复种植焉。所出之物，甲骨以外，蜃壳至多，与甲骨等。往岁所不知也。”

那么，既然明义士已经明确知道罗振玉早在 1910 年即已经考证出甲骨出土地为殷商王朝故都小屯村，那他为何在 1917 年还要宣称自己为“第一人”呢？以至于促使作家李彦在一百多年后再次撰文强调明义士为“第一人”？

重新审看明义士的《殷墟龟甲文字发掘的经过》一文，一个细节呈现出来，那就是明义士在 1917 年宣称“中外之考古家，实自余始”这样一句结论性的话语前，还有一个限定，那就是“若夫以科学兴趣考察殷墟遗迹者”。也就是说，作为一个条件状语从句，只有满足“科学兴趣”和“考察殷墟遗迹”这两个条件，明义士的结论才可以成立。换句话说，尽管安阳附近的乡绅、村民早在 19 世纪 90 年代就凭借地理和地利之势开始大肆挖掘、倒卖龟甲和兽骨，但他们并不知道他们所挖掘、倒卖的所谓“龙骨”就是三千多前殷商时期的“甲骨文”，更不知道他们脚下的那块供他们发财的“龙骨”之地就是盘庚迁都后的殷商故都；而对于罗振玉这个甲骨考据学家来说，尽管他 1908 年听说了小屯村是甲骨出土地、1910 年考证出小屯村就是殷商的故都，但仅仅是“听说”和学术考证，并没有实地考察过，等到他 1915 年春第一次亲自去考察时，已经晚于明义士一年光景了。所以，明义士在有条件的情况下，才写下了自己是“第一人”的结论；1928 年《东方杂志》的记者在《按语》中也特意提示：“以外人而具科学兴趣考察殷墟遗址的……明义士为第一人”。因为有这样的前提和按语，所以即便是罗振玉等人看到这样的文章表述，也是要承认明义士的“第一”身份和地位。而作为远离大历史背景的作家李彦，是因为在采访时误听或误信了明义士后人们的说法，造成一种表达的泛化和歧义。不过，将这样一个久已为人们所淡忘和忽视的历史细节，予以这样一种文学书写，也算是塞翁失马吧。

原载《今晚报》2019 年 12 月 22—28 日

【主编者言】本文所提到的“报告文学”，让作家们不卸下头顶的光芒就切入金钱游戏。这种“文学”注定短寿，因为所有的文字都是简单直白的歌颂。路遥的彷徨正是文化人复杂性的表现。

路遥的复杂性

——读《人生路遥》与《路遥的时间》

赵　勇

在路遥 70 周年诞辰的日子里，我读了有关路遥的两本书，一是海波的《人生路遥》（广东人民出版社 2019 年版），二是航宇的《路遥的时间：见证路遥最后的日子》（人民文学出版社 2019 年版）。

实际上，海波的书已经是第三回读了。第一回是在他的博客里，那时我读厚夫的《路遥传》，发现他频频引用海波《我所认识的路遥》一书，便顺藤摸瓜，摸到了海波的博客。待读完他的长篇连载，仍觉得不过瘾，遂决定请回一本。但当时遍寻网上网下书店，却发现此书均已断货。于是我发动长江文艺出版社的一位编辑，硬是从责编手里弄回一本。2017 年，我去延安参加有关路遥的学术研讨会，会上认识了海波先生。说起寻书往事他才告诉我，这本书当时出版社只印了一千册。我大惊，觉得这出版社实在是太不识货了。之后不久，恰好我与广东人民出版社资深编辑向继东先生相识，便把此书推荐于他。向先生慧眼识珠，立刻决定出版。而海波则希望我为此书写序，我欣然从命，并把它带到去西安出差的路上。这是第二回读，序也在西安写出个七七八八，算是接上了路遥那里的地气。如今，这本书易名为《人生路遥》后已面世有日，又恰逢“卅年重聚说路遥——纪念路遥七十周年诞辰”座谈会在社科院举行，在读完

《路遥的时间》之后，我决定把《人生路遥》再读一遍，一是看两书能否撞出一些火花，二是为了温故而知新。

果然撞出了火花。海波在他的书里交代了一件往事：大概是 1990 年，路遥对他说：“实在是穷得没办法了，能不能找个挣钱的事做，写报告文学也行。”海波便找了西乡县的副县长。副县长答应得很痛快，说他们县的一名高中生在全国奥林匹克物理竞赛中获得第一名，如果路遥愿意写这个人，对他们县的教育事业肯定有所促进。海波把话传给路遥，路遥答应了，但条件是海波与他一起去采访。谁知海波买好车票，路遥却反悔了，最终被海波连劝带逼带到了西乡，采访顺利完成。但路遥却再次反悔，让海波来写。海波无法越俎代庖，此事只好作罢。于是海波评论道：“从这件事上可以看出，路遥当时非常需要钱，但他更爱面子，真正是‘死要面子活受罪’。”（第 89 页）

但是一年多之后，路遥的想法却发生了一些变化。航宇在书中交代，1991 年 5 月的一天，路遥对他说：“你这次回陕北能不能选择效益好一点的企业，咱也想办法编一本能够赚钱的报告文学集，不能光看人家热火朝天地赚钱，到时我给写序，你看怎样？”于是航宇又劝路遥来当主编，路遥同意。随后他便打着路遥的旗号，跑了半个月，联系采访了十多家企业，拉到了两万多元的宣传赞助费。尽管此事进展顺利，但依然让航宇感到困惑，因为路遥此前非常讨厌别人搞这样的有偿报告文学，“他为什么突然改变了过去的这种看法和认识，自己也开始想办法搞这样的事情，到底是出于一种什么原因和目的呢？这件事像谜一样，我一直不得其解。”（第 33 页）

但我似乎想清楚了其中的一些道理。从种种资料中都可以发现，二十世纪八九十年代的路遥一直处在生活的夹击之中。一方面，因为《人生》和《平凡的世界》，他已赢得了巨大的声名，成了国内的知名作家；另一方面，他自己却又总是把日子过得捉襟见肘，困顿不堪。关于路遥的穷，海波有一个解释：“他穷的原因并不复杂：一是挣得不多，二是花得不少。”“他的烟瘾很大，一天抽两包以上，且不肯‘量入为出’，抽的都是好烟。他喜欢喝咖啡，至少从 1982

年开始就喝那种‘三合一’的袋装咖啡。”（第86、87页）但为什么要抽好烟喝咖啡不肯量入为出呢？路遥也有他的一套理论：“我抽的烟三块钱一包，你抽的烟是五毛钱一包；你递给我的烟，我根本就不接。在这种情况下，你的自卑和我的自信哪一种是可以避免的呢？不论你此时的心情是惭愧也好，无奈也好，不平也好，甚至眼红也好，但在总体上，你已经被这件‘烟事’给压住了，已经没有观察我们这交谈的兴趣了，更谈不上评判。而我却不一样，我会有滋有味地边抽烟边看你的表情，揣摩你的心情，更重要的是会把这种情境‘平移’到别的地方，如一个超级大国的代表和一个弹丸小国的代表谈判，一位走州过县、腰缠万贯的富商和一位足不出户、不名一文的农民砍价，这些将成为我展开想象的基础。”（第167—168页）表面上看，这好像是歪理邪说，但仔细琢磨，这里面却大有讲究。好烟自然好抽，差烟影响心情，凡瘾君子大都懂得这个道理。但对于路遥来说，凭借抽烟这件事情，他似已参透了“符号价值”的高级机密。于是我便猜想，假如路遥活到一个人人都可以买车的年代，捷达、铃木他肯定看不到眼里，至少也要弄一辆奔驰或宝马开开，因为《大腕》中的著名台词——“周围的邻居不是开宝马就是开奔驰，你要是开一日本车，你都不好意思跟人家打招呼”——固然不大可能是他开好车的现实语境，但面子问题，压人一头的心理估计在他那里也一直根深蒂固。由此推断，路遥虽然劝航宇娶个“农村女娃娃”当媳妇，这样她才会“死心塌地，哪怕寻吃拉棍也不变心”（第95页），但当初恋的北京女知青与他绝交之后，他却对海波说：“还得找一个北京知青。”海波劝道：“还是找一个本地人比较稳妥，知根知底，有挑有拣。”但路遥一听居然很生气，反问道：“哪一个本地女子有能力供我上大学？不上大学怎么出去？就这样一辈子在农村沤着吗？”（第28页）路遥如此琢磨自己的婚姻大事，当然有现实层面的功利考虑，但我以为，他后来之所以与北京知青林达走到一起，恐怕既有“哪里跌倒哪里爬”的“较劲”心理，也有面子问题在隐隐作祟。只是如此一来，也就酿成了他一生的婚姻悲剧。

说到路遥的婚姻，局外人恐怕很难说得清楚，但我还是从这两本书中或别的地方找到了一些鲜为人知的细节。路遥与林达于1978年元月结婚，但大概从二十世纪八十年代中后期开始，他们的婚姻就亮起了“红灯”。为什么夫妻琴瑟不调？海波曾私下分析，其实还是出身不同，习性迥异。路遥出身贫寒，穷小子一个；而林达则有南洋背景，出身高贵，又是清华附中才女。结婚之前，林达仰慕其农家子弟才华和奋斗精神，路遥仰慕其大城市知识女性风采和高雅气质，两个人是相互仰视。但结婚之后，路遥开始看不惯林达的小布尔乔亚习气，林达也开始见不得路遥的农民做派，两人遂由仰视变为俯视乃至鄙视，于是婚姻终于出现了危机。

当“家庭出现长期冷战，夫妻之间形同陌路”之时，“林达提出离婚，但路遥坚决不同意”。路遥的朋友看不下去了，便扮演“说和”角色，想劝他们和好如初。然而一切入正题，“林达却泪如雨下，哭着说你们都说我不好，你们谁知道我这些年是怎样过来的，谁替我想过”。朋友又劝路遥，路遥说已不可能与林达重归于好，却也不愿意离婚，原因是“他的一举一动都会引起全国性的关注，离婚会给女儿带来很大伤害”，他不想给自己造成负面影响，所以就只好忍着（参见厚夫《路遥传》，人民文学出版社2015年版，第292页）。但实际上，路遥终于还是同意了离婚，时间是1992年8月初，那时他已重病在身，但他并没有把自己的身体状况告诉林达，而是决定去延安休息十天左右，回来就办离婚手续。但8月6日一到延安，他就病倒了，住进了医院。

航宇详细记录了路遥在延安住院的情景，但在此期间，林达虽然知道了路遥的病情且非常震惊，但她并没有去延安看望，只是叮嘱航宇：“你去了延安，看他到底病得严重不严重？如果延安不行，你让他赶快回西安来治疗，他这个人就是这样，死要面子活受罪。”（第188页）一个月之后，路遥在众人的劝说下返回西安治疗，航宇这样写道：“就在路遥从火车站广场停车场走时，他宁愿让林达去搀扶，也不让天乐靠近他的身边，几次甩开天乐搀扶他的胳膊。”（第304页）王天乐是路遥的弟弟，不久前，当路遥写作《早晨从中午开始》的绝笔文字时，标题下出现的是“献给我的弟弟王天乐”。然而，在延安住院期间，却出现了兄弟失和，直至反目，断绝关系，这是另一个令人揪心的故事。而就在路遥住进西安医院的半个月之后，林达拿到了路遥签字的离婚协议书，然后即刻离开西安，回了北京。“虽然路遥有这样的思想准备，也知道林达会很快离开西安，但他没想到她会走得这么突然，一时情感上很难接受，这无疑对他是一个沉重打击。”（第 329 页）

关于这件事情，航宇有过如下评论：“实事求是地讲，我对林达是有一些看法的，特别是她去医院跟路遥在病床上签的离婚协议，我说什么也不能原谅，觉得她太无情无义了，夫妻这么多年，即便俩人没有感情，也不该去医院干这样的事，那是要遭到众人臭骂的。”（第 418 页）而在海波的书里，我则看到这样一个细节：路遥去世后不久，海波在大街上遇到林达，“她开口的第一句话就是：‘听说你也在背后说我的不是，别人不知道路遥，你也不知道吗？’问得我摸不着头脑。我问她听说了什么，她仍没回答，只说：‘我也想你不会说不负责任的话。’说完就走了。”（第 92 页）而许多年之后，海波也对他们的婚姻发表了如下看法：“我认为路遥和林达的不愉快，主要责任在路遥，而不在林达。当年作为未婚妻时，林达为路遥付出了能够付出的一切：在路遥最困难的时候和他订婚，为了供路遥上大学，使出了所有的力气；婚后甘当陪衬，除了勤勉地维持着这个小家庭，还尽可能地给路遥的事业以帮助；路遥去世后，面对许许多多的不理解，始终保持着高贵的沉默。毫不夸张地说，如果没有林达的支持，路遥不会有如此成就；即使有，也会付出更多艰辛。”（第 93 页）

这种辩护之辞当然是有道理的，但即便如此，为什么林达却要在路遥重病住院的节骨眼上让他在离婚协议书上签字呢？在这件事情上，当时的路遥已经想通了，因为他已答应了林达，“不能不讲诚信”；同时，他对林达的离陕回京也给予了充分理解。但道理虽然如此，估计还是让路遥的身心受到了重创。同时我们也需要注意的是，虽然路遥的婚姻已名存实亡，但在病床上签离婚协议书这件事情却既显得残酷，也颇有一些象征色彩，它仿佛是在宣告：在路遥完成肉体之死之前，必须首先完成婚姻之死这一仪式。

同样完成的还有兄弟情谊之死。王天乐是路遥生活上和写作上的得力助手，这一点路遥曾多次提及。路遥去世的第八个年头，王天乐也曾写有怀念文章：《苦难是他永恒的伴侣》，文章不仅披露了许多鲜为人知的故事，而且也是兄弟之情的一次写照。然而，在航宇的书里，我们看到的却是一个完全陌生的王天乐。路遥生病后急切盼望着想见他，但他却迟迟不去延安。好不容易去了延安，却又不尽陪护之责，以致路遥埋怨："你看天乐，一满就不是以前的天乐了，翅膀硬了，一满不管我的死活，能躲就躲，能跑就跑……如果他陪我，不会找那么多理由不来延安，实在太让我寒心了。"（第 259 页）而从此开始，路遥对王天乐似再无好感，王天乐对路遥似也颇多成见，兄弟二人的情谊也就此终结在西安医院的病床上。

如此看来，路遥生命的最后日子一定是非常凄苦的——病痛的折磨当然让他难受，但情感上的孤寂估计也参与其中，成了压垮他的最后一根稻草。在凄风苦雨中，路遥不得不用香烟不停地麻痹自己，即便医生在无奈之下做出妥协，允许他一天抽烟十支，但他还是抽到了一包以上。这个时候，抽烟之于路遥已不是在与人比高低，而仅仅是对生命的一种刺激，是一种绝望情绪的排遣。就这样，路遥走向了他生命的终点。

作为好友，海波与航宇对于路遥都算是知根知底，他们是怎样评价路遥的呢？航宇说："人们都知道，路遥是一位外强内弱的人，而他的这种性格成全了他的宏伟的文学事业，也毁了他年轻的人生。面对所经历的一些困惑和挫折，他不能用委婉的方式释放自己内心的痛苦和彷徨，只能用嗜烟如命般的残酷手段，不断摧残自己年轻而鲜活的生命。"（第 389 页）而海波则说："路遥律己很严，严到不可思议的地步。用他的话来说，就是'对自己要残酷一点'。所谓'残酷'，就是有方向地牺牲：为了主要目标，牺牲次要需求；为了整体意图，牺牲局部快乐；为了在一点上突破，不惜将其余统统收缩；为了一朝成功天下惊，不惜青灯黄卷过一生。概而言之，成功的背后有着巨大的牺牲，荣誉的根基下压着说不出的惆怅。"（第 170 页）我想，理解了路遥的脆弱，理解了路遥的那种

“狠”劲，或许也就理解了为什么他会把自己的生活搞成那种样子，甚至也就理解了为什么他会写出《平凡的世界》这部巨著。实际上，新批评的文本细读许多时候常常是不大管用的，因为它斩断了与作者的关联。而对于路遥这样的作家来说，搞清楚他在“生活”中是什么样子，肯定有助于理解他的“写作”。我一直觉得路遥的写作也在司马迁开创的“发愤著书”的传统中，但这种“发愤”的前提却是“此人皆意有所郁结，不得通其道”。读了海波与航宇的书，我对路遥的“郁结”之处似乎又多了一些认识。

在“卅年重聚说路遥——纪念路遥七十周年诞辰”的座谈会上，我又一次见到了海波先生。他说，路遥其实是很复杂的，好多东西我都没办法写。我很能理解他所谓的“没办法写”是什么意思。所以，虽然在《人生路遥》《路遥的时间》或《路遥传》里，我们已经最大限度地接近了路遥的本真状态，但依然有很多东西是付之阙如的。于是，有时我不免会心中暗想，假如林达不再保持“高贵的沉默”，而是能够像斯皮瓦克所期望的那样“开口说话”，路遥又会是什么样子呢？当然，我也知道，随着路遥被追认为“改革先锋”和“最美奋斗者”，开口说话估计也变得更加困难了。

原载《博览群书》2019年第12期

【主编者言】阅读陀思妥耶夫斯基真的那么重要吗？我们同意本文作者的回答：的确是的。陀思妥耶夫斯基在时空上离我们已经遥远，但他对所处时代的姿态依然直视着我们的灵魂。

陀思妥耶夫斯基的“先见之明”

李公明

美国作家约瑟夫·弗兰克的陀思妥耶夫斯基传记系列的中译本已经出到第四卷《陀思妥耶夫斯基：非凡的年代，1865—1871》（以下简称《非凡的年代》）了。该卷所写的这六年是陀思妥耶夫斯基在欧洲的流亡岁月，在贫困、忧患和失去亲人的痛苦生活中，他创作出俄罗斯文学乃至世界文学中的伟大作品——三部长篇小说《罪与罚》《白痴》和《群魔》以及他最好的两篇中篇小说《赌徒》和《永远的丈夫》。作者对于传主生活与文学创作的关系有明确认识，“让陀思妥耶夫斯基的生活值得大书特书的正是这些杰作的创作，因此，就像本书前三卷一样，我的目的是使它们始终处于突出的地位，而不是把它们当作生活本身的附属品。我认为，文学家传记的目的在于，至少在我看来，如果没有对作品本身专心之至的研究，文学家传记就失去了其主要的（即使不是全部）应有之义”。正是由于这些作品在思想性和文学性方面所达到的前所未有的高度，以及所揭示的生活世界与精神世界的无比复杂性，弗兰克意识到撰写这一卷的难度超过前面三卷。他认为“更加值得注意的是，正是由于很久以前在十九世纪四十、六十和七十年代的极少数俄国知识分子当中产生了那些现在看来陈腐荒谬的主张，他才创作出如此伟大的作品。如果我们对陀思妥耶夫斯基以及其他作家文人所记录的激烈争论以及它们的最后结果——这些争论注定要在全世界引起回响，直到我们这个时代仍不绝于耳；它们的结果如今正在随着那个制度的土崩瓦解而化为乌有——缺乏一定了解的话，我们就无法真正理解他的灵感或激情以及他那些忧虑的来源。这种灵感或激情与他本人的生活经历和文学天赋结合起来，产生了他最伟大的作品。”陀思妥耶夫斯基的灵感、激情和忧虑与那些荒谬理论、行为以及相关的激烈争论的关系，是理解他的伟大作品的基础，也是阅读弗兰克这部《非凡的年代》的关键看点。

因此，对于读者而言也面临同样的难度，如果不是对小说和当时的俄国社会与思想现实有充分的了解，如果对陀思妥耶夫斯基与同时代人有过的或关注过的那些激烈争论及最后结果缺乏了解，恐怕很难真正进入陀思妥耶夫斯基的生活与文学世界。反过来说，在“根据作家的个人生活，同时根据作家所处时代的社会、文化、文学以及哲学环境和氛围，为读者提供一个将有助于他们更好地理解作家的作品的背景”方面，恐怕至今没有人能超过弗兰克。事实上，在这部长达七百多页的传记中，作者以极为丰富的史料与极为细心、缜密的文本分析和心理分析方法尽可能地揭示了陀思妥耶夫斯基在这几部作品的构思和写作、修改过程中的各种意图、思想和效果，把读者引入了陀思妥耶夫斯基复杂的精神世界中去。近日一位青年学子和我讨论过弗兰克的这套陀氏传记，他甚至说在很长一段时间内这就是“终结者”，不仅是说弗兰克掌握资料的丰富与论述的深入，而且更重要的是他从传主生活所切入的文学分析、俄国社会史及思想史研究的深度和广度，恐怕都难以被超越。我谈到在二十世纪七十年代中期到八十年代初期，我是从车尔尼雪夫斯基走向陀思妥耶夫斯基的，从政治和文学的角度经历了对俄国十九世纪四十至六十年代人的认识与思考的过程，但是对于其间的思想争论与文学创作的关系认识还是很简单。虽然自二十世纪九十年代以来阅读了不少关于苏俄革命、思想和文学的论著，通过阅读陀思妥耶夫斯基的几部伟大作品也早已确立了他作为世界文学史上的伟大作家在我心目中的地位，但是对他的文学创作与生活经历及思想变化之间的复杂关系仍然是不甚了然，现在读到弗兰克这套堪称博大精深的陀氏传记算是迟来的补课。

读完这部《非凡的年代》，这是我第三次为这套陀思妥耶夫斯基传记写书评。有一个问题是，阅读陀思妥耶夫斯基真的那么重要吗？我认为的确是的。我曾经在一篇文章中说，一个应该认真思考的问题是：在今天，在文学经典阅读的意义之外，为什么我们不应忘记、轻视甚至是拒绝陀思妥耶夫斯基？尼·潘琴科在为《曼德施塔姆夫人回忆录》写的《俄文版序》中曾经说，曼德施塔姆夫人指出苏俄“知识分子”的罪孽是在“胜利者的统一意识形态”前缴械投降，放弃道德标准和全人类价值，他认为这就是抛弃与拒绝了陀思妥耶夫斯基的结果。这就是答案，虽然有其苏俄的历史语境，但是陀思妥耶夫斯基的意义不会受限于苏俄。弗兰克在这本《非凡的年代》的结尾处说，在《群魔》之后的四分之一世纪中还出现了几部可以与之相提并论的作品：康拉德的《诺斯特罗莫》和《在西方的目光注视下》以及亨利·詹姆斯的《卡萨马西玛公主》，“它们同样表现理想的破灭，揭露政治－社会革命的丑恶。即使是在二十世纪盛产此类小说的情况下，《群魔》仍然是不可超越的，因为它以令人吃惊的先见之明描写了从陀思妥耶夫斯基那个时代到我们现在这个时代（更加引人注目地）始终与革命理想形影不离的道德困境以及革命的最高原则原形毕露的可能性。”

关于陀思妥耶夫斯基的“先见之明”，我认为是这部《非凡的年代》的一个关键词，但是容易被忽视了。弗兰克在书中提到的一件事情是关于这种“先见之明”的重要意义的最好证明。《群魔》出版后不断受到攻击，总是有人说它恶毒诽谤当时俄国的革命运动。到了二十世纪九十年代初以后，“随着俄国人开始自由谈论苏联的生活，这本书逐渐被人们认为具有先见之明而不是恶毒的诽谤”。弗兰克在注释中引述了俄国著名文学批评家和文化历史学家尤里·卡里亚金所说的事情。尤里亚金曾经是一名斯大林主义的忠实信徒，同时对陀思妥耶夫斯基特别感兴趣，他在回忆苏共第二十次代表大会期间赫鲁晓夫首次揭露斯大林主义真正本质的情形之后说，他有一位教授朋友总是在陀思妥耶夫斯基、列斯科夫和契诃夫的作品中寻求摆脱个人痛苦和政治上的烦恼，这位朋友“苦笑着对我说：‘可是您要知道，这一切全都写在《群魔》中。一九三六年我差点因为阅读这部小说被逮捕。有人告发了我。'" 尤里亚金自己说："那是一些让人胆战心惊但却深受启发的夜晚：我们阅读《群魔》和陀思妥耶夫斯基为写这部小说所作的笔记（我们设法弄到了这些笔记）……我们读着小说，简直不敢相信自己的眼睛：我们熟悉这一切，曾经完全相信它，我们对这一切记忆犹新。我们阅读小说时，几乎每一页都会被交头接耳所打断：'这不可能。他怎么会知道这些事情？'" 这是一位熟悉陀思妥耶夫斯基文学作品的苏联知识分子在那些特定的历史年代中阅读《群魔》的真实感受，他们对陀思妥耶夫斯基"先见之明"的震惊无须怀疑，而且更应该引起我们的思考。与陀思妥耶夫斯基的先见之明相比，我们对于他的认识长期以来处于晦暗不明的状态，而且被笼罩在主流话语表述的车尔尼雪夫斯基等人的激进思想谱系之中，难以知晓陀思妥耶夫斯基与车尔尼雪夫斯基的对立到底意味着什么。这也可以从一个侧面说明即使是我们的"后见之明"也是来之不易，甚至有些读书人仍然陷于蒙昧之中。

陀思妥耶夫斯基的先见之明主要不是来自他对历史与未来趋势的研究，而是来自从他的切身体验中产生的对激进意识形态及其狂热鼓吹者的不信任，来自他在激进圈子中看到的那种以宏大理念和一己信仰为由而不惜残酷杀戮的观念和行为。比如，他从谢尔盖·涅恰耶夫（Sergei Nechaev）（1869 年发生的涅恰耶夫案件是激发创作《群魔》的主要动因）制作的一份宣传小册子看到为了崇高事业可以践踏一切人性伦理、可以不惜使用一切手段的恐怖前景，看到了从追求解放、自由的出发点走到血腥残暴、前无古人、专制独裁的发展轨迹。弗兰克应该是意识到涅恰耶夫那份宣传小册子对于认识陀思妥耶夫斯基思想发展的重要性，因而在书中对其内容及影响多有论述。那本题为《革命者教义问答》小册子的作者是涅恰耶夫和巴枯宁（有一种观点认为是其中一人独自写的），其"教义"中有（但不限于）这些内容：只要对革命事业有利，不仅要欺骗敌人，而且可以欺骗和不惜牺牲参加革命的合作者和追随者；为了渗入到上层社会去做工作，完全可以通过举报、牺牲自己同志的行为来取得信任；革命者应当与自由主义者合作，假装盲目追随他们，利用他们引起动乱；革命者应该对一切残害人民的灾难和罪恶推波助澜，“这最终必定将使民众忍无可忍，逼迫他们全体起义”；革命者必须和土匪强盗联合起来，全力以赴地搞破坏，“直到现存社会体制毫无保留地被彻底消灭为止。”“毒药，匕首，绞索……革命在这场斗争中使一切手段变得神圣。”无论巴枯宁是否参与了这本小册子的写作，起码“他对这本最邪恶的革命策略手册了如指掌并且赞同它的原则”。最有讽刺意味的是，他对这本小册子宣扬的教义被用来对付自己和他的朋友感到恐怖。1870 年 7 月巴枯宁听说涅恰耶夫去找过他的一位朋友，而且这位朋友又把自己一位朋友的地址给了涅恰耶夫，于是他马上给这位朋友写了一封警告信，要他和他的朋友防范和躲开涅恰耶夫。弗兰克认为这封信具有重要的揭示意义，因此以长达三页的篇幅详尽地引述了该信，其中看到巴枯宁向他朋友谈到了这些：在革命中，除了核心机构的极少数人，其他人都是利用的、可以欺骗和牺牲的工具；一旦他进入你的生活圈子，会竭力骗取你和你的朋友的同情和信任，通过掌握你们的隐私而强迫你们就范；他会在你和你的朋友之间进行挑拨离间，制造是非；他会勾引你的妻女，目的是使她们脱离正统的道德规范，被迫参加反社会的革命抗议活动；总之，他是一个流氓、一个狂热分子。陀思妥耶夫斯基虽然不知道巴枯宁的这封信，但是在《群魔》中关于彼得·韦尔霍文斯基（涅恰耶夫是他的原型）思想行为的描写足以说明他完全了解巴枯宁所讲的这些观念和行为。弗兰克指出：“陀思妥耶夫斯基对准确地描述事实的关注不仅表现在他对彼得·韦尔霍文斯基的描写上，而且表现在他对书中整个那场社会－政治阴谋的叙述上。”因此他认为即使仅从巴枯宁的这封信来看，也无法同意和忍受认为陀思妥耶夫斯基蓄意诽谤和歪曲他选择性地描写的人与事、他是恶毒诽谤当时俄国的革命运动的指责；他说只有“顽固坚持某种狂热的党派偏见的人——他们拒绝接受历史证据——才能继续进行这种指责”。弗兰克还指出，陀思妥耶夫斯基在《群魔》中小心翼翼地没有把他笔下的虚无主义者描写成邪恶的反面人物，他们的行为不是出于阴险奸诈或者纯粹自私的动机，而是出于虚荣、自负、轻浮或者是天真幼稚造成的；陀思妥耶夫斯基本人在年轻时曾经是一名谋反的地下革命者，因此他知道与他为伍的那些人绝不是恶棍或败类。他对彼得·韦尔霍文斯基这个人物也描写了他的救世情怀的特征和对社会底层人物的同情心。因此从“群魔”这个概念来说，很难认定——或者说不能认为陀思妥耶夫斯基的意图是把涅恰耶夫这样的革命者说成是魔鬼，他的先见之明不仅是看到和指出为了崇高事业可以践踏一切人性伦理必然导致比沙皇统治更残暴的专制独裁，而且还在于他看到那些人本身并不是魔鬼，控制和奴役他们的思想观念才是真正魔鬼——他自己说：“这基本上就是我的小说的主题。它的书名是《群魔》，它描写了魔鬼如何附在一群猪身上。”

陀思妥耶夫斯基的“先见之明”与他的思想发展变化也有紧密联系。1845年他发表的处女作——长篇小说《穷人》在俄国文坛引起极大反响，两年后他参加了彼得拉舍夫斯基小组的聚会，后来又加入了一个致力于废除农奴制的革命秘密小组，以后就是被捕、假处决、四年苦役然后充军。这一段革命谋反者的经历极大地影响了他的思想变化，“他相信，与农民囚犯在同等条件下一起生活的四年让他难得地深入了解了俄国农民的心态，使他认识到激进派知识分子的所有革命预期多么不切合实际。因此，尽管陀思妥耶夫斯基始终愿意承认激励激进分子的道德热情，但是，在他不在内地期间逐渐盛行的新的激进思想（最明显地反映在车尔尼雪夫斯基的文章著作里）与他个人的信念可能根本势不两立。”弗兰克描述那种新的激进思想是“由英国的功利主义、法国的空想社会主义、费尔巴哈的无神论以及原始的机械唯物论和决定论混合而成的这个奇怪的大杂烩”，大致上可以在广义上被称为俄国虚无主义的意识形态。陀思妥耶夫斯基在1864年的《地下室手记》中第一次正面抨击了虚无主义，在后来的《罪与罚》和《群魔》的创作中，他的艺术策略是塑造各种接受了俄国虚无主义信条的人物，然后显示当他们试图将其付诸实践时这些信条给他们的生活带来了多么严重的灾难性后果。在《罪与罚》中，陀思妥耶夫斯基所描述的拉斯柯里尼科夫的思想和行为是对青年激进分子当时心态相当准确的推断，也是他当时对思想与文学潮流关注与思考的结果，在那些潮流中出现了活跃在俄国社会与文化生活领域前沿的“新人”——激进平民知识分子。所谓的魔鬼附身，其实就是陀思妥耶夫斯基对俄罗斯文化中的“精神痼疾”另一种表述。陀思妥耶夫斯基认为这种精神痼疾是欧洲文化侵蚀俄国人的灵魂的结果，使最杰出和最有天赋的代表人物逐渐疏离他们的民众并且背离了信仰的文化史。弗兰克指出，“事实证明，陀思妥耶夫斯基要写的不可能只是一部谴责虚无主义一代及其理想主义自由派前辈的政治讽刺小说；他的书现在呈现出一种完全不同而且寓意更加丰富的特征，这种特征与陀思妥耶夫斯基最深刻的信仰和价值观念密切相关。”“陀思妥耶夫斯基原本打算写的政治小说现在变成了《群魔》，这是一首关于长期困扰着俄国文化的道德－精神痼疾的‘悲剧诗歌’。”弗兰克全书开头的论述已经深刻地揭示了陀思妥耶夫斯基的文学创作具有普遍性意义的关键：“就他利用的素材而言，在他看来，这些信条所提出的深刻的道德－哲学问题极大地超越了其始作俑者的境界，因此，他在犹太教－基督教道德规范的基本原则与虚无主义所提供的世俗变通方法的冲突之间中对它们追根溯源。正是这种把社会问题提升到悲剧水平的想象力，再加上他的心理学天赋，使他那些最伟大的作品具有了普世的眼界和经久不衰的力量。”

读陀思妥耶夫斯基常会令人感到世界的黑暗与残酷，但是弗兰克提醒我们不要忘记的是，尽管面临各种各样的困难，但陀思妥耶夫斯基并不灰心丧气，他感到自己具有“猫一样的生命力”。“他的作品经常重申的题旨之一就是对于生活发自本能、不可遏制的爱，盲目、热情地相信生活具有至高无上的价值，任何不幸的经历也无法动摇或者破坏这种信念。”我们也应该具有“猫一样的生命力”，应该坚定地热爱生活。

原载《上海书评》2020 年 7 月 16 日

【主编者言】本文记载了史铁生的一些文学逸事。一个作家对自己作品的意见很有价值意义，但不一定能够成为定论。文本自身的逻辑才能把握读者和评论家，最终影响文学史。

“看透生活再热爱生活，这是史铁生的理想主义”

李德南

“史铁生来稿了！写得实在太好了！”

1990 年 12 月，《上海文学》的编辑姚育明到北京组稿，专门去拜访了作家史铁生。

在这之前，史铁生和姚育明就已经认识，和《上海文学》亦有交集。他的短篇小说《毒药》发表于《上海文学》1986 年第 10 期，还获得了第三届《上海文学》奖。1988 年，负责去北京接史铁生到上海领奖的，正是姚育明。这次在北京见面，史铁生问姚育明是否愿意去地坛散步，姚育明欣然说好。黄昏时分，史铁生和姚育明，还有中国作协的陈国华一起去了地坛。史铁生说，他与地坛很有缘分，家搬来搬去总是围绕着它。

地坛对于那时候的史铁生而言，意义非常特殊。史铁生 1951 年 1 月 4 日出生于北京，1967 年初中毕业。1969 年 1 月 13 日，他和众多知识青年一起踏上了从北京开往陕西的列车，到延川县关庄公社关家庄大队插队。他曾和当地的老乡一同起早贪黑地劳作，挣工分，不久后身体出现腰腿疼的疾病，改为当饲养员。1971 年，史铁生病情加重，行走出现困难，只得回京治病，也就此结束了插队生涯。1972 年，史铁生 21 岁，开始以轮椅代步，又找不到正式的工作，内心苦闷，甚至出现了非常严重的精神问题。也正是在这样的时刻，史铁生与地坛相遇了。地坛安静的环境让他逐渐安定了下来，精神的危机也逐渐得到缓解。

1990 年 12 月，姚育明和史铁生又见面了。她赶到史铁生家的时候，已经是晚上十点半左右。许多年后，姚育明在文章中这样回忆起见面的情景："史铁生刚从地坛回来，正在小院里倒轮椅车，随着动作，他的身上散发出苍松、柏杨的清凉气息，一个年轻女子撩着门帘背光而立，身上同样散发着好闻的地坛之味。她就是史铁生的新婚妻子陈希米。这位姓名带着音乐之声的太太很年轻，很美丽，很温柔，很明朗，她的腿虽有微疾，但动作之敏捷一点也不亚于健康人。"

虽然有约稿任务在身，但是这次见面，姚育明和史铁生主要是闲聊。直到临别时，姚育明才问了一句："最近在搞什么呀？"史铁生似乎有话想说，迟疑了一下，最终说道："嗯，算了，以后再说。"

对于这次登门约稿，姚育明并没有抱太大的期待，考虑到史铁生的身体状况，也不忍心催逼。没想到的是，她回上海不久，就接到一封厚厚的信，打开一看，其中竟然有史铁生的来稿。

这篇稿子就是《我与地坛》。它的初稿写于 1989 年 5 月 5 日，修改于 1990 年 1 月 7 日。史铁生在其中记录了他如何与地坛相遇，以及在地坛中的所思所想。他曾这样谈到当时的精神状况："我那时脾气坏到极点，经常是发了疯一样地离开家，从那园子里回来又中了魔似的什么话都不说。"他一度把家视为需要逃离的世界，地坛则是"可以逃避一个世界的另一个世界"，它的存在有利于史铁生平息痛苦与焦虑。史铁生一度渴望死，用了很多时间来思考"活着还是死亡"这一命题，后来又觉得，"死是一件不必急于求成的事，死是一个必然会降临的节日"。这使得他不再那么害怕死亡。然而，如何活，如何活出意义来，对史铁生来说依旧悬而未决。这是史铁生终其一生都在追问的问题。这些思索，在地坛中有所展开，也在地坛中有所完成。他不单是在思考个人的遭遇和命运，也在思考他的母亲、爱唱歌的小伙子、中年夫妇、长跑者、漂亮而不幸的姑娘等人乃至全人类的遭遇和命运。生与死，时间与空间，有限与无限，命运与意义，这些重要的思想命题，都得到了深入的思考和细致的表达。

《我与地坛》一共15000字左右，当时《上海文学》发的散文字数都不长，一般是六七千字。了解这一情况的史铁生在信中显得忐忑不安，问是不是太长了，对不对《上海文学》的路子。姚育明在读这篇散文时的心情却是万分激动的。她冲到副主编周介人的办公室，用近乎喊叫的声音对着周介人说："史铁生来稿了！写得实在太好了！"周介人看完后也非常兴奋，说："发！马上发！明年第一期。"

"就是散文，不能作为小说发；如果《上海文学》有难处，不发也行。"

很多杂志对每年第一期的稿子都会相当重视，考虑到这期的小说分量还不够，缺少重点稿，周介人曾提议把《我与地坛》当小说来发表。他认为，《我与地坛》内涵很丰富，结构也不单一，作为小说来发是成立的。姚育明就此和史铁生商量，史铁生的态度却非常坚决，不同意以小说的形式发表："就是散文，不能作为小说发；如果《上海文学》有难处，不发也行。"

最终，《上海文学》定的栏目标题既不是小说也不是散文，而是以"史铁生近作"这种相对灵活的方式刊登，史铁生接受了。就这样，《我与地坛》这一中国当代文学史上的重要篇章正式面世了。然而，关于《我与地坛》的文体之辩并没有就此结束。

《我与地坛》发表后，很快就被多家选刊转载——它有时候被视为小说，有时候又被视为散文。评论家在讨论它时也如此。1991年，苑湖在关于《我与地坛》的评论中指出："这显然是没有先例的文体，对于史铁生自身的作品；同时，这也是史铁生进行了长时间调整后，进入的一个新的小说及生命空间。”1992年，韩少功发表了一篇题为《灵魂的声音》的文章。他在其中谈到小说在当下的处境以及存在的问题，也谈到了张承志和史铁生。他说：“我以为一九九一年的小说即使只有他的一篇《我与地坛》，也完全可说是丰年。”韩少功也把《我与地坛》视为小说，他的这一说法流传甚广。十年后的2002年，史铁生凭借《病隙碎笔》获得“华语文学传媒大奖·年度杰出成就奖”，记者对史铁生进行专访时，提及韩少功的这段话。史铁生以开玩笑的口吻回应说：“韩少功这句话快成了我这篇东西的广告语了。他这话比我的作品传播得还广。”这是后话。汪政、晓华在1993年发表的文章中则将之视为散文：“史铁生是一位有相当成就的青年小说家，但我们这里介绍的《我与地坛》却是他的散文。毫无疑问，史铁生的这次‘客串’相当成功，散文界甚至公认它是近年不可多得的优秀作品。”

有一种看法认为，《我与地坛》之所以出现这样一种文体属性暧昧不明的状况，是发表时编辑部的做法导致的，是因为编辑部没有按史铁生的建议来进行清晰的文体界定，结果既对读者构成了误导，也带来了比较混乱的文体归类。然而这不是全部的原因。

2003年，王彬彬在《小说评论》第4期上发表了文章《〈我与地坛〉的小说嫌疑》。他认为，《我与地坛》虽然被视为当代散文的名篇，却带有某种小说嫌疑。“史铁生此前已是小说名家，因而编者把出自史铁生之手的叙事性作品都习惯性地看作小说，这是一层原因。但除此之外，《我与地坛》本身也确乎提供了一份让编者‘误认’其为小说的理由。一般说来，‘散文’的手法比较单一，所表达的思想、情感也比较单纯、清晰；小说则总会有比较多样的‘叙事手段’，所表达的思想、情感也比较复杂、暧昧。而《我与地坛》比起一般的‘散文’来，所表达的思想、情感显然要斑驳、丰富得多……写《我与地坛》时的史铁生，毕竟是已写惯了小说的人，他会不知不觉、自然而然地把一些小说的常用手法用在‘散文’的写作上。《我与地坛》虽然‘散文’的特色十分鲜明，但它的剪裁结构、布局谋篇，却显然是经过精心权衡算计的；而这种权衡算计体现出的确实是一个‘小说家’的匠心。在这个意义上，《我与地坛》这篇出自‘小说家’之手的‘散文’，确实与出自‘散文家’之手的‘散文’有所不同，它带着明显的‘小说’的痕迹。”陈福民也持类似的观点，认为《我与地坛》“在叙事手法、人称转换以及对人物的刻画处理上，都带有小说意味。除了对母亲形象的传神刻画之外，像那对十五年如一日来地坛的夫妇，像那个漂亮的不幸的小姑娘与她的哥哥，像那个业余歌唱家，等等，寥寥几笔便神形兼备栩栩如生，这种写人物的手法完全得益于史铁生作为小说家的训练。”

在王彬彬看来，史铁生之所以坚决地认为《我与地坛》是散文而不是小说，是因为史铁生本来就是把它当作散文来写的，它在所思所感和所见所闻上极有真情实感，故而无法把它视为小说。如今，《我与地坛》更多被看作是散文。它被看作“史铁生的散文代表作，也是20世纪中国最为优秀的散文之一”，“是一个诗性散文的经典文本，是一篇经得起反复细读的作品”。陈剑晖的这一看法，相信很多人都会认同。关于《我与地坛》所形成的文体之辩，始终很难有一个绝对正确的答案。因为《我与地坛》的确具有某种跨文体的气质，而散文和小说之间的文体边界本来就不是十分分明的。

后来，随着史铁生写作的进一步展开，这种文体上的问题，他不再那么重视了。史铁生甚至认为，他的作品不属于“文学”而只是“写作”。如何有效地勘探存在，如何抵达存在，如何追问存在的疑难，日渐成为史铁生首先考虑的问题。他在写作中更是经常打破文体的界限，拒绝遵从文本的固定格式。比如《关于詹牧师的报告文学》和《关于一部以电影作舞台背景的戏剧之设想》，光看题目就能感觉到它的跨文体属性。2007年，史铁生甚至完成了一个题为“地坛与往事”的“准剧本”。“不久前，有位制片人来找我，问我是否愿意把我一篇散文——《我与地坛》——改编成电影，或者电视剧。”把一篇散文改编成电影或电视剧，可以说是非常特别的改编，这也是非比寻常的写作——《地坛与往事》主要由引文连缀而成。相关的引文，主要出自他之前所写的《我与地坛》《想念地坛》《老屋小记》《聆听和跟随——给友人的一封信》《比如摇滚与写作》《轻轻地走与轻轻地来》《我之舞》《务虚笔记》《合欢树》《有关庙的回忆》《重病之时》《墙下短记》《复杂的必要》《秋天的怀念》《老家》《没有太阳的角落》《病隙碎笔》，其中既有小说，也有散文。至此，史铁生作品的文体就变得更加难以辨认了。

“要是有些事我没说，地坛，你别以为是我忘了，我什么也没忘，但是有些事只适合收藏。”

在《我与地坛》之后，史铁生还写了一些与地坛密切相关的作品，如《想念地坛》和《地坛与往事》。它们对于理解《我与地坛》，理解史铁生的人生和写作，理解史铁生思想的转变，都不可忽视。

在《我与地坛》中，史铁生写道：

> 要是有些事我没说，地坛，你别以为是我忘了，我什么也没忘，但是有些事只适合收藏。不能说，也不能想，却又不能忘。它们不能变成语言，它们无法变成语言，一旦变成语言就不再是它们了。它们是一片朦胧的温馨与寂寥，是一片成熟的希望与绝望，它们的领地只有两处：心与坟墓。比如说邮票，有些是用于寄信的，有些仅仅是为了收藏。

史铁生的这段话，说得极其隐晦，隐藏的到底是什么，在很长一段时间里成为一个令人费解的问题。它所隐藏的，是社会历史层面的记忆，还是私人化的记忆？如何解读这个细节，构成了理解《我与地坛》乃至于史铁生的思想整体的一个分歧。

直到写作《地坛与往事》，史铁生才明确地说出《我与地坛》中埋藏着一个爱情故事并以相对清晰的方式回忆起昔日的恋人以及他们在地坛中恋爱的情景。这段恋情的女主角，史铁生的好几位朋友在回忆文章中都称之为 H。《我与地坛》中那位长跑者的原型人物李燕琨在关于史铁生的回忆文章中写道：“我与他认识三十多年，无话不谈。性、金钱、朋友与缘分、婚姻与爱情、贫困与富有、体育与政治、环保与动物、哲学与文学、人性与教育。但唯独不谈或很少说到他与 H。”

这一次恋情的开始，给遭遇残疾的史铁生带来了希望和热情；它的终结，在当时又给史铁生带来了沉重的打击，让他有种无法言说的痛苦，就连面对李燕琨这样无话不谈的好友他也不愿意诉说。在《我与地坛》发表六年后，史铁生终于在《老屋小记》中讲述他不止一次地想告诉这位长跑者朋友的：其实他有爱情，只是他很怕去看这爱情的未来。

这样一种爱与怕的感受和状态，成为史铁生作品反复言说的主题，也是他对人的情感结构的揭示——人是有限之在，有所爱，亦有所怕，爱与怕则时常交织。这样一种书写和认知，始于个人经验，又超越了个人经验，具有普遍的意义。在《地坛与往事》中，史铁生对待爱情的态度也有进一步的变化。他已经能够更坦荡地、更有勇气地面对这段感情，也认为爱情的意义在于过程而不在于结果。史铁生和陈希米之间那种互为知音而又相濡以沫的情感，彼此间那种心魂相通的、无可替代的爱，在《地坛与往事》中也得到了正面而直接的书写。

在《我与地坛》中，史铁生曾用了不少笔墨写他母亲在他患病期间的种种思绪和际遇。这位母亲的坚韧和大爱，还有史铁生对他母亲的爱与悔，通过史铁生的文字而打动了无数的读者；有读者更把这些文字视为《我与地坛》中最为感人也最为难忘的部分，视为描述母子之情的经典。关于史铁生父亲的情况，《我与地坛》中很少谈到。《地坛与往事》则直接写到了史铁生的父亲。这位性格隐忍的父亲，同样令人动容：“一向老实、憨厚、缺乏魅力的父亲，在母亲走后独自撑起了这个家——那是一段更长、更难的时日呀！那些个孤独的白天和夜晚，不知他是怎样在要求着自己、鼓励着自己……二十年的日日夜夜，父亲是怎样熬过来的？一定就是在那些困苦甚或危难的时刻，从天上他听见了妻子的嘱托，在心里，他的爱长成为信仰。”

“一个做了母亲的人说：‘史铁生的作品是最可以放心地推荐给儿女的。’”

从 1991 年《我与地坛》发表到现在，时间已经走过了 18 年。在这 18 年间，《我与地坛》的魅力并没有随着时间的流逝而减少，如陈福民所说的：“作为一篇散文，《我与地坛》所取得的成就及所达到的高度是无与伦比的……《我与地坛》堪称整个中国当代文学的重要收获，而其影响，也不限于‘文坛’。它在各个阶层的读者那里都引发了强烈持久的震撼、回味与思考。”

《我与地坛》曾入选多个版本的高中语文教材，也被改编为电视散文。这些传播方式和传播渠道，无疑扩大了《我与地坛》的阅读范围，也为史铁生赢得了不少年轻读者。史铁生曾因此与广东南海一中的师生有过书信往来。师生们在书信中谈到了阅读《我与地坛》的感受，也围绕《我与地坛》能否改成别的题目等问题对史铁生进行提问，史铁生给出了相应的回答。张新颖、赵勇、申霞艳等大学教授则时常在大学课堂上用专门的课时对《我与地坛》进行讲授、细读和讨论。有一次，张新颖想去地坛走一走，“我想起几年前在釜山、在芝加哥讲《我与地坛》的课上学生们稚气的问题：‘这个人怎么会想得这么多，想得这么好？’”

不少学者和评论家都写过专文来解读《我与地坛》，如陈剑晖的《〈我与地坛〉：诗性散文的经典文本》，程光炜的《关于疾病的时代隐喻——重识史铁生》，陈福民的《超越生死大限之无上欢悦——重读史铁生的〈我与地坛〉》，赵勇的《〈我与地坛〉面面观》，汪政、晓华的《生存的感悟——史铁生〈我与地坛〉

读解》等。这些文章，从立意、语言、结构、思想、艺术特色、时代底色、文学史意义等方面对《我与地坛》进行了阐述。

对于《我与地坛》，对于史铁生的为人与为文，很多作家、学者、评论家都评价甚高。王安忆说："史铁生的意义在于代表了我们这一代人的理想。"许纪霖则认为，"看透生活再热爱生活，这是史铁生的理想主义，一种过程论的理想主义。尽管它是从个人的苦难中得出的人生真谛，尽管它仅仅是一种个人化的人生哲学，然而，它的意义建构规则和理想落实方式，对于信仰危机以后虚无主义蔓延的世纪末中国，无疑具有普遍的启示。"邓晓芒、许纪霖、何怀宏、赵毅衡、周国平等从事哲学史、思想史或理论研究的学者，都注意到史铁生和他的作品，先后写过文章。由此也可以看出，史铁生的影响并不局限于文学界。

据作家刘庆邦回忆，"在中国作家协会召开的第五、第六、第七次全国代表大会上，铁生都是唯一一位以全票当选全国委员的作家。这表明铁生同样赢得了全国作家、读者的爱戴与敬仰。"通常而言，作家在写作时是很忌讳用"最"字的，这会显得过于绝对。很多人在评价史铁生的时候，却禁不住用上"最"字。胡河清说："史铁生是我在当代中国文学界最有亲切之感的作家之一。"周国平把史铁生视为"中国当代最有灵魂的作家"。谢有顺认为，"他是中国当代最关注内心的磨难，进而到达了一种深渊境遇的作家。"谢玺璋在文章中这样写道："一个做了母亲的人说：'史铁生的作品是最可以放心地推荐给儿女的。'"

如今，《我与地坛》已不仅仅是史铁生的作品之一，而是被视为史铁生的文学世界和精神世界的重要标记，甚至是最为核心的意象。

2010年12月的最后一天，史铁生因病逝世。此后一些天，不少读者自发地在各地举办追思会，以表达对他的缅怀、思念和敬意。《天涯》杂志在2011年第2期杂志刊出《关于在北京地坛公园塑造史铁生铜像的倡议书》，倡议"由全国作家与读者自愿捐款，在北京地坛公园塑造一座史铁生铜质雕像，以凝定我们共同的敬重与景仰，供所有思念他的人与他日后相逢"。"史铁生以《我与地坛》为代表的众多作品在读者中广为流传。在广大读者心目中，他已与北京地坛公园血肉相连，成为地坛的一部分，堪称地坛的当代之魂。考虑到这一点，将他的铜像立在地坛公园，既是我们对一个杰出作家最隆重、最崇高、最诚挚的礼赞，也将留下一份宝贵的精神财富，丰富后人对地坛公园的理解和诠释，延伸中华文明遗产中代代相传的真诚与高贵。”

这一倡议得到了不少人的响应，最终却没有成为现实。这或许是一种遗憾，所幸的是，经由凝结着思与诗的文字，史铁生早已与地坛建立起一种精神上的联系。对于众多的读者来说，《我与地坛》将永远充满魅力。2011 年，华夏出版社出版了一部关于史铁生的纪念文集，书名为《永远的史铁生》。史铁生永远在他的文字当中，也永远在读者的心灵世界中。

原载《光明日报》2019 年 10 月 25 日

【主编者言】每座城市都有它的传说，这些传说在岁月长河中起起伏伏，不断添油加酱，盘桓在人们口里，留藏在人们心里。本文钩沉北京城的传说。社会需要这种民俗研究。

北京“八臂哪吒城”传说演进考

施爱东

“八臂哪吒城”传说被认为是北京最重要的传说之一，历史学家陈学霖指出该传说“应该肇始于清末民初之际，不可能太早完成”。但是，如果我们将陈学霖尚未涉及的曲艺说唱及民间文学“三套集成”纳入考察范围，对不同异文进行时间排列和文本细读，还可具体划分该传说的不同发展阶段：一、元末已有北京城是哪吒城的说法，但是只有比附，没有相应传说；二、明初之后，哪吒城的说法中断了近500年；三、清代已有刘伯温建北京城传说，主要流行于华北、东北、西北等地区；四、清末民初城墙渐次遭毁，哪吒城概念被重新唤醒，开始与刘伯温挂钩；五、成熟的八臂哪吒城传说出自曲艺说唱，创作时间较晚，1957年经由金受申（1906—1968）整理而扩散。

北京传说；八臂哪吒城；刘伯温；金受申；民间文学“三套集成”

关于明成祖朱棣的二位军师刘伯温与姚广孝进行设计竞赛，各自依着哪吒的模样，背对背画出了北京城的传说，现在已经成为北京市的标志性民间传说。

文史专家邓云乡说：“明、清以来民间传说把它演义成为十分离奇的故事，不但在北京民间流传，而且辗转到外国，在法籍传教士的著作里，也说得有来有去。”可是，这个传说在文献中第一次出现的时间是1957年，并不古老。现在的问题是，它到底是不是一个“明清以来”广泛流传的民间传说呢？

刘伯温去世的时候，朱棣刚刚15岁，离他夺取皇位还差28年，刘伯温从未辅佐过朱棣。这则关公战秦琼的传说是何时、何因、如何兴起的？历史学家陈学霖从1965年开始关注该传说，于1994年写成《刘伯温与哪吒城——北京建城的传说》，其结论是：传说大约形成于清末这一敏感时期，而且与秘密会社“反清复明”的概念生产和舆论宣传有关。而本文则通过对传说异文及其出现时间的分析，认为八臂哪吒城传说的产生不会早于20世纪40年代，也不是口口相传、广为人知的民间传说，而是由北京说唱艺人创作，金受申整理出版，主要经由文人和学者的书面传播而扩散的现代传说。

一、哪吒城之说始于元代

北京城的前身，元大都始建于1267年（元至元四年），城址的勘定、宫城的规划主要出自刘秉忠（1216—1274）。把北京比喻为哪吒城，元末已有流播。元末明初杨维桢《大明铙歌鼓吹曲十三篇》直称幽蓟为哪吒城：“嗟政不纲可奈何？自底灭亡可奈何？国运倾，六师驻，哪吒城。”元末另一诗人张昱在《辇下曲》中也说：“大都周遭十一门，草苫土筑哪吒城。谶言若以砖石裹，长似天王衣甲兵。”明代笔记《农田余话》说得更明白：“燕城，系刘太保定制，凡十一门，作哪吒神三头六臂两足。世祖庚申即位，到国亡于戊申己酉之间，经一百一十年也。”幽蓟、大都、燕城，都是北京的历史地名，奇怪的是，哪吒城一说主要出现在元末明初，随后就近乎消失，罕见被人提及。

三头六臂或八臂本是释家用来比喻佛之威严与神通，并非哪吒特有，比如千眼千臂观世音，又如修罗道者“并出三头，重安八臂，跨山蹋海，把日擎云”。哪吒本是密宗护法神，佛教典籍中着墨不多，仅有名号传世。宋代以来的禅宗开始提及哪吒的三头六臂形象，如《景德传灯录》卷十三：“三头六臂擎天地，忿怒哪吒扑帝钟。”《碧岩录》第八十七则：“忽若忿怒哪吒，现三头六臂；忽若日面月面，放普摄慈光。”几乎同时，八臂说也开始流传，如《五灯会元》卷十四：“三尺杖子搅黄河，八臂哪吒冷眼窥”；卷十八：“八臂哪吒撞出来，稽首赞叹道难及”；卷二十：“赤脚波斯入大唐，八臂那吒行正令。”宋代无门慧开禅师《无门关》：“若是个汉，不顾危亡，单刀直入，八臂哪吒拦他不住。”南宋以降，哪吒地位逐渐提升，进入道教神灵谱系，受到民间信仰的崇奉。

所谓“三头六臂二足”，无疑是为了对应“京师十一门”之数。刘秉忠基本是按《周礼·考工记》的要求来设计元大都的，但又没有完全遵照其原则。侯仁之说：“《考工记》描述‘王城’是‘方九里，旁三门’，而大都城并非正方形，而是长方形，四面城墙既不等长，北面城墙上又只有两门而非三门，这就是一种创新。”创新依据是什么呢？元代黄文仲《大都赋》称：“辟门十一，四达憧憧。盖体之而立象，允合乎五六天地之中。”意思是说十一是天五地六相合之意。南则五门，取象阳数，北则六门，取象阴数，为象天法地之数。当然，这是精英文化的观念，而民间传统素来好做附会玄想，更愿意将之想象成三头六臂的哪吒。

不过，刘秉忠的知识结构也值得我们注意，他入过全真道，后又出家为僧，法名子聪，精通天文、地理、易经、律历和三式、六壬、奇门遁甲等卜算之术。北方禅宗临济宗领袖海云应召去见忽必烈时，听说子聪和尚博学多才，遂邀其同往。子聪很快得到忽必烈的重用，遂改名秉忠。像刘秉忠这种儒释道三家通吃的政治家，在城建规划上来点故弄玄虚的奇谈怪论是一点也不奇怪的，谁也不能排除刘秉忠的工作团队在设计元大都的时候，有意利用释道两家的神学舆论，将大都十一门附会为哪吒的三头六臂二足。

二、毁弃城门，唤醒哪吒

哪吒城的说法明初之后急剧式微，近乎沉寂500年，究其原因，当与明朝改建北京城有关。朱棣将北京城门由十一门改成了九门，东西各减一门。当城门只剩了九座的时候，无论怎么数，再也拼不出三头六臂二足的样子。传说十一门与现实九门严重冲突，传说的核心依据遭到现实的强势反驳，传说也就没法传承了。

清末民初，北京城墙开始一段段遭到损毁，先是“庚子事变”几座城楼被焚，接着是北洋军阀修筑铁路拆掉部分瓮城和箭楼。1952年开始，北京城墙被陆续拆除。从某种意义上说，现实城墙的拆除，有利于虚拟城墙的建立。随着城门意义的不断弱化，人们对于内城九门、外城七门的概念开始变得模糊。当金受申讲到“正阳门东边的崇文门、东便门，东面城门的朝阳门、东直门，是哪吒这半边身子的四臂；正阳门西边的宣武门、西便门，西面城门的阜成门、西直门，是哪吒那半边身子的四臂”的时候，已经到了1957年，不仅城墙基本被拆光，新北京居民也多是外省人口，许多读者已经意识不到其中不妥之处。没有北京生活经验的香港学者陈学霖也没意识到这一点，他还依此画了一张《哪吒身躯与北京内城相应会意图》以佐证金受申的说法。

现在的北京居民可能不大理解，但是生活在明清两代的北京老百姓肯定非常清楚，东便门和西便门根本就不在内城，而是外城东西两端的小偏门，建筑时间比内城九门晚了一百多年，规模也很小，甚至有人戏称这是拉粪便进出的“便门”。东西便门无论从修筑时间，还是作用、规模、建制各方面来说，无一可与都城九门相提并论，不可能被当作哪吒双臂。

所以说，只有当城门逐渐失去作用，淡出人们日常生活的时候，对于哪吒城的想象才会重新回归民众的口头传统。《故都风物》作者陈鸿年说他读初中的时候（大约 20 世纪 20 年代）：“有位先生讲地理，不知怎么扯到北平城了！他说：‘当年刘伯温建造北京城，是按着哪吒三太子的像儿造的’，哪儿是他的什么部位，哪儿又是他哪块儿，说得有鼻子有眼儿的。记得最清楚的，他说天坛、先农坛，是哪吒两个鬆髻。地坛是足蹬的风火轮，下水道是他肚子里的肠子。前门是哪吒嗓子眼儿，彼时是北平将有电车不久，前门左右掏两个豁子，我这位老师，且喟然而长叹曰：‘往后哪儿好得了啊！正嗓子眼儿的地方，叫人掏两个大窟窿！’”我们从“前门是嗓子眼”“地坛是足蹬的风火轮”就可看出，这绝不是“八臂哪吒”的形体，否则前门不会是嗓子眼，更不可能把风火轮安在哪吒的肚脐上。由此足见当时八臂哪吒城传说尚未出现。正是因为国运日下，毁城墙、切龙脉，引发民众恐慌，以及对于北京城命运的担忧，这才重新唤醒了哪吒城的旧概念。

那么，刘伯温是怎么建哪吒城的？据陈学霖考证，目前可知最早的文献，是英国人沃纳（Werner）的《北京城建造的传说》。说的是朱元璋第四子朱棣英姿伟岸，受到皇后妒忌，只好离开南京前往燕地，有一位叫刘伯温的道士临行送他一个锦囊，叮嘱他遭遇危难时拆开，依计而行即可。到达燕地之后，发现这里一片荒芜，不禁怆然，拆开锦囊，发现上面写着需要在燕地建一座“哪吒城”，而且指示他如何获得建城资金，纸背则是城市蓝图。这个故事说明哪吒城的说法已经与刘伯温搭上关系。

瑞典学者喜仁龙 1920—1921 年旅居中国，对北京城墙展开专门调查，于 1924 年出版《北京的城墙和城门》，他在《北京内城墙垣》一章说道：“对于北京的平面布局、四个城区和各个城门，中国人都赋予了丰富的象征意义。”说到这里，你以为他要点到哪吒了，可他却说：“他们声称，把城市规划为正方形并按东、西、南、北确定方位，不仅是由于实际的需要，这种安排是以天宇中各星宿的位置为依据的，因为不服从天道，就无法建成一座坚固的城市。”然后，他又在《北京内城城门》一章说：“北京这座城市将五十万以上生命用围墙圈了起来，如果我们把它北京城比作一个巨人的身躯，城门就好像巨人的嘴，其呼吸和说话皆经由此道。全城的生活脉搏都集中在城门处，凡出入城市的生灵万物，都必须经过这些狭窄通道。”这里已经将北京城比作“巨人”了，却依然没有提及哪吒。至此只能有一种解释，作为北京城墙文化的专门调查者，喜仁龙根本没听过哪吒城传说。

另一佐证事件是，日本学者仁井田陞（1904—1966）于1941—1944年间在北京的手工业行会进行调查。1944年10月，他两次到绦行祖师庙“哪吒庙”抄写碑文［最早的《绦行恭迎圣会碑记》刻于乾隆四十年（1775）］，以及访问行业会长和相关人士。此外，担任翻译的辅仁大学日语教授奥野信太郎（1899—1968）是最早研究《封神演义》的日本学者之一，1931年开始长住北京，对北京风物传说非常留意，他在《古燕日涉》一文中也记述了这次哪吒庙的考察。但在所有这些材料中，均未提及与刘伯温建城相关的口头传说。哪吒庙的庙祝告诉日本学者，绦行每年在庙里举行两次祭典，农历三月十五是哪吒诞，行会的所有成员都会参加祭典。1946年的《一四七画报》也有文章谈及哪吒庙，谓“其寓意所本，亦不过《封神演义》而已”。

北平文人荟萃之地，民国文献浩如烟海，这里芝麻大的事都会被记载和谈论，却找不到一则八臂哪吒城的传说，甚至相关的蛛丝马迹都很难找到。可见哪吒城的概念虽然隐约登场，但还远未形成共同知识，八臂哪吒城传说更是尚未出炉。

三、刘伯温修下北京城

关于“刘伯温修下北京城”的说法，倒是广泛地流传于华北、东北，以及华东、西北的部分地区，比如1957年沈阳文联编印的《鼓词汇集》就有《十三道大辙》:“正月里来正月正，刘伯温修下北京城。能掐会算苗光义，未卜先知李淳风。诸葛亮草船去借箭，斩将封神姜太公。”

这些唱词的流行年代至少可以追溯到清末民初。日本学者泽田瑞穗20世纪三四十年代常驻北京，收集了海量的俗曲唱本，现藏早稻田大学的风陵文库。文库中涉及“刘伯温制造北京城”的唱本非常多，如宝文堂的大鼓书新词《十三月古人名》卷首：“正月里来五谷丰登，斩将封神姜太公，……洒金桥算命的苗光义，刘伯温制造北京城。”卷末称：“我唱本是十三月，这本是六十五个古人，名十三道大折。”据此可以判断《十三月古人名》也就是东北流传的大鼓书《十三道大辙》。清末剧作家成兆才（1874—1929）的《花为媒》就曾将这首大鼓曲揉进戏中，怀春少女五可在戏中唱道：“正月里开迎春春光初正，刘伯温修下北京城。能掐会算苗光义，未卜先知徐茂公。”

此外，北京学古堂的《绣花灯》中也有相似唱词：“正月里来正月正，柏二姐房中叫声春红……先绣前朝众先生，刘伯温制造修下北京城。”《绣花灯》在风陵文库存有4种，木刻版书和铅印本各二，唱词基本相同。清末民初，北京打磨厂街有宝文堂、学古堂、文成堂、泰山堂等7家专门出版俗曲唱本的书坊，全都有这类刻本。

《绣花灯》曲名流传于整个北方地区，如山西《绣花灯》：“花灯上绣众位先生，刘伯温在早修过北京，能掐会算苗广义，徐茂公有神通。”陕北《绣花灯》：“能掐会算的苗广义，刘伯温修下北京城。斩将封神姜太公，那孔明草船借箭祭过东风。”吉林《绣花灯》：“一绣花灯众位先生，刘伯温修下北京城。能掐会算苗广义，徐茂公，有神通。”山西、内蒙古一带的民间小戏二人台，北方秧歌竹板落子，全都一样。在河北邢台、辽宁本溪等地，这首曲子也叫《表花名》《十二月》，曲子巧妙地将十二月的花名与古人名融合在一起。

“刘伯温修下北京城”在劳动号子中也有体现，如山东运河号子：“正月里，正月正，刘伯温修补北京城，能掐会算苗广义，未卜先知李淳风。”天津打夯号子：“正月里来正月正，刘伯温修下北京城，能掐那会算诸葛亮，斩将那封神姜太公。”此外，天津的《风柳子》《莲花落》《十二月花歌》诸曲种也有类似唱词。有学者评论说：“‘正月里来正月正，刘伯温修下北京城，能掐会算苗广义，未卜先知徐茂公。斩将封神姜子牙，孟姜女寻夫她哭倒长城。’这在知识分子看来是没有韵律的瞎编、瞎聊、瞎磕，恰恰得到农民的无比欢迎。许多农民不识字，不读书不看报，也不熟悉历史。看戏记得快、记得牢。有人一说谁有预见性，他一下子就能对出‘能掐会算苗广义，未卜先知徐茂公’。有人问到，谁修的北京城？那我知道，‘正月里来正月里正，刘伯温修下北京城’。这些数白嘴的戏词，使没上过学的农民增长了见识，得到了历史知识。”

北方地区早在清代就已经流行刘伯温修下北京城的传说。陈学霖认为：“从明末清初开始，刘伯温已俨成传奇的历史人物。到了清末民初，由于秘密会党鼓吹反清复明，崇祀他为翊助革命之护国军师，伯温的传说故事，也就愈加愈荒诞，成为民间信仰中最玄秘的民族英雄。”比如，在咸丰、同治年间所传抄的天地会文献中，刘伯温就被奉为襄助排满的神机军师，留下锦囊妙计，预言反清复明一定成功；托名刘伯温的《烧饼歌》更是明确预言了清朝的灭亡、国运的更新。原本流行于江南地区的刘伯温传说，明末清初一路北上，其中既有《英烈传》的传播影响，也有反清复明秘密会社的宣传之功。

因为有了刘伯温修下北京城的传说，北京城内一切建筑都有可能被附会到刘伯温名下，而一旦这些建筑遭遇变故或面临危机，那些湮没已久的传说就会重新浮现。比如，1935 年计议拆除西直门箭楼的时候，刘伯温就又一次站出来，暂时逆转了箭楼被拆的命运：“本市某当局，鉴于平西为北平名胜集中地带，每日前往游览中外人士，不绝于途，故交通极为重要，因之有拆除西直门箭楼之计议。连日工务局派工前往测量，但西直门外路南有楼房七所，系刘伯温完成北京城后按照天文形象所兴建者，名曰七星楼，其部位一为北斗。经工务局呈府请示，是否一并拆除，市府为保留古物起见，已决定不动。”

这则新闻很有趣，因为要保护七星楼，顺带保护了西直门箭楼。七星楼是刘伯温建的，难道哪吒城就不是刘伯温建的吗？我们接着追问，刘伯温修下北京城，跟哪吒和姚广孝有关系吗？答案是：至少在 1935 年，还没发生关系！我们不仅搜检风陵文库找不到一本与哪吒城、姚广孝有关的唱本，即便搜遍目前开放的各种民国书刊数据库，也找不到与此相关的任何信息。

事实上，关于刘伯温建造北京城的民间传说，各地异文并不相同，如抚顺的《刘伯温修下北京城》说，过去的北京是一片汪洋大海，刚好刘伯温来到这里，一看是块福地，是个建都的好地方。但是都城不能建在水上，于是刘伯温找到了水源，发现是个大泉眼，堵不住。刘伯温就去向财神爷借来聚宝盆，把泉眼压上，再修通河道把水给排干了，然后搁这建起了北京城。

天津的《永乐爷定都北京》则说，永乐帝平定北方之后，打算寻个好地建都城。他和刘伯温二人微服出行，有一天在路上见到有人家出殡，刘伯温掐指一算，不对，今天本是黑道日，不宜出殡，怪而上前询问为何如此择日，主家说，是潭柘寺的方丈给他择的日子。于是君臣二人找到潭柘寺，发现和尚们早已列队等候他们。二人见到方丈就问，为何选择黑道日让主家出殡，方丈说："因为天子驾到，黑道日自然也就变成了黄道日。"君臣二人大吃一惊，只好向方丈请教选址之事，方丈说："由此往东四十里，名曰北平，本是元朝皇城，乃天赐之地。"于是永乐帝就在这里建了北京城。

就算在北京当地的建城传说中，八臂哪吒城的说法在20世纪上半叶也难觅踪影。北京的一则《刘伯温建北京城》就说，燕王要在北方建都城，找来刘伯温，刘伯温让徐达向北射一支箭，说："箭落在哪儿，就在哪儿修建京城。"徐达从南京一箭射到了北京的南苑。南苑的八家小财主吓坏了，拾起箭又把它射到了如今后门桥的地方。刘伯温带人追到南苑，要财主们把箭交出来，财主们说只要不把城建在南苑，他们愿意出钱建城。可是刚建完西直门楼，就把财主们的钱花光了。于是刘伯温又找来沈万三，没钱就打。沈万三被打得死去活来，只好瞎指，结果他每指一处，就能挖到大缸大缸的银子。后来北京城建好了，城里却被挖出许多大坑，这就是今天的什刹海、北海、中南海。

四、金受申传颂八臂哪吒城

1957年，在没有任何异文的前提下，一则成熟的八臂哪吒城传说由金受申整理问世，不过，像陈学霖这样关注该传说的学者并不多。1978年之后，民俗学重焕活力，民间文艺工作者推出了大量民间文学作品集，诸如1982年的《中国地方风物传说选》、1983年的《北京风物传说故事选》等书，不仅收录了金受申的这则传说，而且将其排在首要位置，使这则传说大放异彩。陈学霖的研究更是将传说的文化意义阐释得淋漓尽致。进入21世纪之后，借助非物质文化遗产的春风，该传说遍地开花，日渐奠定其经典地位。

金受申是著名的北京曲艺史家，“九、十岁时即听评书，对评书艺术颇有研究”，32岁（1938年）开始为《立言画刊》执笔《北京通》专栏，1953年经老舍介绍，调入北京市文联编辑《说说唱唱》（主要刊载说唱文艺）。金受申的身份有助于我们联想到，该传说很可能来自曲艺人的说说唱唱，而不是民间文学的口口相传。刘锡诚就曾指出：“金受申这个传说……不是从北京市民的口中搜集采录来的。”

金受申《北京的传说》一书中，《八臂哪吒城》与《高亮赶水》《三青走到卢沟桥》《北新桥》《黑龙潭》《蜈蚣井》等几则传说，明显是一串环环相扣的故事系列。《八臂哪吒城》结尾处说：“刘伯温这么一修造北京城不要紧，没想到惹得孽龙烦恼起来，这才又引起《高亮赶水》一大串故事来。”《高亮赶水》结尾处又说：“甜水呢？甜水叫龙子给带到玉泉山海眼里去啦。龙公呢？《北新桥》故事里再讲。”而在《黑龙潭》的开头则说：“咱们不是说过《高亮赶水》的故事吗？……现在说的这个故事，就是打这里说起的……”这种埋下伏笔不在本单元解决，要求且听下回分解的结构方式，显然不是民间故事的典型形态。

《高亮赶水》讲的是哪吒城修建过程中，龙王报复刘伯温，用水篓将水源运走，企图枯竭北京水源，高亮主动请缨，奋力追赶，最终扎破水篓，追回水源，自己却被大水卷走牺牲的故事。这则传说的来历比较清楚，最早出自北京天桥艺人的撂地演出，是为数不多流传至今的鼓曲唱段。铁片乐亭大鼓艺人王佩臣（1902—1964）的拿手“蔓子活”中就有《高亮赶水》，北京琴书创始人关学曾（1922—2006）在20世纪50年代末还曾改编《高亮赶水》唱段，同一时期，戏曲家翁偶虹（1908—1994）也编过《高亮赶水》。尽管曲艺形态不一，但基本情节却是一致的。《高亮赶水》唱本之所以在20世纪50年代硕果仅存，不断改编，得益于故事表现了劳动人民不怕牺牲、勇斗恶龙的大无畏精神，符合当时的文化主流。

通读金受申《北京的传说》，我们发现几乎所有的北京建城传说都可归入两个故事系列，一是刘伯温、姚广孝与北京自然条件的斗法系列，一是鲁班先师对工匠的点化系列。由此可以推断，两个传说系列的主要来源是北京曲艺人的商业说唱，当然，不排除部分说唱是对民间口头传统的创造性改编。

我们还可以借助一些间接资料，证明说唱艺人在八臂哪吒城的概念传播中起到了积极的推广作用。比如，老辈相声演员一说到故事热闹处，往往会冲出一段贯口，带出八臂哪吒城的概念：“不到一个时辰，就惊动了整个北京城，什么四门三桥五牌楼、八臂哪吒城的人都来看热闹，也不管是什么五行八作、士农工商、回汉两教、诸子墨家、三百六十行、街市上走的人……大伙儿都围过来了。”岳永逸也告诉笔者，他在北京天桥一带的曲艺民俗调查中，有些老艺人就曾提及早期演出曲目中有过《八臂哪吒城》。即使在新兴的网络评书或相声表演中，还有好些与八臂哪吒城传说相关的音频与视频。

五、曲艺说唱向民间传说的转化

在口口相传的散文叙事作品中，那些冷僻知识很容易被相似功能的共同知识所取代，尤其是人名和地名，这是口头传统很突出的一条传播规律。明清以后，元大都的设计者刘秉忠已经慢慢淡出了普通老百姓的历史记忆，逐渐成为冷知识。与此相反，刘伯温却日渐神化，不断升温为新的热门知识。由于二人的功能、功业十分相似，都是开国君主帝王师、能掐会算、熟稔奇门异术，关键是都姓刘，明《英烈传》甚至直接说刘伯温就是刘秉忠的孙子。在民众口头传统中，故事主人公的冷热替换是十分常见的现象。

作为冷知识的刘秉忠淡出了，可是，同样作为冷知识的姚广孝为啥没有淡出呢？姚广孝虽然在通俗小说和说唱文学中偶或登场，但在民间故事中极少出现，甚至他自己家乡的《中国民间故事集成·江苏卷》都没有收录任何关于他的传说。姚广孝为什么会在传说中占据如此重要的位置呢？不仅如此，传说的情节还十分稳固，异文之间差异很小，这些特征都是有悖于民间口头文学传播规律的。

我们再看哪吒形象。《西游记》中的哪吒是“三头六臂，恶狠狠，手持着六般兵器”。《封神演义》中的哪吒是“八臂已成神妙术，三头莫作等闲看”，无论六臂还是八臂，三头都是固定配置。就算按元大都十一门计算，十一门减去三头，再减二足，哪吒理应只剩六臂，而不是八臂，这是一个很容易发现的漏洞。如果按明清北京城的九门计算，至多也就是一头六臂二足，六臂哪吒城勉强说得通，但八臂哪吒城是无论如何都说不通的。

如果八臂哪吒城传说真是从北京民众的生活经验中自然生长出来的，故事就一定能够在口口相传的民间传承中补足缺失，获得自我优化，八臂哪吒城就一定会被纠正为六臂哪吒城。正如前引明代《农田余话》早就指明了“燕城，系刘太保定制，凡十一门，作哪吒神三头六臂两足”。另外，美国人阿灵顿（Arlington）《寻找老北京》（1935 年）也提到“北京城的型制是要象征哪吒的三头六臂两足”。但在目前可见的各种哪吒城传说中，哪吒俱为八臂形状，从未出现过六臂哪吒的异文，这种错误形态的高度稳定也是有悖于口头传统的。

综合上述各种有悖于口头传统的特征，结合传说首发者金受申的特殊身份及其知识结构，这些非常现象一再提示我们，元代虽然已有哪吒城的概念，但是并没有配套的故事情节，所谓八臂哪吒城的传说是由北京说唱艺人创作并传播的。

说唱艺人是职业故事家，相当于故事界的“意见领袖”，既要传唱故事，也要发明故事。旧北京的天桥说唱艺人多数靠故事说唱谋生，演出质量既有赖于艺人的表演技艺，也有赖于故事的新鲜热辣。如果故事传唱达到一定时长，逐渐为公众熟知，也就意味着该故事不再具有商业价值。这时，说唱艺人就得及时放弃旧故事，发明新故事，如此不断刷新。因此，从艺人利益的角度出发，他们不愿意故事太快为公众所熟知，这样有利于延长新故事的“有效传唱期”。

说唱艺人的故事一方面要新奇，一方面还得跟同行的同类故事保持大致一致，否则很容易受到听众质疑，引发同行之间的相互倾轧，所以说，同时代艺人说唱水平之高下，主要体现在个人演出技艺，而不是故事差异（个人创作的、非共享故事除外）。同一门派的共享故事尤其稳定，因为门派既要对外展示其原创性和独特性，又要对内强化其权威性和统一性，最大限度地盘定市场份额。因此，由说唱艺人创作的故事往往会有一些明显特点，比如，受众范围比较稳定、异文之间差异小、逻辑漏洞被忽视、冷知识能够得到稳定传播等。我们将这些特点对照于八臂哪吒城传说，基本上全都吻合。

目前可知的八臂哪吒城传说源头，几乎全都指向金受申，著名的北京学编辑赵洛在《赵洛讲北京》中提及城门传说时，通篇只引了“金受申说北京城图是刘伯温和姚广孝画的”，可是金受申却强调说：“北京人都知道、都传说：‘刘伯温、姚广孝脊梁对脊梁画了北京城。’”这里所谓的“都知道”，应该是指他自己生活的曲艺圈周边。著名评书艺人连阔如有一绰号“八臂哪吒”，1939 年的一篇业内软文介绍说：“（我们）仿效水浒传点将录的先例，给他加上一个绰号，唤作八臂哪吒。”全文丝毫没有涉及“北京人都知道”的八臂哪吒城传说，很可能该传说在1939年尚未出现。由该传说在20世纪50年代尚无其他异文的情况来看，传说在当时应该尚处于“有效传唱期”。由此推测，陈学霖将八臂哪吒城传说的生成时间定位于“清末民初”，还是过于信而好古，八臂哪吒城传说的创作时间不会早于20世纪40年代。

原载《民族艺术》2020年第3期

【主编者言】关于日本，我们总有许多话说，其中有些不免流于情绪的表达，但是日本对于我们的看法、姿态和研究，我们一直未必有足够的了解。不妨读一读这类文章。

近代日本如何言说中国

王升远

今年因为全球肆虐的新冠病毒，中日两国从援助箱包上印的“山川异域，风月同天”到“青山一道，同担风雨”，似乎联结成了同病相怜的命运共同体，而这种连带感在近代以降的东亚史上却并不多见。问题是，疫情过后这种命运连带感还能维系多久？借马场公彦的话来说，“进入二〇一〇年以后，日中关系可以说呈现出战后最差状态”，两国“还处在年轻且不成熟的关系中，如此观点才更合乎两国国民的现实感觉”（马场公彦《战后日本人的中国观》，苑崇利等译）。尤其在全球化遭遇前所未有的危机、各国民族主义声势日盛的当下，对两国而言，与什么样的彼此“共结来缘”，仍旧是一项紧要的议题。子安宣邦的著作《近代日本的中国观》试图回应的问题便是，“如何在二十一世纪的世界构筑日本与中国的相互关系”，因为“与怎样的中国相处、如何地相处才能确保亚洲和平，这自然是与当代日本国家命运相关联的本质性问题”。

作为一位日本思想史学者，子安之所以要开始这项阅读“中国论”的工作，一方面是因其认识到，“中国问题即是昭和日本的问题，它最终决定了昭和日本的国家命运”，因此，近代以降日本的涉华言论、知识曾以何种形式、路径得以生产，又如何影响了日本的对华观念与决策都亟待学人予以系统清理；另一方面，观察崛起中的中国，可以倒逼他重思竹内好以降沿袭至今的中国形象、中国研究是否可靠。在学术思想与政治的紧张关系中，子安痛感日本的亚洲主义抑或中国主义“已完全丧失了批判性和思想性机能”。

我愿将子安在本书中的基本立场表述为“亚洲主义”。在他看来，“‘亚洲主义’是将日本的变革与中国及亚洲诸民族的变革予以共时性或者联动性思考的活动者的立场”。而在近代以降群星闪耀的日本中国学家、以中国为活动现场的新闻家/革命家、以中国为题材或对象的评论家/小说家中，择取北一辉、内藤湖南、橘朴、尾崎秀实、森谷克己、平野义太郎、石川达三、竹内好、加加美光行和沟口雄三等人的文章，作者的判断基准便是其定义的“亚洲主义”。我一直认为，“国际中国学”在其研究对象上存在一个不甚为学界关注的层面，即海外中国学家（汉学家）是如何以其涉华活动、言论和创作直接或间接地介入、影响了中国政治、经济、文化诸领域的发展，乃至其母国对华关系的进程。佐藤春夫、林房雄、保田与重郎等皆是这一层面所涵盖的对象，战时他们曾共有介入中日关系时局的政治激情；当然，战后中日复交的历史进程中也有井上靖等左翼人士的卓越贡献，不应被遗忘。有趣的是，思想史家、本书作者子安宣邦在书中亦以“日本的言论家”身份自认，每章结尾都以史家笔法论及研究对象之当下意义，并不掩饰以学术介入当下中日关系未来的意图。

在子安看来，现实层面里，中日两国的疏远实则是一个战争遗留问题。因为“这场发生在大陆但从未被称为‘战争’的战争，却是以太平洋战争的战败而被终结的。不过那是日美之间的了断，而非日中之间的了断”。然而，“中日”“日美”多重双边框架的叠合所形成的视差，让人在一九四五年八月十五日之后产生了“俱往矣”的错觉。事实上，就像子安所敏锐察知的那样，长期以来，中日之间的本质性了断始终处于被延宕的状态，而近几十年来两国如火如荼的经贸往来更让人们对此习焉不察。《近代日本的中国观》各章节自二〇一一年九月起，在《现代思想》杂志连载一年；而这一年适逢辛亥百年，这也是理解子安读“中国论”系列文章的重要思想语境。在这一时点上，子安找到了重建两国已然失去的“本质性联系”的契机，因为参与、介入了辛亥革命的多是留学或流亡日本的中国人，以及日本的“大陆浪人”，北一辉即为个中翘楚，他“身处核心层而经历了这场革命，这在日本人的中国革命体验中是很罕见的”。众所周知，二十世纪日本对华政策的核心策略便是分裂中国，革命时期日本大陆政策也是以“北袁南孙”二元对立图示为前提制定的，彼邦的“亚细亚主义者”们亦误以为援助孙文即是援助了中国革命。而让日本政界始料未及的是，日俄联手分裂中国的外部威胁反倒成为中国内部统一的推动力，这种对华外交政策是身处革命漩涡中心的北一辉所无法容忍的。他不断告诫日方切勿将中国革命视为“孙文革命”，应直面中国的民族主义运动，并改由宋教仁了解“革命中国的真正理想与诉求”，据此修正其对华观念与政策——因为“日本有着与中国的国家民主主义革命运动相连带的光荣”。

较之于具象化的论述，毋宁说子安更为强调北一辉之中国革命观的生成机制。要言之，即在场、实感、见证。如其所言，“实地观察了中国革命的北一辉，从这场革命中感受到了一些倒逼日本大陆政策改变的气氛，他的确是实地感受了中国革命之为何物的”。对实感主义、现场主义的推崇同样表现在对辛亥革命时进入北京城、“终其一生都始终将危机与变革中的中国作为其报道现场”的日本记者橘朴的评价上面。他试图将《支那社会研究》作为“探究二十世纪二十年代后期至三十年代，橘朴在危机与变革中的中国所发出的历史证言”。在子安那里，橘朴正是“亚洲主义者”的完美代表。有趣的是，竹内好却不这么看。在一九六三年编辑、出版《亚洲主义》一书时，竹内好以橘朴“其人”远胜“其文”为由，终未收录其著。而就是这个不受竹内好待见的记者，却在一九四五年十月临终前，拿着战略地图对中国的前途做了一个令人大为震惊的预测——中共军队终将征服全中国。在日本刚宣布投降、中国国内局势尚不明朗之时，能对中国未来大势明见万里，这得益于橘朴长期在华的活动、报道经验。自一九一二年起立志穷毕生之力报道中国始，他便长期活跃于日本大陆政策的现场——中国。而现场主义、实感主义所要求文体必然是强调即时性、见证性、批判性甚至战斗性的状况论、形势论，是“将状况视为自己思想、实践现场的评论，是包括了状况判断和方向提示之原理与原则的‘思想性’文章”，而非与中国保持距离，仅将其作为观察、剖析对象的稳健深邃的学术论述，这是橘朴与另一位记者——尾崎秀实相通的表述方式。如果说橘朴是以对中国未来的精准预测结束了“以中国为现场”的记者生涯，那么尾崎则是通过在“西安事变”翌日发表的一篇对中国政局前景之精准预测在日本一举成名，最终成为近卫文麿内阁“嘱托”（近于高级顾问），为后来成为共产国际的卓越情报人士、在军国主义政权中枢发挥积极影响奠定了基础。更值得铭记的是，一九三九年一月，《中央公论》头条刊出了尾崎秀实的《“东亚协同体”的理念与它成立的客观基础》。文中，作为一位知性的国际主义战士，尾崎要求日方“完全承认中国以民族自立实现国家复兴并能对其予以支持”，在武汉会战硝烟甫定、中日关系走到十字路口的节点上对日本自身的变革与重组提出的真诚建言，是弥足珍视的。

橘朴在兜售其中国变革论时有一个颇值得注意的问题，他常引京都学派的史学巨擘内藤湖南的权威论断以为加持，试图为读者营构出殊途同致的观感。子安通过对二者著述的深入解读，使其貌合神离的一面彰明较著：内藤基于文献，以乡团组织始终存在为依据，建构起了一种结构主义式、静态的中国社会论，他认为中国民族“政治年龄”太大，并有着其独特的近代化道路；而橘朴基于对中国农村的深入踏查和农民革命的长期观察，建构起了动态的阶级斗争论（通过官僚阶级与中产阶级的斗争实现变革），他认为中国民族太年轻了，和日本同样，其近代化道路与西方并无二致，只是起步晚些。这两种不同的历史观背后是两种截然不同的对华心态：如果说内藤湖南代表了帝国日本“支那学家”自负的“上帝视角”，那么子安认为，橘朴则表现出了同为东亚人的“同志之感”。内藤湖南试图透视出执拗地流淌在中国历史底层的“潜流”（乡团组织）；然而，如子安所言，对乡团组织的过度关切、对历史规律的过分执迷，使其对中国的自立化革新持悲观态度，他否定了五四运动的意义，无视中外关系的动态，甚至认为离开了日本的经济活动中国必将“衰死”。“替支那人为支那考虑”

的内藤湖南最终以历史学家的奇妙逻辑论证了“侵略主义、军国主义”的合法性，其在认识论层面对研究对象的控制欲及将其落实的知识自负，都是值得今人警惕的。

就像子安所坦言的那样，“中国近代史无非就是一部日本对华干涉史”。近代以降，以学术为帝国海外侵略背书，为建构帝国日本的知识生产和思想建设添砖加瓦、尽心竭虑的不唯历史学家，学术界、思想界诸领域大都被牵扯其间，例如深受橘朴之中国农村调查影响的东京帝大的法学家们。一九四〇至一九四四年，东亚研究所的中国习俗调查委员会和“满铁”调查部的习俗班，联合推动了一项针对华北日军控制区农村遗存习俗和法意识进行的调查工作，想为帝国的殖民行政提供参考资料。这次以中国社会基底——村落为对象形成的调查报告，让参与了这项工作的平野义太郎和戒能通孝之间发生了激烈的论争，核心问题在于：中国社会是否存在“村落共同体”。平野在橘朴（他将中国社会中的“乡党”视为“乡土社会”）的基础上，提出了亚洲式乡土共同体理论——“村落共同体”理论，并以此为“大亚洲主义”提供历史基础。而其论敌戒能则以近代市民主义的立场否定了其主张，他深知只要否定了这一前提，平野的“大亚洲主义”论述便会土崩瓦解。后来内山雅生等人又对经历了人民公社和改革开放的华北农村进行了再度调研，并于二〇〇〇年出版了《从村庄解读中国——华北农村五十年史》。对于这场前后纵贯半个世纪、规模庞大的中国调研，“平野·戒能”论争的是非已不足论，但报告提供的相关数据至今对理解中国农村、中国革命依然有着不可替代的文献价值和思想史意义。

显然，内藤、平野、森谷克己（以共同体理论完成了对魏特夫“东方式社会”的日本重构）都试图对中国的历史潜流及其社会性质给予某种本质主义解释，有意或无意地为侵略战争提供了思想和学术支撑，然而“优等生”日本的近代化进程却因误入歧途，最终盛极而崩。战后，军国主义退潮，那些时代的弄潮儿就有些尴尬了，他们大多对自己战前、战时的言论缄默不言。战后日本思想界中国观的转型，不仅是东京审判、盟军司令部战争责任追究等国际政治力量复杂博弈的结果，更受到中华人民共和国成立的巨大冲击。如果说北一辉和橘朴等现场主义者的中国论是建立在“内在于中国”的前提之下，那么，竹内好所建立起的“内在于我的中国”立场，对战后日本的中国研究乃至日本人中国观之影响都可谓无远弗届，这与平野、森谷等人的中国论类似，皆可视作某种目的论导向的价值判断，后来者加加美光行所谓“内在于我的‘文革’”“内在于我的大众”皆为类似的逻辑构形。某种意义上说，从竹内好、加加美光行、沟口雄三，甚至子安宣邦，都在“中国的冲击”下完成了自己的中国论。

作为中国文学研究者，竹内好在中国的巨大影响与其鲁迅研究关系甚大，以至于“竹内鲁迅”也已成为国际鲁迅研究、中日文学文化关系研究中的重要对象，尽管学界依然对其价值认知分歧较大。值得注意的是，竹内的中国论亦是被作为鲁迅问题来处理的，他放弃了时间性尺度，以“奴才论”（竹内式的解读）为中心比较了两国的近代化：日本的近代化被描述为屈从的、他律的、虚假的，以此为参照，中国的近代化则是抵抗的、自律的、真正的。无论是鲁迅、毛泽东，还是中国革命，竹内笔下的中国形象始终是以对“近代日本”的自我否定为前提描绘出来的他者形象，其憧憬的对象并非客观的中国，而指向了自我主观层面折射出的“内在于我的中国”。可以认为，竹内对“日本与东方近代”的再审视，是日本战败、美军占领与解放，以及以中国革命为代表的亚洲民族主义运动兴起等政治事态倒逼的结果，他构建起的对中国之“憧憬”成为加加美光行、沟口雄三那代中国研究者的思想起点。而二十世纪六十年代后期中国的政治状况却使得日本的中国研究受到很大的刺激，进而发生裂变：竹内变得沉默；沟口则带着五分批判、三分困惑和二分共鸣，批判地继承了竹内，并将问题迂回转移到对“中国革命”之历史认知形态的讨论；加加美则在竹内沉默之处通过引入吉本隆明的“大众”概念、重述竹内而建构起他的中国革命论，最终奇妙地将其混同为二十一世纪转型时期产生的后现代式斗争课题，在亚洲革命的框架下肯定了那场“革命”的价值。然而这一切都基本建立在同一个前提之下——不在场。“内在于我的中国”之提倡者们都未曾像北一辉、橘朴那样以“内在于中国”的姿态见证那场“革命”，这恐怕不得不说是一个先天的缺陷，也成为其论敌们质疑的渊薮。子安试图强调的是，“内在于我的中国”，作为“日本”“日本近代化”的反向设定，只能是一种主观性、绝对化的憧憬，据此不可能给出中国革命史有效的解释，更不可能准确地把握中国乃至东亚的未来，因为那不是真实的中国。

子安宣邦这本《近代日本的中国观》，可以从日文原题直译为“近代日本是如何言说中国的”。它虽“以中国为名”，但实则是对日本对华观念史、言论史的一次深刻检省，亦可视作言论家子安宣邦以“后结构主义”的方法展开的一项介入性工作。他呼吁变革日本近代知识制度建构起来的“中国形象”，重新赋予日本的中国研究以活性和批判性。子安坦言：“二十一世纪的当下，我们仍身处世界性危机之中，并愈发强烈地意识到，东亚共同世界的形成有赖于各国自我的变革。”这里所谓的“世界性危机”，显然是以二〇〇八年金融危机后的全球经济大衰退为语境的。二〇一六年，耶鲁大学研究员、摩根士丹利亚洲区前主席斯蒂芬·罗奇犀利地指出，世界经济已大范围地染上了“日本病”：发达世界的主要增长引擎受困于日本式的长期性经济停滞，生存在这个相互依存世界中的其他国家也备受煎熬。我们再也无法对他者的苦痛隔岸观火——“伊斯兰国”、欧洲难民危机以及近来新冠肺炎疫情的全球蔓延、全球股市大崩盘，都无时无刻不在提醒我们重审对“全球化”之逻辑的认知，调整对其前景的期许和应对姿态。我们不得不如子安所指出的那样，将本国的变革与亚洲诸国、世界诸国的变革，予以共时性、联动性的思考。

前些年，有日本政治家以欧盟为范本而力倡“东亚共同体”，这一构想尽管在中日思想界反响不大，却颇值得玩味。对此倡议，乐观者有之，也有人念及“大东亚共荣圈”的往事而深怀疑虑。由于种种历史的、现实的原因，泛亚主义构想与人们对其倡导主体、时机乃至对其警惕和批判似乎总是如影随形，但这绝非杞人忧天。以橘朴为例，“亚洲主义”固然为其打开了新的思想视界，然而又不得不承认，加入关东军将校的“革新计划”、参与“满洲国”建设依然是一种“危险的投企”——在东亚近代史上，侵略往往是以浪漫主义、理想主义愿景为旗号、诱饵和驱动力的。面对诸种共同体构想，思想界当以何种心态和姿态予以回应，是不得不慎思的问题。知识界需要的恐怕不仅仅是稳健、深邃的历史分析，更需要“在场”的言论家们带着温度、知性和批判性写作的形势论、状况论，因为我们都是这个时代的局中人、见证者。

原载《读书》2020 年第 6 期

【主编者言】描述自己的日常家居生活，有情有景，疫情的出现没有扰乱生活秩序，却因为思考增添了生活厚度。作者念及“家”及对应的“流浪”，思绪由象征意义出发，走得很远。

你是否还在流浪

［加拿大］芦苇

今天是4月21日，我坐在家中壁炉边上的枫木书桌旁，刚泡好的一杯绿茶还热乎乎的，散发出一缕淡淡清香。眼前的电子书停留在《海德格尔与阿伦特通信集》的《目光》这一章，“目光”在德文中也有“闪电”之义。我想起海德格尔在《存在与时间》中曾经指出，存在不是存在者，存在是存在者得以被理解的境域。不知为何，我非常喜欢这句话。我理解了这句话的含义了吗？

抬起头，已长出了绿芽的木兰树在微风中轻轻晃动，草地绿了一半，春意渐浓。可是几片雪花却唯恐春来，依依不舍地亲吻着大地，接着，我竟见到了阳光。越来越密集的雪花在阳光中像一只只小白虫，它们灵巧的身影飞来飞去，与初绿的草融为一体。披着黝黑外衣的小松鼠嗖的一声地跳上篱笆，身体微微颤抖着。黄雀鸟在院子里蹒跚几步，就停在了一块青砖上，目送飞雪离去。对于我这样一个喜欢懒散地漫游于精神世界的人而言，我没有错过阳光沐浴下的青草上的水珠。这个傍晚有点神秘，一如从前的四月：出其不意中飘来一个雪天，然后春暖花开。

但这个春天又有不同，一场新冠肺炎疫情让全世界停下了它繁忙的脚步，与罹难者悲惨遭遇有关的画面通过网络传遍了全世界。中国的武汉封城三个月，刚刚解禁不久，我从好友的朋友圈相片中看到武汉的春花已经开了。一位作家也在微博中说，颇有些读者到文联大院给她送花，我猜那些姹紫嫣红的鲜花，都是当地的吧。说起黄鹤楼，谁不知道唐代诗人崔颢的《黄鹤楼》？“晴川历历汉阳树，芳草萋萋鹦鹉洲。日暮乡关何处是？烟波江上使人愁。”这首诗写的是诗人在黄鹤楼上的感慨。到底是黄鹤楼成就了名诗？还是名诗成就了黄鹤楼？一千多年前的幽思，一千多年前的“汉阳树”与“鹦鹉洲”，我们至今还能够在吟诵中拥有它们。千百年来，美丽的语言与美丽的黄鹤楼一样，古朴、优雅、美轮美奂，住在吟诵者心里。

我又环顾四周，我的有些凌乱又充满生机的家。灰色布艺沙发的两个角落里摆着四个棉布抱枕，软绵绵的，舒适又好看，我花了整整两个周末才在 Pier 1 淘到的。其中两个是纯蓝色，另两个的图案是几株抽象的苹果树。树干粗粗的，树冠圆圆的、亮亮的，树梢上挂着的灰蓝色椭圆小树叶像繁星闪在天空。沙发边上立着一盏落地灯和一盆吃力地向上长的绿竹盆景。地上少不了孩子们总也没空去收拾的玩具弓箭、扑克和过期杂志等。

墙上挂着孩子们手绘的许多“世界名画”：凡·高的《向日葵》《星夜》、加拿大画家汤姆·汤姆森的《杰克松》、莫奈的《日出》……闲时望着这些稚气又无忧无虑的“赝品”，我总是心中一暖，仿佛在童年的某个憧憬时候见到过这些画，感到满足。沙发旁的茶几储物层里，装着一些手工卡片。那是我和先生在母亲节、父亲节时收到的来自孩子们的礼物，孩子们不忘在一笔一画绘制的英文贺卡中加入一两句中文，如“谢谢爸爸”“谢谢妈妈”“我们爱你”……他们是认真的，认真地守护他们并不精通的汉语。他们偶尔会从学校里给我发来中文留言，譬如“妈妈，今天雪很大，开车务必小心”之类的话。

因为有家，就有了理解与爱，这多么美好。

在离开中国之后，汉语也成了我随身携带的一件无声行李，它和家里的一切温馨、凌乱一样，给我真实的家的感觉。

人在世界上，需要一个家，需要一个住下来的地方，房屋由此产生了。当我在欧洲看到那么多高耸入云的教堂时，便忍不住想起一句动人的话：教堂是上帝建在人间的家。

“家”，一个令人魂牵梦萦的词！大地上的凡人离不开它，上帝也离不开它。

与“家”的温暖相比，还有一个词冰冷得叫人心碎：“流浪”。从字面上看，流浪当然是指一个人行居无踪，没有家，没有可以安顿下来的地方。

但在哲学家看来，事情不止这么简单。海德格尔就说过，“诗是真正让我们安居的东西”。他想说出什么？为什么诗可以让我们安居？

让我们看一下他在《人，诗意地栖居》一书中的原文：“‘人诗意地安居。’更毋宁是说：诗首先使安居成其为安居。诗是真正让我们安居的东西。但是，我们通过什么达于安居之处呢？通过建筑。那让我们安居的诗的创造，就是一种建筑……如果我们循此寻求到诗的本质，也就把握到安居的本质。”

哲学家想让人们通过把握“诗的本质”去把握“安居的本质”。“诗的本质”，照我的理解，主要指诗人“返回故园”、亲近本源的创造，即“building”。

那么，“安居的本质”也和“诗的本质”一样，就在大地之上，在存在者的存在之中，在“建造”之时。

这当然不只是指我们住在大地上的一座房子里，也不只是指我们正在盖我们所住的房子。这里的“安居”，更指我们何以安顿心灵，即我们的精神世界以何“安居”。

哲学和宗教的兜兜转转，都绕不开这一点。

人应当拥有一个精神家园。这个“家”的秘密不在红砖绿瓦，不在黄金白银，它的建造甚至不需要任何同伴，一颗尚在跳动的心就是它全部的秘密。

这个精神之“家”根植于心灵，以想象力为基石，以“思”为道路。穿过七彩彩虹横跨过的天空、穿过草长花开的大地、穿过诸神齐声呐喊的宫殿，穿过芸芸众生以“思与诗”所创造出来的闪电般的奇迹……

但我们如何理解这一切？想象中和现实中所出现的那一切？我们如何理解所有凡人不平凡的开端与终将平凡的结局？如何理解众神俯首微笑之时的人性光辉？如何理解凡人对安居的渴望？这想象的境域又如何让我们大地之

上的每个人能够彼此理解并诚实相对？我们最终能否理解我们作为存在者的存在？

我看见“思”化为语言翩然而至。

即使是无声之物，也通过我们注视中的心灵振动化为“轰鸣”的语言。“存在者得以被理解的境域”就是存在本身，它广阔到没有边界，它发生于每时每刻。它带来快乐和圆满，它是“理解”。

精神之“家”正是通过“思”，以“语言”来“安居”的。

没有比这更重要的事了。人们的身、心至此就可以不再流浪。

人的心灵，唯有靠“语言”才能实现其“安居”。

当我从海德格尔的语言观阐述中回到现实的时候，我又不免想到最近被新冠肺炎疫情彻底改变了的世界。“在家工作”和“社交距离”成了我们大多数人的常态，出门买菜像奔赴前线，顾客和营业员之间隔着玻璃板，回到家里要戴上手套，对着内外包装反复地喷洒消毒液。买一次菜从出门到洗完澡的整个流程就花掉将近一天的时间。这真是前所未有。我喜欢的林中漫步也成了奢望，我依然可以去家附近的小森林，但我却为不习惯戴口罩而伤神。为了减少待在户外的时间，避免被他人飞沫所“误伤”，我只好将散步改为跑步。这么一来，我原先漫步时所感受到的诗情画意——一种富有哲思气息的“时间性”存在，那种流水般陪伴着我的一分一秒的“时间感”完全消失了，一场单纯的体育运动令我头晕目眩，很快就紧张得冒出一身大汗。困难还不止于此。还会遇见同样在锻炼的人，得装作胆大或者胆小，以避免与人交谈。我从未遇见过跑步时戴口罩的人。在市中心的最醒目广告牌上，“请您待在家中”代替旧的商品广告语成为新兴时尚。

我在手机上记录了这些莫名其妙的时刻，这些出乎意料的瞬间，以及一家人“共宅”的点点滴滴……也许哪天我会愿意像别人那样，写个“2020 年春天日记”之类的系列文章，也许我什么都不愿写。

作家落笔之时，“思”化作文字，他的思想和创作理当自由。而他所写的，或可揭示一点什么，或者什么也揭示不了。同行们以创作的作品为“家”，这也算作家的“安居”，是“存在”自身的要求。

如果思想不自由，语言被控制，无论一个人身居闹市还是归隐乡野，无论一个人富可敌国还是身无分文，他都只是处于“流浪”状态中，他找不到精神家园。试问，他以何种“建造”的方式使心灵得以安居呢？

海德格尔说，“语言是存在的家”。这个结论不是“存在”的结束，而仅仅是开始。从这里开始，理解，判断，言说，理解。

守护语言就是守护所有人的精神之“家”。守护语言，最需要保证思想的自由，那是一个人最具本源意识的冲动和力量。斯宾诺莎曾经说过，人有两个天赋人权不可被剥夺：感情的自由和思想的自由。思想的自由要求言论自由。人若失去言说的权利，就不能算是住在“语言”中，没有了“语言”这个“存在的家”，“存在”和“存在者”又从而谈起呢？“存在”是看不见的，通过“存在者”予以显现，通过人在大地上的劳作以及对劳作的思考予以显现，譬如说农人建屋、村妇砍柴、诗人写诗等，都是“存在者”让“存在”显现的建造过程。

用语言建筑我们的精神之“家”，用经过深思的诗意语言建造我们的心灵安居之所，这才是值得珍惜的命运。思考和语言或许总有所缺，那又何惧？我们活在无奈和局限中，“思”将以它的智慧召唤我们。人只有敢于捍卫“说话”的权利，才不至于“无家可归”。如若放弃，那他在人世间所得到的“家”，就只是由几片碎瓦所搭建出来的囚笼罢了。守护思与言说的自由，人才会“有家可归”，这关系到存在本身。

写到这里，我也想引用陈家琪教授在他《敢问“家”在何方》(《愿作如是观》，复旦大学出版社 2010 年 8 月出版）一文中的一段话来作为结束语，因为这也是我这篇文章希望能够有所阐述的道理。

“如此看来，如海德格尔所言，只有语言才是存在的家了。其实只要我们谈论着‘家’，这本身就是‘回家’的一种形式。我们就在‘家’中，只是对它的束缚和所可能给予我们的新的意义关系无所意识而已。意识到了，也便知道了‘回家’，就是尽可能丰富的言说和守护，那也是一种权利，一种生来就有的权利。”

原载微信公众号“雅白话”2020 年 5 月 6 日

【主编者言】如果说酒是呼啸直奔豪迈的大江大河，茶却顺着山野小径舒缓营造淡雅的清香。茶的深得人心不但在于山川云雾的护养，也在于文化的熏陶，如“茶圣”“茶经”皆是也。

风雅“茶圣”陆羽

林　硕

智积与“茶禅一味”

陆羽（字鸿渐）乃唐代复州竟陵（今湖北省天门市）人士，历经玄宗、肃宗、代宗、德宗四朝，以“茶圣”之名著称于世，影响力独步古今。

对于陆羽的记载，最完整、最翔实、最权威者首推《陆文学自传》。斯文乃陆羽亲自执笔，落款时间为“上元辛丑岁子阳秋二十有九日”。由是可知，此篇写就之际，岁在唐上元二年（761），肃宗李亨执政时期；是年，陆羽29岁，隐逸于苕溪（今浙江省湖州市）山林之间。文章题名系后人所加，因陆氏曾在代宗朝诏拜“太子文学”，故以“陆文学”称之。陆羽能从辗转飘零的孤雁，成为天子的座上宾，再到名满天下的“茶圣”，与其早年经历息息相关。

按照《陆文学自传》所述：陆羽“三岁惸露”（惸读qióng，“惸露”含忧患、茕独、孑然一身之意——编者注），沦为孤儿，顿失凭依，所幸在竟陵西湖之滨得遇龙盖寺（今湖北天门西塔寺）方丈智积禅师，收养抚育。陆羽能成为一代“茶圣”，与恩师智积的教诲密不可分。禅师平素不仅精研佛法，且深谙茶道，曾于御前盛赞陆羽茶艺精湛，上演了“智积品茗识陆羽”的佳话，传诵至今。

到陆羽9岁之时，智积便“示以佛书出世之业”，对他寄予厚望。让禅师意外的是，自幼失孤的陆羽，心中始终怀有孝道。虽然身在庄严佛门，却心系“儒者之孝”，愿习“孔氏之文”，结果是双方各持己见。若干年后，陆羽回忆彼时情景，写道：“（积公）执释典不屈，予执儒典不屈”，相持不下。为了考察陆羽，智积禅师命其试贱务、扫寺地、洁僧厕、践泥墙，还在西湖之滨牧牛一百二十蹄，以试其心。繁重的劳动并未让陆羽改变初衷：缺少纸笔，他便以竹画牛背练字；偶得张衡的《南都赋》，自己纵然不识其字，仍模仿学堂的青衿小儿，正襟危坐，假装诵读。最终，智积禅师被陆羽的向学之心打动，决定“从尔所欲”，听之任之。

少年陆羽在佛门净土的生活经历，尤其是智积禅师将释教“茶禅一味”的义理倾囊相授，对其毕生的茶道修行产生了重要影响。

所谓“茶禅一味”，可追溯到中国禅宗始祖菩提达摩。南朝中期，南天竺（今印度南部）高僧达摩沿着海上丝绸之路，“赍衣钵浮海而来”，在广州南海郡的珠江岸边登陆。如今在广州市荔湾区下九路西来正街，尚有一通“西来古岸”的石碑，另有“西来庵（今华林寺）”矗立在侧。

达摩抵华后，因其与笃信佛教的梁武帝萧衍相谈不契，遂离建康（今江苏省南京市），“一苇渡江”，来到北魏境内的少林寺，在嵩山五乳峰盘膝静坐。在面壁参禅的岁月里，倦意时时侵扰。为了扫除困意，达摩割下眼睑以保持清醒。不意，眼睑落地后竟生根发芽，长成茶树。此后，达摩每逢疲惫之时，便摘食其叶，驱赶倦意，提神醒脑。这便是日本学者认同的茶叶起源——达摩禅定说。实际上，中国汉代结集而成的《神农本草经》中，业已出现“神农尝百草，一日遇七十二毒，得茶而解之”的记载。因此，茶叶起源于达摩的说法并不成立，但释教与茶道结有不解之缘却是不争的事实。

以茶参禅、以禅修身，最终达到妙悟之境地，乃是“茶禅一味”的重要体现。唐代寺院都设有茶寮作为僧众精研佛理、品茗交流的场所，陆羽的恩师智积禅师本人便是茶道大家。是故，成长在寺庙环境中的陆羽，对此感悟颇深，也将禅宗恬淡清净的思想融入茶道之中。

唐玄宗天宝之世，安禄山祸乱中原。陆鸿渐只身远赴浙江结庐隐居，在山溪、苕花之间，辨水煮茶，不问尘事，“自曙达暮，至日黑尽兴”，对前人的饮茶方式进行归纳。最初，人们直接使用“生叶”混煮羹饮，制作方式如同烹粥，即“烹茶法”。对此，晚唐文学家皮日休认为“与夫瀹（读 yuè，意为煮——编者注）蔬而啜者无异也”。直到陆羽出现，情况为之一变，他对前秦至唐代的茶事进行了梳理、勘误，“分其源、制其具、教其造、设其器、命其煮”，制定了饮茶的各项细则，并编纂了历史上第一部茶文化百科全书——《茶经》。

在陆羽看来，对茶叶进行加工煎煮，需先将茶饼烤炙、碾细，继而投入水中，整个过程需遵循“三沸原则”。“初沸”在水沸如鱼目之时，加以盐、姜等作料，调而饮之。这种饮用方式被称为“调饮法”，属于“烹茶法”之遗意。而“二沸”则在“涌泉连珠”之际，舀出一瓢水备用，继而投入茶末。待到翻波鼓浪之刻，表示“三沸”来临，将备用之水倒入止沸，便大功告成，可以分酌茶汤了。

值得一提的是，在陆羽之前，《尔雅》以及《神农本草经》等典籍中并无“茶”字，均作“荼”字。至陆羽写就《茶经》，改“荼”为“茶”，始被认可。尽管后世对陆羽所著《茶经》奉为圭臬，但其“茶圣”地位的确立并非一朝一夕之事，而是一个漫长的过程，主要与李季卿、唐代宗以及智积禅师等人有关。

“茶圣”盛名传御前

唐宝应元年（762），代宗李豫继位，次年，安史之乱宣告平定。唐广德二年（764），上谕派遣吏部侍郎兼御史大夫李季卿巡抚河南、江淮等地，整肃朝纲，寻访贤才。

李季卿久仰陆羽之名，相邀一叙，坐而论茶，言道："陆君善茶，盖天下闻，而扬子江的'南零水'亦甚殊绝，有'天下第一水'之称。扬子江'南零水'又殊绝，今者二妙千载一遇。"于是，李季卿命人去取南零之水。及还，但见陆羽以勺扬水，道："江则江矣，非南零者，似临岸者。"取水人抗辩：取水之时，"棹舟深入"，数百人可以作证，怎能说是临岸之水？陆羽并不与他争论，使人倾倒盆水，至半遽止，以勺扬之观瞧，认定此刻盆中之水系"南零者矣"。取水人蹶然大骇，支支吾吾地说出原委：由于水波荡漾，取来之水已经舟荡覆半。为免责罚，遂挹岸水倒入盆中，企图滥竽充数。

当是时，李季卿及举座宾客惊为神人，眼见陆羽对烹茶之水有如此研究，当即请教水之优劣。鸿渐遂将水品20种娓娓道来："庐山康王谷水帘水第一；无锡县惠山寺石泉水第二；蕲州兰溪石下水第三……雪水第二十，用雪不可太冷。"李氏如获至宝，命人一字不漏地记下。事见张又新的《煎茶水记》，而温庭筠所撰《采茶录》亦有所载。

然而，在封演所著的《封氏见闻录》中，我们可以看到另一个版本的"李、陆之会"，结果与《煎茶水记》大相径庭。据封氏所述：李公途经临淮之际，有名为常伯熊者，抢先前一步前往献茶。此人不但将陆羽的《茶经》倒背如流，欺世盗名，更"别出心裁"，衣着富丽堂皇，手执各式名贵茶具，迷惑世人，却博得了李季卿赞赏。待到陆羽前来，李公见其身穿粗布衣裳，与头戴乌纱、身披黄衫的常氏形成鲜明对比，竟不屑一顾，指使小厮用30文钱打发陆羽。

笔者认为，张又新的记载准确性更高。须知修县（今河北省衡水市景县）封氏在南北朝时期乃河北钜族，至隋唐仍为朝廷肱股之臣，家学渊深，名重一时，绝非平庸之辈。问题的关键在于，《封氏见闻录》是封演对唐代及前代文人士大夫逸事的小说汇编。既然是笔记小说，其间就难免夹杂道听途说之辞，真实度大打折扣。另外，温庭筠在《采茶录》中亦记述李季卿素知陆羽大名，二者"有倾盖之欢"，印证了张又新所言非虚。

除了“李、陆之会”，唐代宗亦曾召陆羽至驾前侍茶。如此宝贵的机会，有赖于从小抚养陆羽长大的智积禅师引荐。代宗李豫与德宗李适，父子二人皆以爱茶著称，前者更设立了历史上第一座“贡茶院”，专供皇室品茗之用。

相传，唐代宗素仰智积之名，召其入宫共论茶道，并遣大内御用茶师，甄选上好茶叶煎出香茗奉上。岂料，禅师只吃了一口，便将茶搁置，不再饮用。代宗知其事出有因，询问其故。答曰：老僧平日所饮之茶，皆是小徒陆羽煎制。陛下若饮过陆羽之茶，必定如老朽一般，感觉眼前这盏茶索然无味。代宗闻听此言，将信将疑，遂向禅师求得陆羽下落，得知鸿渐在苕溪隐居，即刻派左右飞马前往杼山，传旨召见。

陆羽随来使入宫觐见天子，奉上自己精心煎制的清明茶——顾渚紫笋。代宗饮后龙颜大悦，命人将香茗送与别居他室的智积，试探其反应。禅师捧杯在手，细嗅其香，将茶一饮而尽，饮罢，淡淡地说了一句：“渐儿何在？”代宗闻听赞叹不已。智积禅师拊掌大笑：“唯渐儿可煮此茶。”由是，陆羽在御前盘桓许久。皇帝一边品尝顾渚紫笋，一边听“茶圣”讲述烹茶之法、鉴茶之道。

唐代宗设立了史上第一座贡茶院，亦是受陆羽的影响，才会把院址选定在顾渚紫笋的产地——浙江省长兴县顾渚山旁，最上等的紫笋茶被用于祭祀宗庙。阅遍煎茶名士，尝尽天下香茗的一国之君，能被陆羽的茶艺所折服，可见鸿渐对茶道的精研程度，在代宗朝即已傲视群雄。

“智积品茗识陆羽”的典故流传甚广，一方面折射出陆羽技艺炉火纯青，远超宫中茶师；另一方面也反映出他与恩师智积并未因少年之时的“儒释分歧”反目，仍保持着密切联系，正所谓“君子和而不同”。否则，禅师也不会为陆羽创造御前献茶之机；而陆羽亦在《陆文学自传》尊称智积为“积公”，敬重之情，溢于言表。然而，纵然师父将陆羽引荐给代宗，但他仍心系归隐林泉，选择离开长安返回山溪之间，继续采茶、煎茶，探究茶之真谛。正如其在《茶歌》诗中所写“不羡朝入省，不羡暮入台”。

陆羽真容与“陆、李之情”

通过梳理史料，辨析真伪，原本散见于不同文献中的陆羽事迹逐渐清晰起来，唯独陆羽的外貌特征不甚明朗。据《陆文学自传》所载，陆羽自述“有仲宣、孟阳之貌陋”。“仲宣”即后汉三国时期的王粲，名冠“建安七子”，竟因丑陋被荆州牧刘表嫌弃，有志难舒。“孟阳”则是“三张”之一——张载的表字。晋书·张载传》中记载其人因相貌丑悴，外出遭到顽童群起攻之，留下了“投石满载”的典故。不过，王粲、张载虽相貌平平，却俱以其才华留名青史。陆羽以仲宣、孟阳自比，果真是认定自己相貌奇丑，抑或是慨叹自己的才华不逊于王、张二公，也未可知。

欲廓清这桩“历史悬案”，还要将《陆文学自传》中的描写与出土文物相互印证。中国国家博物馆庋藏有一尊五代时期的陆羽白瓷像，其时距陆羽去世不过百余年，为后人探寻“茶圣”真容提供了宝贵的考古依据。这尊白釉黑彩陆羽瓷像系坐姿，高约10厘米。陆羽为束发戴冠形象，面部五官清晰。眉梢下垂，眼睛较小，鼻梁有些塌陷。瓷人身穿交领连缀衣，腰间有襞积。足穿系带布袜，呈盘腿趺坐状。双手于胸前微曲，展开一卷《茶经》。如此面容，虽未到奇丑无比的境地，却也无半分俊朗之感，基本符合“仲宣”“孟阳”之貌。据传，此尊陆羽像出土于河北唐县，同批出土的明器还有茶臼、茶瓶（点茶用具）、渣斗（盛放茶滓）、茶鍑以及煎茶所用风炉。茶圣像作为陪葬品出现，足见最迟残唐五代之际，民间业已出现了茶圣崇拜。

不过，茶圣始终是凡人，亦有七情六欲，其与大才女李季兰的故事，至今为人津津乐道。李季兰，本名李冶，表字季兰，以字行之，与薛涛、鱼玄机齐名。因李氏桑梓乌程，与陆羽结庐之地相去不远，二人以文相交，时常往来，故《唐才子传》记载她与陆羽“意甚相得”。不仅如此，在李季兰的代表作中，有一首诗是以陆羽为题所作，名为《湖上卧病喜陆鸿渐至》:“昔去繁霜月，今来苦雾时。相逢仍卧病，欲语泪先垂。强劝陶家酒，还吟谢客诗。偶然成一醉，此外更何之。”诗中的“欲语泪先垂”“此外更何之”等句，营造出一种此时无声胜有声的意境，若非相知之人，断难感悟，足见鸿渐、季兰相交至深。

然而，陆、李之情却被动荡的政局打断。唐德宗建中年间，朝廷波折再起。天子为泾源乱军所迫，出逃奉天（今陕西省乾县），酿成“奉天之难”。叛军占据长安后，拥立朱泚为帝，改国号为“大秦”。彼时的李季兰恰在长安城中，被迫为朱氏“献诗称贺”，以求自保。德宗回銮之后，追论季兰之罪，将其乱棍击杀，令人唏嘘。

或许是出于对陆、李之情的惋惜，坊间流传一种说法：二人幼年就在竟陵相识。持此论者唯一的依据是：陆羽又字“季疵”，与季兰的表字相似，据此断定陆羽幼时曾被李季兰家收为养子，彼此有青梅竹马之谊。然而，这种推断缺乏史料支持，无论在《陆文学自传》或其他文献中，均未载其事。况且，表字相似之人，比比皆是，借此断定亲缘关系，实不可取。李季兰与陆羽是在湖州相交相知，并在“茶圣”恬淡风雅的一生中留下了浓墨重彩的一笔。

陆羽在世之时，已有“茶仙”之誉，始作俑者是其多年挚友、唐代杰出诗人、位列“大历十才子”之一的耿湋。耿氏对于精研茶道、举止风雅的陆羽甚为服膺，在《连句多暇赠陆三山人》诗中盛赞他“一生为墨客，几世作茶仙”。以此为发端，陆羽乃“茶中仙人”的美誉流布开来。

及陆羽登遐极乐，其故交周愿偶至龙盖寺，盘桓西塔之下，缅怀鸿渐，称颂其为一代“茶圣”。唐元和十一年（816），周愿被唐宪宗李纯委以竟陵刺史之任，成为陆羽桑梓的父母官。因二人曾在“南海连率”——广州刺史兼岭南节度使李复幕府中赞襄共事，以兄弟相称。目睹西塔犹在，斯人已逝，周愿提笔写下《牧守竟陵因游西塔著三感说》，追忆鸿渐昔日点滴，“方口谔谔，坐能谐谑，世无奈何，文行如轲”，可谓“百氏之典学，铺在手掌。天下贤士大夫，半与之游”，实为“圣人也”。

待到宋代，“苏门六学士”之一的陈师道又指出陆羽编纂《茶经》，“上自宫省，下迨邑里，外及戎夷蛮狄”，受惠无穷，“诚有功于茶者也”“又有功于人者也”。甚至连北方的回鹘可汗亦久慕茶圣大名，专程派使者前往朝廷求购《茶经》，愿以千匹骏马相易。对缺少良马的唐政府而言，自是求之不得，即刻遣人搜访善本。作为陆羽同乡兼拥趸的皮日休知悉此事，遂将家藏善本奉上，令回鹘人满意而归。自此以后，《茶经》之名更盛，无远弗届。

在耿、周、陈等人的赞许声中，陆羽逐渐由精研茶理的“茶仙”升格为恩泽百世的“茶圣”，供奉、崇拜陆氏之风俗亦逐渐兴起。最初，民间的茶圣信仰主要流传在茶商群体之中。茶商、茶肆的主人们往往会在茶灶旁摆放陆羽像，以求财源广进、日进斗金。祭祀之时，将茶水恭敬地呈放在茶圣像面前，附以干鲜果品。

然而，若生意不甚顺利，茶商们便采取另一种祭祀方式——以沸水自上而下地冲淋“茶圣”像。此种独特手法，外人很难理解，甚至误以为这是在惩罚陆羽不灵验。其实，这种类似“醍醐灌顶”的祭祀仪式，与陆羽早年的佛门经历有关。鸿渐在编著《茶经》时，潜移默化地将释教思想融入茶道之中，更将茶水的功效与醍醐相提并论，认为“聊四五啜，与醍醐、甘露相抗衡也”，因而，后人在祭祀陆羽之时，采用醍醐灌顶之法，实滥觞于此。是故，信众以“沸水浇灌茶圣像”属于祭祀行为，是出于虔诚与恭敬，希望借助沸水激发其灵性，泽被一方。

原载《同舟共进》2020年第7期

跋

徐南铁

《2020中国随笔》编完，知道已近岁末，不免感慨。

"年年岁岁花相似"，但是这个选本与往年有所不同，新增加了一辑"焦点"。这是专为今年抗击新冠肺炎病情而临时增设的。新冠病毒对人类的影响之大，恐怕怎样形容都不为过。所以我们的选本不能无视它的存在。

不过这一辑里面的几篇文章，只有一篇是正面直写新冠病毒，分析它带来的深层次影响。其余几篇或关心新冠病毒肆虐下的百姓生活，或注意到抗击新冠肺炎疫情时我们的舆论场状态，或从我们所标榜的口号看到汉语面临的某种现象。还有一篇则由一个现实场景发出感慨，而这种场景作为历史的细节，正是新冠肺炎疫情蔓延造成的后果。

这是一种多棱镜式的反映，是从多个侧面去解读同一个事物。我总认为，大处小处均着眼，才能形成立体的广阔视野。

尽管我们所做的，不过是选取现有的文章编辑成书，但是我仍然希望这种选取具有除文体之外的价值想象。文章的汇集方式将呈现我们的思路和逻辑，从而在书中留下选编者的足迹，向岁月显示着我们的在场。

今年的选本请在美国任教的俞宁先生为序。他是我至今未曾谋面的朋友，因文而结识。虽然是英美文学教授，但是他的中文文章却得中国传统文化的丰采，温文尔雅，不愠不怒。他的序不是那种简单就书的内容或篇目泛泛而论的文章。他认真考察和思索"随笔"这种文体的外延和内涵，结合自己的体验，写出了一篇与选本内容同构的探讨性序言。他为序所取的标题，透露了文化跨越的心路历程。

编辑之余我一再感叹，幸好我们的广袤国土孕育了如此深厚的土壤，因而有如此众多的好文章，以至我在采撷花朵的时候可以信马由缰，潜心编织自己心目中的花环。

2020年选系列封面绘图画家介绍

曹力 江苏南京人，中国美术家协会会员。1954年2月生于贵州贵阳。1982年毕业于中央美术学院油画系壁画研究室，现任该院壁画系教授、系主任，承担素描、油画、色彩重构、线构成等课程的教学工作。代表作品:《马与楼道》组画、《牧童》(中国美术馆收藏)、《牧牛图》(钓鱼台国宾馆收藏)、《原野》、《村女》、《最后的歌》、《打开的乐谱》、《金色的天空》、《鸟之舞》、《玩纸鸟的少年》、《童声合唱》、《都市喧嚣》组画、《月光》、《盛夏》、《琴声如诉》等。

有月亮的下午　46 cm×38 cm　亚麻布油画　1995 年

曹力画作短评

曹力无疑是一位极富诗人和音乐家气质的画家，他给 20 世纪的中国画坛留下了一系列充满着神奇与客观，梦幻与真实，过去、现在与未来纠缠不清的奇诡瑰丽的抒情叙事组诗，其间跃动着艺术家超人的想象与创造的精灵……这肯定得益于到处生长着神话与传说之树的艺术家童年的故乡贵州山区。

——苏旅（著名美术评论家、策展人、出版人）

图书在版编目（CIP）数据

2020中国年度随笔 / 徐南铁主编 .-- 桂林：漓江出版社，2021.5

ISBN 978-7-5407-9045-5

Ⅰ. ① 2… Ⅱ. ①徐… Ⅲ. ①随笔—作品集—中国—当代 Ⅳ. ① I267.1

中国版本图书馆 CIP 数据核字（2021）第 058299 号

2020 ZHONGGUO NIANDU SUIBI

2020 中国年度随笔

徐南铁　主编

出版人：刘迪才
策划编辑：沈东子
责任编辑：谢青芸
书籍设计：石绍康
责任监印：张璐

出版发行：漓江出版社有限公司
社址：广西桂林市南环路 22 号　邮编：541002
发行电话：010-65699511　0773-2583322
传真：010-85891290　0773-2582200
邮购热线：0773-2582200
电子信箱：ljcbs@163.com
微信公众号：lijiangpress
印制：北京中科印刷有限公司
［北京市通州区宋庄工业区 1 号楼 101 号　邮编：101118］
开本：690 mm × 1000 mm　1/16
印张：21　字数：290 千字
版次：2021 年 5 月第 1 版
印次：2021 年 5 月第 1 次印刷
书号：ISBN 978-7-5407-9045-5
定价：50.00 元